Une Arête dans la gorge

Du même auteur

Aux éditions Avenir Proche 71

Projet Sapience – tome 1 : L'arche (2016)

Projet Sapience – tome 2 : Hostile (2017)

Aux éditions Taurnada

Lésions intimes (2019)

Christophe Royer

Une Arête dans la gorge

Taurnada Éditions

Avertissement

Les opinions exprimées par les personnages de ce roman leur appartiennent, elles ne sont nullement le reflet de celles de l'auteur. Ce texte est une fiction, toute ressemblance avec des personnes ou des organismes existants relèverait de la pure coïncidence.

Image couverture : © Shutterstock/u3d

ISBN : 978-2-37258-082-3

ISSN : 2276-0717

À ma mamie Ninnie,
qui aimait tellement Lyon.

« Les oreilles et les yeux
sont les portes et les fenêtres de l'âme. »

Joseph Joubert

Prologue

1985, La Paz, Bolivie.

Il ouvrit les yeux d'un coup. Son cœur battait la chamade. Quelque chose venait de le tirer brutalement de son sommeil. Il tourna la tête vers la table de chevet. Les aiguilles du réveil, éclairées par un halo lunaire qui traversait la fenêtre, indiquaient minuit passé de quelques minutes. À peine une heure qu'il était couché.

Les sens en alerte, il resta immobile, dans l'attente d'une réponse. Celle-ci ne se fit pas attendre. Deux coups sourds résonnèrent dans la chambre. Quelqu'un frappait lourdement à la porte située au rez-de-chaussée.

L'homme soupira et s'extirpa tant bien que mal de son lit. Quitter la chaleur de son épais cocon ouaté était vécue comme une véritable déchirure pour lui. La température était très fraîche dans la pièce. Il n'allumait jamais de chauffage. Il adorait pouvoir s'enrouler complètement dans plusieurs couvertures ne laissant dépasser qu'une partie de sa tête. De savoir qu'il faisait froid dehors alors qu'il était tout transpirant à l'intérieur lui procurait un plaisir jouissif.

Vêtu d'un pyjama en coton vert, il enfila des pantoufles fourrées qui attendaient sagement près du lit. Il s'empressa ensuite de mettre une robe de chambre qu'il décrocha d'un portemanteau.

La nuit était assez claire pour lui permettre de se déplacer sans avoir besoin d'allumer. Idéal pour la discrétion et pour la transaction qui s'annonçait.

Il se dirigea vers la fenêtre qu'il ouvrit dans un grincement. Un courant d'air froid envahit aussitôt l'espace. Même s'il gelait rarement dans la capitale bolivienne, la température extérieure était proche des cinq degrés en ce mois de février.

Il se pencha à la rambarde pour découvrir qui était à l'origine des cognements contre sa porte.

La personne était seule, emmitouflée dans un gros pull en laine, une capuche rabattue sur sa tête. Au bruit de l'ouverture de la fenêtre, la forme humaine avait levé la tête, laissant la clarté de la nuit allumer son visage. Le docteur reconnut son visiteur nocturne : c'était un membre du personnel médical du service pédiatrique de l'hôpital général de La Paz, un de ses ravitailleurs réguliers. C'était bien une livraison.

Comme pour le confirmer, l'homme souleva vers le haut un lourd paquet qu'il tenait maladroitement à deux mains.

« Docteur ! appela-t-il. J'ai un colis pour vous.

– Taisez-vous nom de Dieu ! Ne bougez pas. Je descends tout de suite. Et mettez-vous dans l'ombre, la nuit est claire. »

Pendant que le « livreur » s'enfonçait dans un recoin sombre du bâtiment, le docteur scruta les alentours.

La chance était avec lui.

Le quartier était tranquille. À cette heure de la nuit, personne ne déambulait dans la rue et rares étaient les lumières encore allumées dans le voisinage. Majoritairement constitués de mineurs, les habitants trouvaient rapidement le sommeil, fourbus de leur journée de travail. Demain, ils devraient se lever tôt pour se rendre au travail dans une ville fourmilière où les transports en commun étaient quasiment inexistants du fait du relief escarpé de la ville.

Il leva les yeux.

Au loin, l'imposant sommet enneigé du Nevado Illimani donnait l'impression que la ville se trouvait au niveau de la mer. Illusion classique, car le centre de La Paz culminait tout de même à trois mille cinq cents mètres. La ville s'était construite dans une cuvette et comptait presque un million d'âmes. Une population cosmopolite en provenance de toute la Bolivie, attirée par les gigantesques réserves de gaz naturel et les nombreuses opportunités de revenus. La capitale continuait de s'étendre en mangeant les parois rocheuses à l'équilibre souvent instable. Plus haut, le plateau de l'Altiplano, qui attirait de plus en plus de monde ces derniers temps, surplombait le chaudron.

Rassuré, il referma doucement la fenêtre.

En passant près d'une commode, il fit une halte pour saisir un cadre rafistolé plusieurs fois. Il l'inclina pour l'éclairer suffisamment. Il examina la photo d'un regard chargé d'émotion. Il l'avait détaillée des milliers de fois, mais le sentiment de tristesse et de colère qui l'envahissait était toujours aussi puissant.

Sur le cliché, une brune aux cheveux longs et au sourire triste tenait un bébé dans un bras et, de l'autre, donnait la main à un garçonnet d'une dizaine d'années. Le trio posait devant une fontaine où deux anges se tournaient le dos en déversant leur eau par des urnes.

Il passa affectueusement son index sur l'image du bébé.

Tu me manques tellement, petit frère !

Sentant les larmes lui monter aux yeux, il reposa le témoignage d'un passé révolu sur le meuble avant que sa vue ne se brouille. Il serra plusieurs fois les poings convulsivement avant de retrouver son aplomb et de refouler cette tristesse qui ne le quittait que rarement.

Il se redressa, dépliant sa longue et large carcasse pour se donner de la prestance. Plusieurs cervicales craquèrent sous la contraction musculaire de son cou massif.

Il sortit de la chambre et dévala les marches de l'escalier.

Il fit un crochet par la cuisine, où il récupéra une liasse de billets, cachée dans une boîte en bois. Il compta rapidement les coupures et constitua deux petits paquets. Il en mit un dans sa poche de gauche et l'autre dans celle de droite, en cas de négociation.

Il retira la solide chaîne de sécurité et déverrouilla les deux serrures.

Le visiteur nocturne sortit immédiatement de son recoin pour se précipiter dans le couloir resté dans la pénombre. Le docteur s'écarta pour le laisser passer avec son encombrant colis avant de refermer aussitôt.

« Bonsoir, Docteur ! fit l'homme en se retournant. Désolé de vous déranger si tard, mais je sais combien il est important pour vous d'avoir de la marchandise fraîche. »

Le regard du docteur devint noir. Même s'il avait parfaitement raison, il n'appréciait guère le terme « marchandise ».

L'homme s'en aperçut et recula d'un pas face à l'armoire à glace qui se dressait devant lui. Il pensait faire de l'humour pour détendre l'atmosphère. C'était raté. Il se sentait ridiculement fragile et en insécurité avec son mètre soixante-quatre. Il avait hâte de se débarrasser de son fardeau et de quitter cette maison du diable. Ses jambes tremblaient légèrement. Il se forçait à regarder vers le bas, de peur de découvrir les autres pièces plongées dans l'obscurité et de discerner quelque chose qui lui ferait faire des cauchemars jusqu'à la fin de ses jours.

« Edouardo ! Faisons vite. Que m'apportes-tu ? » demanda le docteur en indiquant de la main le colis emmitouflé dans plusieurs épaisseurs de couvertures grises aux bords noirs.

Il les reconnut aisément. Il les rapporterait demain à l'hôpital.

« C'est un garçon, annonça Edouardo d'une voix hésitante.

– Parfait ! Quel âge ?

– Presque six mois. Cent quatre-vingt-deux jours exactement », s'empressa d'ajouter Edouardo, qui connaissait l'exigence de précision de son client.

Le docteur fronça le nez de déception. Dans cette tranche d'âge, il était déjà bien fourni. Idéalement, il aurait préféré un nouveau-né.

« Les circonstances et l'heure du décès ? le pressa-t-il.

– Un couple est venu apporter le bébé dans mon service vers 22 h 30. C'est la mère qui a découvert le corps inanimé alors qu'elle venait pour l'allaiter. Ils habitent à côté de l'hôpital et ont mis à peine une demi-heure pour venir…

– Sur le dos ou sur le ventre ?

– Pardon ?

– L'enfant, quand sa mère l'a trouvé, il était sur le dos ou le ventre ?

– Sur le dos, c'est le père qui m'a donné ce détail. La mère ne pouvait sortir aucun mot. J'ai dû l'emmener à l'écart afin qu'elle n'ameute pas tout le service avec ses gémissements.

– Épargne-moi ce genre d'évidence, Edouardo ! répondit rudement le docteur. Je sais parfaitement dans quel état on peut être quand on perd un enfant si brutalement.

– Oui, bien sûr, Docteur. Excusez-moi, je ne voulais pas être…

– Que leur as-tu dit ? » le coupa le docteur, qui s'impatientait.

Chaque minute qui passait était primordiale.

« Comme d'habitude, après un examen bidon, je leur ai expliqué que l'enfant était certainement porteur d'une maladie contagieuse et qu'il devait être isolé des autres enfants. J'ai ensuite précisé qu'ils ne le reverraient plus, que c'était prendre trop de risques pour les autres. La femme est alors devenue hystérique. Son mari a eu toutes les peines du monde pour la faire sortir de l'hôpital. »

Edouardo soupira avant de poursuivre :

« Ils le savent pourtant que les morts subites sont courantes ici ! »

Le docteur était excédé par le ton méprisant de l'interne. Il se retint de réduire en bouillie sa sale gueule. Son réseau d'approvisionnement était très restreint. Il ne pouvait se permettre de se passer d'Edouardo. C'était un con, mais il savait se taire. L'argent qu'il retirait de ce trafic produisait un effet amnésique sur lui.

Le docteur s'approcha d'Edouardo, qui se recroquevilla.

« Assez ! Donne-le-moi maintenant. »

Le docteur récupéra la petite liasse de bolivianos dans sa poche et l'échangea contre le corps sans vie.

« Allez, file reprendre ton service. Tu as fait du bon boulot. Merci. Ton action est capitale pour la science, pour la recherche. Grâce à toi, nous sauverons des vies. Ne l'oublie jamais ! »

Intérieurement, Edouardo était terrorisé par cet homme qui soufflait le froid et le chaud dans la même minute. Que connaissait-il vraiment de lui ? Un docteur d'origine européenne, un enseignant-chercheur qui travaillait à la faculté de médecine et à l'hôpital. Mais le sujet exact de ses recherches restait très flou. Et que fabriquait-il chez lui avec tous ces nourrissons ? Tous ces bébés ? On n'en retrouvait jamais la trace par la suite… Des images monstrueuses défilèrent dans sa tête. Il frissonna d'horreur.

Il s'empressa d'attraper son argent et attendit que la porte lui soit ouverte pour détaler. L'air froid lui fit du bien. Il étouffait chez cet homme et ce n'était pas une question d'altitude. L'atmosphère était malsaine, oppressante. Il s'en rendait compte maintenant qu'il reprenait le chemin de l'hôpital. Il pensa à la bouteille d'alcool local qui l'attendait dans le tiroir de son placard. Il en aurait besoin pour oublier son acte jusqu'à la prochaine livraison macabre, tellement lucrative…

Le docteur verrouilla la porte et se dirigea d'un pas rapide vers la pièce qu'il avait aménagée en salle d'opération. Plusieurs heures de travail l'attendaient. Il ne devait pas perdre plus de temps. Il alluma un plafonnier qui projeta une intense lumière blanche sur une petite table. Il y déposa le petit corps toujours emmitouflé.

Il s'empressa ensuite de se préparer. Il quitta ses vêtements de nuit pour revêtir une combinaison intégrale verte par-dessus laquelle il enfila un large tablier épais en cuir beige. Il se couvrit la tête d'une charlotte, prit un masque et mit une fine paire de gants. Puis il se dirigea vers un autoclave pour récupérer ses instruments à présent stérilisés. Il compléta sa panoplie par des dizaines de sachets de toutes tailles, des récipients, des boîtes, des tubes, des serviettes et des éponges. Il poursuivit en vérifiant le bon fonctionnement des deux balances à plateaux et l'ordre des poids en laiton. Enfin, il fit rouler près de la table une bonbonne d'azote liquide qui dégagea une fumée blanche quand il ouvrit le couvercle métallique pour en vérifier le contenu. Il y avait largement de quoi faire.

Le docteur fit un tour sur lui-même pour une dernière vérification. Son regard tomba sur un pot rond fermé par un bouchon en liège dans lequel se trouvait sa réserve de feuilles de coca.

Depuis son arrivée, trois années plus tôt, il consommait régulièrement de la coca. Non pas qu'il souffrait du MAM[1], mais il en mâchait essentiellement pour bénéficier des propriétés de la molécule qui entraînait une augmentation de la capacité de son système respiratoire, et lui permettait de soutenir des efforts prolongés. Une sorte de « super-café ».

Contrairement à l'immense majorité des personnes qui arrivaient à La Paz, principalement les touristes, il n'avait jamais été sujet à la difficile période d'acclimatation due au manque d'oxygène, à la faible pression atmosphérique et à l'intensité du rayonnement solaire. Cela pouvait prendre quelques jours à plusieurs semaines dans certains cas. Son organisme s'était comme instantanément adapté aux conditions de vie de la capitale.

---

1 Mal Aigu des Montagnes.

Il attrapa trois feuilles de coca qu'il roula en boule pour les glisser sous la langue avant de commencer à les mastiquer lentement.

Il remonta le masque sur son nez et s'approcha de la table. Il commença par retirer les couvertures une par une. La chaleur emmagasinée par l'épais coton avait permis de retarder la rigidité cadavérique. Devant lui, emmitouflé dans une barboteuse bleue, un bébé au visage détendu semblait dormir.

Le docteur inspira profondément, chassa les pensées douloureuses qui l'assaillaient invariablement et débuta son travail…

PARTIE I

« Tout ce qui est en haut
est comme ce qui est en bas… »

Extrait du 2e verset de *La Table d'émeraude*.

1

33 ans plus tard,
Lundi 12 novembre 2018, en approche de Lyon.

Une hôtesse de l'air secoua délicatement l'épaule de la jeune femme.

« Madame… Madame, chuchota-t-elle. Je suis navrée de vous réveiller. Nous allons amorcer la descente. »

Nathalie Lesage ouvrit les yeux, tout étonnée. Elle ne se souvenait pas s'être endormie. Elle était complètement allongée sur la banquette-lit. C'était un des nombreux avantages de la classe affaires de l'Airbus A330 de la compagnie Aer Lingus.

« Je vais vous aider », proposa l'hôtesse souriante toute vêtue de vert.

Elle pressa un bouton sur le côté du siège. Les pieds de Nathalie descendirent doucement pendant que son dossier se redressait silencieusement.

Attentionnée, l'hôtesse lui tendit un verre d'eau fraîche.

« Nous roulerons sur la piste de l'aéroport de Lyon-Saint-Exupéry dans une vingtaine de minutes. Si vous n'avez plus besoin de mes services, je vais m'occuper des autres passagers.

– Non, merci beaucoup », répondit Nathalie en attrapant le verre.

Elle avait la gorge sèche après cette courte sieste tardive. L'après-midi touchait à sa fin.

Elle tourna la tête pour regarder à travers le hublot.

La France !

Elle n'en revenait pas d'être de retour après dix-huit longs mois d'absence.

C'était si étrange de revenir. Elle avait l'impression que le temps ne s'était pas écoulé à la même vitesse loin de son pays natal. Cela lui paraissait une éternité.

Recluse dans son cottage irlandais, entourée de chats et bercée par l'océan, elle avait pris le temps nécessaire pour faire le point, ressasser des centaines de fois le déroulement de sa dernière enquête et les conséquences sur sa vie professionnelle et personnelle.

Son exil soudain pour l'Irlande, alors qu'elle venait d'être promue commandant, avait sidéré ses collègues et ulcéré sa hiérarchie. Nathalie n'avait expliqué à personne ce qui s'était réellement passé, ce qu'elle avait intimement enduré durant tout cet épisode douloureux.

Le démantèlement d'un important réseau qui organisait des soirées extrêmes sur Paris et l'arrestation de l'ensemble de ses dirigeants, et tout particulièrement de son chef, avaient à jamais changé sa vie. Son seul confident avait été un étudiant parisien, Samir. En plus de l'avoir beaucoup aidée, ils avaient été amants quelques jours avant qu'elle ne brise cette brève, mais intense relation.

Évidemment, quelques membres de sa famille proche étaient au courant de l'étonnant dénouement de l'affaire, mais cela n'avait plus aucune importance. Elle avait décidé de rompre définitivement tout lien.

Après la cérémonie au cours de laquelle on avait récompensé son ancienne brigade en grande pompe, Nathalie avait eu besoin de tout abandonner. Tout de suite. Partir sans se retourner, sans rien emporter, sans donner d'explications à quiconque. Le besoin impérieux et vital de se retrouver seule pour faire le point face à elle-même.

Par chance, si l'on peut dire, le destin lui en avait alors donné les moyens. Suite au décès de son frère, qui l'avait désignée comme sa principale héritière, elle était devenue millionnaire et propriétaire de plusieurs résidences et appartements, dont celui de New York.

Après ces mois d'isolement, alternant épisodes dépressifs, méditatifs et introspectifs, elle avait eu à nouveau envie de bouger, de se sentir vivante, de sortir de sa torpeur, de reprendre le travail.

Même si elle était encore fragile et consciente que cela ne serait pas facile, elle devait aller de l'avant.

De surcroît, il était impensable qu'elle se contente de vivre de ses confortables rentes. À 33 ans, elle n'était pas prête à prendre sa retraite. Bien sûr, elle aurait pu reprendre un commerce, travailler dans une association ou s'investir dans des projets, mais ce qu'elle aimait le plus au monde c'était son boulot. Même si le métier était diablement dur et souvent humainement insupportable, rien ne lui procurait autant d'excitation et de décharges d'adrénaline. Elle voulait par contre retrouver l'essence de la profession, le service où elle avait commencé sa carrière : la brigade criminelle. Terminé les réseaux de prostitution, de pédophilie et les établissements où le sexe se marchandait comme un produit de consommation. Non, ce qu'elle voulait, c'était résoudre des crimes de sang.

L'annonce indiquant qu'il était temps de boucler sa ceinture la sortit momentanément de ses pensées. Elle regarda par le hublot le flot incessant de voitures miniatures qui se croisaient. Elle était de retour dans le bruit, le monde et la pollution.

Elle attacha la sangle autour d'elle en repensant à sa décision de reprendre du service après une si longue pause.

Quand, trois semaines plus tôt, elle avait informé ses supérieurs parisiens qu'elle voulait quitter la BRP[1] pour retourner à la BC, sa décision avait été accueillie très froidement. Accueil qui était devenu glacial quand elle avait précisé qu'elle voulait également quitter Paris.

Elle avait dû patienter jusqu'à la semaine passée pour recevoir un appel du commissaire Faivre.

---

1 Brigade de Répression du Proxénétisme.

« Alors, Commandant, toujours décidée à nous quitter ? avait attaqué ce dernier avec sa franchise et son tact habituel.

– Absolument !

– Putain, quel gâchis ! Alors que l'on n'y croyait plus, après plus d'un an et demi d'absence totale, un de nos meilleurs éléments refait surface ! Pas pour revenir chez nous ! Non ! Pour nous quitter pour la province. Bon sang, c'est ici qu'on a besoin de vous ! »

Nathalie était restée silencieuse.

« Qu'est-ce qui vous a pris de partir si vite ? avait continué Faivre. Personne n'a compris. C'est l'éclairage que l'on a fait sur vous ? C'est vrai que le dénouement a été spécial, mais vous en avez vu d'autres. Pourquoi une absence aussi longue avant de redonner signe de vie ? On est bien gentils de vous avoir laissée tranquille durant tout ce temps. D'avoir conservé votre poste… »

Le commissaire avait fait une pause. Nathalie avait alors reconnu le bruit caractéristique de quelqu'un en train d'avaler une gorgée. Certainement le whisky qu'il cachait dans le tiroir de son bureau.

Elle avait encore patienté un instant avant de demander simplement :

« Vous avez trouvé quelque chose pour moi ? »

Faivre avait longuement soupiré avant de répondre à contrecœur :

« Oui, on vous a trouvé un poste à la DIPJ de Lyon. À la criminelle. Comme vous le souhaitiez.

– Super ! Ça me convient parfaitement !

– Ne vous emballez pas ! J'aime autant vous prévenir tout de suite : votre arrivée à Lyon n'est pas très bien perçue par la hiérarchie locale ! C'est le moins que l'on puisse dire.

– Pourquoi ?

– Pourquoi ? Mais tout simplement parce qu'il n'y avait pas de poste pour vous là-bas et qu'à Paris, on a fait le forcing pour que vous soyez tout de même intégrée.

– Il n'y avait pas de place ailleurs ?

– Écoutez, Commandant, pour moi c'était inimaginable que vous soyez mutée ailleurs qu'à Lyon. Je n'ai rien contre les autres, mais après Paris, c'est à mon avis la meilleure en termes d'infrastructures et de moyens scientifiques. »

Nathalie n'avait pas discuté. Lyon lui convenait parfaitement. Elle ne connaissait absolument pas la capitale des Gaules et se faisait une joie de la découvrir.

« J'intègre ma brigade quand ? avait-elle demandé.

– Votre brigade ! s'était étranglé Faivre. Vous rêvez ! Mon homologue lyonnais a catégoriquement refusé de vous incorporer dans une brigade existante afin que votre célébrité ne perturbe pas les équipes en place. Ce sont ses termes.

– N'importe quoi ! J'ai hâte de faire la connaissance de cet homme !

– Non, pas cet homme, cette femme. C'est la commissaire Pauline Clément qui dirige la PJ et elle n'a vraiment pas apprécié qu'on lui impose votre présence.

– Ça promet ! Je vais être toute seule alors ?

– Oui, une sorte d'électron libre. Ça va être compliqué de vous faire une place.

– Ne vous en faites pas. Je m'en accommoderai très bien.

– J'en suis certain ! avait répliqué Faivre en riant bruyamment. Ah oui ! j'oubliais. Clément a tout de même vaguement évoqué l'éventualité de vous mettre un jeune OPJ dans les pattes. Cadeau sûrement empoisonné. Si cela se confirme, vous aurez intérêt à le surveiller comme l'huile sur le feu.

– C'est pas le lait plutôt ?

– Pardon ?

– Non, rien. Je verrai sur place. Je ferai attention. Promis.

– Très drôle, Commandant ! Votre humour me manquait. »

Même si cela avait été dit sur le ton de la plaisanterie, Nathalie avait ressenti un fond de vérité dans le ton bourru de l'homme.

Nouvelle pause, accompagnée d'une nouvelle déglutition.

« Toujours motivée pour le poste ? avait demandé le commissaire, espérant que l'accueil que lui réserverait Lyon la ferait changer d'avis.

– Je ne reviendrai pas à Paris. »

Faivre avait capitulé et lui avait précisé qu'elle était attendue à l'hôtel de police de Lyon pour le milieu de la semaine suivante. Après quelques mots d'encouragement, il avait raccroché.

Tout en continuant sa descente, l'avion fit un large virage pour se positionner face à la piste d'atterrissage.

Nathalie fouilla dans son sac pour retrouver le papier sur lequel elle avait noté l'adresse de l'hôtel.

Par Internet, elle l'avait choisi au coup de cœur après avoir lancé une recherche : elle avait juste précisé « Vieux Lyon » dans le 5e arrondissement. Le nom de ce quartier résonnait à ses oreilles comme une promesse, annonciateur de belles découvertes. Saisie par la beauté d'une photo dévoilant une cour intérieure raffinée, surmontée de plusieurs étages de voûtes aux murs jaunes, elle avait cliqué pour réserver l'hôtel sans se soucier des tarifs. Le papier retrouvé indiquait « Cour des Loges - Hôtel cinq étoiles ».

Elle récupéra ensuite une carte du réseau de transports en commun, les TCL[1], qu'elle déplia sur ses cuisses. Elle retrouva facilement les repères qu'elle avait annotés en préparant son voyage. Un cercle pour son hôtel, un pour la station de métro du Vieux Lyon et un autre indiquant la station de métro « Sans Souci ». C'était la plus proche de l'hôtel de police qui se situait

1 Transports en Commun Lyonnais.

à un quart d'heure à pied. La perspective de cette mise en jambe la ravissait. Nathalie adorait courir et ne ratait jamais une occasion d'user les semelles de ses *runnings*. Cette courte marche serait parfaite pour bien démarrer la journée et lui permettrait de se vider la tête le soir en sortant du travail.

Un dernier cercle indiquait l'emplacement de la DIPJ[1], là où Nathalie passerait les prochains mois de sa vie.

Elle rangea ses affaires alors que les roues touchaient en douceur le revêtement de la piste.

---

1 Direction Interrégionale de la Police Judiciaire.

2

Lundi 12 novembre 2018, 20 heures.

Persuadé d'être suivi, l'homme se retourna une nouvelle fois. Il balaya la rue du regard à la recherche d'un comportement suspect, mais les quelques passants qu'il repéra vaquaient à leurs dernières occupations de la journée sans se soucier de lui. Avec la nuit qui tombait, ces anonymes n'avaient qu'une envie : rentrer au plus tôt chez eux sans attirer l'attention.

L'individu fixa une femme qui venait dans sa direction. La petite blonde baissa aussitôt la tête comme si elle avait commis une faute. Elle ne put s'empêcher de faire un léger détour en passant à côté de la carrure imposante de l'homme planté au milieu du trottoir. Se retenant de courir, elle se mit à trottiner pour disparaître au premier carrefour.

Vêtu d'une veste longue et portant une casquette enfoncée bas sur les sourcils, il était impressionnant. Cette sensation de domination ne lui déplaisait pas, au contraire.

Se sentant observé, il se retourna vivement avant de lâcher un soupir d'exaspération contre lui-même.

Crétin ! Évidemment qu'il n'y a personne.

Il en était d'autant plus persuadé qu'il savait parfaitement d'où venait cette impression. Ce poids vissé sur lui n'était en fait que l'esprit familier qui flottait autour de lui. Âme dématérialisée bienveillante qui l'accompagnait où qu'il aille, quoi qu'il fasse. Toujours là pour lui indiquer la marche à suivre. En ce début de soirée, cette présence était particulièrement forte compte tenu de la tâche qu'il avait à accomplir.

Il tira sur le col de sa chemise pour séparer de son dos le tissu collé par la sueur.

Voilà presque deux heures qu'il arpentait la longue avenue du Point-du-Jour avec en ligne de mire le numéro « 50 ».

Pour ne pas rater sa cible, il avait quitté le travail plus tôt qu'à l'accoutumée. Il avait ensuite couru, alternant métro et bus pour atteindre sa destination. Il était arrivé essoufflé, noyé dans son jus, mais rassuré : au final, il avait eu assez de temps pour réaliser le repérage du quartier qu'il ne connaissait pas. Il se rendait rarement dans les arrondissements qui se trouvaient au-delà des pentes de la colline de Fourvière.

La reconnaissance faite, il s'était alors mis en mode sentinelle, passant régulièrement devant le porche étroit d'un immeuble qui débouchait sur une courte impasse.

Après analyse des lieux, il savait qu'il devrait improviser, mais il n'était pas inquiet. Sa rage intérieure bouillonnante couplée à son esprit calculateur ne laisserait aucune chance à l'ordure de s'en tirer.

Il cracha la boule de coca devenue inefficace pour la remplacer par une poignée de feuilles fraîches.

On était mi-novembre et la nuit finissait de s'installer, uniquement perturbée par l'éclairage public qui repoussait l'obscurité. Tout se calmait autour de lui. Le trafic routier avait considérablement faibli et les trottoirs se vidaient rapidement. Seule la pizzeria, se situant à droite du porche, montrait une activité croissante et bruyante.

Il regarda sa montre et son pouls s'accéléra. L'heure de la promenade approchait. Le parc fermait à 22 heures et il était déjà plus de 20 h 30.

Il fit rouler les muscles de ses épaules tout en actionnant nerveusement ses mâchoires.

Son regard brûlant de haine fixait l'impasse qui desservait cinq grandes propriétés. Même s'il ne la distinguait pas depuis sa position à cause d'une haute haie de cyprès, c'était la quatrième maison qui retenait toute son attention. Il n'avait pas osé franchir le porche pour s'en approcher, car il se doutait de la présence de caméras de surveillance.

Durant son attente, il avait largement eu le temps d'étudier le quartier sur son mobile avec l'application *Google Maps*. Il avait alors été frappé par la taille imposante des nombreuses propriétés, souvent avec piscine, qui se cachaient derrière la voie principale du Point-du-Jour.

À l'évidence, il y avait beaucoup d'argent dans le secteur et donc des habitants sensibles à leur sécurité. Il lui était donc impossible d'atteindre sa cible directement chez elle sans se faire repérer. Mais, cela n'avait aucune importance, car il connaissait certaines de ses habitudes. Il les avait apprises de la bouche même de l'intéressé.

Un torrent de sueur se mit à couler sur toute la surface de sa peau. Cette fois-ci, le liquide corporel n'avait pas la même saveur. Il portait avec lui le goût âpre de la vengeance pure, brutale et irréversible.

Il crut percevoir un mouvement derrière lui, mais il ne se retourna pas. Il savait que c'était à nouveau elle qui lui intimait de se calmer, de rester concentré, de réserver sa fureur pour plus tard.

Il s'essuya le front de la main et frotta ses yeux pour en chasser l'eau piquante qui lui brouillait la vue.

Dix minutes passèrent encore avant que l'impasse ne s'anime enfin.

Te voilà, fumier ! Il était temps !

Arrivant du fond, un homme surgit de l'ombre, comme projeté vers l'avant. Un labrador, couleur crème, tirait rageusement d'excitation sur sa laisse pour faire accélérer son maître, beaucoup trop lent à son goût. La truffe au ras du sol, l'animal progressait avec assurance vers le porche, seul passage pour sortir de l'impasse.

Soulagé, l'homme à la casquette s'empressa de reculer. Il passa devant la pizzeria en baissant à peine la tête et traversa le carrefour le plus proche. Il s'abrita derrière un panneau publicitaire et fit semblant de taper un SMS. Depuis sa position, il voyait parfaitement le numéro 50 de l'avenue et l'entrée du parc qui se profilait sur sa droite.

« Doucement, mon pépère ! On y va. Du calme. La journée a été dure, alors arrête de tirer comme ça, tu vas me déboîter l'épaule ! »

Le chien jappa en guise de réponse, mais ne réduisit pas pour autant la pression qu'il exerçait sur la laisse. Il se retournait régulièrement pour mordre le morceau de cuir qui l'empêchait d'avancer plus vite.

Le labrador et son maître passèrent devant la pizzeria et continuèrent jusqu'au passage piéton de la rue du Docteur-Edmond-Locard, dernier obstacle avant l'entrée principale du parc de la Mairie.

En journée, ce coin de verdure était un véritable havre de tranquillité bordé de feuillus et de résineux. En son centre, une grande étendue carrée de gazon où l'on avait implanté plusieurs aires de jeux plutôt orientées pour les sportifs. Un large chemin de terre délimitait le périmètre du parc. Au fond de cet espace de détente, où les habitants du quartier aimaient à se rendre, se dressait un groupe de bâtiments qui constituait les bureaux administratifs de la mairie du 5e.

Dès que le feu passa au rouge, ils traversèrent la rue en courant pour se retrouver devant un large portail métallique ouvert, bordé de murs blancs. Ils franchirent l'entrée, puis s'engagèrent sur la gauche, en direction de la mairie.

L'homme stoppa brusquement quelques mètres plus loin et donna du mou à la laisse pour permettre à son chien de baptiser l'arbre le plus proche. Le premier d'une longue série. Pendant que l'animal se soulageait, son maître scruta les alentours. Le parc ne possédait pas d'éclairage propre, ce qui le rendait un peu nerveux, plus spécialement en cette saison. Les lampadaires qui éclairaient la rue depuis l'extérieur du parc étaient tout juste suffisants pour faire ressortir les limites du chemin au milieu de la végétation devenant de plus en plus sombre. Noirceur qui transformait les beautés de la nature en formes fracturées aux allures menaçantes.

Comme d'habitude, ils feraient un seul tour en prenant soin de ne pas s'éloigner du chemin, mais plus rapidement qu'à l'accoutumée en raison de l'heure avancée. Il avait hâte de rejoindre sa femme dans son canapé et de s'endormir devant une série dont il ne comprendrait rien malgré les explications enflammées de son épouse.

Il regarda au loin les lumières rassurantes qui se projetaient sur les murs de la mairie.

Alors qu'il s'apprêtait à repartir, un crissement de cailloux, juste derrière lui, le fit sursauter. Il eut à peine le temps de se retourner qu'une forme le frôla. Un coureur avec une bonne foulée, muni d'une lampe frontale, portant un gros casque sur les oreilles et habillé d'un gilet jaune fluo. En le dépassant, il leva brièvement la main en guise de salut.

« Putain ! Il m'a fait une de ces peurs celui-là. »

Son cœur faisait des bonds dans sa poitrine.

Il suivit des yeux un instant l'homme qui s'éloignait, le temps que son pouls se calme un peu.

« Pas bête son idée de lumière », dit-il en s'adressant à son chien, qui cherchait déjà sa prochaine pissotière. « Demain, j'irai acheter une lampe de poche puissante. Comme ça je pourrais te lâcher un peu plus loin. Allez ! C'est bon, on avance maintenant. »

Il avait attendu de voir l'homme bifurquer sur la gauche avant de pénétrer à son tour dans le parc. Contrairement à lui, il avait eu le temps de repérer le « cyclope » qui courait comme un dératé. Évaluant rapidement la portée lumineuse de la frontale du sportif, il se contenta de se rapprocher d'un chêne pour passer inaperçu.

Puis, au risque de se prendre les pieds dans une racine ou dans un autre obstacle invisible, il choisit de marcher sur l'herbe afin de faire le moins de bruit possible.

Sa cible était en vue à une vingtaine de mètres devant lui et se déplaçait lentement à la manière d'un essuie-glace, passant de gauche à droite de la bande de terre au gré des envies du chien.

Ça va être une vraie partie de plaisir ! se dit l'armoire à glace.

Seuls les bâtiments éclairés de la mairie le contrariaient. Il allait devoir pénétrer sous les arbres pour couper l'angle et attendre sa proie de l'autre côté.

Dès qu'il le put, il se courba et partit en direction d'une aire de jeux qui ressemblait à s'y méprendre à une toile d'araignée géante. Cette masse noire, avec ses poteaux et ses cordes enchevêtrées, fit naître dans sa tête une multitude de pensées qui l'excitèrent au plus haut point. Il s'imagina en une énorme mygale noire, avec ses huit pattes velues, dépeçant violemment sa victime prisonnière pour s'en délecter.

Tapi derrière un large chêne, il sentit l'étreinte de l'esprit vibrer contre lui. Ils étaient tous les deux sur la même longueur d'onde. Comme d'habitude… À sa manière, elle lui donnait son consentement.

Avec soulagement, il laissa la sourde fureur l'envahir.

Il va payer ! Ils vont tous payer !

3

Mardi 13 novembre 2018, 9 heures.

Nathalie déboucha dans la rue Marius-Berliet, où était installée la DIPJ. Cette dernière abritait de nombreux services dont le SRPJ[1] de Lyon.

Nathalie avait le sourire et se sentait dans une forme olympique. Elle avait délicieusement bien dormi et le petit déjeuner s'était avéré divin. Tout était réuni pour que sa première journée se déroule au mieux.

Elle était si contente qu'elle trouvait beau tout ce qui l'entourait. Elle accusa quand même le coup en découvrant son nouveau lieu de travail. Un grand groupe d'édifices austères entouré par une haute enceinte bicolore peu avenante. L'ensemble ressemblait à une prison vieillissante avec son armée de caméras. Sensation accentuée par la présence d'un immense portail en fer blanc envahi par la rouille et la végétation.

Le vaste complexe était coincé entre la rue Marius-Berliet et plusieurs voies ferrées qui faisaient la jonction entre les deux gares lyonnaises.

Nathalie traversa la rue.

Elle marcha lentement, s'amusant à essayer de deviner ce qui pouvait se dérouler derrière ces vitres presque opaques. Elle aperçut seulement quelques ombres furtives. Malgré la fraîcheur matinale, certaines fenêtres étaient ouvertes, laissant dépasser la bouche béante des tuyaux de climatisation. Nathalie grimaça. L'intérieur devait être aussi vieillot que l'extérieur…

Elle pesta contre elle-même : elle n'avait pas encore mis un pied dans ses nouveaux locaux qu'elle commençait déjà à avoir des a priori négatifs, au risque de gâcher sa bonne humeur.

---

1 Service Régional de Police Judiciaire.

Elle se dit qu'elle devait faire abstraction de toute comparaison avec ce qu'elle avait connu à Paris. D'autant que les bureaux de la BRP et ceux du 36 quai des Orfèvres, qu'elle avait assidûment fréquentés, n'étaient maintenant plus que de vieilles coquilles vides. Seule la BRI[1] avait échappé à cet exode vers le nouveau quartier des Batignolles. L'île de la Cité devait être bien triste maintenant et la cathédrale Notre-Dame se sentir bien seule. C'était la fin d'une époque glorieuse.

Nathalie chassa les pensées nostalgiques de sa vie parisienne pour revenir dans le présent : Lyon.

L'habit ne faisait pas le moine, ne pas s'arrêter aux apparences, à la façade des choses. Elle ferait du bon boulot ici. Elle en était persuadée. Elle faisait confiance au commissaire Faivre qui lui avait vanté la modernité des services judiciaires lyonnais et plus particulièrement ceux de l'INPS[2].

Un large sourire réapparut sur ses lèvres alors qu'elle reprenait sa marche.

Après une cinquantaine de pas, elle s'arrêta devant un grand panneau bétonné inscrit en lettres capitales blanches : « HÔTEL DE POLICE ». Juste derrière, quatre portes étaient protégées par un bloc de béton anti-bélier vaguement garni de plantes. Un écusson et deux drapeaux tricolores décoraient le tout.

Un homme et une femme discutaient tranquillement à côté de trois places de parking réservées exclusivement à la direction. Un homme en costume sombre et aux cheveux grisonnants émergea d'une belle berline pour se précipiter vers l'entrée et s'y engouffrer après avoir tapé le code d'accès.

Nathalie baissa les yeux sur son ventre pour remettre d'aplomb sa veste matelassée. Pour son premier jour, elle avait fait l'effort de ne pas venir trop

1 Brigade de Recherche et d'Intervention.

2 Institut National de Police Scientifique.

décontractée. Pas de tailleur ou de connerie comme ça. Il ne fallait pas pousser, tout de même… Elle avait enfilé un jean sombre complété par des chaussures confortables assorties à son haut. Comme à son habitude, elle s'était très peu maquillée.

Elle ne se faisait pas d'illusions, elle retrouverait les mêmes lourdauds qu'à Paris. Les sexistes et machos n'étaient pas une espèce endémique qui risquait l'extinction. Avec le mouvement « Balance ton porc », ils étaient peut-être juste un peu plus méfiants. Tel le loup tapi dans sa cachette, ils prenaient leur mal en patience, attendant que l'orage cesse pour retourner à la chasse.

Le milieu de la police ne faisait pas exception, mais tout auréolée de son nouveau statut de commandant, Nathalie espérait qu'ils se tiendraient un peu plus à carreau. Ils ne tarderaient pas à découvrir que derrière son physique fin et élancé, son apparence inoffensive, se cachait une femme de caractère qui n'hésiterait pas à leur rentrer physiquement dedans à la moindre allusion machiste.

Comme s'il avait entendu ses pensées, l'homme qui discutait avec la femme se retourna pour l'observer d'un air sévère.

T'inquiète, mec, je suis de la maison ! pensa Nathalie en lui adressant un petit sourire. Il ne réagit pas et reprit sa discussion en gardant un œil sur elle.

Soudain, un brutal grincement de frein la fit sursauter.

Nathalie se retourna juste à temps pour voir un VTT faire une embardée, l'évitant de peu. Le cycliste, un jeune homme, avec dans la bouche un morceau de croissant, s'arrêta net en dérapant. Il lança à Nathalie un « désolé » du regard en finissant d'avaler sa dernière bouchée de viennoiserie. Elle en profita pour dégainer :

« Vous savez qu'on ne roule pas sur les trottoirs ? Vous avez failli me percuter ! Vous êtes un vrai danger public ! »

Le corps sec et musclé, les cheveux raides et indisciplinés, il fut surpris par la rudesse de son ton.

« Pardon, madame, je ne vous avais pas vue.

– Forcément, à cette vitesse ! »

Il s'abstint de lui expliquer qu'il était en retard. Il sentait que la passante n'apprécierait pas son excuse.

« Vous n'avez rien ? demanda-t-il tout de même par politesse alors que son pied trépignait d'impatience sur la pédale du vélo.

– Non. Ça va. Merci de vous en soucier.

– Tant mieux. Par contre, je dois y aller maintenant, sinon je vais être en retard.

– O.K. ! Mais roulez moins vite, et sur la route. »

Elle le gratifia d'un sourire en lui donnant une dernière recommandation :

« Et arrêtez de manger en roulant, c'est un coup à faire une fausse-route ! »

Elle se prend pour ma mère ou quoi ! pensa le cycliste, un peu vexé.

Il remit son vélo dans le sens de la route et la salua de la main.

Nathalie secoua la tête.

Autant parler à ma main ! se dit-elle en le voyant pédaler comme un dératé et sauter les bordures de trottoir comme un cabri. *Encore un qui va finir aux urgences.*

Il était temps pour elle de rencontrer ses nouveaux collègues et la fameuse commissaire Clément.

Voyant Nathalie s'approcher de l'entrée, l'homme coupa court avec sa collègue et vint se placer d'autorité entre elle et la porte.

« Madame ? Je peux vous aider ?

– Non, merci, répondit Nathalie, n'appréciant pas son ton suffisant.

– Cette entrée est uniquement réservée au personnel et aux personnes habilitées.

– Vous devez être nombreux ici ? demanda naïvement Nathalie.

– Pardon ? fit-il, pris au dépourvu.

– Je disais que vu la grandeur des lieux, vous devez être un paquet à travailler là-dedans. Vous ne pouvez pas connaître tout le monde.

– Eh bien si, justement ! C'est même mon métier. Je suis gardien ici. Sans me vanter, au moins de visage, je connais les deux cent cinquante personnes qui travaillent ici. Par contre, vous, je suis certain de ne jamais vous avoir vue », ajouta-t-il en bombant fièrement le torse.

La conversation commençait à ennuyer Nathalie, qui sortit sa carte parisienne pour écourter le débat.

« Commandant Lesage ! C'est mon premier jour ici à la Crim'. »

L'homme devint livide et se confondit immédiatement en excuses.

« C'est bon, on est dans le même bateau, fit Nathalie, conciliante.

– Vous êtes commandant ! C'est la prem… »

Sous l'impact d'un coup de paume, l'épaule du gardien partit brusquement vers l'avant, lui coupant la parole.

« Christian, tais-toi ! » lui intima la femme à ses côtés.

Coincé en sandwich, il resta silencieux en se massant l'épaule pendant que sa collègue se présentait.

« Sylvie Rotier, inspectrice à la Division Économique et Financière. Je vous souhaite la bienvenue. Nous aurons peut-être l'occasion de collaborer ?

– Merci. Avec plaisir ! répondit Nathalie en lui serrant la main.

– Christian, accompagne le commandant jusqu'à son service. »

Après avoir traversé deux bâtiments, son guide stoppa.

« Ici c'est le bâtiment de la division criminelle. Au rez-de-chaussée, la documentation opérationnelle, la cellule technique et le bureau de liaison. Au premier et au deuxième, ce sont les Stups et la répression du proxénétisme. »

L'estomac de Nathalie se noua d'angoisse à l'évocation de son ancien service parisien. N'était-elle pas en train de faire une connerie ? Était-elle vraiment en état de reprendre déjà du service ? Même à la Crim'…

Elle savait pertinemment que les ombres de son passé l'accompagneraient à vie, mais reprendre le boulot faisait partie de la thérapie. En tout cas, elle l'espérait.

Christian, qui s'était tu, la regarda d'un air étrange.

« Quelque chose ne va pas ?

– La section Criminelle ? demanda Nathalie, qui n'avait pas entendu la fin des indications.

– C'est tout le troisième ! Au quatrième, c'est la brigade de répression du banditisme. Vous voulez que je monte avec vous ? lui proposa-t-il du bout des lèvres.

– Non. Je devrais m'en sortir.

– Parfait, alors bonne journée, Commandant », fit le gardien, soulagé de ne pas avoir à se taper les étages.

Nathalie posa un pied sur la première marche de l'escalier et s'encouragea mentalement : *Allez, ma grande, ça va le faire…*

4

Mardi 13 novembre 2018, 9 h 30, DIPJ.

Nathalie ne s'était pas arrêtée sur les deux premiers paliers, se refusant de lire les panneaux descriptifs, de peur de raviver des souvenirs douloureux. Elle allait mieux, mais c'était encore frais, alors autant éviter toute forme de contrariété.

Sur le panneau du troisième étage, elle se contenta de repérer le nom de la commissaire de police Clément écrit en gras.

Elle s'encouragea mentalement, inspira un grand coup pour évacuer son stress et poussa énergiquement des deux mains la double porte battante. Devant elle, un large et long couloir éclairé par une rangée de néons.

À quelques mètres d'elle, un homme passa rapidement d'une pièce à l'autre, sans faire cas de sa présence.

Nathalie prit son temps pour examiner les petites plaques grises qui ornaient les différentes portes. Sur celle indiquant « Secrétariat », elle frappa par convenance, car elle était ouverte. Un homme était visiblement occupé à la réalisation d'une tâche complexe devant un ordinateur.

Surpris, il sursauta et ouvrit de grands yeux en découvrant le visage inconnu qui lui souriait.

« Bonjour, lança Nathalie sur un ton exagérément jovial. S'il vous plaît, pourriez-vous m'indiquer le bureau de la commissaire ?

– Heu… fit bêtement le policier, perplexe.

– Commandant Lesage, c'est mon premier jour, précisa Nathalie devant les yeux ronds du policier devenu aphone. Vous allez bien ? »

La vie réapparut dans le corps de l'homme, qui se redressa d'un bond, essayant de reproduire un semblant de garde-à-vous.

« Oh là ! fit Nathalie en levant les mains. Restez assis ! Ça va bien se passer… Brigadier Ponchon », compléta-t-elle en lisant le chevalet posé sur le bureau.

L'APJ resta tout de même debout pour lui répondre d'une voix chevrotante :

« Le bureau de la commissaire : dernière porte à droite, juste avant la salle de réunion.

– Merci ! Ravie de faire votre connaissance. À plus tard. »

Un « moi aussi » ne franchit pas les lèvres pétrifiées du brigadier pendant que Nathalie se retirait déjà.

Elle progressa dans un couloir silencieux où seules les semelles de ses chaussures grinçaient à chacun de ses pas. L'étage semblait bien désert et les nombreuses portes qu'il comportait étaient fermées, renforçant ce sentiment d'inactivité.

Les murs étaient noyés sous des tonnes de feuilles, d'affiches, de cartes postales, d'annonces et autres documents iconoclastes. Les rares espaces vides lui permirent de constater que les cloisons étaient d'un jaune criard. Par curiosité, Nathalie s'approcha du papier le plus proche d'elle. C'était un extrait du règlement intérieur qui datait de plus de vingt ans.

Au fil de sa progression, du coin de l'œil, elle vit défiler les noms de nombreux lieutenants et quelques brigadiers. Aucun capitaine ou commandant. Elle repéra également une salle de pause vide avec son traditionnel distributeur à café et une fontaine à eau, des toilettes et des vestiaires.

Elle était presque parvenue au bureau de la commissaire Clément quand une porte s'ouvrit dans son dos, suivi immédiatement d'un hurlement de joie.

« NATHALIE ! »

Avant qu'elle ne réagisse, une femme à la chevelure rousse lui plongea dessus en l'enlaçant fortement.

« Putain ! Je suis si heureuse de te revoir ! fit cette dernière en desserrant à peine son étreinte. Je croyais que c'était une blague quand on nous a annoncé ton arrivée !

– Diane ? » s'étonna Nathalie en reconnaissant son ancienne colocataire.

Diane Simonet. Elles avaient tout partagé ensemble pendant leur année de formation à l'école nationale supérieure de police.

« Je ne t'aurais pas reconnue avec ta magnifique coiffure à la lionne.

– Grrrrr ! » fit Diane, surexcitée, en mimant une patte de fauve griffant l'air.

« Je ne savais pas si tu travaillais toujours à Lyon.

– Eh oui ! Et toujours lieutenant. Pas comme toi, ma louloute. Déjà commandant ! J'ai suivi tes exploits parisiens à distance. Je suis si fière de toi. Faudra que tu me racontes tout ça en détail ! Pourquoi tu débarques à Lyon ? Ici, tout le monde s'interroge sur ta venue. »

Nathalie regardait son amie en riant. Elle était en boucle, ne lui laissant pas le temps d'en placer une. Elle savourait le moment, n'osant l'interrompre. C'était si bon de voir un visage familier.

Diane, sautant d'un sujet à l'autre, lui brandit son annulaire entouré d'une fine bague gris clair.

« Regarde ! Je suis fiancée. Le mariage est pour juin !

– Pas possible ! fit Nathalie en souriant. Tu as basculé de l'autre côté finalement ? Terminé les minous ?

– Jamais de la vie ! Je vais me marier avec une femme. Je suis amoureuse comme jamais !

– Et fidèle ? la taquina Nathalie.

– Oh que oui ! Elle est terriblement jalouse. Il va falloir que je prépare le terrain avant de te la présenter. On évitera aussi de lui raconter que l'on dormait souvent dans le même lit à l'école.

– À ce point ?

– Tu peux pas savoir ! Mais qu'est-ce que je l'aime… C'est la femme de ma vie. »

Prises dans leur excitation, elles n'entendirent pas la porte de la commissaire s'ouvrir.

« C'est quoi tout ce raffut ? » gronda la responsable de la Crim'.

Les deux femmes se retournèrent.

« Je suppose que vous êtes le Commandant Lesage ! fit-elle sans préambule et avec assurance. Venez dans mon bureau. Lieutenant Simonet, vous continuerez à fêter vos retrouvailles plus tard. En attendant, trouvez-moi le lieutenant Savage. Qu'il nous rejoigne dans dix minutes.

– À vos ordres », répondit Diane.

Elle lança un dernier regard à Nathalie avant de trottiner à la recherche de l'OPJ.

« Bonjour, Commandant ! salua la femme en serrant d'une poigne ferme la main de Nathalie. Je suis la commissaire Clément, responsable des deux sections. Entrez et asseyez-vous. »

L'entretien s'annonçait tendu. Nathalie resta silencieuse et s'installa dans l'un des deux sièges qui faisaient face à un large bureau. Elle fit une petite grimace en découvrant l'austérité qui régnait sur le meuble : un ordinateur portable ouvert, un bloc de papier et deux stylos.

Pendant que sa nouvelle responsable prenait place, Nathalie balaya rapidement la pièce du regard et ne vit aucun objet personnel. La décoration était aussi austère que le bureau.

La commissaire jeta un œil sur l'écran et fronça les sourcils.

« Donnez-moi un instant, je dois répondre à un e-mail urgent. Vous arrivez le bon jour. La journée s'annonce tendue. »

Silencieuse, Nathalie profita de cet intermède pour détailler la femme qui allait devenir sa supérieure pour les années à venir. Pantalon cigarette noir, chemise blanche, elle devait être proche de la cinquantaine. À peu près la même taille qu'elle, un mètre soixante-treize, mais avec vingt bons kilos de plus, répartis inégalement. Le visage était rond et doux, contrastant avec la sévérité du reste. *Elle ne doit pas bouger beaucoup*, se dit Nathalie. Jamais, elle ne prendrait ce poste : des tonnes de responsabilités, le management de toutes les brigades, l'obligation de se coltiner toutes les huiles et surtout de ne pas pouvoir se rendre souvent sur le terrain. Ce qui était complètement rédhibitoire pour Nathalie.

« À nous ! attaqua Clément en faisant claquer une touche du clavier afin de valider l'envoi de son message. Commandant, on ne va pas commencer par se mentir. Je vais vous dire les choses comme je les pense afin qu'il n'y ait pas d'ambiguïté entre nous. »

Nathalie se contenta d'un hochement tête.

« Vos états de service sont irréprochables. Votre parcours a été exemplaire à la brigade criminelle parisienne et logiquement récompensé par votre promotion au grade de capitaine. Ensuite, au sein de cette brigade spéciale de la BRP, je ne doute pas un instant que vous avez fait du bon boulot, les résultats parlent d'eux-mêmes, mais l'obtention de votre grade de commandant est à mon sens prématurée. C'est plus une décision politique et médiatique pour mettre en avant le travail de la police. Mais passons, ce qui me gêne, c'est que l'on m'ait imposé votre présence alors qu'il n'y avait pas de besoin particulier ici. Je ne dis pas qu'un ou deux lieutenants de plus ne me soulageraient pas, mais un commandant… Je ne sais pas encore comment je vais vous positionner par rapport au reste des équipes. Après moi, vous êtes la plus gradée de tout l'étage. Ce qui va forcément perturber l'équilibre que je me suis appliquée à mettre en place entre mes différentes brigades. »

Nathalie demeura silencieuse et attendit la suite, qu'elle connaissait déjà.

« En attendant que je trouve la solution adéquate, j'ai donc décidé que vous n'intégreriez aucune des deux brigades. Et en aucun cas, vous ne ferez l'interface entre moi et mon équipe. C'est moi qui garde les rênes en direct. Officiellement, je vous ai déjà présentée comme étant un consultant expérimenté avec pour mission d'avoir un œil critique et une vision globale sur les affaires en cours. Dans une certaine mesure uniquement, de par votre expérience, vous interviendrez sur les enquêtes complexes pour aider les OPJ à évaluer les situations. Vous aurez donc un bureau à part. Vous aurez naturellement accès à tous les dossiers et documents nécessaires. »

La commissaire croisa les doigts et demanda sur un ton mielleux si Nathalie avait des questions.

« C'est très clair et cela me convient parfaitement ! » mentit Nathalie, espérant la contrarier.

La commissaire lui avait bien savonné la planche. La présenter comme une espèce de surveillante qui allait suivre et juger le travail des équipes, leur montrer comment bien faire leur boulot, c'était la cataloguer d'entrée comme une chieuse, une personne à éviter et dont il fallait se méfier.

Nathalie se força à sourire et ajouta d'un ton provocant :

« Je serais une sorte de détective privé, libre de tout mouvement.

– Je n'aime pas ce terme et ce n'est pas ce que je viens de vous expliquer, cracha la commissaire Clément en haussant un peu la voix. Vous interviendrez en observatrice, en parallèle des équipes. Pour toute demande d'intervention ou de renforts, vous aurez l'obligation de passer par moi au préalable. Pas d'initiative personnelle. »

Compte là-dessus ! ragea Nathalie intérieurement.

En voyant la commissaire sourire pour la première fois, Nathalie se raidit, prête à recevoir l'estocade finale.

« Vous ne serez pas seule ! Pour vous aider, j'ai décidé de vous mettre en équipe avec un jeune lieutenant qui sort tout juste de l'école. Vous serez sa tutrice en quelque sorte. Je suis persuadée qu'il apprendra beaucoup à votre contact. »

C’en était trop pour Nathalie, qui s’apprêtait à se lever. Elle fut stoppée dans son élan par deux coups fermes frappés à la porte.

« Quand on parle du loup ! fanfaronna la commissaire en conservant toujours le même sourire narquois. ENTREZ ! »

La porte s’ouvrit.

« Commandant Lesage, je vous présente le lieutenant Cyrille Savage. »

Les yeux de Nathalie s’écarquillèrent en reconnaissant le fougueux cycliste qui avait failli la percuter un peu plus tôt.

Décidément, on ne lui épargnerait rien.

5

Mardi 13 novembre 2018, 10 h 30.

Nathalie ruminait les paroles de la commissaire Clément pendant que le lieutenant Savage, accroché au volant d'une voiture banalisée, se faufilait entre les véhicules pour atteindre le lieu du crime.

Quelle salope ! jura-t-elle intérieurement.

Nathalie était folle de rage et bien décidée à ne pas se laisser faire. Hors de question qu'on lui dicte sa conduite. Elle comptait bien mener son travail comme elle l'entendait. Et, au besoin, elle n'hésiterait pas une seconde à désobéir à sa hiérarchie pour faire avancer une enquête. Ça ne serait pas la première fois et jusqu'à présent, elle n'avait jamais eu à le regretter. Elle avait confiance en elle sur ce plan-là.

Nathalie tourna la tête vers le lieutenant Savage et s'interrogea sur les raisons de cette présence imposée. Qu'est-ce qu'il avait fait comme connerie ? Un pistonné, un fils à papa ou bien un emmerdeur notoire ? Nathalie pria pour qu'il soit au moins compétent. De toute manière, il avait intérêt à l'être sinon elle le laisserait sur le bord de la route.

Dès l'entrée du lieutenant Cyrille Savage dans son bureau, la commissaire Clément avait embrayé sur le travail. Tôt ce matin, un homme avait été retrouvé assassiné dans un parc. Une équipe avait déjà été dépêchée sur place, mais la commissaire voulait que son nouveau tandem de choc s'y rende également. Elle les avait congédiés dans la foulée sans plus d'explication.

Dans le couloir, le lieutenant Savage s'était aussitôt excusé une nouvelle fois pour sa conduite. Puis, tout en progressant d'un pas vif, il n'avait eu de cesse de broder sur la chance de pouvoir travailler avec Nathalie.

Elle était demeurée muette, la mâchoire crispée par la colère.

Presque revenus à l'entrée du service, juste à côté des toilettes, l'intarissable Savage avait ouvert une porte en annonçant que c'était leur bureau.

La colère intérieure de Nathalie était encore montée d'un cran. La pièce ressemblait plus à un placard à balais qu'à autre chose. C'était d'ailleurs le cas, comme le lui avait plus tard expliqué Savage. Auparavant, c'était une réserve où l'on stockait les consommables. Savage avait fait tout son possible pour rendre le lieu fonctionnel et agréable, mais cela restait une cage à lapins. Deux bureaux avaient été collés face à face et une vieille armoire métallique sans porte masquait toute la largeur du mur du fond, s'arrêtant juste sous deux ridicules fenêtres rectangulaires. Nathalie avait tout de suite repéré sa place, car Savage avait pris la peine d'y déposer un petit bouquet de fleurs de bienvenue. Elle avait alors levé les yeux au ciel en se demandant où elle était tombée.

Pétrie de colère, elle n'était pas entrée dans le « poulailler », se contentant d'observer Savage attraper sa veste, un trousseau de clés et un paquet de gâteaux récupéré dans un tiroir.

Sur le chemin qui les avait conduits jusqu'au parking de la DIPJ, Savage, déjà au courant de l'homicide, avait informé Nathalie des quelques éléments dont il disposait.

C'était un habitué du parc qui avait découvert à l'aube le corps d'un homme coincé dans les cordes d'un jeu pour enfant. Grâce à ses papiers, la victime avait été identifiée. C'était un médecin généraliste habitant tout près du parc de la mairie du 5e arrondissement. D'après les premiers retours des collègues qui s'étaient rendus sur place, le docteur avait été sauvagement assassiné.

Arrivés sur le parking, saoulée par le débit verbal de Savage, Nathalie lui avait ordonné de se taire jusqu'à nouvel ordre. Il n'avait pas paru offusqué. Sa seule réaction avait été d'ouvrir son paquet de gâteaux aux figues.

Nathalie observa Cyrille tâtonner entre ses jambes à la recherche d'un rescapé sans quitter la route du regard.

« Arrêtez de chercher, le paquet est vide, l'avertit Nathalie. En fait, quand vous ne parlez pas, vous mangez ! »

Cyrille se tourna vers Nathalie et lui décocha un grand sourire. Tout heureux qu'elle lui adresse de nouveau la parole.

« Vous n'avez pas une once de graisse ! Comment vous faites ? demanda-t-elle, envieuse.

– Beaucoup de sport et la chance d'être un *fast burner*. Je brûle très vite les calories. Pas le temps de stocker les graisses.

– C'est pas juste, soupira Nathalie. Au moindre écart, ou si j'arrête de courir, je prends du lard. »

Cyrille faillit préciser que sa jeunesse y était aussi pour quelque chose, mais il n'était pas sûr que Nathalie apprécierait. Une bonne dizaine d'années les séparait.

« C'est encore loin ? » demanda Nathalie en consultant l'heure sur le tableau de bord.

Presque 11 heures !

Plus d'une demi-heure qu'ils roulaient et elle avait l'impression de faire du surplace.

« Non. Moins de cinq minutes. On a de la chance, le trafic est normal ce matin. Pas de travaux sous les tunnels et surtout, pas de pluie. À Lyon, dès qu'il pleut ou qu'il y a un millimètre de neige c'est le bordel. Mais je ne vous apprends rien. Ça doit être pareil à Paris.

– Rien à voir. On a aussi beaucoup de circulation, mais ici les routes semblent plus étroites et tortueuses. On est loin des grands boulevards parisiens.

– Oui, la topographie est particulière à Lyon. Il y a beaucoup plus de relief apporté par les différentes collines et par les tracés sinueux du Rhône et de la Saône. Mais du côté de la Part-Dieu, nous avons aussi de grandes avenues et notre périphérique n'a rien à envier au vôtre.

– Vous connaissez bien Lyon ?

– J'y ai toujours vécu… Regardez, on arrive. »

En longeant le parc, ils virent un grand nombre d'agents de la police nationale et municipale qui en bloquaient les accès.

« Ils ont tout bouclé. On va aller se garer du côté de la mairie. »

Après avoir passé un premier barrage, Cyrille stoppa la voiture devant le bâtiment municipal, à côté d'un véhicule de la police scientifique.

Sur décision de la police et en accord avec le maire, on avait demandé à l'ensemble du personnel administratif de rester chez eux. Seuls quelques adjoints entourés de journalistes déambulaient aux abords du parc.

Un petit homme chauve, au visage rouge et à l'allure débraillée, accourut à leur rencontre.

« Comment êtes-vous arrivés jusqu'ici ? gronda ce dernier. Les bureaux sont fermés aujourd'hui. Repassez un autre jour.

– Commandant Lesage, SRPJ de Lyon ! »

Les yeux de l'homme rondouillard s'arrondirent de surprise.

« Oh ! Veuillez m'excuser. Je suis complètement perturbé avec cette histoire. Je suis le maire. Quelle horreur, ce drame…

– Vous connaissiez la victime ? l'interrompit Nathalie.

– Le docteur Charry ? Évidemment. Un citoyen exemplaire et respectable, toujours prêt à rendre service… Mais pourquoi vous me posez ces questions ? J'ai déjà répondu à vos collègues ce matin. »

Nathalie garda son calme. Elle savait que cette réflexion reviendrait souvent.

« Nous sommes comme le rasoir, le second passage avant que le poil ne se rétracte.

– Ah bon ? » fit le maire, ne comprenant pas l'allusion à la publicité. « Tous vos collègues sont repartis et le corps du malheureux Roger a été emporté il y a deux heures. Il ne reste plus qu'une équipe de la police scientifique. »

Savage n'avait pas écouté la réponse de Nathalie, il pianotait sur son smartphone.

« Bien, répondit Nathalie au maire. Nous irons tout de même nous faire notre opinion. Et la personne qui a découvert le corps, elle est toujours dans le coin ?

– Non, il est reparti également, pris en charge par le SAMU. Complètement sous le choc le pauvre vieux. C'est un retraité, ancien photographe, qui fait ses deux tours de parc quotidiens. Il adore venir très tôt pour savourer les premières couleurs de l'aube. C'est à son second passage qu'il a vu une grosse masse bizarre coincée dans les cordes de la pyramide d'escalade. Un vrai carnage apparemment !

– Le médecin avait de la famille ? enchaîna Nathalie.

– Oui, marié, avec un enfant, il me semble.

– Vous connaissez son adresse ? »

C'est Cyrille qui répondit le premier :

« Je l'ai, c'est dans une impasse à cinq minutes d'ici. Charry Roger, médecin généraliste ; son cabinet est à Caluire, 62 ans, marié, un garçon, Franck, d'une trentaine d'années si j'en crois les photos de son profil Facebook. J'ai trouvé une photo du docteur en train de jouer au golf. Pas grand-chose de plus. »

Nathalie apprécia l'initiative.

« Parfait, Lieutenant ! Merci, Monsieur le maire. On vous laisse. »

Ce dernier leur indiqua la direction à suivre avant de se retirer avec soulagement.

Les deux OPJ contournèrent la mairie et empruntèrent le chemin qui ceinturait le parc. À une trentaine de mètres devant eux, Nathalie montra du doigt les agents de la PTS[1], facilement repérables avec leurs combinaisons blanches au milieu d'un bosquet d'arbres. Derrière cette barrière végétale, on distinguait une grande étendue gazonnée et une zone plus claire.

En foulant le gazon, Nathalie aperçut aussitôt la pyramide de cordes qui trônait au centre d'une aire carrée bordée de bancs. Jeu d'escalade classique composé d'un entrelacs de cordes soutenues par un mât métallique central et tendu aux quatre coins. L'objectif était de grimper jusqu'au sommet en se contorsionnant comme on le pouvait. Nathalie avait toujours trouvé ce jeu dangereux à cause de la hauteur impressionnante et du risque élevé de chute malgré le revêtement élastique.

Elle croisa les bras et examina l'ensemble. De sa position, elle se représenta mentalement la scène avec le corps toujours en place. Une image surgit aussitôt, la même qu'avait eue le tueur : celle d'un insecte empêtré dans une toile d'araignée attendant la grande faucheuse. En baissant les yeux, Nathalie découvrit de longues traînées de sang. Elle s'en approcha. Les lignes brunâtres étaient à peine absorbées par le revêtement caoutchouteux. Elle remonta la piste jusqu'à la bordure de la pyramide. Elle localisa facilement, à un mètre du sol, un groupe de cordes souillées par le sang du médecin. À leur verticale, des feuilles mortes étaient figées dans une grande mare de sang coagulé.

Cyrille siffla derrière elle.

« Il doit être balaise notre gars ! Vous avez vu comment il l'a balancé après l'avoir traîné jusqu'ici ?

– Faites-moi voir une photo du médecin ! » demanda Nathalie à Cyrille, qui tourna l'écran vers elle.

---

1 Police Technique Scientifique.

L'homme en tenue de golf était de corpulence normale.

« Effectivement, notre assassin doit posséder une belle carrure. »

Ils se retournèrent vers l'origine des traînées qui menaient vers les arbres, là où officiaient deux hommes en blanc. Le premier prenait des photos tandis que le second, penché en avant, sondait le sol jonché de feuilles mortes à l'aide d'une tige munie d'une pince mobile.

Juste à l'orée des arbres, Nathalie repéra un tas de sacs plastique de tailles différentes. Elle fonça vers les scellés.

« Hé ! Vous ! » cria l'agent au bâton, se précipitant vers les deux intrus. « Ne touchez à rien. Vous n'avez rien à faire là. C'est une scène de crime !

– On est de la Criminelle, précisa fermement Cyrille.

– Je m'en fous. Ne touchez à rien ! »

Avec ses lunettes épaisses et sa capuche trop serrée contre son visage, ils eurent du mal à prendre au sérieux l'homme qui les sermonnait.

« Je croyais que vous étiez partis ! » fit-il en arrivant à leur hauteur.

Nathalie ne commenta pas la remarque, préférant se pencher sur le contenu des scellés.

« Vous cherchez quoi ? insista leur interlocuteur.

– À comprendre ce qui s'est passé, répondit Nathalie sans lever la tête. Lieutenant, prenez le relais, s'il vous plaît. »

Surpris le temps d'un instant, Cyrille bomba le torse et d'une voix plus grave qu'à l'accoutumée, il pria l'agent de lui parler du résultat de leurs recherches.

« Sérieux ? Je n'ai pas le temps avec toutes ces putains de feuilles mortes qui recouvrent tout. C'est tellement facile de rater un indice important. »

Cyrille insista.

L'homme soupira, desserra sa capuche, ce qui lui redonna forme humaine.

« Entendu, capitula-t-il, mais je vous la fais courte. Pour les détails vous demanderez à vos collègues. Donc, a priori, hier soir, alors que le médecin faisait un tour de parc, le tueur l'a tiré dans ce bosquet. Il a attrapé tout ce qu'il avait sous la main, principalement des branches mortes, et a littéralement massacré sa victime. Il l'a ensuite traînée jusqu'à la pyramide pour la jeter dans les cordes. Je suis arrivé avec la deuxième équipe, juste au moment où ils mettaient le corps dans le sac. Tout juste le temps de voir que son visage n'existait plus et que des brindilles sortaient de ses yeux. Notre gars n'a pris aucune précaution. Dans le bosquet on a retrouvé de nombreux morceaux de bois recouverts de sang et portant ses empreintes digitales. Vers la pyramide, mes collègues m'ont raconté qu'ils avaient aussi relevé des empreintes partout et qu'ils avaient récupéré une boule bizarre collée sur le visage du docteur. Les techniciens vont se régaler avec tous les scellés récupérés. On va vite le choper, ce cinglé !

– Vous pensez que c'est un meurtre pulsionnel ? demanda Cyrille.

– Elle est étrange votre question ! s'étonna l'agent. Qu'est-ce que j'en sais ? Ce n'est pas à moi de le dire ! C'est votre boulot, Lieutenant ! »

Le reproche justifié de l'agent déstabilisa un instant Cyrille, qui s'en voulut d'avoir posé une telle question.

Nathalie, qui examinait toujours les sacs, reprit la main :

« Je vois une laisse intacte. Apparemment le docteur promenait son chien au moment où il a été tué. Vous avez retrouvé l'animal ?

– Oui, assommé d'un coup de bâton. D'après le véto, il devrait vite s'en remettre. »

Nathalie hocha la tête.

« Bon maintenant, si vous le permettez, j'aimerais bien finir mon boulot avant midi. »

Nathalie remercia l'agent, qui tira sur les cordons de sa capuche pour reprendre son allure de coton-tige.

Elle se releva et observa Cyrille, qui restait silencieux. Elle lui donna une claque sur l'épaule.

« Hé ! Ne faites pas la gueule. C'est le métier qui rentre. Je suis persuadée que vous ne poserez plus ce type de question à l'avenir. »

Cyrille hocha la tête avant de demander :

« On va faire un tour au domicile du médecin ?

– Non ! décida Nathalie. On va laisser la veuve tranquille. On lira les rapports plus tard. C'est seulement mon premier jour et j'en ai déjà marre d'être à la traîne. Il faut que nous rattrapions notre retard.

– Je suis avec vous à cent pour cent. J'adore la compétition. On fait quoi alors ?

– Vous savez où se trouve l'Institut médico-légal ?

– Jamais mis les pieds, mais je connais l'adresse. C'est vers la fac de médecine à Rockefeller. Ce n'est pas très loin de l'hôtel de police.

– Alors, c'est parti. On ne risque rien d'essayer. On sera peut-être les premiers cette fois », fit Nathalie sans enthousiasme.

6

Mardi 13 novembre 2018, 11 h 30.

Dans la voiture qui remontait la grande rue de la Guillotière, l'ambiance était aussi lourde que la couche nuageuse grise recouvrant la cuvette lyonnaise. Le lieutenant Savage engagea la conversation pour tenter de sortir sa supérieure de son mutisme.

« Vous allez bien, Commandant ? »

Nathalie devait rester positive et prouver à la commissaire que, malgré la position inconfortable dans laquelle elle l'avait mise, elle réussirait son intégration au SRPJ. La principale difficulté résidait dans le dosage : ne pas se mettre à dos la brigade qui dirigeait l'enquête en faisant de l'ingérence et en même temps être capable de trouver des éléments pour confondre le meurtrier. Un véritable exercice d'équilibriste. Si elle parvenait à se faire adopter par les deux brigades, la commissaire serait alors devant le fait accompli, l'obligeant à revoir la position de Nathalie au sein de l'organisation du service.

À cet instant, elle réfléchissait au possible profil du tueur avec les maigres éléments glanés jusqu'à présent.

« Ça va, merci, répondit Nathalie. Cyrille, nous allons passer une grande partie de nos journées ensemble, alors appelez-moi juste par mon prénom.

– Entendu… Nathalie », s'empressa-t-il de répondre, ravi de ce rapprochement.

Il en profita pour poser la question qui lui brûlait les lèvres depuis quelques minutes. Il voulait confronter ses théories avec celles du commandant.

« Vous pensez que l'on a affaire à un meurtre prémédité ? demanda-t-il, ne privilégiant pas cette hypothèse.

– C'est drôle, je me posais la même question. C'est trop tôt pour l'affirmer, mais je pense que oui.

– Ah bon ? Pourtant l'utilisation des branches comme arme fait penser à de l'improvisation. Perso, je penche plutôt pour une rencontre fortuite qui aurait mal tourné.

– Et pour quelle raison le tueur se serait-il acharné de la sorte ? demanda Nathalie pour l'obliger à aller plus loin dans son raisonnement.

– Je ne sais pas. C'était peut-être simplement pour le plaisir de tuer et le docteur a eu la malchance de croiser sa route.

– Continuez, l'encouragea Nathalie en souriant.

– Il a laissé des traces partout ! Cela renforce le côté non prémédité du crime, non ? S'il est fiché, on va vite mettre la main sur lui.

– Ne comptez pas trop là-dessus, il n'est sûrement pas connu de nos services. En attendant, je vous charge de récupérer les différents rapports.

– Sans problème, j'attendrai qu'ils soient déposés sur le serveur.

– Très bien, mais je voudrais également que vous alliez directement discuter avec les membres de la brigade. Vous vous entendez bien avec eux ?

– Je les connais peu. J'ai discuté cinq minutes au café avec certains. Vous savez, je suis arrivé il y a à peine trois semaines et on m'a rapidement demandé d'installer notre bureau et de faire de la paperasse en attendant votre arrivée. Je suis le bleu qui sort de l'école.

– Voilà une belle occasion de vous intégrer. Allez-y en douceur. Gardez vos hypothèses pour vous. Dans un premier temps, l'important sera d'écouter et de gagner leur confiance !

– Très bien… »

La voiture sortait du rond-point Grange Blanche pour prendre l'avenue Rockefeller. Cyrille dépassa sur la droite l'école du même nom et ralentit pour se concentrer sur plusieurs bâtiments blancs. Ils constituaient la Faculté de Médecine Lyon Est.

D'un grand portail donnant sur l'entrée principale de la Fac, sortaient des dizaines d'étudiants pressés de remplir leurs estomacs. Certains avaient conservé leur blouse blanche pour annoncer la couleur, leur appartenance.

En vue aérienne, cette ruche universitaire ressemblait au symbole dièse. En plus de l'activité éducative classique de médecine, elle abritait dans certaines ailes de nombreux laboratoires de recherche ainsi que l'Institut médico-légal qui possédait sa propre entrée. Cyrille faillit la rater, masquée par un tramway qui passait devant au même moment.

Il attendit que la barrière rouge et blanc se relève pour franchir les rails gazonnés. De part et d'autre du perron de l'institut, quelques emplacements lui permirent de stationner.

Nathalie sourit en le voyant faire craquer ses cervicales et fixer d'un air inquiet le fronton du bâtiment.

« C'est la première fois ?

– Oui.

– Vous voulez m'attendre dehors ?

– Non. Il faut que je combatte mes craintes. J'ai toujours redouté d'aller dans ce genre d'endroit.

– Très bien. Vous avez remarqué la cheminée ? »

Cyrille repéra le cylindre gris en ciment, juste à côté de l'escalier de secours.

« Quand ça fume, dit Nathalie d'un ton grave, cela signifie qu'ils brûlent un corps, que les étudiants ont terminé de le charcuter. »

Cyrille blêmit.

« Mais non ! Je plaisante, c'est pour le chauffage. C'était pour vous détendre !

– Très drôle, Commandant ! grogna Cyrille, appréciant très moyennement la blague.

– Vous voyez, la colère chasse la peur. On va pouvoir y aller maintenant. »

Sous l'œil des caméras de surveillance, Nathalie tira le battant vert d'une des trois portes d'entrée. Dès qu'il se referma derrière eux, l'atmosphère changea radicalement. Dans le grand hall, les bruits de l'extérieur avaient disparu, remplacés par un silence lourd à peine perturbé par les chuchotements d'un groupe d'étudiants.

Nathalie s'approcha du guichet d'accueil. Après les présentations d'usage, la femme, très aimable, leur donna le nom du professeur responsable et leur précisa qu'il donnait un cours jusqu'à midi trente dans l'amphithéâtre Ambroise Paré. Ils se firent expliquer le chemin et la remercièrent.

Quand ils poussèrent les portes battantes de l'amphithéâtre, Cyrille eut un instant de recul en découvrant la scène qui s'y déroulait. Il en avait déjà vu dans des films, mais il ne s'attendait pas à trouver son équivalent ici.

Juchés au 4e niveau d'un étroit palier stoppé par une barrière ajourée, ils surplombaient une table de dissection en aluminium sur laquelle un corps reposait, thorax écarté et entrailles à l'air. Un homme en combinaison bleue, charlotte, masque, tablier et bottes blanches, officiait en commentant chacun de ses gestes. C'était certainement le professeur Olivier Gardot. Un autre homme, un assistant, pesait des poumons verdâtres sur une vieille balance à aiguille. Les deux premiers niveaux étaient garnis d'étudiants attentifs, debout et penchés pour mieux voir. Certains prenaient frénétiquement des notes sur des tablettes.

Le professeur leva la tête un instant vers les deux intrus qui venaient d'entrer avant de poursuivre placidement son cours.

Nathalie consulta la grande pendule accrochée au-dessus d'un stock de bidons au contenu inconnu.

« Encore dix minutes à attendre avant la fin du cours », dit-elle tout bas en se tournant vers Cyrille, dont les yeux rougissaient à cause des effluves violents qui flottaient dans l'air. « Vous pouvez attendre dehors si vous voulez !

– Non, je vais rester ! » souffla-t-il en résistant à la tentation de se frotter les paupières de peur d'aggraver les douloureux picotements. « La vache, ça arrache !

– Je dois avouer que l'odeur est particulièrement forte. D'habitude c'est moins puissant. »

Dès la fin du cours, les étudiants désertèrent les gradins de l'amphithéâtre pour courir se restaurer avant d'enchaîner avec les cours de l'après-midi. L'éternel étudiant poseur de questions accaparait encore le professeur tandis que Nathalie et Cyrille descendaient pour le rejoindre.

Parvenus au bas de l'amphi, ils firent attention à l'assistant du professeur qui lavait au jet le sol carrelé. Le corps avait déjà été emporté dans une pièce attenante réfrigérée en attendant de se faire recoudre pour une énième autopsie.

L'enseignant congédia enfin l'étudiant qui sortit tout en continuant de prendre des notes.

« Officiers judiciaires, je suppose ? dit le professeur Gardot en se tournant vers eux. Suivez-moi, s'il vous plaît. »

Ils l'accompagnèrent jusqu'à un vestiaire et attendirent patiemment qu'il se déleste de son équipement.

« Pff… fit le professeur en retirant une veine grisâtre qui était restée collée à sa manche. Il part vraiment en lambeaux ce malheureux. Encore un cours ou deux et on le laissera reposer en paix. Il a largement rempli son office.

– Ah ! C'est pour cela que ça sentait si fort ? en déduisit Nathalie.

– Oui, le corps est gorgé de liquide conservateur », précisa-t-il en terminant de se laver les mains.

Une sérénité incroyable se dégageait de l'homme qui se trouvait en face d'eux. La petite cinquantaine, grand, les cheveux noirs épais qui cherchaient encore quelle direction prendre, des sourcils broussailleux et un regard bleu clair qui semblait vous transpercer quand il vous fixait.

« Que puis-je faire pour vous ? » demanda-t-il tranquillement.

Nathalie fit rapidement les présentations et l'informa de la raison de leur venue.

« Oh le médecin ! Oui, il est arrivé ici vers 9 heures dans nos sous-sols. Les agents d'autopsie l'ont préparé et exécuté les vérifications préliminaires d'usage. À cause de mon cours, je n'ai eu que le temps de réaliser les premières observations. J'ai laissé un collègue médecin commencer le travail avec un anatomopathologiste et deux agents. L'autopsie va être longue compte tenu de l'état désastreux de la victime. Ça va être un véritable casse-tête pour déterminer précisément l'enchaînement des faits et identifier le dernier événement qui a entraîné la mort. Il y a eu tellement de coups… »

Le professeur Gardot jeta une serviette dans un bac avant de poursuivre :

« Ce pauvre homme a été tué avec une violence que j'ai rarement vue et croyez-moi, j'en ai vu défiler des corps… J'ai été stupéfait par le nombre de coups infligés à la victime. J'ai retrouvé sur tout le corps des échardes de bois profondément incrustées dans l'épiderme. Les vêtements ont été déchiquetés sous les impacts. Au toucher, j'ai senti de nombreuses fractures sur tous les membres. Je suis persuadé que l'autopsie montrera l'éclatement de nombreux organes.

– On nous a parlé de branches dans les yeux, fit Nathalie.

– Oui, mais pas que. Il y avait également plusieurs longues brindilles enfoncées dans chaque narine qui lui ont transpercé le cerveau. Heureusement qu'il avait sa carte d'identité sur lui. Avec toutes les griffures, son visage était méconnaissable. »

Le professeur Gardot enfila une blouse propre et sortit de la pièce d'un pas rapide suivi des deux OPJ.

« Voilà pour l'essentiel. Comme d'habitude, nous vous enverrons le rapport dès que possible. Si vous voulez bien m'excuser, j'ai ma réunion quotidienne avec les magistrats de la région dans quelques minutes.

– Est-il possible de rejoindre l'autopsie en cours ? essaya Nathalie.

– Je ne préfère pas, répondit le médecin sans ralentir le rythme. Le travail est délicat et ils sont déjà assez nombreux. J'ai déjà renvoyé tout à l'heure les lieutenants de police qui voulaient rester. »

Il s'arrêta soudainement et fixa Nathalie de son regard bleu déstabilisant.

« Je ferai mon possible pour vous aider. Je m'en charge personnellement. Il faut vite trouver l'assassin.

– Pourquoi vous dites ça ? Vous pensez qu'il va recommencer ? demanda Cyrille.

– Je n'en sais rien. J'espère que non… »

Nathalie nota rapidement son numéro de portable personnel sur une feuille et la remit à Gardot, qui la prit machinalement.

« Si vous trouvez quelque chose. Prévenez-moi directement.

– Mais tout sera dans le rapport », s'étonna le médecin en fronçant les sourcils.

Gênée, Nathalie n'avait pas envie d'entrer dans les détails. Elle tenta un « s'il vous plaît » appuyé qui n'eut pas l'air de faire beaucoup d'effet sur le professeur, qui se contenta de ranger la feuille mollement, histoire de se débarrasser d'eux.

Pas d'exclu en perspective, Nathalie était déçue.

Au final, ils n'avaient pas appris grand-chose qui aurait pu la mettre sur une piste. Ils devraient se contenter de lire les rapports, en même temps que le reste de la brigade.

Sa motivation fondait à vue d'œil. L'après-midi s'annonçait long et frustrant.

« Je meurs de faim ! s'exclama Cyrille. J'ai repéré une cafétéria pas très loin, du côté médecine. On y va ? »

Nathalie acquiesça pour lui faire plaisir.
Au moins un qui sera content, pensa-t-elle.

7

Mardi 13 novembre 2018, 13 heures, IML.

Tout en ruminant, Nathalie triturait du bout de sa fourchette la salade qu'elle avait à peine touchée. En face d'elle, Cyrille était en train d'avaler un bon morceau de mille-feuille alors qu'un copieux hamburger l'avait précédé, accompagné d'une barquette de frites XXL. Un peu plus tôt, il avait justifié son choix alimentaire par l'entraînement de rugby prévu en fin d'après-midi. D'un point de vue nutritionnel, Nathalie doutait que ce régime hyper riche en lipides soit compatible avec une activité sportive intense.

La dernière frite ingérée, Cyrille eut du mal à masquer un rot. La double vibration de son portable vint à son secours. C'était un SMS en provenance du standard de la SRPJ. Il le lut avant de passer l'appareil à Nathalie.

> Crime de sang signalé au 62 rue Duquesne dans le 6e, 7e – étage, atelier du peintre Alain Lefort, a priori la victime, agents du commissariat en route, présence d'un OPJ de la brigade demandée.

Alors qu'elle n'avait aucune idée de la distance qui la séparait de l'adresse indiquée, Nathalie s'empressa de répondre qu'ils se rendaient immédiatement sur place. Cette fois-ci, elle ne voulait pas rater l'occasion d'être la première.

« Lieutenant, on part tout de suite », ordonna Nathalie en se levant prestement.

Cyrille, qui avait anticipé sa réaction, l'imita aussitôt tout en s'essuyant la bouche maculée de crème pâtissière.

« C'est loin ? demanda Nathalie en courant dans les couloirs de la fac.

– Dix minutes avec le gyrophare.

– Parfait. La chance est de retour. »

Ils sortirent de l'institut comme deux boulets de canon pour s'engouffrer dans la voiture. Des fourmillements d'excitation parcoururent tout le corps de Nathalie.

Le véhicule avala le cours Albert-Thomas, puis celui de Gambetta en quelques minutes avant de griller un énième feu pour s'engager avenue Maréchal-Saxe.

« Je connais le coin, annonça Cyrille sans lâcher la route des yeux. C'est juste à côté de l'entrée de la porte de la Tête d'Or. Quartier chic.

– Tête d'Or, vous parlez du parc ?

– Oui, c'est l'entrée historique du parc. Avant, je passais beaucoup par là pour courir. Depuis que j'ai déménagé, je vais à celui de Parilly. »

Nathalie nota mentalement de s'acheter rapidement un plan de Lyon. Cela devenait urgent d'avoir des repères.

Cyrille se posa en double file, sport typiquement lyonnais, derrière une voiture de police, juste en face d'un immeuble de belle facture à la façade blanche.

Nathalie soupira en sortant du véhicule. Malgré le pilotage efficace de Cyrille, ils n'étaient pas les premiers. Le commissariat du 6e était forcément tout proche.

Cyrille lui indiqua du doigt la grille grise aux ornements dorés qui marquait l'entrée du parc. Nathalie hocha la tête par politesse, préférant visser son regard sur la porte voûtée de l'immeuble.

Ils traversèrent la rue et profitèrent de la sortie d'un habitant pour s'engouffrer dans le bâtiment, leur évitant ainsi l'insupportable épreuve de l'interphone.

Nathalie hésita à prendre les escaliers, mais voyant que l'ascenseur était à leur niveau, elle consentit exceptionnellement à l'utiliser.

Arrivés sur le palier, ils n'eurent aucune difficulté pour trouver l'atelier du peintre. Un agent d'une cinquantaine d'années à l'air sévère se trouvait en faction devant une porte recouverte de motifs multicolores et entrebâillée de quelques millimètres. Nathalie repéra une écharpe rouge enroulée autour de la poignée.

Le policier s'avança dans leur direction.

« Vous cherchez quelque chose ?

– Commandant Lesage, Crim' de Lyon, se présenta Nathalie avec assurance.

– Je pensais connaître tout le monde, fit l'homme avec soupçon. Vous pouvez me montrer votre badge, s'il vous plaît ? »

Merde ! pensa Nathalie. Évidemment, elle ne l'avait pas encore récupéré. Encore une chose à régler rapidement auprès du service administratif. Elle expliqua sa situation au policier en sortant son badge parisien.

Devant le scepticisme de l'agent, Cyrille vint à son secours en montrant son propre badge et en corroborant les dires de sa supérieure.

« O.K. », concéda finalement le policier en se détendant.

Il était temps, car le zèle de l'agent commençait à agacer Nathalie.

« On va trouver quoi derrière cette porte ? demanda-t-elle.

– Un cadavre bien amoché au milieu d'un sacré bordel.

– Le peintre ?

– Oui, Alain Lefort.

– Qui vous a prévenu ?

– Le gardien qui lui apporte le courrier. Vous voyez cette écharpe ? indiqua l'agent du pouce. C'est celle du peintre. Il la porte tout le temps, sauf quand il travaille. Il l'accroche alors à l'extérieur. C'est un code convenu qui signifie qu'il ne veut être dérangé sous aucun prétexte. Le gardien qui le connaît de longue date a été étonné de la voir pendue en permanence durant plus de deux jours. Il a surtout trouvé bizarre de ne pas avoir vu l'artiste fumer sa pipe sur le trottoir, juste sous ses fenêtres. Il le faisait invariablement plusieurs fois par jour. Il a ouvert avec son passe et a découvert le corps.

– Où est le gardien maintenant ? demanda Nathalie.

– Chez lui avec mon collègue. Moi, je reste ici en attendant la PTS ou un officier.

– Parfait, nous sommes là ! »

L'agent hésita un court instant avant de s'écarter :

« Entendu, je reste ici. Je n'ai pas envie d'y retourner. Il s'est bien défoulé le gars ! »

Nathalie nota mentalement que l'agent avait désigné spontanément le meurtrier comme étant un homme.

Après avoir poussé la porte du pied, ils pénétrèrent dans un vaste espace baignant dans la lumière automnale provenant d'une large verrière. Nathalie repéra un escalier sur la droite qui devait mener aux pièces à vivre du duplex.

Une odeur putride planait dans tout l'appartement que les nombreux produits chimiques présents ne parvenaient pas à couvrir.

Il régnait un capharnaüm propre à tout atelier de peintre qui se respecte. Partout où le regard se posait, il y avait des toiles par dizaines, de toutes les tailles, plus ou moins avancées, des caisses de matériel, des tonnes de chiffons, des bouteilles en plastique, des bocaux remplis d'eau et une multitude de pinceaux. Nathalie repéra une travée assez dégagée, comme si une mini-tornade avait traversé la pièce en ondulant légèrement. Elle suivit le tracé des yeux jusqu'au coin de l'atelier. Son regard se bloqua sur un enchevêtrement étrange de cadres, de chevalets et de tableaux cassés ou déchirés. Elle avança d'un pas et discerna deux jambes qui dépassaient sous ce monticule incongru aux teintes rougeâtres.

Se rapprochant, ce qu'elle avait pris pour de la peinture rouge tirant sur le noir s'avéra être du sang pour une grande part séché. Il y en avait partout et en quantité, formant des plaques grumeleuses.

Avec Cyrille sur ses talons, qui se pinçait le nez pour lutter contre l'odeur de putréfaction, Nathalie contourna précautionneusement l'obstacle pour se positionner là où elle pensait trouver la tête.

En la découvrant, elle resta tétanisée un moment avant qu'une vague d'adrénaline ne remonte le long de sa colonne vertébrale, chassant celle de dégoût qui l'avait envahie en découvrant l'aspect abominable du visage du peintre.

L'état de la victime et la violence pure qui se dégageait de la scène de crime lui rappelèrent le meurtre du médecin. Son impression fut renforcée par la présence de deux gros manches de pinceaux qui dépassaient des orbites du peintre. Le reste du visage était lacéré et ensanglanté.

Masquée par le corps immobile de Nathalie, Cyrille dut se pencher pour voir la tête du peintre. Le tueur avait fracassé les toiles sur son crâne, lui ravinant un peu plus le faciès à chaque passage.

« La vache ! » siffla Cyrille tandis que Nathalie reculait pour reconstituer mentalement le déroulement du meurtre.

Le tracé de la « tornade » et l'orientation des nombreux débris présents sur le sol parlaient d'eux-mêmes. La victime avait dû se traîner sur les fesses, en reculant, face à son bourreau, pour tenter de se protéger des coups. Une fois dans le coin de l'atelier, le tueur avait continué de le frapper avec tout ce qui lui était tombé sous la main jusqu'à le recouvrir.

Sa première intuition devint pour elle une certitude.

Comme pour le docteur, ils avaient affaire à un seul et même meurtrier. Nathalie sentait que l'assassin possédait une assurance manifeste dans sa capacité à atteindre son objectif. Derrière ces deux meurtres, Nathalie percevait clairement une violence destructrice que rien ne pouvait arrêter.

Un craquement lui rappela la présence de son collègue.

« Et merde ! fit Cyrille quand son pied roula sur un morceau de chevalet.

– Faites attention où vous mettez les pieds ! » lui intima Nathalie sans colère avant de lui demander son avis sur le crime.

Les mains sur les hanches, Cyrille regarda plusieurs fois la porte d'entrée puis revint sur la victime avant de partager ses hypothèses.

« Pas de marque d'effraction sur la porte, commença-t-il. La victime connaissait le tueur.

– Stop, fit Nathalie. Vous grillez les étapes. Évitez les conclusions hâtives. Quand quelqu'un frappe à votre porte, vous ne lui ouvrez pas ? »

Le lieutenant bredouilla que cela dépendait de l'heure.

« Repensez à l'écharpe », fit Nathalie, qui avait fait exprès de le déstabiliser dans un but formateur.

Elle pensait également que la victime connaissait le tueur, mais elle aurait voulu que Cyrille lui explique comment il en était arrivé à cette conclusion.

Elle reprit :

« Quelqu'un est venu frapper ou sonner à la porte alors qu'Alain Lefort était en plein travail. Je l'imagine aisément contrarié et pestant contre l'intrus. Le visiteur a dû être assez convaincant pour qu'il lui ouvre la porte.

– Vous êtes de mon avis alors ? fit Cyrille, un peu perdu.

– C'est ce qui semble le plus plausible. J'attendais de vous un raisonnement avant la conclusion. C'est tout. Et ensuite ? »

Cyrille opina de la tête.

« Les premières traces de violence se trouvent au milieu de la pièce. Le peintre a donc fait entrer son visiteur et peut-être discuté un moment avec lui. Ensuite, comme le montrent les marques au sol, le tueur a commencé à le frapper, l'acculant jusqu'au coin où, là, il s'est déchaîné sur lui. Le frappant avec tout ce qu'il avait sous la main jusqu'à la mort sûrement provoquée par la perforation orbitale des deux pinceaux.

– Cela ne vous rappelle rien cette violence et ce mode opératoire ? Avec ce besoin d'enfoncer des objets dans les orbites ? »

Les yeux du lieutenant s'écarquillèrent.

« Punaise, c'est le même tueur que pour Charry ?

– Oui. C'est ce que je pense. Regardez une nouvelle fois. Notre tueur n'a pris aucune précaution. La scientifique ne devrait avoir aucun mal à relever des empreintes. On sera vite fixé.

– Le sang autour de la victime est déjà sec, ajouta Cyrille, le meurtre est certainement antérieur à celui de ce matin.

– Oui, il a dû être perpétré hier ou avant-hier. C'est en phase avec le témoignage du gardien.

– Cette fois-ci, notre tueur n'a rien mis dans les narines, remarqua Cyrille. Alors qu'il y avait de quoi faire !

– Oui, c'est vrai. Le fait de perforer les yeux doit avoir une signification particulière pour lui.

– Ils ont vu ou assisté à quelque chose qu'ils n'auraient pas dû ?

– Possible. Ce point sera à creuser dès que nous aurons la confirmation que nous sommes bien en présence du même meurtrier.

– Un tueur en série ? essaya Cyrille.

– C'est beaucoup trop tôt pour le dire. Perso, je ne pense pas. À part cette histoire d'yeux perforés, je ne retrouve pas un protocole clair et structuré dans ces deux assassinats. Mieux vaut attendre pour en savoir plus sur notre homme.

– Si le meurtrier unique se confirme, ça signifie qu'il y aurait un lien entre le peintre, le médecin et le tueur ?

– Possible. Et cela ne va pas être simple. Nos deux victimes étaient des personnages publics. Ils devaient fréquenter beaucoup de monde.

– Il faut s'y mettre tout de suite alors !

– Oui. On rentre au bureau. »

Alors qu'ils se rapprochaient de l'entrée, Cyrille demanda à Nathalie :

« Vous pensez qu'il y aura d'autres meurtres ?

– Aucune idée, mais ça sent pas bon. »

Ils sortirent de l'atelier et trouvèrent sur le palier les agents de la police scientifique, qui terminaient d'enfiler leurs combinaisons blanches.

8

Mardi 13 novembre 2018, 17 h 30, DIPJ.

Nathalie avait passé le reste de l'après-midi dans le minuscule bureau à éplucher les rapports qui arrivaient au compte-gouttes. Comme elle le lui avait demandé, Cyrille avait papillonné autour de la brigade chargée de l'enquête pour glaner le moindre détail qui aurait été omis d'être notifié. La manœuvre avait aussi pour but que ses collègues s'habituent à sa présence. Malgré leur collaboration toute neuve, Nathalie n'avait guère de doute sur les facilités de Cyrille à entrer en relation avec eux. Le jeune officier était avenant, énergique, tout en faisant preuve de professionnalisme et d'initiative. C'était l'inverse du boulet annoncé…

Cyrille venait de temps en temps lui apporter une note griffonnée à la hâte avant de retourner à sa tâche avec ardeur.

Dans un premier temps, Nathalie avait pris le parti de s'isoler. Il fallait y aller en douceur. Elle attendrait le bon moment pour se présenter au reste de la brigade. Contrairement aux consignes de la commissaire, elle n'envisageait pas de se cantonner à un rôle de consultante isolée attendant qu'on veuille bien la solliciter. C'était impensable dans son fonctionnement. L'esprit d'équipe, la cohésion, c'était pour elle indispensable. Elle devait donc faire en sorte que la brigade l'intègre en légitimant sa présence. Le tout sans mettre son grade en avant. Pour cela, elle devait frapper les esprits en apportant un élément crucial qui ferait faire un bond à l'enquête. Une fois l'adhésion de ses collègues acquise, la commissaire serait alors bien en peine de la maintenir à l'extérieur du cercle. Dans sa stratégie, le temps avait son importance. Elle ne pouvait pas se permettre de rester trop longtemps à l'écart sans se présenter. Cela pouvait être mal perçu, pris pour du snobisme ou de la vanité.

À son grand désespoir, après trois heures d'un travail minutieux, elle n'avait rien obtenu de nouveau. Il y avait bien cette forte probabilité que l'assassin soit le même pour le médecin et le peintre, mais la brigade était également parvenue à la même supposition… En attendant l'éventuelle confirmation du légiste, elle devait trouver quelque chose d'autre, un élément qui serait déterminant…

Malgré ce qu'elle avait dit à Cyrille, cette histoire de tueur en série tournait quand même dans sa tête, lui taraudant les méninges. Elle rassembla ses connaissances sur le sujet.

Elle s'attarda un moment sur la méthodologie des deux meurtres pour en lister les points communs. Le premier était évident. La violence omniprésente qui s'était abattue sauvagement sur les deux hommes. Nathalie percevait aussi de l'acharnement. Pas forcément du sadisme, juste de la fureur brute. La seconde concordance concernait la présence d'objets profondément enfoncés dans les orbites des victimes, des yeux crevés. Et c'était tout… Un peu juste pour parler de rituel. De la colère plutôt, la volonté de faire mal.

Les scènes de crimes différaient complètement, ce qui l'éloignait de l'hypothèse du tueur en série. Pour le docteur Charry, le tueur avait agi à l'extérieur et attendu le meilleur moment pour lui sauter dessus alors qu'il promenait son chien dans le parc. Habitude confirmée par la femme de la victime et certainement connue de son bourreau. Pour le peintre Lefort, le tueur n'avait pas hésité à se rendre à son domicile. Vraisemblablement, il connaissait la signification de l'écharpe rouge indiquant que l'artiste travaillait seul.

Restait le choix des victimes. Malgré l'absence apparente d'un profil type, Nathalie ne croyait pas que l'assassin les choisissait au hasard. Percer ce mystère, trouver ce qui reliait ces deux hommes, serait l'élément crucial qui lui permettrait de se faire adopter par les brigades.

Un autre élément qui l'éloignait d'un tueur en série était l'absence totale de précautions de la part du meurtrier ayant laissé son ADN partout sur les lieux du crime. Il ne cherchait pas à se masquer.

En conclusion, le mobile « vengeance » impliquant que le tueur connaissait les victimes s'imposait de plus en plus à elle. Restait à le prouver. D'après les témoignages de l'entourage et les premiers documents récupérés, aucun nom en commun entre les patients du médecin et les clients du peintre n'était ressorti.

Nathalie s'essuya le front.

Il faisait une chaleur du diable dans leur clapier. Elle n'avait pas ouvert les fenêtres, et pour cause : elles ne s'ouvraient pas.

À 18 heures, alors qu'elle se morfondait en relisant ses maigres notes, Cyrille vint l'informer qu'il partait à son entraînement de rugby et lui souhaita une bonne soirée. Nathalie le regarda sortir avec une pointe de colère.

Comment peut-il déjà partir alors qu'on patauge ?

Mais c'était lui qui avait raison. Elle se mettait la pression, perturbant son jugement et son discernement.

Pour aujourd'hui, rester plus longtemps au bureau était inutile. Elle avait besoin de se détendre un peu.

À son grand soulagement, elle ne croisa personne dans le couloir. Elle n'en avait aucune envie. Elle se crut sauvée jusqu'au moment où elle posa la main contre la porte battante de la sortie.

« Nathalie ! » cria Diane d'une voix qui résonna dans tout le couloir.

Nathalie se força à l'attendre, tout en espérant que personne ne pointerait son nez.

« Sacrée journée ! s'exclama Diane dès qu'elle rejoignit son amie. Deux meurtres dans la même journée. On a soigné ton arrivée ! »

Diane n'appartenait pas à la brigade qui travaillait sur le double homicide.

« Oui, mémorable à tout point de vue. En commençant par l'accueil de la commissaire Clément. Quelle peau de vache celle-là !

– Moins fort ! fit Diane en se retournant avec inquiétude. Les murs ont des oreilles ici. »

Elle mit sa main sur l'épaule de Nathalie pour lui chuchoter qu'elle n'avait pas tout à fait tort concernant sa sévérité. Et plus particulièrement avec les femmes.

« On en est encore là ! s'insurgea Nathalie. Alors parce qu'on est une femme on doit prouver que l'on est meilleure que les hommes. On doit justifier en permanence le fait d'être arrivée là où on est ! Et elle, sa méthode passe par l'autorité aveugle. Elle n'a rien compris cette pauvre quiche !

– Calme-toi. Tu verras, elle a de bons côtés. Elle n'est pas injuste et si tu bosses bien, elle te foutra la paix.

– Super ! fit Nathalie avec amertume devant la légèreté de son amie. C'est rassurant alors !

– Qu'est-ce qui ne va pas ? demanda Diane. Je ne t'ai jamais vue en colère comme ça.

– J'ai beaucoup changé depuis l'école, répondit Nathalie sur un ton plus doux. Après quinze années dans la police, j'ai perdu ma naïveté. Je ne parle pas du travail en lui-même, mais plutôt du relationnel en interne. C'est déjà chiant de se coltiner certains connards de machos à longueur de temps, mais quand des femmes adoptent le même comportement envers les autres femmes, ça me rend folle. »

Diane ne répondit pas. Elle n'était pas vexée, juste un peu dépassée par les propos de son amie. Elle ne voyait pas les choses de la même façon, trouvant que Nathalie exagérait. L'année à l'école de police lui parut soudainement très loin.

Nathalie soupira.

« Excuse-moi, Diane. Cette journée de reprise a été dense et éprouvante. Je ne m'attendais pas du tout à ça en arrivant ce matin. J'ai peut-être présumé de mes forces.

– Qu'est-ce que tu veux dire ? » demanda Diane.

Nathalie n'avait pas du tout envie de se confier sur la raison de ces longs mois d'éloignement. Elle pensait être suffisamment forte pour reprendre le boulot, que celui-ci aurait une action curative. Elle s'était peut-être trompée en voyant dans quel état elle était après une seule journée. Tout se mélangeait : son besoin d'intégration, l'enquête, le discours de la commissaire, son histoire personnelle. Elle devait vite faire baisser la tension, prendre du recul pour ne pas regretter son choix.

« Je suis juste fatiguée en fait, tempéra Nathalie. Je suis arrivée à Lyon hier. J'ai besoin de retrouver un rythme.

– Je comprends. C'est normal. »

Elles se retrouvèrent dehors. L'air frais fit du bien à Nathalie, qui étouffait dans ces bâtiments surchauffés. Elle se tourna vers Diane.

« Ça te dit de boire un verre ? On discutera du bon vieux temps. »

Diane regarda l'heure sur son portable.

« Ça me ferait super plaisir, mais le temps que je rentre, ça va être trop tard.

– Arrête ! Tu n'as pas une heure pour boire un coup avec ta vieille copine ?

– Je suis désolée. Ce n'était pas prévu. Joanna n'aime pas ce genre de chose.

– Joanna ?

– Ma future femme. Elle est assez jalouse.

– Non ! À ce point-là ? fit Nathalie, médusée.

– Une autre fois. Demain peut-être. Il faut que j'en parle d'abord avec elle. »

Nathalie la regarda un moment afin d'être sûre qu'elle était sérieuse. Et c'était le cas. Elle prit sur elle et se retint d'être désagréable. Elle avait sa dose pour la journée et n'avait pas envie de se mettre Diane à dos.

« Tant pis. J'irai boire toute seule. C'est pas grave. Il y aura d'autres occasions.

– Oui, tu viendras manger à la maison. C'est mieux. Joanna cuisine divinement bien.

– Avec plaisir.

– Génial. On s'organise ça très vite ! Bonne soirée, à demain.

– À demain, Diane. »

Nathalie la regarda courir en direction du parking intérieur.

Elle prit le chemin du retour en s'imaginant déjà en train de savourer une bonne pinte de bière ambrée au pub qu'elle avait repéré dans le Vieux Lyon.

9

Mardi 13 novembre 2018, 18 h 45.

Station « Sans Souci », Nathalie monta dans le métro. Elle choisit un siège au fond et s'y affala. Elle regarda un moment les usagers avant de coller son front à la vitre en essayant de se vider l'esprit. L'engin électrique traversa successivement le Rhône et la Saône.

Parvenue au terminus, elle laissa descendre les personnes devant elle avant de faire de même.

En sortant, Nathalie prit à gauche, direction place Saint-Jean. Elle marchait d'un pas tranquille, slalomant entre les touristes et les Lyonnais nombreux à cette heure. Dos à la façade de la cathédrale Saint-Jean-Baptiste, un arc de cercle de spectateurs s'était formé. Ils regardaient un jeune trio amateur de danseurs évoluer au son d'un montage d'extraits de films. Nathalie reconnut les dialogues de *Full Metal Jacket* alors qu'elle se faufilait entre les personnes qui faisaient la manche et le public du spectacle de rue.

Nathalie émergea de la grappe humaine pour retrouver l'étroite rue piétonne Saint-Jean où se succédaient boutiques de souvenirs et bouchons lyonnais.

Les terrasses étaient toujours de sortie malgré la saison et abondamment garnies. Il régnait une bonne ambiance et les gens avaient l'air décontractés. Nathalie sentait déjà la bière fraîche, délicieusement houblonnée, descendre au fond de sa gorge.

Elle tourna la tête en arrière et sa soif s'étancha immédiatement. Déformation professionnelle, elle venait d'apercevoir un homme au comportement étrange. Le même qu'elle avait déjà repéré dans le métro. Il avait gardé la tête baissée durant tout le trajet, mais Nathalie l'avait surpris en train de lui lancer de rapides coups d'œil. Sur le coup, elle n'en avait pas fait cas. L'homme, brun frisé, la quarantaine, jean, polo et veste en cuir, marchait au même rythme qu'elle.

Nathalie s'arrêta brusquement devant une vitrine pour en avoir le cœur net. L'individu stoppa immédiatement en levant la tête, soudainement intéressé par les nuages.

La coïncidence était trop grosse. Son intuition lui hurlait qu'elle était suivie. Elle n'était pas armée. Point à régler rapidement.

Du coin de l'œil, elle détailla une nouvelle fois l'homme et jugea qu'elle pourrait en venir à bout à condition d'avoir l'avantage de la surprise.

Se forçant à marcher doucement, elle longeait maintenant l'arrière du palais de justice en réfléchissant à la meilleure façon d'agir. Compte tenu de la foule, elle devait le faire avec le plus de discrétion possible. Sa méconnaissance du quartier rendait la tâche plus compliquée.

À court d'idées, Nathalie temporisa devant la vitrine de la boulangerie du Palais où une file d'attente bruyante et excitée attendait de pouvoir s'emparer d'énormes brioches aux pralines et autres spécialités diablement appétissantes.

Bizarrement, Nathalie ne se sentait pas en danger. Au contraire. L'homme avait l'allure d'un flic. La suivait-il depuis l'hôtel de police ? Elle ne saurait le dire. Un espion à la solde de la commissaire pour en savoir plus sur elle ?

T'es tarée, ma pauvre fille ! Par contre, ce qui était certain, c'était qu'il était hors de question que l'inconnu connaisse l'hôtel où elle était descendue. Elle aurait du mal à expliquer comment elle pouvait se payer un tel luxe avec son salaire d'officier. Elle devait également s'occuper de ce point rapidement. La liste des tâches urgentes continuait à s'allonger.

Elle reprit sa lente marche, à l'affût de la moindre opportunité pour mettre fin à cette pesante filature.

L'opportunité s'offrit enfin : juste devant elle, un couple de touristes, le nez dans une brochure, listait à voix haute les traboules qu'ils avaient empruntées. La femme avait manifestement son compte pour la journée, mais son mari insistait pour en faire une dernière. Il lui promit d'aller manger dans un bon bouchon juste après. Son épouse capitula en soupirant. Tout heureux, il lui indiqua que la prochaine était toute proche, juste à une vingtaine de mètres sur la droite et qu'elle donnait sur la rue des Trois-Maries. Il lut tout haut les caractéristiques de la traboule : ouverte, façade ocre, deux cours roses successives restaurées, galerie italienne, sortie par porte lourdement chargée, façade style renaissance. La femme ne l'écoutait pas. Nathalie lut dans son attitude qu'elle avait envie de lui faire avaler sa brochure.

Nathalie ne connaissait pas grand-chose aux fameuses traboules lyonnaises. Elle savait juste que c'étaient des passages historiques permettant de traverser plusieurs bâtiments. Des sortes de raccourcis qui avaient eu leur utilité au cours de l'histoire de la ville. Tour à tour, empruntés par les premiers habitants de Fourvière, les prostituées, les voleurs, les ouvriers, les résistants et enfin de nos jours par les touristes.

Nathalie se colla derrière eux tandis que le mari poussait une vieille porte en bois ornée d'une boucle en métal patiné. Le trio s'engagea dans une ruelle sombre qui débouchait dans une cour intérieure.

Nathalie abandonna le couple providentiel pour revenir en arrière et se positionner juste à la sortie du couloir. Elle aurait l'avantage de la surprise, renforcée par la lumière qui éblouirait son suiveur.

Elle n'eut pas longtemps à attendre pour entendre la porte claquer, suivi de pas rapides qui résonnaient dans toute la cour.

Dès qu'il émergea, Nathalie plongea en avant, lui attrapa l'avant-bras à deux mains et à la manière d'un lanceur de marteau, lui fit faire un violent demi-tour qui le projeta contre un mur de briques roses. Sans attendre, elle le bouscula alors qu'il tentait de retrouver son équilibre. En moins de cinq secondes, l'homme se retrouva sur le dos avec Nathalie à califourchon sur lui. Elle savait qu'il pouvait aisément se dégager d'un mouvement de bassin, mais ce dernier demeurait calme, la regardant sans colère. Il se mit même à sourire.

« Vous savez que ce n'est pas bien de suivre les femmes ? gronda Nathalie.

– Uniquement les jolies femmes ! » répondit l'inconnu en accentuant son sourire.

Nathalie se souleva un peu pour mieux retomber sur le diaphragme de l'homme, qui toussa en rigolant.

« Génial ! fit-elle. Vous êtes comique en plus ?

– Entre collègues, ça se fait ! Non ?

– Pardon ?

– Si vous voulez bien me laisser respirer un peu, je vous montrerai ma carte. Lieutenant Raphaël Monier. Je bosse aux Stups. Un étage en dessous du vôtre. »

L'instinct de Nathalie ne l'avait pas trompée.

« Putain ! jura-t-elle. Il y a d'autres moyens pour faire connaissance. Vous êtes complètement débile !

– Je suis désolé. J'avais besoin de vous parler, loin du poulailler. J'attendais le bon moment pour vous accoster.

– Eh bien c'est raté ! Vous êtes nul en filature !

– Je commence à avoir mal au dos sur ces pavés, dit le lieutenant en ignorant la critique de Nathalie. On peut se relever ? »

Non sans lui avoir imprimé une dernière pression thoracique, Nathalie se releva.

« Un pub, ça vous convient comme endroit discret ? demanda-t-elle. Je meurs de soif.

– Parfait. Mais à l'intérieur, à l'écart.

– Et de quoi vous voulez tant me parler ? »

Le lieutenant Monier lança un regard noir au couple de touristes qui rôdait toujours dans la cour. L'intervention de Nathalie avait attisé leur curiosité. L'homme prit une dernière photo avant d'entraîner sa femme par le bras vers l'autre sortie de la traboule.

Raphaël fixa Nathalie et lui murmura :

« Je connais le lien qui relie les deux meurtres. »

10

Mardi 13 novembre 2018, 19 h 15, Vieux Lyon.

Ils avaient trouvé une alcôve au fond d'un pub au style irlandais. Sur le zinc du bar, une batterie impressionnante de tireuses à bière. Nathalie avait craqué pour une pinte d'ambrée aromatisée au whisky, tandis que Raphaël avait opté pour une blanche.

Le serveur déposa les boissons accompagnées de leur sous-bock, ainsi qu'un petit bol de bretzels.

Admiratif, Raphaël regarda Nathalie boire de longues gorgées de bière en fermant les yeux. Elle reposa son verre en soupirant d'aise.

« Quel délice ! J'avais une de ces soifs ! Je n'ai rien bu de la journée.

– Je vois ça ! fit Raphaël en souriant. Belle descente ! »

Nathalie observa le visage avenant du lieutenant, mais elle n'était pas dupe. Derrière son apparence décontractée, elle décelait de la nervosité. Il avait pris soin de trouver la banquette la plus tranquille et ne cessait d'observer tout autour de lui.

Nathalie ne prit pas de gants et attaqua de front :

« Nous sommes toujours en attente des résultats, qu'est-ce qui vous permet d'affirmer que les deux meurtres sont liés ? »

Le sourire de l'officier disparut aussitôt.

Il se rapprocha d'elle et plaça sa main devant sa bouche pour masquer ses paroles.

Nathalie trouva son geste excessif, mais n'en tint pas compte, c'était plutôt la gêne apparente de Raphaël qui l'intéressait.

« Je n'en ai pas encore la certitude, commença-t-il. Ce que je m'apprête à vous révéler est juste une déduction logique.

– Arrêtez avec tous ces mystères ! s'agaça Nathalie. Ça commence à être lourd après votre filature pourrie. Crachez l'info ou je m'en vais. »

Elle mentait, naturellement, mais après cette longue journée stérile en information, sa patience était limitée.

Raphaël balaya les alentours une nouvelle fois avant de poursuivre :

« Écoutez, ces deux meurtres sont embarrassants à plus d'un titre. Vous devez d'abord me promettre de faire preuve de la plus grande discrétion et surtout, ne jamais parler de moi à quiconque, il en va de ma carrière.

– À ce point ! railla Nathalie.

– Je vous assure que je ne plaisante pas. »

Face au regard insistant de Raphaël, Nathalie promit qu'elle ne dévoilerait pas sa source. Rassuré, il commença :

« J'ai eu un appel cet après-midi d'un ami qui m'a demandé de vous informer que les deux victimes étaient des francs-maçons.

– Quoi ? Des francs-maçons ! » fit Nathalie en se rejetant en arrière.

Il ne manquait plus que ça ! La franc-maçonnerie. Elle n'y connaissait rien et n'avait jamais eu l'occasion d'approcher ce milieu au cours de ses enquêtes parisiennes. La poisse ! Elle se força à ne pas laisser ses préjugés l'envahir pour aborder cette information professionnellement.

« Ils se connaissaient par ce biais ?

– Oui, même s'ils n'appartenaient pas à la même loge.

– Loge ?

– Vous connaissez un peu la franc-maçonnerie ?

– Pas du tout !

– O.K. Je vais essayer de faire simple. Une loge, chez nous, c'est l'équivalent d'une association classique. D'ailleurs administrativement, c'est vraiment une association avec son président, son secrétaire et son trésorier. Une loge regroupe donc un ensemble d'hommes et de femmes qui travaillent ensemble.

– Vous avez dit "nous", vous êtes franc-maçon ? »

Raphaël confirma de la tête.

« Vous comprenez maintenant ma gêne. Devoir me dévoiler à vous me met dans une position très inconfortable. Je vous le répète, personne ne doit le savoir et encore moins au boulot. Si c'était le cas, je me verrais pointer au chômage dès le lendemain.

– Vraiment ? Vous n'exagérez pas un peu ?

– Je suis très sérieux, fit Raphaël en prenant une gorgée de bière. Les anti-maçons sont très nombreux et présents à tous les niveaux de la société. Même dans la police.

– Qu'avez-vous donc tant à cacher pour susciter des réactions aussi négatives ? Vous faites régulièrement la une des journaux. Ce n'est pas par hasard ! Il y a tant de mystères qui planent autour de vous. D'après le peu que j'en sais, vous êtes un pouvoir parallèle, qui tire les ficelles dans l'ombre. »

Le lieutenant soupira d'exaspération avant de s'emballer :

« C'est n'importe quoi, en tout cas de nos jours. C'est l'ignorance qui déclenche autant de haine autour de nous. Il y a aussi notre laïcité qui dérange beaucoup de monde et plus particulièrement certains partis politiques et certaines communautés religieuses. Et puis, il y a aussi tous ces allumés qui voient des complots partout, dont le fameux complot judéo-maçonnique. Ils mélangent tout pour étayer leurs théories extravagantes. Ils font des amalgames entre nous, les sectes et autres courants ésotériques de la Terre !

– Avec les Illuminati, comme dans le film *Da Vinci Code*, ne put s'empêcher d'ajouter Nathalie.

– Par exemple, confirma Raphaël en soupirant. Pour résumer, et on va en rester là pour ce soir, nous ne sommes pas secrets, mais discrets. Il n'y a rien de secret dans notre organisation et nos actions. Vous n'avez qu'à vous rendre dans une librairie et vous apprendrez tout de nous. Il existe même *La franc-maçonnerie pour les nuls* qui est très bien faite. Mais revenons plutôt aux meurtres de mes deux frères. »

Frère ! répéta mentalement Nathalie. Elle fut surprise d'entendre une connotation religieuse dans ce mot. Elle pensait que la franc-maçonnerie était athée. Elle laissa ce détail de côté pour revenir à l'enquête.

« Donc vous dites que quelqu'un vous a appelé pour que vous me disiez que les deux victimes se connaissaient et qu'elles étaient "frères". C'est ça ?

– Exactement.

– Qui vous a appelé ?

– Joker.

– Pourquoi moi, alors que je viens d'arriver ?

– Aucune idée. Je ne fais que suivre les consignes. Votre réputation vous a peut-être précédée…

– C'est bien léger tout ça ! Je devrais vous croire sur parole alors ! C'est tout ce que vous pouvez me dire ?

– Pour l'instant, oui. Bien malgré moi, j'ai été désigné pour être votre intermédiaire avec eux. J'attends d'autres informations dans la soirée, car nous redoutons d'autres meurtres. »

Nathalie accueillit cette révélation avec intérêt.

« Qu'est-ce qui vous fait dire ça ?

– C'est ce que l'on m'a laissé entendre.

– C'est énervant tous ces "on", mais je suppose que je n'en saurai pas plus.

– Non. Je suis désolé. Il en va de notre sécurité. Je suis là pour répondre à toutes vos questions dans le domaine du possible.

– Humm… En tout cas, vous êtes très réactifs !

– Notre réseau est très important sur Lyon et ce type de nouvelle inquiétante se propage très vite au sein de notre confrérie.

– Vous êtes nombreux sur Lyon ? » demanda Nathalie, curieuse.

Elle n'en avait aucune idée.

« Sur le grand Lyon, toutes obédiences confondues, nous sommes plusieurs milliers.

– Sans rire ? fit Nathalie.

– En France, nous sommes environ 180 000. »

Nathalie fut stupéfaite par le nombre. Elle fit descendre le niveau de son verre.

Raphaël en fit de même et vérifia l'heure sur son portable.

« Je vais devoir vous laisser. Donnez-moi votre numéro de portable personnel que je puisse vous tenir informée. »

Sous la fatigue accumulée de la journée, couplée aux premiers effets de l'alcool, elle lui répondit spontanément qu'elle ne donnait pas son « 06 » dès le premier soir.

Raphaël ne sembla pas comprendre et la regarda d'un air étrange.

« Je plaisantais, lâcha-t-elle. Le voici. »

L'officier comprit le trait d'humour trop tard. Il se contenta alors d'enregistrer le numéro dans son répertoire. Puis il se leva en lui promettant de la contacter très vite.

Dépitée par ce départ hâtif, Nathalie le regarda s'éloigner. Elle se surprit à descendre son regard au niveau des fesses qui remplissaient plus qu'honorablement le jean de Raphaël. Avec sa gueule d'ange et ses bouclettes châtain clair, il portait bien son prénom.

Surprise par son propre comportement, Nathalie plongea dans le bol pour s'emparer de plusieurs bretzels. L'alcool réveillait des sensations mises de côté depuis trop longtemps.

Cela faisait des mois qu'elle n'avait pas eu ce genre de pensées. Depuis son retour en France, sa libido semblait vouloir se réveiller après son long exil irlandais. Dans son cottage, face à la mer, elle avait été loin de tout cela. Bien trop occupée à remettre de l'ordre dans sa tête…

Elle termina sa bière et fut envahie d'une profonde torpeur.

Cette première journée avait été éreintante, l'obligeant déjà à puiser dans ses réserves. La reprise était plus dure que ce qu'elle avait imaginé.

Mais l'essentiel était là. Peu importe pourquoi, la chance lui souriait avec cette information primordiale servie sur un plateau. Elle avait son sésame d'intégration. Demain matin, elle aurait du concret à présenter à la brigade quoi qu'en dise la commissaire.

Elle se régalait par avance.

L'euphorie fut de courte durée. Sans raison précise, alors qu'elle se déshabillait devant la glace de la salle de bains de sa chambre d'hôtel, les larmes lui montèrent aux yeux. La journée l'avait épuisée psychiquement. Inconsciemment, elle avait pris sur elle, faisant comme si de rien n'était, comme avant. Mais seule, une fois au calme, les émotions enfouies refaisaient surface. Elle s'écroula sur son lit et s'endormit en quelques secondes.

11

Mardi 13 novembre 2018, 20 h 30.

La notion du temps lui échappait. Les deux derniers jours avaient été uniquement rythmés par sa vengeance meurtrière entrecoupée de longues phases de sommeil sans rêves. Il était dans un état second où la frontière entre réalité et illusion s'estompait au fil des heures. Il avait déjà eu de petites crises similaires au cours de sa vie, mais jamais de cette ampleur. Celle-ci était d'une violence incroyable et il ne semblait plus pouvoir la maîtriser, l'arrêter.

Pris dans cette spirale infernale, il n'avait pas le choix et devait agir au plus vite. Elle avait beaucoup insisté sur ce dernier point, car après chaque exécution, il laissait derrière lui une multitude d'indices qui conduiraient rapidement à sa capture. Il espérait juste pouvoir finir sa tâche.

Il avait dormi tout l'après-midi et, malgré sa motivation, avait eu du mal à s'extirper de son cocon protecteur. C'était de plus en plus épuisant et difficile psychiquement.

Sans réfléchir, complètement nu, son premier geste fut de puiser dans un bocal une belle poignée de feuilles de coca qu'il mastiqua aussitôt.

Il repensa alors à ses paroles qui lui donnèrent la force de s'habiller et de sortir de chez lui pour sa prochaine visite mortelle.

Il s'encouragea mentalement.

Dans quelques jours, tout serait terminé. Il pourrait alors enfin se reposer. Il le méritait amplement après toutes ces décennies passées à se battre contre la terre entière.

Sa mère avait toujours été exigeante envers lui, voire violente, mais il lui pardonnait…

Elle lui avait confié une mission qu'il s'évertuait à remplir avec acharnement depuis toujours. C'était un devoir envers son défunt frère, mais surtout la condition pour avoir grâce aux yeux de sa mère, pour mériter son amour. Elle qui avait tant souffert. Il lui avait fait la promesse de comprendre ce qui était arrivé à son petit frère afin que cela n'arrive plus à d'autres.

Comme une mauvaise mélasse collante, tout se mélangeait dans son esprit : le passé, le présent, les raisons de sa colère. Mais ce dont il était certain, les concernant, c'était qu'il devait leur faire payer leur comportement. Quand on lui avait rapporté qu'ils se foutaient ouvertement de sa gueule dans son dos, il avait explosé. Toutes les frustrations accumulées depuis tant d'années étaient remontées tel un raz de marée.

Ces dernières années, il était de plus en plus souvent remis en cause dans son travail, dans ses valeurs, dans son intégrité. Il était épuisé et estimait qu'il n'avait plus à se justifier, que ses actes et sa position sociale parlaient d'eux-mêmes, qu'il n'était pas arrivé là par hasard. C'était le fruit d'un travail incessant pour lequel il avait tout sacrifié. Leurs moqueries étaient de trop.

Tant pis pour eux, ils payeraient pour tous les autres. Tous ceux qui l'avaient fait chier, et ils étaient nombreux.

Pour une fois qu'il voulait prendre du temps pour lui, faire quelque chose qu'il adorait…

Béquilles énergétiques indispensables, avant de quitter sa maison, il ajouta de nouvelles feuilles de coca à la boule déjà conséquente qu'il mastiquait.

Ce soir, la présence maternelle était une nouvelle fois forte alors qu'il frappait trois coups à la porte d'un frère…

… *un faux frère*, rectifia-t-il pour lui-même.

Pierre de Sermigny ouvrit en grand. L'homme était souriant, la soixantaine, cheveux blancs mi-longs vaguement coiffés. Son regard noisette pétillait derrière des lunettes sans contour. Sur un polo violet, il portait une chemise rose. Un pantalon noir d'où sortait une belle paire de charentaises.

En découvrant son visiteur, le front de l'écrivain se rida.

« Oui ?! Je peux faire quelque chose pour vous ?

– Bonsoir, mon frère ! Tu ne me reconnais pas ? » dit-il en accompagnant ses mots d'un geste de reconnaissance sans équivoque, que seuls les francs-maçons connaissaient.

« Euh, non ! » fit Pierre, hésitant. « Nous sommes si nombreux. Vous… enfin, tu fréquentes le même temple que moi ?

– Oui, mon frère », répondit l'homme froidement.

Ne sachant pas comment réagir à cette visite embarrassante, Pierre se rapprocha pour une accolade maçonnique qui s'avéra plus mécanique que chaleureuse.

« Mon très cher frère, j'espère que je ne te dérange pas ? fit le visiteur en appuyant sur la fin de sa phrase.

– Pas du tout ! Voilà deux heures que j'écris et ta venue me donne une excuse pour faire une petite pause.

– Je peux entrer alors ? » fit l'homme en faisant un pas en avant.

Pierre de Sermigny n'eut pas trop le choix devant la masse qui s'avançait sur lui.

« Évidemment, fit l'écrivain du bout des lèvres en se reculant, mais juste le temps de prendre un verre, mon éditeur est très pointilleux sur les délais. Je n'ai plus que deux semaines pour lui remettre mon manuscrit. Avec tout ce que j'ai à faire en ce moment, j'ai pris du retard… »

L'homme le dépassa, traversa un petit vestibule pour se rendre sans hésiter au milieu d'un salon éclairé uniquement par des lampes indirectes. Avec son arrivée, l'ambiance en clair-obscur de la pièce avait soudainement perdu de son aspect douillet pour faire place à de la froideur. Les zones d'ombres semblaient maintenant mordre dans la lumière rassurante.

Devant son frère au visage plongé dans la pénombre, Pierre était mal à l'aise. Il masqua son trouble en continuant à parler :

« Les visites de frères ou de sœurs sont rares ! Peu osent venir dans mon antre, berceau de ma création littéraire, de mon inspiration… »

Pierre se dirigea vers la fenêtre.

« Je vais ouvrir un peu. J'imagine que ça sent le fauve là-dedans. Un peu d'air frais nous fera le plus grand bien.

– Non. N'ouvre pas. Le fond de l'air est froid et je ne voudrais pas choper la crève. »

Pierre suspendit son geste et regarda son frère, circonspect. *Comment peut-on attraper la crève avec un gabarit pareil ?* Il n'insista pas et se dirigea vers une desserte sur laquelle plusieurs carafes reposaient.

« J'ai un excellent scotch whisky un peu tourbé. Cela te convient ?

– Parfait. »

L'écrivain versa l'alcool écossais dans deux verres Glencairn.

« Je rajoute un peu d'eau ?

– Non, merci. »

Il lui en tendit un d'une main tremblotante.

« Mon frère, je suis ravi de ta visite, fit Pierre en tentant d'y mettre le plus de sincérité possible. Tu es passé par hasard ? Par pure fraternité ? »

L'homme trempa juste ses lèvres dans le liquide piquant et fit une grimace. Il buvait rarement. Il avait horreur des effets que cela avait sur lui. Il trouvait cela dégradant. Cette perte de maîtrise de soi accompagnée de cette fausse décontraction lui était insupportable. Il détestait cette déformation de la réalité et l'amnésie éphémère du quotidien que l'alcool procurait. Cette fuite en avant n'était que temporaire et ne réglait rien. La vie était dure et on devait l'affronter. La coca, c'était autre chose. Rien à voir… C'était pour le travail, pour tenir physiquement…

Il darda un regard noir sur Pierre.

« Tu n'as pas une petite idée de la raison de ma présence ce soir ?

– Non, absolument aucune.

– Tu te fous une nouvelle fois de ma gueule.

– Mais non, je t'assure ! De quoi parles-tu ?

– De la loge "La nouvelle Parfaite Amitié". »

L'écrivain pâlit. Il ne voyait pas où voulait en venir l'homme qui se trouvait devant lui, dans son appartement.

« Tu parles bien de notre nouvelle loge ? » demanda bêtement Pierre pour gagner du temps.

Après avoir bu la moitié de son verre, il le reposa, car maintenant tout son bras tremblait.

« Je viens de te le dire, répondit son visiteur.

– Écoute. Cette loge n'est pas officielle. C'est plus une réunion d'amis autour de thématiques qui nous sont chères.

– Je connais parfaitement les thèmes abordés par cette loge. Tu parles d'amis ? Laisse-moi rire. Elle est où la fraternité ?

– Il doit y avoir une erreur !

– Une erreur ! »

Pierre recula d'un pas. Il n'aimait pas du tout le ton que prenait la discussion. Son instinct lui ordonnait de fuir. Il regarda un instant la porte.

L'homme devina son intention et se déplaça latéralement pour couper toute tentative de retraite.

« Qu'as-tu à répondre, mon très cher frère ? gronda-t-il.

– Écoute, je ne comprends pas un traître mot à ce que tu dis !

– MENSONGE ! hurla l'homme en lançant son verre qui explosa contre le mur en passant tout près de la tempe de Pierre.

– Je t'en prie ! Calme-toi ! » le supplia l'écrivain en levant ses deux mains en avant.

Il était terrorisé par les yeux exorbités, injectés de sang, qui le fixaient. C'était un cauchemar.

« Qu'est-ce que tu veux ? Je suis sûr que je peux t'aider si tu m'expliques ton problème.

– MENSONGE ENCORE ! De toute manière c'est trop tard maintenant.

– Comment ça trop tard ?

– Vous avez été trop loin ! Vous avez sali mon image ! Dans mon dos, vous vous êtes ouvertement foutus de ma gueule. Devant tous ceux qui fréquentent nos temples ! Ça aussi, tu vas le nier ?

– Mais c'est faux ! Complètement faux ! Je te le jure ! C'est une histoire de fou ! Jamais, nous nous serions permis de te juger, et encore moins de te discréditer devant quiconque ! Je ne te connais même pas ! »

Le voile de l'injustice était gonflé à craquer, prêt à libérer le torrent de colère noire qui allait se déverser sur la tête de l'ignoble menteur.

Tout proche de lui, l'homme sentit la bénédiction de sa mère. Sa rage libératrice éclata enfin.

Le tissu se déchira.

Les bras en protection, Pierre reculait comme il le pouvait en tentant de se protéger des coups de poing qui pleuvaient.

Butant contre la table du salon, il tomba lourdement sur les fesses alors que les coups de pied, qui avaient pris le relais des poings, lui meurtrissaient les jambes.

À tâtons, il s'empara d'une lourde chaise qu'il fit basculer sur son agresseur.

L'homme n'en fit pas cas et l'attrapa pour la retourner sans effort contre sa victime. D'abord, il la souleva très haut avant de la fracasser sur la tête de l'écrivain.

Dans un réflexe incroyable, ce dernier eut juste le temps de tendre son cou, mais malheureusement pas assez pour éviter le choc contre sa clavicule qui se brisa net. Il s'écroula en hurlant de douleur.

C'était surréaliste ! Ce monstre, qui se disait son frère, allait le tuer. Il en était persuadé.

De son bras encore valide, il eut assez de force pour ramper et se glisser sous son bureau de travail.

L'abri temporaire se volatilisa pour laisser place à son agresseur tenant à deux mains son ordinateur portable. Sur l'écran toujours allumé, Pierre vit les dernières lignes qu'il avait écrites. Les toutes dernières de sa carrière d'écrivain.

Tout son corps hurlait de douleur. Maintenant, il ne voulait plus qu'une chose. Que cela cesse.

Complètement à la merci du tueur, il se recroquevilla comme il put et entoura son bras autour de sa tête, attendant le coup fatal. Résigné. Il ne pouvait rien contre cette montagne.

Le portable fut vite pulvérisé, éparpillant les touches du clavier et des éclats d'écran un peu partout.

L'homme s'arrêta, haletant, dégoulinant de sueur.

Pierre de Sermigny ne bougeait plus.

Le frère tueur lui jeta dessus ce qui restait de l'ordinateur.

Il avait encore une dernière chose à faire avant de quitter les lieux. Autour de lui, il chercha des objets qui pourraient servir à son dessein.

Soudain, il sentit comme une présence derrière lui. Sa mère sans doute, mais comme toujours, il ne put s'empêcher de se retourner. Personne, évidemment…

En fouillant dans un tiroir, il mit la main sur plusieurs crayons. Exactement le type d'objet qu'il recherchait. Alors qu'il les empoignait, un craquement en provenance de l'entrée retentit.

Réalité ou imagination ?

Perplexe, il s'approcha du vestibule et vit que la porte était entrebâillée.

Impossible. Pierre l'avait fermée derrière lui.

L'homme entendit distinctement des pas. Le bruit provenait du bas des escaliers et s'intensifiait.

La voix de sa mère lui intima de fuir.

Comme d'habitude, il se plia à ses exigences pour se précipiter vers la sortie.

De retour sur le palier, il referma la porte et choisit de gravir l'étage du dessus et d'attendre.

Les pas continuèrent de se rapprocher. Il grimpa à nouveau d'un niveau, qui était le dernier.

Tout en mâchant frénétiquement sa boule de coca, il avait pris sa décision. Si la personne qui montait se rendait au même étage que lui, il n'aurait d'autre choix que de s'en débarrasser. Il pria pour ne pas avoir à le faire.

Après un moment qui lui sembla durer une éternité, il soupira en reconnaissant le bruit d'une clé que l'on insérait dans une serrure. Il attendit que la porte claque pour déguerpir au plus vite.

En repassant devant l'appartement de l'écrivain, il se retint d'aller parachever son crime. Ce goût d'inachevé l'agaça, mais il ne prit pas le risque d'y retourner.

Dans sa main, il serrait toujours les crayons qui n'iraient pas crever les yeux de son putain de très cher frère…

12

Mercredi 14 novembre 2018, 8 heures.

Nathalie faillit rater l'arrêt du métro tant elle était absorbée par ses pensées. Ce n'était pas le moment. Elle sauta sur le quai alors que les portes claquaient dans son dos. Atterrissant sur le bitume, elle força son allure pour arriver au plus tôt à l'hôtel de police.

Tout en serrant d'une main contre sa poitrine un gros sac de viennoiseries, de l'autre, elle sortit son portable. Elle relut une nouvelle fois le SMS qu'elle avait reçu la veille vers 23 heures, soit une bonne demi-heure après s'être couchée, ou plutôt écroulée. Elle s'en voulait d'avoir mis son téléphone en mode silencieux.

Le réveil avait été laborieux. Le garçon d'hôtel avait frappé longtemps à sa porte avant qu'elle ne sorte des limbes du sommeil.

Mettant de côté son passage à vide de la veille, elle s'était préparée hâtivement. Elle avait dévalisé la première boulangerie venue et sauté dans le métro. Elle n'avait trouvé le message du lieutenant Raphaël Monier qu'une fois assise :

> Bonsoir, Commandant, on vient de me préciser que Roger Charry et Alain Lefort appartenaient à une loge non officielle récemment créée. Quatre autres frères en sont également membres. Leurs coordonnées sont sur le document ci-joint. Il faut assurer leur sécurité au plus vite. Ils sont certainement en danger. Vous avez sûrement un tas de questions à me poser, alors retrouvez-moi demain à midi dans

le parc Blandan, vers le skatepark. C'est derrière l'hôtel de police, de l'autre côté des voies ferrées. N'oubliez pas d'apporter de quoi déjeuner pour donner le change. À demain.

Dès la fin de sa première lecture, Nathalie avait appelé Cyrille pour lui demander de rassembler la brigade au grand complet pour une réunion de crise.

Après avoir raccroché, elle avait été prise de doutes et s'était demandé si son emballement était justifié. Elle devait faire confiance à un homme qu'elle connaissait à peine, mais qui semblait sûr de lui. Si jamais elle se plantait, la commissaire la découperait en rondelles.

Et si c'était un piège tendu par sa supérieure pour se débarrasser d'elle ? Non. Elle n'était pas retorse au point d'inventer cette histoire de francs-maçons. En tout cas, elle l'espérait.

Ses pensées se succédaient à la vitesse d'un cheval au galop. Il fallait vraiment qu'elle se calme, qu'elle respire et reste cohérente.

C'est en sueur et la boule au ventre que Nathalie entra dans la salle de réunion, où la brigade qui suivait l'affaire l'attendait. Nathalie repéra la commissaire en retrait, adossée contre un mur, les bras croisés, le visage fermé.

Cyrille vint aussitôt à sa rencontre pour la saluer et se posta à côté d'elle. Nathalie apprécia ce soutien spontané. Elle lui confia ses viennoiseries pour avoir les mains libres.

Devant elle, les six officiers, deux femmes et quatre hommes, la fixaient en silence.

Nathalie avala sa salive et commença :

« Bonjour à toutes et à tous ! Je suis le commandant Nathalie Lesage. Merci d'avoir répondu aussi vite à ma demande de réunion. Je n'avais pas prévu de faire votre connaissance de cette manière, mais l'urgence de la situation m'y oblige. Nous ferons les présentations plus tard autour d'un café et des croissants que j'ai apportés. »

Personne ne bougea ni ne manifesta la moindre réaction. Dubitatifs, ils attendaient la suite.

« Comme vous le savez, je travaille également sur l'affaire du double homicide. Et on m'a informée hier soir que les deux victimes se connaissaient et qu'ils étaient tous les deux francs-maçons… »

Tous la regardèrent, médusés. Même la commissaire accusa le coup en lui jetant un regard suspicieux. Nathalie enchaîna :

« Ils fréquentaient tous les deux un groupe maçonnique récemment constitué et composé de quatre autres personnes. D'après ma source, il y a de fortes chances pour que l'ensemble des membres de cette espèce de club soient en danger de mort. Il faut donc agir vite et prendre contact avec chacun d'eux pour s'assurer qu'ils vont bien. Dans la foulée, il faudra mettre en place une surveillance rapprochée. Il faut également les interroger avec la plus grande discrétion possible. Leur identité maçonnique doit absolument demeurer secrète. Rien ne doit sortir de cette pièce. D'après le peu que l'on m'a expliqué, il en va de leur réputation et de leur sécurité. »

Plusieurs officiers se tournèrent vers la commissaire, qui fronçait les sourcils mais demeurait silencieuse. La brigade ne savait pas sur quel pied danser. Ils n'avaient pas eu de consignes particulières concernant le rôle du nouveau commandant. De par son grade, elle était leur supérieure, mais en pratique, ils ne savaient pas comment réagir.

Faute de réactions de la commissaire, ils prirent son silence pour un oui et commencèrent à réagir.

« Des francs-maçons ! fit une femme. Hier, j'ai travaillé toute la journée sur le dossier du médecin et je n'ai rien trouvé là-dessus, mais bon, je n'y connais rien. Je suis sûrement passée à côté de quelque chose. Et toi, Paolo ? »

Cyrille se pencha à l'oreille de Nathalie pour lui chuchoter que tous les officiers de la brigade avaient le grade de lieutenant et que la femme qui avait parlé se prénommait Camille.

Nathalie hocha la tête pendant que Paolo répondait qu'il n'avait rien trouvé non plus concernant une éventuelle appartenance du peintre à la franc-maçonnerie.

« J'imagine que vous ne pouvez rien nous dire sur votre source providentielle ? lança un homme chauve de grande taille avec une pointe de provocation.

– Lieutenant… ? fit Nathalie.

– Legrand Bastien, répondit-il en se redressant.

– Vous connaissez la musique, Lieutenant Legrand », expliqua Nathalie, imperturbable. « Je ne vous apprends rien sur la confidentialité des sources.

– Et merde, continua Legrand. C'est sûrement un flic maçon de chez nous pour vous avoir approchée aussi vite.

– Et si c'est le cas ?

– Je ne sais pas grand-chose sur cette secte, mais ce qui est sûr c'est qu'ils sont infiltrés partout et qu'ils tirent dans l'ombre les ficelles du pouvoir. La preuve ! Votre indic n'est pas très courageux, il a préféré vous avertir vous, une nouvelle arrivante, plutôt que l'un d'entre nous. Vous voyez qu'ils ont des trucs à cacher. Putain, savoir que certains collègues en sont, ça me donne la nausée.

– Écoutez, répondit calmement Nathalie. Visiblement vous avez un problème avec eux, mais nous devons agir en professionnel. En aucun cas, nos convictions ou nos sentiments ne doivent interférer avec l'enquête. Si c'est trop compliqué pour vous, je suppose que l'on peut vous mettre sur une autre affaire. »

Un instant de silence régna dans la pièce et Nathalie surprit un échange de petits sourires entre Camille et un lieutenant particulièrement athlétique.

Les mâchoires de Legrand se crispèrent. Il balaya du regard ses collègues à la recherche d'un soutien qui ne vint pas. Dépité et à contrecœur, il assura mollement à Nathalie qu'elle pouvait compter sur lui. Il préférait mettre son poing dans sa poche plutôt que d'être exclu de l'équipe.

Pas dupe, Nathalie se promit de le garder à l'œil.

« Si vous n'avez pas d'autres remarques, reprit-elle. J'aimerais que l'on contacte tout de suite les autres membres. Cyrille, vous pouvez leur envoyer les coordonnées ? Je vous laisse vous répartir les appels. On refait un point dans dix minutes. »

Nathalie étouffait. Elle avait besoin de sortir prendre l'air pour faire descendre la pression qu'elle supportait depuis son entrée dans la salle. Sensation désagréable qui ne provenait ni de l'équipe, qui semblait plutôt bienveillante de prime abord, ni du comportement de Legrand. Elle connaissait ce profil d'individu pour en avoir croisé un paquet sur sa route. Elle savait comment les gérer. Non, ce n'était pas lui, mais la commissaire Clément. Elle avait besoin de mettre de la distance avec elle, car son impassibilité totale avait été insupportable, autant qu'inquiétante. Nathalie redoutait la suite.

Comme elle le craignait, elle n'avait pas fait deux pas dans le couloir que sa supérieure lui tomba dessus, toutes griffes dehors :

« Commandant ! Dites-moi, cet informateur tombe du ciel ? C'est déjà Noël pour vous avec cette histoire de francs-maçons ! »

Clément prit soin de fermer la porte de la salle de réunion avant de poursuivre :

« Leur hypothétique implication expliquerait le harcèlement de la part du procureur, dont je suis victime depuis l'aube. Je suppose qu'il a aussi reçu l'information, de manière plus officieuse bien entendu. Il en est peut-être un lui-même… Putain, il manquait plus que ça. On marche déjà sur des œufs dans cette affaire ! Elle va nous péter à la gueule. »

La commissaire s'approcha tellement près du visage de Nathalie qu'elle dut faire un effort pour ne pas reculer, résistant à son haleine fétide chargée de tabac.

« Après votre belle prestation et cette chance insolente, vous me mettez devant le fait accompli. Et ce, en dépit de notre discussion d'hier. J'avais pourtant été claire : je ne voulais pas que vous vous mettiez entre moi et mes brigades. Vous deviez passer par moi avant tout contact avec mes équipes. Et là, vous faites quoi ? Vous donnez vos ordres sans m'avoir consultée ! Maintenant, je ne serais pas crédible si je vous retirais la responsabilité de l'affaire. Alors, je vous promets qu'à la moindre boulette, je vous descends en flèche et que je veillerai à ce que vous n'approchiez plus mes hommes. C'est bien compris ?

– Limpide, répondit Nathalie sans baisser le regard.

– Très bien. Vous me ferez un rapport en fin de journée et prévenez-moi immédiatement si vous trouvez quelque chose d'important… Je veux également des preuves concernant l'appartenance maçonnique des deux victimes. On ne peut pas tout prendre pour argent comptant ce que vous a raconté votre indic. S'il existe vraiment…

– Comment ? Vous me soupçonnez de mentir ? D'être franc-maçonne ?

– Cela expliquerait beaucoup de choses, mais non. Vous avez l'air complètement à l'ouest dans ce domaine. »

Nathalie était sur le point de craquer. La forte proximité du visage de sa supérieure lui donnait une envie irrésistible de lui exploser son sale nez.

« Une dernière chose, Commandant, je veux également dans la journée la certitude que les deux meurtres ont été commis par la même personne. De mon côté, je vais faire une demande officielle afin d'obtenir un portrait-robot génétique. »

Alors que la commissaire retournait dans son bureau, Nathalie dut admettre la pertinence de ses exigences malgré son caractère exécrable. Elle n'était pas parvenue à son poste par hasard.

Nathalie se dirigea vers la salle de pause pour un café bien mérité.

Alors qu'elle prenait la première gorgée de son expresso, la voix enjouée de Diane retentit :

« Ah, tu es là ! Je te cherchais. J'avais peur de te louper avant mon départ.

– Salut. Je t'offre un café ?

– Non, merci, pas le temps, je décolle dans deux minutes. On vient de retrouver un noyé sur le campus de la Doua.

– Noyé ?

– Apparemment, mais je n'en sais pas plus pour l'instant. »

Nathalie plissa le front. Son amie était gênée, comme l'attestaient les messages corporels qu'elle émettait. Et cela n'avait rien à voir avec son histoire d'étudiant.

« Écoute, Nathalie, démarra Diane en se frottant la nuque, j'ai parlé de toi à Jo… et elle veut absolument faire ta connaissance au plus vite.

– Jo ?

– Jo, Joanna, ma future femme. Je t'en ai parlé hier.

– Oui, oui, je me rappelle.

– Parfait ! Alors on t'invite ce soir à la maison pour un apéritif dînatoire.

– Ce soir ? Diane, c'est très gentil de votre part, mais ça va être compliqué, je suis sur une grosse affaire et… »

Diane se précipita sur Nathalie en lui saisissant les avant-bras.

« S'il te plaît, gémit Diane, tu dois venir. Depuis que je lui ai parlé de toi, elle est complètement hystérique. Elle s'est mis en tête je ne sais quelle bêtise. Elle est tellement jalouse que si tu ne viens pas, elle va continuer à me faire la gueule pendant des jours.

– Tu lui as raconté qu'on avait fricoté ensemble à l'école ?

– Mon Dieu non. Je t'ai présentée comme une hétéro à cent pour cent, mais elle veut absolument se faire une opinion.

– Visiblement, tu n'as pas été assez convaincante ? »

Diane baissa la tête avant de la relever, les larmes aux yeux.

« Je t'en conjure, rends-moi ce service, viens ce soir. »

Nathalie secoua la tête. La soirée s'annonçait délicieusement pénible, mais devant le désarroi de son amie, elle céda.

Diane l'enlaça spontanément pour la remercier.

Une soudaine agitation dans le couloir mit fin à l'embrassade. Une partie de la brigade de Diane était sur le départ.

« Je dois partir. Je te récupère à ton hôtel ?

– Non ! » fit Nathalie en se retenant d'ajouter « surtout pas ». « Je vais rester tard au bureau !

– Entendu, je passe te prendre ici vers 19 heures. »

Diane venait à peine de disparaître de son champ de vision que la tête de Cyrille apparut dans l'encadrement de la porte.

« Commandant ?

– Oui ! répondit-elle, ne relevant pas l'emploi du grade à cause du ton grave du lieutenant.

– Un des membres de ce club ne répond pas.

– C'est une loge. Pas un club. Il va falloir se familiariser avec ce vocabulaire, mais peu importe, qui c'est ?

– Pierre Sermigny, l'écrivain. »

Tout le monde n'était pas greffé à son téléphone, mais compte tenu de la situation, cette absence de réponse n'avait rien de rassurant.

13

Mercredi 14 novembre 2018, 11 h 30.

De retour dans son bureau, les mains collées aux tempes, Nathalie se repassait mentalement le déroulement de la matinée.

En face d'elle, Cyrille surfait sur le Net à la recherche des informations qu'elle lui avait demandées. Elle voulait qu'il s'initie à la franc-maçonnerie, et plus particulièrement à celle pratiquée à Lyon. Le jeune officier était complètement absorbé par sa tâche et émettait régulièrement des petits couinements au fur et à mesure de ses découvertes.

Plus tôt dans la matinée, après une nouvelle tentative pour joindre le romancier, Nathalie n'avait pas hésité à envoyer aussitôt deux lieutenants au domicile de Pierre Sermigny.

Les trois autres membres de cette obscure association avaient répondu et avaient été sommés de ne pas bouger jusqu'à l'arrivée de la police.

Nathalie avait serré les dents en voyant le bureau se vider. Cela avait été une réelle torture pour elle, de ne pas pouvoir se joindre à l'un des tandems qu'elle avait constitués pour sécuriser les cibles et les interroger. Elle avait jugé plus logique de rester en soutien pour centraliser les informations avec Cyrille. C'était également un signe fort pour leur montrer toute la confiance qu'elle plaçait en eux et pour leur signifier qu'elle ne bouleverserait pas leur manière d'agir.

En attendant les premiers retours, Nathalie et Cyrille avaient épinglé sur un grand tableau des fiches pour chacun des six francs-maçons. En plus des deux premières victimes, ils avaient ajouté celles de Michel Roitelet, conseiller municipal à la culture de Lyon, de

Pierre Sermigny, écrivain, de Lucien Martin, géologue et historien, et de Bruno Givrard, architecte.

L'annonce du décès du romancier était tombée vers 9 h 30. L'homme avait été retrouvé à son appartement sauvagement assassiné, comme les autres, par le même tueur apparemment. L'autopsie et les scellés lui donneraient sûrement raison. Elle en était persuadée maintenant. Tout comme le fait que c'était bien leur appartenance à cette loge qui faisait d'eux la cible du tueur.

Ses soupçons se confirmèrent une heure plus tard avec les résultats des analyses des prélèvements des deux premiers meurtres : sans ambiguïté, ils étaient dus à un seul et même tueur. La commissaire serait satisfaite.

Sans surprise, après confrontation des empreintes avec le fichier général, aucun nom n'était ressorti. Nathalie ne se faisait pas plus d'illusions concernant le FNAEG[1] : malgré sa base de données de plus de trois millions d'entrées, il ne cracherait aucun nom. Au mieux, et avec beaucoup de chance, ils obtiendraient peut-être une filiation du tueur avec un ascendant ou un descendant fiché.

Nathalie se rappela les paroles de la commissaire et interpella son collègue :

« Cyrille, c'est quoi ce portrait-robot génétique que va demander la commissaire ? Je ne connais pas. »

Le lieutenant leva la tête et fixa Nathalie le temps que la question se faufile jusqu'à ses neurones chargés de maçonnerie. Son visage rayonna.

« C'est un truc génial mis au point par le LPS ! commença-t-il avec un large sourire.

– LPS ? demanda Nathalie.

– Le laboratoire de Police Scientifique. Celui d'Écully en ce qui nous concerne. »

---

1 Fichier National Automatisé des Empreintes Génétiques.

Nathalie hocha la tête. Évidemment, il y avait également ce type de structure à Paris.

« Depuis l'arrêt de la Cour de cassation, de juin 2014, poursuivit Cyrille, à partir d'un échantillon d'ADN, on peut déterminer certaines caractéristiques physiques de son propriétaire : comme le sexe, la couleur des yeux, celle de la peau et celle des cheveux. J'ai lu dernièrement que l'on pouvait maintenant avoir une idée de l'âge, de la corpulence, de la morphologie du visage et de certains signes distinctifs comme les taches de rousseur. Avec ce type de portrait, on gagne un temps fou en réduisant le champ d'investigation et en éliminant beaucoup de suspects.

– Incroyable ! fit Nathalie. Et c'est fiable à cent pour cent ?

– D'après ce que j'ai lu, je dirais que oui, mais certains experts restent un peu sceptiques. Un suspect peut très bien modifier son apparence en se teintant les cheveux ou en portant des lentilles. Au bilan, cela reste un outil puissant qu'il faut utiliser en toute conscience de ses limites.

– Espérons que le portrait-robot génétique de notre tueur arrive vite.

– C'est assez long, je crois, plusieurs jours. »

Nathalie grimaça.

« Notre tueur aura largement le temps de dézinguer nos trois survivants avant que nous n'ayons ces résultats.

– Ça devrait aller, tenta-t-il de la rassurer. Ils vont être sous notre protection.

– Vous savez, ça ne se passe jamais comme on veut, mais j'espère que vous dites vrai… Sinon, vos recherches avancent ?

– Pas évident ! soupira Cyrille. Je croule sous les données. Je ne pensais pas qu'il y avait autant de pages qui traitent du sujet. C'est compliqué de séparer le vrai du faux, car il y a une véritable guerre entre les maçons et les anti-maçons. Ces derniers sont très virulents et parlent de complot toutes les deux phrases. Si on les écoute, les maçons possèdent un pouvoir politique et économique immense et sont reliés avec toutes les organisations secrètes de la terre. Ils participent au complot mondial.

– Notre objectif n'est pas de savoir qui a tort ou raison, le coupa Nathalie. Focalisez-vous sur leur présence à Lyon et essayez d'avoir une vision synthétique de ce qu'ils fabriquent dans leur loge. D'après mon indicateur, l'information est disponible facilement.

– Bien sûr, je suis en train de me faire une sélection d'articles de journaux locaux et de sites qui expliquent simplement la franc-maçonnerie. Je vous transmettrai le dossier. »

Nathalie le remercia et replongea dans ses pensées, laissant de côté les progrès scientifiques pour revenir à des approches plus classiques, plus instinctives.

Elle misait beaucoup sur les témoignages des trois membres de la loge toujours vivants pour en savoir plus. Ils devaient avoir une idée de la raison pour laquelle on s'acharnait sur eux, voire même du profil du meurtrier. Ils le connaissaient peut-être… En tout cas, pour Nathalie, il y avait une forte probabilité qu'il soit franc-maçon.

Cyrille la sortit de ses réflexions :

« Vous avez vu le message de la scientifique ?

– À quel propos ?

– Sur la boule découverte sur le corps du docteur Charry.

– Ah, non ! Où est-il ?

– Dans le sous-répertoire "rapport PTS" de l'enquête.

– Purée ! Qui l'a déjà classé ?

– C'est automatique.

– Et comment sait-on qu'il y a un nouveau document à lire ?

– Il faut régulièrement balayer les dossiers ou faire une recherche globale par date de création. J'ai créé une requête qui permet…

– Tu plaisantes ? le coupa-t-elle. C'est le meilleur moyen de rater une info ! Ça ne va pas du tout, cette organisation. »

Cyrille se dandinait sur sa chaise, ne sachant pas quoi répondre.

« Bon, on verra plus tard. Il raconte quoi ce rapport ?

– La boule est constituée d'un agglomérat de feuilles de coca mâchées et de salive. Compte tenu de la grosseur de la boule, notre tueur est un consommateur habituel.

– Très intéressant ! Cette drogue pourrait expliquer en partie sa sauvagerie, mais surtout, ce mode de consommation n'est pas très courant. Cela pourrait nous aider. Vous pouvez creuser le sujet ? »

Cyrille acquiesça en ajoutant une ligne de tâche dans son logiciel de notes.

Ils se remirent au travail.

Derrière ces crimes, Nathalie ressentait de la frustration, de la colère. Qu'avait donc cette loge de si particulier pour susciter de tels sentiments ? Pourquoi chercher à la détruire en éliminant tous ses membres ? Elle espérait en apprendre plus avec Raphaël.

Elle regarda l'heure sur l'écran du portable et se leva précipitamment, faisant sursauter Cyrille.

« J'ai une faim de loup ! déclara-t-elle. Je ne vous propose pas de déjeuner avec moi, j'ai des appels perso à passer.

– O.K., répondit simplement Cyrille. Bon appétit ! »

Nathalie fut surprise par la réaction de son collègue. Après l'avoir vu dévorer toute la journée d'hier, elle était étonnée de ce jeûne. Elle ne put s'empêcher de lui demander :

« Vous ne mangez pas ? »

En guise de réponse, Cyrille sortit comme par magie un sandwich monstrueux, tant en longueur qu'en épaisseur, enveloppé dans du film fraîcheur. Par transparence, Nathalie crut reconnaître des chips coincées en nombre entre le pain et ce qui ressemblait à de la salade et du poulet.

Rassurée, le sourire aux lèvres, elle quitta le bureau.

14

Mercredi 14 novembre 2018, 12 h 30.

Nathalie était en retard. Son sac, contenant sa salade composée et sa boisson, se balançait furieusement au bout de son bras pendant qu'elle traversait le pont qui surplombait plusieurs voies ferrées. Une des nombreuses entrées du parc Blandan se trouvait juste après le carrefour suivant. À travers la ligne d'arbres qu'elle longeait maintenant, elle devinait des équipements sportifs.

Elle pénétra dans le parc et contourna un terrain multisports occupé par plusieurs adolescents jouant au basket. Nathalie fut agréablement surprise par la dimension des espaces et par le nombre d'activités proposées. Tout semblait conçu pour la détente et pour gommer la sensation de se trouver en ville. L'endroit respirait la sérénité.

Nathalie dépassa un terrain de badminton derrière lequel se trouvait le vaste skatepark évoqué par Raphaël dans son message.

Elle n'eut pas à le chercher. Il était assis sur une rampe inclinée et regardait dans sa direction. L'espace était dégagé tout autour de lui sur plusieurs dizaines de mètres. Nathalie se douta que cette position ne devait rien au hasard. Il disposait ainsi d'une vision à trois cent soixante degrés, propice à la surveillance, à défaut d'être discret.

En se rapprochant de lui, Nathalie constata que Raphaël arborait toujours un air soucieux et qu'il guettait d'un œil le petit groupe de jeunes qui s'évertuaient à réaliser des figures avec leur planche à roulettes.

« Bonjour, désolée pour le retard », s'excusa Nathalie.

Raphaël leva juste une main pour signifier que ce n'était pas grave avant de la saluer à son tour.

« Très bien, on se la joue comment ? demanda-t-elle sur le ton de la plaisanterie. Je m'assois près de vous ou je me mets un peu à l'écart ? »

L'attitude de Raphaël lui fit comprendre qu'il avait pris ses propos au pied de la lettre et qu'il réfléchissait à la question.

« Hé ! fit Nathalie. Il faut se détendre. “Franc-maçon” n'est pas écrit sur votre front et je suis libre de discuter avec qui je veux. Ça va bien se passer, ajouta-t-elle en prenant place tout près de lui. Détendez-vous.

– Vous avez bien reçu mon message ? attaqua Raphaël en lui lançant un regard sévère.

– Évidemment !

– Alors vous auriez pu m'envoyer un petit mot de confirmation.

– Désolée, je ne l'ai découvert que ce matin. J'étais crevée hier soir et je suis tombée comme une masse. Merci pour ces précieuses informations… »

Elle marqua un temps avant de poursuivre :

« Mais malheureusement notre homme a fait une nouvelle victime, Pierre Sermigny.

– Ce n'est pas possible ! Quand ? demanda Raphaël d'une voix blanche.

– Hier en début de soirée selon les premières constatations.

– Putain ! Si vous aviez lu mon message plus tôt vous auriez pu le sauver. »

Il se leva d'un coup et fit plusieurs pas en passant nerveusement ses doigts dans les boucles de ses cheveux.

« Alors, vous allez vous calmer tout de suite et revenir vous asseoir, lui ordonna-t-elle. Il y a de fortes chances pour que le crime se soit déroulé avant l'envoi de votre message. »

Le voyant toujours aussi agité, Nathalie l'interrogea :

« Je ne comprends pas pourquoi vous vous mettez dans un état pareil ! Vous le connaissiez ? »

Raphaël la fusilla du regard un instant avant de souffler pour évacuer sa colère.

« Non. Le nom ne me parle pas, mais je l'ai peut-être croisé.

– Ben alors, pourquoi autant d'empathie pour cet inconnu ? »

Toujours bouleversé, mais un peu plus calme, il reprit sa place.

« Vous savez, Commandant, en franc-maçonnerie, les notions de fraternité et de solidarité sont omniprésentes. Elles sont au cœur de nos valeurs. Même si je ne connaissais pas ce frère, j'éprouve beaucoup de tristesse et je m'inquiète pour les autres. D'ailleurs, ils vont bien ?

– Oui. Pour chaque nom que vous m'avez communiqué, j'ai envoyé deux officiers pour les protéger et pour obtenir des renseignements. Des agents des commissariats locaux prendront le relais plus tard. »

Raphaël se détendit sensiblement à l'annonce de cette protection policière.

« Tant mieux. Qu'ils ne les lâchent pas d'une semelle tant que l'on n'aura pas mis la main sur ce taré.

– Qui doit être un de vos frères d'ailleurs », ajouta Nathalie, provocatrice.

Raphaël comprit l'allusion légitime.

« Vous savez, même si nous avons un socle de valeurs communes, nous restons des hommes avec nos défauts et nos faiblesses. Nous retrouvons tous les types de comportements dans notre association. Et parfois, malgré nos efforts de sélection, nous faisons parfois entrer un loup dans la bergerie.

– Oui, j'imagine que l'entrée en maçonnerie doit-être drastique.

– Assez. Surtout en ce moment. Depuis quelques années, nous sommes très vigilants, car nous avons eu plusieurs tentatives d'infiltration de la part de groupes intégristes. Les vérifications ont été renforcées pour déceler leur présence au plus tôt au cours du processus d'intégration. Dans notre cas, il est malheureusement impossible de détecter les profanes aux penchants meurtriers.

– Évidemment, convint Nathalie en défaisant son sac. Vous m'excuserez, mais j'ai la dalle. Si je ne mange pas, je ne vais pas finir la journée.

– Pas de problème. Au contraire, ça fera plus naturel. »

Nathalie ne releva pas ce nouveau trait paranoïaque et poursuivit :

« Notre assassin ne frappe pas au hasard. Comme vous me l'avez indiqué, ces six hommes appartiennent à une même loge. Dites-m'en plus à ce sujet ! »

Raphaël tritura une nouvelle fois ses cheveux.

« Comme je vous l'ai déjà dit. Je ne suis qu'un intermédiaire et je n'ai pas toutes les réponses. Du peu que j'en sais, plusieurs frères issus de loges différentes ont décidé de se réunir au sein d'une nouvelle loge qu'ils ont baptisée "La nouvelle Parfaite Amitié".

– Qui ne serait donc pas officielle ? demanda Nathalie en mémorisant le nom.

– C'est ça. Pour qu'une loge soit créée, comme toute association classique, il y a une procédure administrative qui conduit au dépôt des statuts et qui demande l'aval de l'obédience. Dans leur cas, c'est plus une réunion de passionnés autour de thèmes particuliers.

– Lesquels ?

– Ces frères seraient des amoureux de la chevalerie. Les chevaliers sont très présents symboliquement en franc-maçonnerie, surtout dans les hauts grades.

– Les hauts grades ? »

Raphaël soupira. Il s'en voulait d'être trop bavard, l'obligeant à devoir tout expliquer.

« Vous devriez vraiment acheter un bouquin sur la franc-maçonnerie pour avoir les bases, on gagnera du temps.

– J'y travaille, mais en attendant…

– Entendu, fit Raphaël de guerre lasse. Au Grand Orient de France, l'obédience à laquelle j'appartiens compte trois grades principaux : apprenti, compagnon et maître. On passe de l'un à l'autre au cours de cérémonies particulières. Bref, l'immense majorité des frères et des sœurs s'arrêtent aux grades de maîtres, mais il existe d'autres échelons que l'on nomme les hauts grades et qui permettent d'accéder jusqu'au 33e degré. Ce sont des grades essentiellement symboliques et philosophiques où la présence de chevaliers emblématiques est nombreuse. L'accès à ces grades supérieurs est possible au sein de loges spécifiques. “La nouvelle Parfaite Amitié” n'entre absolument pas dans ce cas.

– J'imagine que les membres de cette loge organisent des réunions.

– Très certainement.

– Où ça ?

– Même si ce n'est pas une loge officielle, je suppose qu'on les laisse occuper un temple pour se rencontrer. »

Raphaël leva un doigt vers Nathalie alors qu'elle ouvrait la bouche.

« Oui. Encore un nouveau terme propre à nous. La notion de temple, c'est tout simplement le lieu où une loge se réunit pour travailler. Ne m'en demandez pas plus pour l'instant.

– Entendu », fit Nathalie, conciliante.

Tout en réfléchissant, elle mangea sa salade. Raphaël en fit de même avec le sandwich qu'il avait apporté.

« Venons-en au principal, reprit Nathalie. Pourquoi quelqu'un s'en prendrait à cette loge qui paraît inoffensive ?

– Mystère total ! répondit Raphaël.

– Et qui ? Un franc-maçon ? Ça paraît le plus probable. Non ? »

Nathalie vit Raphaël se tortiller avant de répondre :

« Malheureusement, oui.

– Il faudrait pouvoir obtenir une liste de vos membres.

– Oubliez ça !

– Vous n'aurez pas le choix, sinon je lève la protection policière et je les laisse se faire dézinguer les uns après les autres.

– Quoi ?

– Je plaisante… Nous ferons sans.

– Ce n'est pas drôle. »

Jugeant qu'elle n'en apprendrait pas plus, Nathalie se leva et se tourna vers Raphaël pour une dernière question :

« Au fait. Cette histoire de 33e degré, quand on l'atteint, je suppose que l'on apprend la localisation de trésors fabuleux et de secrets incroyables.

– Oh non ! Pitié, pas vous. »

Nathalie sourit.

« Allez, j'y retourne. Je dois me rendre chez le légiste. Tenez-moi au courant si vous avez du nouveau. »

Raphaël la salua et balaya du regard les environs une énième fois.

15

Mercredi 14 novembre 2018, 14 h 15, IML.

En compagnie de Cyrille, Nathalie était de retour dans le hall de l'Institut Universitaire de Médecine Légale de Lyon. À l'accueil, on les dirigea vers les salles d'autopsie où le professeur Olivier Gardot officiait.

En poussant la porte, Nathalie crut s'être trompée d'endroit tant l'activité était intense et les personnes présentes nombreuses. Vêtus de leurs tenues bleu ciel, les étudiants ressemblaient à de charmants Schtroumpfs, mais cette vision naïve laissait rapidement place à d'autres sentiments à la vue des nombreux corps inertes posés sur des tables de dissection. Autour de chaque cadavre s'affairaient des petites grappes d'hommes et de femmes dans un océan de murmures.

À cette frénésie de mouvements vinrent s'ajouter des vagues d'effluves agressifs et fortement concentrés. Même Nathalie, qui avait pourtant l'habitude de ce type d'environnement, eut un haut-le-cœur. Cyrille n'en menait pas large non plus. À part eux, l'odeur mortuaire ne semblait perturber personne et beaucoup ne portaient même pas de masque.

Pour tenter de leurrer son odorat, Nathalie focalisa son attention sur la recherche du professeur aux splendides prunelles bleues.

Cyrille, dont le teint pâlissait, le trouva en premier et en informa d'un geste Nathalie, qui se dirigea aussitôt vers lui.

Il y avait foule autour du médecin. Sur les huit personnes qui buvaient ses paroles, Nathalie fut surprise de ne compter qu'un seul homme. Elle n'eut pas le temps d'y réfléchir davantage, car Olivier Gardot venait de planter ses yeux dans les siens. Cette pause soudaine fit se retourner tout le monde. Nathalie fut comme hypnotisée par ces deux lacs azurés qui l'attiraient irrésistiblement. Elle ne vit pas les regards hostiles lancés par certaines femmes, transpirant de jalousie. Le fantasme du professeur était tenace, d'autant que ce dernier était craquant.

« Commandant Lesage ! l'accueillit-il. Je me doutais que vous viendriez. »

Olivier Gardot dut pousser gentiment sa garde rapprochée afin que Nathalie puisse le rejoindre. La pression du cercle se relâcha un peu à la découverte du lieutenant Savage. Tout souriant, ses pommettes venaient de retrouver d'un coup un peu de couleur.

« Je ne vous serre pas la main, mais le cœur y est. »

Nathalie fut touchée par autant d'attention. Lui qui avait été si froid et distant la première fois, semblait aujourd'hui dans de meilleures dispositions envers elle. Il s'était même rappelé son nom.

« Je termine ici et je suis à vous. Je suppose que vous êtes venus pour le nouveau corps découvert ce matin. »

Nathalie hocha la tête en souriant.

Le professeur reprit le cours de son exposé en se tournant vers le corps encore intact d'une vieille femme.

« Très bien. Je vous rappelais donc qu'il était impératif avant toute autopsie de s'assurer que la victime soit bien décédée. »

Quelques gloussements retentirent dans l'assistance.

« Oui, j'en conviens. Cela peut amener à sourire, mais je vous garantis que cette constatation est obligatoire afin d'éviter toute mauvaise surprise. Je me souviens d'une fois où une femme est sortie de catatonie alors que l'on commençait à lui inciser le thorax. Il convient donc d'établir un diagnostic qui liste les signes négatifs de la vie et les signes positifs de la mort.

– Pouvez-vous nous préciser ces signes, s'il vous plaît ? demanda timidement une jeune étudiante qui tenait un carnet et un crayon. J'ai du mal à différencier ces deux notions.

– Pour les signes négatifs de vie, nous avons l'absence de respiration, pas de pouls, pas de conscience, une immobilité absolue et une absence totale de réactivité. Pour les signes positifs de mort, en fonction de la date et de l'heure du décès, nous devons constater une hypothermie, l'éventuelle présence de rigidité cadavérique, de lividités, de déshydratation et de putréfaction. »

Il laissa le temps à l'étudiante de noter avant de poursuivre :

« Pour terminer avec plus de légèreté. Savez-vous d'où vient le terme "croque-mort" ? »

Personne ne répondit.

« D'après certains, afin de s'assurer du décès de quelqu'un, on mordait le gros orteil de la personne supposée morte, d'où l'expression. Dieu merci, de nos jours nous avons des techniques moins artisanales. »

Le professeur Gardot joignit ses mains pour conclure :

« Sur ce, laissons maintenant le docteur Awuali, qui est anatomopathologiste, pratiquer l'autopsie avec les cinquièmes années de médecine. Les autres, suivez-moi, nous allons nous rendre auprès d'un autre client. »

Gardot s'adressa à Nathalie :

« Nous avons déposé le corps à l'écart pour plus de commodités et de tranquillité. »

Il commença à marcher avec Nathalie alors que trois jeunes femmes encadraient de près Cyrille.

En voyant leur manège, Nathalie demanda à Gardot si leur présence était vraiment nécessaire.

« Ce sont de futures thanatopractrices qui viennent se familiariser avec la mort. Il est important qu'elles visualisent les effets post-mortem sur un corps afin de mieux appréhender leur métier.

– Qui est ? demanda Cyrille.

– C'est nous qui nous occupons de rendre une apparence naturelle aux personnes décédées, minauda une des trois jeunes femmes. C'est super important pour la famille. C'est une très grosse responsabilité qui demande beaucoup d'attention et des compétences artistiques.

– C'est un noble métier », commenta Cyrille, qui contrairement à Nathalie ne trouvait pas leur présence envahissante.

Agacée, Nathalie observa Gardot, qui demeurait impassible.

Ils quittèrent la pièce pour une autre, beaucoup plus petite et séparée par une porte coulissante que le professeur referma derrière lui.

« Pour cet homme, je vais personnellement m'occuper de l'autopsie avec l'aide d'un agent, déclara Gardot, mais j'avais quelques points à revoir avant. »

Malgré un corps marbré d'hématomes violacés et un visage tuméfié, Nathalie reconnut Pierre Sermigny grâce aux photos qu'elle avait consultées dans la matinée.

Même si l'une des arcades sourcilières était très gonflée, Nathalie se fit aussitôt la remarque que l'agresseur n'avait pas torturé les yeux comme pour les deux précédentes victimes. *Étrange, ce changement*...

Nathalie se rapprocha de la tête de Sermigny.

« Je sais ce que vous cherchez, fit Gardot en s'avançant à son tour. Les globes oculaires sont toujours présents et intacts. Notre tueur ne s'est pas acharné dessus cette fois. C'est d'ailleurs assez surprenant. Vous ne trouvez pas ?

– Oui. Il n'en a peut-être pas eu le temps ou, plus simplement, cet acte n'est finalement pas si important que ça !

– Ou bien, intervint Cyrille, ce n'est pas le même meurtrier. »

Le docteur se retourna vers le lieutenant.

« Je peux vous assurer que c'est bien la même personne qui est à l'origine des blessures. J'ai parfaitement reconnu la manière de porter les coups.

– C'est-à-dire ? demanda Nathalie.

– En plus de la violence des coups qui est similaire chez les trois victimes, j'avais déjà constaté que notre homme assénait plutôt ses coups à l'aide de sa main gauche d'une part et de sa jambe gauche d'autre part. De façon naturelle, on frappe avec nos membres dominants. Ce détail va avoir toute son importance. »

Gardot se rapprocha du buste noirci et souleva l'épaule.

« J'ai relevé beaucoup de blessures défensives sur tout le corps, mais c'est ici que se situe la blessure mortelle. La clavicule est brisée en plusieurs morceaux, la tête de l'humérus est sortie de son logement et plusieurs côtes sont fracturées. Le tueur a utilisé une chaise trouvée sur place. Il s'y est repris à plusieurs fois pour faire autant de dégâts. L'examen des organes nous le confirmera, mais je suis certain que le poumon a été perforé à plusieurs endroits par des débris d'os, entraînant la mort en moins de dix minutes par suffocation et hémorragies internes. Pourtant… »

Le professeur fit pivoter la tête pour dégager la gauche de la gorge de la victime.

« Une autre blessure a attiré mon attention. »

Nathalie dut se rapprocher pour discerner ce que lui montrait le légiste.

À l'aide de deux doigts, il écarta les chairs pour laisser apparaître une fine coupure d'à peine un centimètre de long.

« J'ai nettoyé cette fine plaie qui était gorgée de sang et qui semblait anodine de prime abord, mais regardez. »

Gardot se saisit d'un long tube de verre à l'extrémité arrondie qu'il enfonça délicatement dans l'orifice. Cinq bons centimètres disparurent aisément.

« Vous voyez ! Les bords sont irréguliers. Nous notons donc l'utilisation d'un outil perforant, mais peu coupant. La forme de l'incision me rappelle davantage celles qui auraient pu être faites par un scalpel très usé, mais j'en doute.

– Pourquoi ? demanda Nathalie.

– Ce n'est pas visible à l'œil nu, mais j'ai observé que l'épiderme avait été percé en son centre et légèrement décalé avant de s'élargir de chaque côté. Très souvent, les outils, type scalpel, possèdent une pointe en haut ou en bas, pas centrale. Ça peut donc être un bistouri, mais ce léger décalage m'intrigue. Il va falloir que je consulte les catalogues pour retrouver quelle famille d'outils a pu laisser une telle signature. Quoi qu'il en soit, cette arme a été profondément enfoncée, mais n'a pas touché la carotide ou la jugulaire. Même si c'est impressionnant, elle n'a donc pas entraîné la mort. Ce coup a été porté juste quelques secondes avant le décès, mais après les perforations pulmonaires.

– Si je résume, commença Nathalie. La victime agonisait et le tueur pensant l'achever l'a poignardée au cou avec un instrument perforant. »

Le légiste la fixa comme s'il attendait quelque chose. Elle détourna la tête, légèrement troublée.

Un peu déçu, Gardot ressortit le tube de la gorge dans un petit bruit de succion qui fit frémir de dégoût une des jeunes femmes.

Nathalie était dubitative. C'était comme si un événement avait perturbé l'agresseur, l'obligeant à tuer rapidement sa victime. Il avait alors utilisé une arme qu'il portait avec lui et l'avait poignardée, pensant l'achever. Bien que surprenante, cette finalité inédite avait l'avantage d'expliquer l'absence de mutilation des yeux.

« Très étrange, cette blessure ! fit Cyrille. Elle change de sa manière de faire. Il aurait pu continuer à le frapper, comme les autres… »

Le professeur se racla la gorge pour attirer l'attention :

« Cette nouveauté peut raconter une tout autre histoire. Rappelez-vous ce que je vous ai dit, il y a deux minutes.

– Non ! fit Cyrille, qui venait de percuter où voulait en venir Gardot.

– Ah ! Quand même, cela me paraissait évident pourtant.

– La blessure à la gorge est du côté gauche. Le tueur a donc utilisé sa main droite. C'est ça ?

– Oui, continuez !

– Il est ambidextre.

– Possible, mais peu probable compte tenu des faits. Je privilégie une autre explication.

– Vous pensez à un deuxième intervenant ? fit Nathalie, qui venait de raccrocher les wagons.

– Exactement ! Tout porte à le penser. La précision et la force du geste. L'angle de pénétration de la lame…

– L'absence de mutilation des yeux, compléta Nathalie. Il faut maintenant comprendre la raison de cet étrange changement de mode opératoire alors que notre tueur aurait pu l'achever facilement à mains nues.

– Incroyable ! s'exclama Cyrille. Ils seraient deux alors ?

– Je vais faire des examens complémentaires, mais oui. C'est sûrement ce que je vais indiquer dans mon rapport.

– Avez-vous retrouvé une trace biologique qui prouve la présence d'une deuxième personne ?

– Non. Pas encore.

– Les deux premiers rapports de la scientifique n'en font pas mention. Cyrille, vous les appellerez quand même pour leur poser la question. Ce second couteau s'il existe est très discret.

– Il est peut-être en retrait, en soutien en cas de besoin, avança Cyrille.

– Possible, approuva Nathalie. Je vais demander que l'on fouille à nouveau les différents lieux des crimes. On a peut-être raté quelque chose.

– Excusez-moi, intervint le légiste, je ne veux pas vous couper dans vos réflexions, mais j'ai une longue autopsie qui m'attend et je dois m'employer à identifier l'arme.

– Oui, bien sûr ! dit Nathalie. Une dernière question : avez-vous constaté des blessures de type sexuel ?

– Non, pas plus que pour les deux autres. L'appareil génital est complet et intact, tout comme l'anus qui est exempt de lésions intimes.

– Autre chose ? demanda Nathalie.

– Non. Rien de particulier. Le premier tueur n'a pas pris plus de précautions. La police scientifique n'aura aucun mal à l'associer aux autres meurtres. »

Gardot mit ses mains sur les hanches et contempla le corps mutilé.

« Quelle sauvagerie ! »

La porte coulissa sur un nouveau Schtroumpf qui salua tout le monde.

« Docteur Perlin, qui va m'assister pour l'autopsie. Pour sortir, passez par là, il y a moins de monde.

– C'est vrai que c'est l'usine à côté ! souligna Cyrille.

– Vous devriez venir les lundis, nous avons fréquemment une dizaine de corps à autopsier en même temps.

– Autant !

– Oui, nous pratiquons plus de sept cents autopsies par an ! »

Cyrille sourcilla devant le nombre et s'empressa de prendre la direction de la sortie, suivi de Nathalie et du trio de thanatopractrices.

Gardot interpella Nathalie au moment où elle quittait la salle :

« Commandant ! Faites bien attention à vous. Je n'aimerais pas à avoir à vous mordre le gros orteil. »

Nathalie le lui promit, mais elle ne sut pas vraiment comment prendre cette marque d'attention même si la perspective de se faire mordre de son vivant par lui ne lui déplairait pas…

16

Mercredi 14 novembre 2018, 15 h 30.

Avant de retourner à la DIPJ, ils avaient fait un crochet par une librairie pour faire le plein de livres sur la franc-maçonnerie. Cyrille avait mollement contesté le fait d'acheter des versions brochées à la place du format numérique bien plus écologique. Il n'avait pas totalement tort, mais Nathalie avait beaucoup de mal à se concentrer longtemps sur un écran. De plus, elle aimait griffonner les livres, même si certaines liseuses le permettaient.

Ils avaient passé une bonne demi-heure à fouiner dans un large éventail de références. Effectivement, comme le lui avait dit Raphaël, pour une société dite secrète, ils étaient bien bavards. Nathalie fit une sélection qui comprenait les bases de la franc-maçonnerie avec ses origines, son histoire, sa philosophie, sa pratique et ses différents rituels.

Ils arrivèrent au bureau en même temps que le premier binôme de lieutenants qui s'était chargé de sécuriser et d'interroger Michel Roitelet, le conseiller municipal à la culture de Lyon.

Nathalie déposa sa pile de livres pendant que les deux officiers débutaient leur rapport.

Rien d'extraordinaire.

Désobéissant aux consignes, l'homme politique s'était empressé de se rendre à son travail. Il s'était justifié en expliquant aux deux OPJ qu'il se sentait plus en sécurité dans les locaux de la mairie que chez lui. Prévenu la veille par téléphone, il était déjà au courant de la situation. Il était resté sans voix quant aux détails de cet appel. La protection policière l'avait pourtant rassuré, surtout après l'annonce du troisième homicide qui l'avait visiblement secoué.

L'homme public avait enchaîné réunion sur réunion au désespoir des deux officiers, qui avaient peiné pour l'interroger. Il avait répondu aux questions de manière décousue, partielle et sans emphase, surtout concernant son appartenance à la franc-maçonnerie. Même si dans son entourage familial et professionnel certains étaient au courant, il ne tenait pas à en faire la publicité.

Historiquement, il y avait toujours eu beaucoup de maçons dans les bureaux de la mairie. Le maire actuel et certains de ses conseillers ne dérogeaient pas à la règle, bien au contraire…

Le conseiller avait reconnu du bout des lèvres son appartenance à la loge « La nouvelle Parfaite Amitié ». Concernant la nature de leur activité, il avait répondu qu'ils étudiaient d'un point de vue philosophique et symbolique certaines périodes de l'histoire et plus particulièrement celles en rapport avec des chevaliers célèbres. Il n'était pas entré plus avant dans les détails, sauf pour préciser qu'ils se réunissaient mensuellement depuis six mois pour confronter leurs recherches. Il avait également précisé ne pas encore bien connaître tous les membres de la loge, qui par un concours de circonstances, s'étaient retrouvés autour d'un même centre d'intérêt.

Appartenant à la même loge, il avait été proche de la première victime, le docteur Charry, et connaissait bien l'architecte, Bruno Givrard, avec qui il était en partenariat sur des projets culturels.

Après un interminable déjeuner de travail pris dans le bureau du conseiller, les deux lieutenants avaient enfin pu prendre congé avec l'arrivée de la relève.

Nathalie trouva que les deux officiers avaient fait preuve de beaucoup de laxisme avec le conseiller. Son statut social les avait certainement perturbés. Elle se retint de le leur reprocher, ne voulant pas passer pour une mégère et risquer de les braquer contre elle dès le premier jour.

En attendant le retour des autres officiers, ils s'étaient regroupés tous les quatre devant le schéma d'ensemble. Après un résumé oral sur l'échange qu'elle avait eu avec son indic et leur rencontre avec le légiste, Nathalie ajouta une case sur le tableau pour noter le nom de la loge qu'elle compléta avec les quelques informations récupérées. En plein centre, elle traça un grand cercle et commença à le remplir d'éléments qui caractérisaient leur tueur principal : homme (attente de confirmation de l'ADN), franc-maçon (certainement), grande force physique, violent, improvisation des meurtres, empreintes inconnues des services, pas d'agression à caractère sexuel, tendance à mutiler les yeux, et gaucher.

Même si ce n'était pas encore officiel, elle traça un nouveau cercle pour indiquer la présence du second tueur. Ils avaient encore peu d'informations à son sujet. Elle marqua juste qu'il était droitier, utilisait une sorte de bistouri et qu'il était au moins présent lors du meurtre du romancier.

Elle se recula pour avoir une vue d'ensemble.

Un lieutenant s'approcha du tableau et pointa du doigt le grand cercle :

« Vous avez oublié de noter qu'il est consommateur de feuilles de coca.

– Très juste. »

Nathalie compléta le profil.

« J'ai fait une petite recherche à propos de ces feuilles et le moyen de s'en procurer », ajouta Cyrille.

Les officiers présents se tournèrent vers lui.

« L'importation de ces feuilles est totalement interdite en France, mais il est tout de même possible d'en commander sur certains sites qui les proposent incorporées dans des infusions. D'après le retour des consommateurs, c'est souvent de l'arnaque et les effets sont souvent minimes. D'ailleurs, ces colis passent la douane sans trop de problèmes. C'est pour dire. J'ai discuté avec nos collègues des Stups de l'étage du dessous.

Sur Lyon, ils n'ont jamais réalisé de saisies de feuilles. J'ai aussi lu un long rapport sur la question. La transformation chimique des feuilles, en pâte puis en cocaïne est un peu complexe et demande du savoir-faire et du matériel. Ce type de laboratoires est exclusivement présent dans les pays producteurs. Autre chiffre intéressant : un tiers de la production mondiale est consommée localement et légalement sous la forme naturelle et depuis le plus jeune âge chez les enfants.

– C'est légal dans quels pays ?

– Uniquement en Colombie, Pérou et Bolivie.

– Il n'y a pas d'autre utilisation de ces feuilles ? demanda Nathalie.

– Si, deux, la marque Coca-Cola qui en utilise énormément, mais qui prend bien soin de retirer la substance active. Normalement…

– Et l'autre ?

– Pour une utilisation pharmaceutique ou pour la recherche.

– Beau travail, Lieutenant. Ces informations sont importantes. Elles limitent le champ d'investigation. »

Nathalie se tourna vers les deux officiers de la brigade :

« Qui veut se charger de rechercher ce type de laboratoires sur Lyon ? »

Un lieutenant se porta volontaire.

Les deux autres binômes de lieutenants arrivèrent une heure plus tard alors que chacun effectuait des recherches sur son ordinateur, sauf Nathalie, qui feuilletait *La franc-maçonnerie pour les nuls*.

Tout comme le conseiller Roitelet, le géologue Martin et l'architecte Givrard n'avaient pas été très bavards, voire franchement désagréable concernant Bruno Givrard.

C'était le lieutenant Legrand qui s'était confronté à lui, provoquant des étincelles. L'architecte avait plusieurs fois tenté de les mettre à la porte, prétextant qu'il n'avait pas de temps à leur consacrer et qu'ils le gênaient dans son travail. Il avait prétendu n'être nullement touché par les décès de ses amis, alors que son comportement à fleur de peau avait indiqué l'inverse. Il avait paru très préoccupé et nerveux. Il était devenu grossier quand le lieutenant lui avait demandé s'il avait une idée de l'identité du tueur :

« Vous me prenez pour un con, Lieutenant ! Vous pensez une seule seconde que je ne vous l'aurais pas déjà dit si je connaissais le nom de ce fumier qui tue nos frères !

– Changez immédiatement de ton », fit Legrand en colère, alors que son collègue restait en retrait, prêt à intervenir.

L'officier s'était penché tout proche du visage de l'architecte, beaucoup plus petit que lui.

« Sinon, je vous embarque pour outrage à officier. Répondez simplement à nos questions et tout se passera bien. Nous vous laisserons alors tranquille et nous resterons gentiment devant votre porte en attendant nos autres collègues. »

Bruno Givrard avait soutenu le regard de Legrand avant de lâcher prise.

« Qu'y a-t-il d'aussi dérangeant dans votre club pour que l'on cherche à le détruire ? » demanda Legrand de façon inquisitrice.

L'architecte lui lança un regard noir et prit un temps avant de répondre :

« Rien. Absolument rien. Notre cercle est purement symbolique. Nous travaillons sur des thèmes qui nous passionnent. C'est tout !

– Si vous le dites… »

Givrard ne réagit pas à la provocation.

« Vous avez beaucoup d'ennemis ? fit Legrand.

– Évidemment ! Et à Lyon, ils ne manquent pas ! En plus des religions établies, cette ville est un catalyseur pour les groupuscules de tout poil qui cherchent à nous nuire. Entre les témoins de Jéhovah, la scientologie, les partis extrémistes, les mormons, les djihadistes, nos chers catholiques, les fanatiques du complot et autres sectes sataniques, faites votre choix ! Mais quel rapport avec notre loge ? Elle est si confidentielle. Je vous garantis que nous n'avons fait aucune publicité, même en interne. Et nous ne ferons aucune démarche auprès du siège pour la rendre officielle. Vraiment, je ne comprends pas cet acharnement…

– Ne cherchez pas si loin. Le meurtrier est certainement l'un des vôtres.

– Je le crains… »

Les deux officiers, n'ayant rien obtenu de plus intéressant du petit homme bourru, s'étaient retirés pour se placer en faction sur le palier de son appartement.

Le jour déclinait rapidement sur les grandes tours de Lyon alors que Nathalie sortait du bureau de la commissaire Clément en se retenant de claquer la porte. Son rapport avait été concis et vite expédié. Sans surprise, sa supérieure avait accueilli fraîchement la lente avancée de l'enquête et avait pris un malin plaisir à le rappeler. Elle avait à peine réagi à la présence d'un second tueur, attendant de pouvoir le lire dans le rapport d'autopsie.

« Quelle connasse ! » fit-elle tout bas.

Nathalie se demandait vraiment de quel côté elle était. Le désir de l'expulser de son service semblait plus fort que la résolution de l'enquête.

Elle retourna dans son bureau, laissé vide par le départ de Cyrille pour un nouvel entraînement de rugby. Elle se demandait où il trouvait l'énergie pour enchaîner presque tous les jours une journée de travail avec deux heures de sport intensif, sans compter le match du week-end.

Elle sourit en s'asseyant devant son écran et en repensant à la commissaire Clément, qui avait exigé la liste de tous les francs-maçons. Elle planait ! Jamais

Raphaël ou les autres ne la leur fourniraient. C'était peut-être ça leur plus fameux secret…

Au fil de ses lectures sur la franc-maçonnerie, Nathalie avait été déçue. Elle s'attendait à quelque chose de beaucoup plus mystérieux, de plus excitant. Elle n'y avait trouvé qu'un assemblage de symboles piqués aux religions, aux rites païens, à l'Égypte ancienne et d'autres encore. Et puis, il y avait cette histoire de temple de Salomon qui revenait régulièrement. Par contre, elle n'avait rien à redire concernant les valeurs qu'ils prônaient. Les notions de liberté, d'égalité, de fraternité et de laïcité trouvaient résonance en elle.

En parlant de fraternité, elle trouvait que les trois rescapés avaient été légers sur ce point. Ils donnaient l'impression de ne pas être très affectés par la mort de leurs frères, comme si chacun travaillait dans son coin en se fichant des autres. Nathalie ne maîtrisait pas encore les liens qui les unissaient. Elle devait y remédier pour mieux comprendre les tenants et les aboutissants. Elle avait aussi le sentiment qu'ils se foutaient un peu de leur gueule, qu'ils les menaient en bateau. Ils paraissaient suivre une sorte de ligne de conduite préétablie entre eux. De ce qu'elle en savait, à ce petit jeu, c'était Bruno Givrard le champion.

Nathalie alla plus loin dans son raisonnement. Elle était persuadée qu'au moins un des six hommes connaissait le meurtrier. Pour étayer son hypothèse, elle se remémora que pour les meurtres commis au domicile des victimes, il n'y avait eu aucune trace d'effraction. Alors, soit ils mentaient tous, soit celui qui le connaissait était déjà mort.

Nathalie regarda l'heure, Diane ne tarderait plus à débouler pour son sympathique apéro à trois têtes. Quelle plaie ! Elle le faisait vraiment en souvenir du bon vieux temps et pour son amie.

En attendant, elle pianota sur son clavier à la recherche de leurs fameux temples, où les francs-maçons se réunissaient pour travailler. Elle avait retenu qu'ils appelaient ces séances de travail des « tenues ». Alors qu'elle ne se faisait pas trop d'illusions, elle fut surprise de trouver facilement les adresses des principales obédiences ; certaines cohabitaient dans les mêmes locaux. Nathalie les nota et se dit qu'elle y ferait bien un tour. Par curiosité.

Sentant une présence, elle leva la tête pour découvrir une Diane toute souriante qui se tenait dans l'encadrement de la porte.

« On y va ? »

17

Mercredi 14 novembre 2018, 20 heures.

À l'ouverture de la porte, tel un cerbère gardant son antre, Joanna, surnommée Jo, était apparue. C'était une grande brune avec une jolie coupe carrée, aux formes plantureuses, vêtue d'un jean serré gris clair déchiré aux genoux et d'un pull noir au col très échancré laissant apparaître une poitrine généreuse. Cette belle gardienne avait détaillé Nathalie de la tête aux pieds. L'expression de contrariété qui s'était alors peinte sur le visage de Jo fut telle que Nathalie crut qu'elle ne franchirait jamais le seuil. Malheureusement pour elle, espérant une seconde échapper à cette corvée, Jo s'était tournée vers Diane, qui lui avait lancé un regard suppliant. Jo s'était écartée. En un instant, Nathalie s'était retrouvée enfoncée dans un sofa très moelleux avec Jo pile en face d'elle et Diane légèrement en retrait sur un autre fauteuil.

La demi-heure suivante s'était transformée en un véritable interrogatoire en règle pour Nathalie. Il s'en était fallu de peu pour qu'elle parte quand Jo avait été insistante sur son enfance et son milieu familial, sujets sur lesquels elle était restée très évasive. Sentant la tension monter dangereusement entre les deux femmes, Diane s'était dépêchée de préparer des ti-punchs bien tassés pour détendre l'atmosphère. Après avoir garni la table de divers légumes coupés en petits bâtonnets accompagnés de plusieurs préparations à base de yaourts à la grecque, elles avaient trinqué à leurs retrouvailles dans une ambiance glaciale. Stratège, Diane avait alors orienté la conversation en insistant auprès de Nathalie pour qu'elle raconte ses aventures avec les garçons, en commençant par la période passée au lycée militaire d'Autun. Nathalie avait pris soin d'occulter ses quelques expériences avec le beau sexe, au grand soulagement de Diane.

La puissance du rhum masquée par le sucre de canne et le jus de citron vert commençait à faire son effet sur les organismes, faisant baisser d'un cran le climat électrique de la pièce.

Nathalie et Diane avaient ensuite évoqué plusieurs souvenirs très édulcorés en rapport avec leur année commune passée à l'école de police. Jo avait enfin esquissé un premier sourire franc à l'évocation de la dernière aventure de Nathalie avec Samir. La suspicieuse, et surtout très jalouse, future mariée avait finalement baissé la garde. Diane et Nathalie l'avaient convaincue que cette dernière était une pure hétéro.

Jo avait alors avalé d'un trait son cocktail et avait frappé dans ses mains en annonçant qu'il était temps de passer aux choses sérieuses.

« Bon ! fit-elle en se levant. Je vais chercher la suite. Biche, tu refais le plein s'il te plaît. »

Jo partit en trombe dans la cuisine.

Diane soupira de soulagement. Elle faillit se rapprocher de Nathalie pour lui serrer la cuisse en guise de remerciement. Mais elle se contenta de la remercier tout bas, beaucoup moins risqué.

« Merci, Nat ! Tu m'as sauvé la vie. La soirée va bien se dérouler maintenant. Tu as réussi le test.

– Elle est très belle, mais d'une jalousie maladive ! Tu es sûre de vouloir vivre avec elle ?

– Absolument !

– Tu n'as pas peur du quotidien ?

– T'inquiète. Je vais gérer.

– Je te le souhaite ! » fit Nathalie, absolument pas convaincue.

Elle ne croyait pas du tout que ce type de relation puisse tenir dans la durée. Cela pouvait être très destructeur pour chaque membre du couple. Son amie devrait être aux aguets en permanence pour ne pas déclencher une crise de jalousie, ce qui devait être épuisant au quotidien.

Nathalie prit son verre et le leva.

« Je te souhaite tout le bonheur du monde, mais prends soin de toi et promets-moi de vite te barrer si ça devient invivable.

– Promis ! » jura Diane en levant son verre à son tour.

Pendant que Jo s'agitait en cuisine et que Diane s'employait à refaire les niveaux de ti-punch, Nathalie lui demanda des nouvelles de sa journée.

« Bien remplie ! fit-elle en coupant des quartiers de citrons verts. J'ai passé une partie de la journée à patauger dans une mare puante avec un corps dans un sale état.

– Ah oui ! se rappela Nathalie. Ton noyé ?

– Oui. En plein cœur du campus de la Doua, pas loin de la grande bibliothèque universitaire. Juste derrière un des bâtiments de physiologie, il reste un des derniers endroits de nature sauvage épargné par le béton. Ce n'est pas très grand, quelques centaines de mètres carrés seulement. L'endroit est strictement interdit au public, sauf pour les chercheurs et certains étudiants. C'était le cas pour le pauvre gars retrouvé la tête enfoncée dans la vase.

– On l'a aidé, alors ?

– Ah oui et de façon active. La victime a été frappée à l'arrière de la tête et on l'a ensuite maintenue sous l'eau. Son agresseur a mis tout son poids sur le pauvre gars en lui montant sur le dos à pieds joints. Cette partie du corps était émergée et on a pu relever plus d'une dizaine d'empreintes partielles de chaussures.

– La vache ! » siffla Nathalie, visualisant le déroulement du crime. « L'agresseur lui sautait dessus !

– Oui, à l'évidence. Le légiste nous dira si la victime était déjà morte avant qu'il ne s'acharne dessus. Le magistrat a vite dégainé et le certificat de décès a été déclenché dans la foulée. Un meurtre sur un campus, c'est toujours très mauvais.

– Le profil de la victime ? » ne put s'empêcher de demander Nathalie, dont le professionnalisme revenait au galop.

« Stéphane Moreau, 27 ans, doctorant en dernière année. Il travaillait dans un laboratoire de recherche au dernier étage d'un bâtiment voisin. Il aurait dû passer sa thèse en fin d'année.

– Qu'est-ce qu'il faisait dans ce parc ?

– D'après un de ses collègues, il s'y rendait souvent pour se détendre. Il adorait observer les animaux et plus particulièrement les grenouilles qu'il s'amusait à attraper avant de les relâcher.

– Vous avez des pistes ?

– Pas grand-chose à cause de l'eau. Juste la pointure du tueur et le type de semelle. Ça ne nous conduira pas très loin.

– Et du côté de son labo ?

– Pas grand-chose. Un peu désertique, le laboratoire. Il y avait une secrétaire et un autre thésard, celui qui nous a renseignés sur les habitudes de Stéphane Moreau. D'après les dires de ce dernier, c'était un étudiant discret, gentil, studieux et très apprécié des élèves auprès de qui ils donnaient des vacations. Personne ne comprend pourquoi il a été assassiné.

– En tout cas son agresseur savait où le trouver.

– C'est une évidence.

– L'entrée de ce parc était fermée ?

– En temps normal oui, il y a un portail avec une serrure. Mais la victime n'a pas refermé derrière lui. On a retrouvé la serrure intacte et la clé dans une poche de son pantalon. »

Nathalie s'apprêtait à poursuivre avec une rafale de questions quand Jo réapparut chargée de plateaux débordant de charcuterie et d'une panière de pain coincée sous le bras.

« Pitié ! Ne parlez pas boulot ! J'ai horreur de ça, déclara-t-elle en déposant les victuailles sur la table.

Je ne sais pas comment tu fais pour faire ce boulot ! Moi, je ne pourrais pas. »

Diane lui passa affectueusement la main dans le bas des reins.

« Promis, on arrête. »

Après le troisième verre, l'ambiance avait radicalement changé, devenant légère et festive. Soulagée que Nathalie ait réussi l'examen d'entrée, Diane s'était détendue et riait à tout. Elle se leva pour s'asseoir sur l'accoudoir du fauteuil. Jo l'enlaça aussitôt.

« Raconte-lui comment tu t'es vengée de ton ex ? la supplia Diane. C'est à mourir de rire. »

Jo ne se fit pas prier.

« En fouinant dans son téléphone, j'ai découvert que cette garce me trompait. Je ne vous raconte pas comment ça a bardé ! Bref, je logeais chez elle et le jour où j'ai fait ma valise, elle est partie pour me laisser tranquille. Erreur fatale. J'ai foncé au supermarché du coin pour acheter des crevettes. Je suis revenue à l'appart et j'ai démonté la tringle à rideaux du séjour pour la remplir de queues de crevettes que j'avais amoureusement décortiquées. J'ai tout remis en place, terminé mes cartons et je me suis barrée. »

Diane était déjà morte de rire et se tenait les côtes pendant que Nathalie ouvrait de grands yeux en attendant la suite.

« Très vite, ça a commencé à sentir mauvais dans toute la pièce. Mon ex a alors commencé à asperger du désodorisant partout. Sans succès, elle est ensuite passée aux bougies parfumées et aux huiles essentielles. Elle a tout essayé, mais l'odeur était de pire en pire. Pensant que cela provenait des rideaux, elle les a remplacés sans changer la tringle. Ça a duré presque un mois avant qu'elle ne comprenne ! Putain quelle rigolade ! Elle l'avait bien cherché ! C'est ma remplaçante qui m'a raconté tout ça quand elle l'a quittée à son tour. À la fin, c'était une infection dans l'appartement ! »

Nathalie riait de la plaisanterie, mais elle était inquiète pour son amie en voyant ce dont était capable Joanna.

Les rires retombèrent et Diane se fit soudain réprobatrice envers Nathalie.

« Au fait ! Dis donc, cachottière ! Tu ne perds pas de temps, toi ? »

Nathalie la regarda sans comprendre.

« Une collègue de la finance t'a vue ce midi dans le parc en train de fricoter avec un bel homme. »

Nathalie blêmit.

« Qu'est-ce que tu racontes ? balbutia-t-elle.

– Tu as bien déjeuné avec Raphaël ?

– Tu parles du lieutenant Monier qui bosse aux Stups ?

– Oui.

– On s'est retrouvés par hasard. On s'était croisés la veille dans les couloirs. On a juste un peu discuté boulot, tenta de se justifier Nathalie. Qu'est-ce que tu vas imaginer ?

– Tu fais bien ce que tu veux ! la taquina Diane.

– Arrête ! Ce n'est pas drôle. Ce n'est déjà pas facile de débarquer dans un nouveau job comme ça, alors c'est exactement ce type de rumeur que j'aimerais éviter. Ce genre de connerie peut me faire beaucoup de tort. C'est du pain bénit pour la commissaire.

– Tu exagères ! Tu n'as rien fait de mal. »

Évidemment ! pensa Nathalie. Mais si l'information parvenait jusqu'aux oreilles de la brigade, certains ne mettraient pas longtemps pour faire le lien entre cette rencontre fortuite et son informateur franc-maçon.

Constatant que son amie était contrariée, Diane cessa de la harceler et lui promit de ne plus en parler.

Pour ce qui était de la rumeur, nul ne pouvait savoir jusqu'où elle pouvait aller…

18

Mercredi 14 novembre 2018, 22 h 45.

Hormis l'interrogatoire poussé et l'échange désagréable au sujet de Raphaël, Nathalie avait passé une soirée qu'elle ne regrettait pas en fin de compte. Elle avait rempli son rôle auprès de Diane, qui devrait être tranquille, jusqu'à la prochaine crise de jalousie de Jo…

L'esprit un peu embrumé par l'alcool, elle avait remercié Diane de l'avoir raccompagnée jusqu'à la station de métro la plus proche. Son amie avait insisté pour la conduire jusqu'à son hôtel, mais Nathalie avait prétexté le besoin de s'oxygéner avant de rentrer.

Dans la rame qui roulait vers le Vieux Lyon, il était presque 23 heures quand son portable sonna.

Elle vit s'afficher un « 06 » qu'elle ne connaissait pas. Elle hésita un instant. C'était un peu tard pour un appel commercial émanant d'une plateforme de « je ne sais où ». Supposant que c'était peut-être Raphaël qui la contactait depuis un autre appareil, elle fit glisser son doigt sur l'écran pour accepter l'appel. Trop tard, il avait basculé sur sa messagerie.

Elle patienta, se disant que si c'était important, il y aurait un message. Il arriva une poignée de secondes plus tard. Elle se hâta d'appeler sa messagerie et fut stupéfaite de reconnaître la voix de l'appelant : « *Bonsoir, Commandant Lesage, c'est Olivier Gardot. Excusez-moi de vous appeler si tard, mais j'ai trouvé avec quelle arme a été tué Sermigny. Appelez-moi demain, quand vous voulez.* »

Une double excitation, professionnelle et personnelle, gagna Nathalie, qui s'empressa de rappeler le professeur dans la foulée.

« Professeur Gardot ?

– Oui, bonsoir, Commandant. Excusez-moi de vous avoir appelée si tard. J'espère ne pas vous avoir réveillée ?

– Non. Non, je rentre d'une soirée.

– Tant mieux ! J'étais tellement heureux d'avoir mis la main sur cette satanée arme que j'avais besoin de partager ma découverte avec vous.

– Vous êtes toujours à l'institut ?

– Oui. À mon bureau. Quand tout le monde est parti, c'est le meilleur moment pour réfléchir. Et ce n'est pas les pensionnaires du sous-sol qui vont me déranger. »

Nathalie se demanda si quelqu'un l'attendait chez lui.

« Allô ? Commandant ? Vous êtes toujours là ? » s'inquiéta Gardot, qui n'entendait plus son interlocutrice.

« Oui, ça a coupé deux secondes, mentit-elle. Je suis dans le métro.

– Je vous disais que cette histoire de bistouri m'obsédait tant que j'ai passé une bonne partie de la soirée à consulter des catalogues et j'ai fini par trouver mon bonheur dans une revue de géologie.

– De géologie ?

– Oui, c'est un outil qui est assez commun pour un géologue ou un archéologue. C'est un objet assez fin, en inox mesurant une vingtaine de centimètres. Il possède une extrémité aplatie et l'autre en forme de croc. Celui même qui est à l'origine de cette étrange perforation. Cet outil est habituellement utilisé pour faire de la restauration.

– Incroyable ! Ce n'est pas commun comme arme. Cela devrait beaucoup nous aider. Désolée de vous poser la question… mais vous êtes sûr de vous ?

– À cent pour cent. Je viens de vérifier. Tout correspond.

– Vous avez vérifié ? s'étonna Nathalie.

– Il se trouve que je ne suis pas le seul à hanter tardivement les couloirs de la fac. J'ai contacté plusieurs collègues et l'un d'eux avait une vieille panoplie du parfait géologue que j'ai récupérée dans la foulée. L'outil s'y trouvait. J'ai ensuite pu vérifier que c'était bien l'arme du crime. »

Nathalie n'avait aucune envie de connaître le détail des tests. Elle imaginait le professeur en train de percer à la chaîne des morceaux de cadavre dans une chambre froide pour reproduire l'incision découverte dans la gorge du romancier. Elle chassa cette vision pour se concentrer sur cette nouvelle information et fit tout de suite le rapprochement avec Lucien Martin, un des trois membres restants de « La nouvelle Parfaite Amitié », qui était justement géologue, en plus d'être historien. Ils cherchaient un assassin à l'extérieur de la loge alors qu'il se trouvait peut-être à l'intérieur ! Nathalie irait lui rendre visite à la première heure demain matin…

« Allô ? Ça coupe encore ? Je ne vous entends plus !

– Je suis là, professeur ! J'étais en train de réfléchir.

– Ah ! Très bien. C'est encourageant alors ?

– Oui. Cela ouvre de nouvelles perspectives. Merci beaucoup, professeur !

– Assez avec vos professeurs, Olivier c'est mieux. D'autant que l'on ne se quitte plus avec cette pluie de cadavres qui ne cesse de tomber sur votre service depuis votre arrivée ! Il y en a encore un qui est arrivé aujourd'hui. »

Perdue dans ses réflexions, Nathalie mit une dizaine de secondes avant d'être en phase avec Olivier. Le légiste faisait allusion à l'étudiant retrouvé sur le campus de la Doua.

« Vous parlez du noyé ?

– Quel noyé ? Je peux assurer qu'il ne l'était pas. On a bien retrouvé de la boue en quantité dans les cavités nasales et buccales, mais aucune trace d'eau dans les poumons. Le malheureux était déjà mort avant de toucher le sol. Le tronc cérébral a été violemment comprimé par une grosse branche. Il y avait des échardes de bois partout. La mort, par arrêt respiratoire, a été instantanée. Ensuite, son assassin s'est acharné en lui sautant dessus plusieurs fois. J'ai aussi repéré des arrachements du cuir chevelu. Le pauvre a reçu plusieurs coups à la tête, ce qui explique la boue présente dans les cavités aériennes. Encore un autre malade à attraper rapidement. On dirait que les branches d'arbres sont des armes tendance en ce moment ! C'est l'automne…

– Entendu », répondit poliment Nathalie, qui listait déjà mentalement les questions à poser au géologue. « Merci pour ces informations que je transmettrai à la brigade en charge du dossier.

– Je vous en prie ! » répondit Olivier, un peu déçu par le manque de réaction de Nathalie.

Il pensait la faire sourire avec son humour saisonnier. Il reprit son ton professionnel pour conclure :

« Tout sera détaillé dans le rapport que vous aurez au plus tard demain en fin de matinée.

– Parfait. Vous confirmez toujours la présence d'un second tueur ?

– Oui, même si techniquement son geste n'a pas entraîné le décès, il en avait l'intention en tout cas.

– Très bien. Je vous laisse. J'arrive à ma station. Merci pour tout, Olivier. Rentrez chez vous, on se recontacte très vite.

– À votre service, Commandant ! »

Quelques minutes plus tard, Nathalie recevait un MMS contenant la photo de ce fameux outil à croc accompagné d'un « Bonne nuit, Nathalie ».

19

Jeudi 15 novembre 2018, 8 h 15.

Dès son entrée dans le bureau, Nathalie pressa Cyrille pour se rendre à la voiture, sans lui laisser le temps de finir tranquillement son deuxième croissant. Elle lui expliqua juste qu'elle souhaitait interroger Lucien Martin au plus vite.

L'empressement de sa supérieure le surprit. Elle paraissait avoir une idée précise en tête et ne voulait visiblement pas en dire plus pour l'instant. Il verrouilla son écran sur la recherche en cours, prit son blouson et enfourna le reste de sa viennoiserie.

Dans le couloir, ils croisèrent l'athlétique lieutenant dont elle ne connaissait pas le prénom. Après l'avoir salué, elle se contenta de l'informer qu'ils partaient rendre visite au géologue. Elle lui demanda d'en informer les autres et de prévenir l'équipe de surveillance en place de son arrivée. L'officier acquiesça et reprit sa marche vers la salle de pause.

« C'est comment son prénom ? murmura Nathalie à Cyrille pendant qu'ils s'éloignaient.

– Lieutenant Jean-Charles Duflot.

– Jean-Charles, O.K., ça suffira pour l'instant. Ça me fait trop de noms à retenir.

– Je vous passerai le trombinoscope du service.

– Merci, Cyrille.

– Il est très sympa ce gars ! indiqua-t-il alors qu'ils descendaient les escaliers presque en courant. Il pratique le Kendo et surtout, il supporte le LOU.

– Le loup ?

– Vous n'y connaissez vraiment rien en rugby ! railla gentiment Cyrille. Le LOU. Lyon Olympique Universitaire de Rugby. C'est le club des gones. Ils jouent dans le top 14. Il faut absolument que je vous emmène voir un match à Gerland.

– Pourquoi pas, mais il faudra m'apprendre les règles avant, car je n'ai jamais rien compris à ce sport à part quand le gars se jette par terre pour marquer.

– Entendu, mais j'aimerais y aller sans avoir une jambe dans le plâtre. On est obligés de courir ? C'est quoi l'urgence ? »

Nathalie ne répondit pas et maintint le rythme.

Cyrille soupira et agrippa la rampe en faisant attention à ne pas louper une marche. Il était encore tôt et ses cuisses, qui avaient bien sifflé à l'entraînement la veille, étaient courbaturées.

À bord d'un véhicule banalisé, ils passèrent le garde et foncèrent en direction de la Part-Dieu. L'adresse du géologue se situait dans Caluire.

En ce début de matinée, le trafic était désespérément dense, comme d'habitude, rendant leur progression laborieuse. Nathalie, trépignant d'impatience, craqua et enclencha la sirène. Cyrille adapta sa conduite en conséquence en usant de l'avertisseur pour accélérer le mouvement.

Alors qu'ils progressaient dans la montée des Soldats, Nathalie estima qu'elle pouvait maintenant en dire plus à Cyrille :

« Hier soir, le légiste m'a appelée. L'outil utilisé pour percer la gorge possède un croc et est spécifiquement utilisé par les géologues lors d'opérations de restauration.

– QUOI ? s'étrangla Cyrille en manquant d'emboutir la voiture devant lui.

– Regardez devant vous, Lieutenant. Ça va bien se passer.

– Vous pensez que Lucien Martin est notre assassin, c'est ça ?

– Un de nos assassins, précisa Nathalie. Oui, c'est une possibilité.

– Et nous, on se pointe comme des fleurs pour l'arrêter ! En plus, j'ai oublié de prendre mon arme au bureau.

– Du calme. Pas question de serrer qui que ce soit. J'aimerais juste me faire une opinion.

– C'est quand même très risqué, insista-t-il très inquiet. Vous avez vu ce qu'ils sont capables de faire !

– Vous serez là pour me protéger, au besoin. Et puis, il y aura les deux agents en renfort.

– Je doute que cela soit suffisant quand même, dit-il, les dents serrées de colère.

– Je vais la jouer fine. Tout va bien se passer. »

Cyrille ne connaissait pas encore assez Nathalie pour déceler si elle bluffait. Il trouvait son comportement irresponsable et dangereux. À la première occasion, il appellerait des renforts, qu'elle le veuille ou non.

Nathalie l'observa ruminer en silence, le regard braqué sur la route. Elle savait qu'il avait raison, mais une voix au fond d'elle lui disait qu'elle pouvait se fier à son instinct. Par le passé, elle avait déjà eu ce type d'intuition et cela lui avait plutôt bien réussi. Contre l'avis de sa hiérarchie, elle avait souvent pris ce genre d'initiative qui lui avait permis de gagner beaucoup de temps dans la résolution de certaines affaires.

Soudain, son estomac se crispa douloureusement. Sans crier gare, des images de son passé d'une précision effroyable affluèrent de manière désordonnée : sa dernière enquête parisienne, le décès de son frère, qui avait fait d'elle son unique et riche héritière, l'accident de son père, l'attitude de sa mère, sa relation avec Samir, l'arrestation de l'organisateur de ces orgies, Stéphy…

Nathalie se sentit mal. Elle était toute faible et peinait à garder les yeux ouverts. Elle avait soif et une douleur aiguë lui martelait les tempes. Elle connaissait cet état : une belle hypoglycémie qui pouvait conduire au malaise. Elle regretta d'avoir négligé le petit déjeuner.

« Je ne me sens pas bien, dit-elle. Vous n'auriez pas un truc à manger ?

– Non. Il doit juste me rester des bonbons », proposa-t-il en tournant la tête.

La pâleur du visage de Nathalie l'alarma.

« Vous voulez que je m'arrête ?

– Oui, à la première boulangerie. Il me faut du sucre. »

Cyrille revint à la voiture garée en double file avec plusieurs croissants aux amandes et des cannettes de jus d'orange. Nathalie mordit avec soulagement dans la généreuse pâtisserie. Elle vida d'un trait la boisson vitaminée et sucrée.

« Ça va aller ? On annule la confrontation ? demanda Cyrille en espérant qu'elle le ferait.

– Non. Les batteries vont vite se recharger. Je connais bien. Ça m'arrive de temps en temps. Allez ! Foncez ! »

Dépité, Cyrille remit sa ceinture et enfonça la pédale de l'accélérateur. Alors que la voiture arpentait la montée des Soldats, il se maudit de ne pas avoir pris son arme, qui dormait sagement dans le tiroir de son bureau. À l'avenir, il se promit de la prendre systématiquement.

Au rond-point, ils sortirent vers le fast-food en direction de la rue Jean-Moulin, où il trouva à se garer juste devant le domicile de Lucien Martin.

L'entrée était austère. Le portail était noyé dans un muret blanc surmonté d'une grille dont les espaces étaient occultés par des plaques vertes. Au-dessus, des arbustes mal taillés masquaient complètement la cour qui devait se trouver derrière.

« Ça va ? demanda Cyrille en détachant sa ceinture de sécurité.

– Oui. Merci. Le plus dur est passé. Je refais surface.

– On peut attendre dix minutes !

– On y va, mais on ne fait aucune allusion sur la présence du second tueur. Pas la peine de l'affoler. »

Nathalie ouvrit la portière, sortit et vérifia le nom sur la boîte aux lettres. En l'absence de sonnette, elle testa la poignée qui tourna sans mal. Elle s'avança dans une cour bitumée encadrée par les murs de deux immeubles qui délimitaient l'espace. Au fond, une modeste maison avec un étage était plongée dans la pénombre. L'ensemble était triste et mal entretenu. Devant un petit perron, deux agents faisaient le pied de grue, engoncés dans de gros manteaux, les mains plongées dans les poches.

Ils restèrent de marbre en attendant que les deux visiteurs parviennent à leur niveau.

« Commandant Lesage, voici le lieutenant Savage », se présenta-t-elle.

Les deux hommes se redressèrent et sortirent à regret leurs mains pour les saluer.

« Bonjour, fit l'un deux. On nous a prévenus de votre venue.

– Parfait. Il fait froid et humide ! Vous ne seriez pas mieux à l'intérieur ?

– Oh que non ! On se pèle un peu, mais au moins ici on est tranquilles.

– Martin pose des problèmes ? demanda Nathalie alors que Cyrille s'agitait derrière elle.

– Non. Lui, ça va.

– Sa femme ? »

Les deux agents se regardèrent en souriant.

« C'est tout comme, mais non. C'est sa mère. Elle est antipathique au possible et toujours la gueule ouverte pour tout critiquer, si vous me permettez l'expression.

– Entendu. Lucien Martin est sorti depuis le début de la surveillance ?

– Non. Il n'a pas bougé. Il se fait très discret.

– Vous êtes sûr qu'il est encore là ? s'inquiéta Nathalie.

– Affirmatif. Il n'y a pas d'autres accès que cette porte et ces fenêtres.

– Parfait. Nous allons lui rendre une petite visite.

– Faites donc. »

Nathalie dépassa les deux hommes et se retourna au moment de frapper à la porte.

« Messieurs, soyez aux aguets et intervenez immédiatement si vous entendez de l'agitation à l'intérieur. »

Les traits du visage des hommes se tendirent.

« Pourquoi ? Il y a un souci ?

– Non, mentit Nathalie, mais restez vigilants. »

Ils ne furent pas totalement rassurés par les paroles du commandant.

La porte s'ouvrit brusquement avant que Nathalie ne lève le bras pour sonner.

Une femme d'une soixantaine d'années, au physique très sec et aux cheveux poivre et sel, se tenait sur le seuil. Elle darda un regard dur sur Nathalie.

« Il me semblait bien que j'avais entendu une nouvelle voix.

– Bonjour, madame, fit Nathalie. Vous écoutez aux portes ?

– Je suis chez moi. Je fais ce que je veux ! Il y a des inconnus qui campent depuis hier, c'est normal que je sois prudente.

– Tout à fait ! Mais ils sont là pour votre sécurité et celle de votre fils.

– Pff ! Je ne comprends pas que vous perdiez votre temps à le surveiller. Il ne risque rien ce fainéant.

– On ne vous a pas expliqué la situation ?

– Si, mais je n'y crois pas du tout. Il ne connaît personne. Je me demande qui lui en voudrait.

– Peu importe. Nous ne voulons pas prendre de risque.

– Si ça vous amuse. Il faut bien que nos impôts servent à quelque chose.

– Madame, enchaîna Nathalie en gardant son sang-froid, nous voudrions discuter avec votre fils.

– Encore ! Vous l'avez déjà cuisiné hier. Je me demande bien ce qu'il a tant à dire. Il passe ses journées enfermé dans son antre, le nez dans des piles de vieux bouquins qui empestent toute la maison.

– Vous pouvez l'appeler, s'il vous plaît ?

– Sûrement pas. Je ne monte pas dans sa porcherie. Je vous laisse y aller. C'est en haut, à droite. Vous ne pouvez pas le louper, il y a un sens interdit sur sa porte. Quelle misère ! À son âge… Je rêve du jour où il partira enfin, mais il m'enterrera avant. Il va le faire exprès, juste pour me faire chier jusqu'au bout. C'est un parasite inutile qui…

– Merci, madame, la coupa Nathalie en la poussant gentiment afin de pouvoir entrer. On va le trouver. »

Cyrille lui lança son plus beau sourire en passant à côté d'elle.

Alors qu'ils étaient dans l'escalier, ils l'entendirent qui continuait à s'époumoner contre son fils :

« Il n'est pas encore midi ! Il doit encore dormir. Qu'est-ce que j'ai fait au bon Dieu pour avoir un fils pareil !

– Punaise, commenta Cyrille. Une sacrée vermine celle-là ! »

20

Jeudi 15 novembre 2018, 9 h 30.

Arrivés à l'étage, ils trouvèrent trois portes dont une avec le fameux panneau. Nathalie frappa du poing au cas où Lucien Martin dormirait encore. Dans son ombre, Cyrille était tendu et appréhendait les prochaines minutes alors qu'elle semblait détendue et totalement remise de son petit coup de faiblesse.

Démentant sa mère, un homme en peignoir blanc apparut devant eux. Le jeune trentenaire avait une allure négligée. Corpulent, les cheveux noirs luisants en bataille, il arborait une grosse barbe broussailleuse. En plus du pathétique tableau qui se tenait devant eux, ils reçurent en pleine face une bouffée d'air désagréable, un mélange de renfermé et de transpiration rance.

« Bonjour. Excusez ma tenue, mais je ne pensais pas avoir de la visite aujourd'hui.

– Nous sommes de la police. On peut entrer pour discuter ? »

L'homme sembla hésiter, soudain mal à l'aise.

« Quelque chose ne va pas ? demanda Nathalie.

– C'est que personne n'est jamais entré dans ma chambre. Même ma mère n'y vient jamais. Si j'avais su, j'aurais fait le ménage.

– Ne vous inquiétez pas. Ça ira très bien.

– Bon. Entrez alors. »

L'homme disparut aussitôt dans la pièce.

Cyrille réagit et voulut courir à sa suite, mais Nathalie le bloqua en s'interposant.

« On se détend ! Il est en train de ramasser les slips qui traînent. »

Cyrille souffla, mais demeura sur ses gardes.

Sous le regard amusé de Nathalie, l'individu en peignoir s'agitait pour mettre un semblant d'ordre, en pure perte. La pièce, étonnamment grande pour une chambre, était un vrai dépotoir. Partout où elle posait les yeux, il y avait des piles de manuscrits, des livres, des cartes, des rouleaux, des photos, des boîtes de pizza et autres reliefs de repas. Le lit était également dans un triste état : une housse fripée rouge, une couette bleue roulée en boule et un oreiller maculé d'une grosse auréole brunâtre.

Lucien Martin dégagea un monticule de papiers et fit resurgir une banquette aux motifs fleuris d'un autre siècle.

Même s'il se doutait de la présence d'oreilles curieuses dans les escaliers, Cyrille ne referma pas la porte, par sécurité et afin de laisser de l'air frais entrer dans la chambre.

Lucien invita ses hôtes à s'asseoir. Nathalie se posa doucement sur le vieux sofa, de peur de passer à travers. Préférant rester debout, Cyrille dégagea quelques centimètres carrés d'une commode pour s'y appuyer. Le géologue s'affala sur le lit dans un gémissement de ressorts.

« Je suppose que vous ne l'avez toujours pas attrapé, sinon vous ne seriez pas là, dit-il d'un ton las.

– Hélas non », fit Nathalie sans le lâcher du regard, à l'affût du moindre indice. « Mais grâce à la mise en place de notre dispositif, il n'y a pas eu de nouveau meurtre.

– C'est déjà ça, mais quelle histoire de fou ! déplora Lucien Martin en se grattant la tête. Pourquoi s'en prendre à nous ?

– Je vous retourne la question. »

L'homme fut surpris par le ton accusateur de la policière et répondit en toute franchise :

« J'ai beau tourner la question dans tous les sens depuis deux jours, cela reste incompréhensible !

– Deux jours ? Mais nous ne vous avons appelé qu'hier matin ! »

Le géologue rougit et marqua une pause avant de répondre du bout des lèvres :

« J'ai reçu un SMS avant-hier soir… Il m'informait de la mort de Roger et Alain.

– Il venait de qui ? tenta Nathalie.

– Je ne sais pas, le numéro était masqué. Je peux juste vous dire que c'était un frère.

– Comment en êtes-vous sûr ?

– Le contenu du message était sans équivoque.

– Je peux le lire ?

– Je l'ai effacé, comme c'était spécifié dans le message.

– Naturellement… »

Avachi sur le lit, Lucien n'avait pas l'air dangereux. Au contraire, il semblait aux abois, n'osant plus se tourner vers Cyrille, qui ne le quittait pas du regard.

Nathalie le détailla. Il faisait peine à voir. L'archétype du géologue qui ne prenait pas soin de son apparence. On était loin d'Indiana Jones. Il ne vendait pas du rêve. Néanmoins, sa haute taille et sa corpulence imposante pouvaient faire de lui un redoutable adversaire. Nathalie resta donc sur ses gardes même si l'hypothèse qu'il soit le meurtrier s'éloignait. Elle poursuivit son interrogatoire dans le maigre espoir d'obtenir de nouveaux éléments.

« Votre mère affirme que vous passez tout votre temps enfermé ici. Vous ne travaillez pas ?

– Ne l'écoutez pas ! Depuis la mort de mon père, elle prend beaucoup de somnifères et d'antidépresseurs qui lui font perdre la notion du temps. Elle est souvent dans les vapes et ne voit pas quand je sors. Passé les 8 heures du soir, il n'y a plus personne aux manettes. Ce qui m'arrange bien en fin de compte. D'ailleurs, j'espère que vous ne lui avez pas parlé de mon appartenance à la franc-maçonnerie. Elle n'est pas au courant.

– Nous n'avons rien dit.

– Tant mieux. Elle ne comprendrait pas et me mettrait à la porte, persuadée que je me suis fourvoyé dans une secte.

– Vous faites quoi alors ?

– Après ma thèse, je n'ai pas obtenu de poste à la fac. Alors, depuis, je bosse à mon compte. Je vis de la vente de mes livres et des conférences que je dispense. Pour le reste, c'est ma mère qui complète…

– Vous n'allez plus sur le terrain ?

– Ça m'arrive… Tout dépend du sujet sur lequel je travaille, mais majoritairement, je fréquente plutôt les bibliothèques.

– Vous faites des fouilles ? insista Nathalie.

– Très rarement. »

Impasse. Nathalie changea de sujet :

« Vous connaissez bien les membres de “La nouvelle Parfaite Amitié” ? »

Lucien gratta sa barbe, faisant sauter des morceaux de peaux mortes avant de répondre :

« Sans plus. On se croise une fois par mois. Après notre rituel, nous mettons nos recherches en commun, nous définissons les tâches pour le mois suivant, des petites agapes et basta, à la prochaine…

– Votre rituel ? demanda Nathalie.

– Oui. Comme toute loge classique, nous travaillons selon un rituel précis.

– Qui est ?

– Un ensemble de séquences qui rythme nos travaux. C'est une méthodologie avec un début, un milieu et une fin. Pour cette loge, nous reprenons de vieux rituels de chevalerie que nous avons retrouvés dans des archives.

– C'est tout ?

– Oui.

– Et vous faites ça où ? »

Le géologue prit un temps pour répondre :

« Principalement dans un temple, mais il nous arrive de nous réunir dans des lieux symboliques.

– Comme ?

– Je n'en dirai pas plus. »

Nathalie n'insista pas et nota précieusement ce détail. Jusqu'à présent, les autres membres avaient déclaré que les réunions se déroulaient au domicile de l'un ou de l'autre.

« Et c'est quoi les agapes ?

– C'est un moment de partage et de convivialité pendant lequel on mange et on boit un verre. Avec cette loge, les agapes ne durent jamais très longtemps et sont malheureusement assez frugales.

– Si je résume le fonctionnement de cette loge, fit Nathalie, beaucoup de recherches, une réunion mensuelle, un rituel spécial et un court apéro. Sans vous vexer, à part vous mettre dans la peau de chevaliers, je trouve que c'est d'un ennui profond ! Je ne vois rien là-dedans qui pourrait exciter la convoitise et expliquer les meurtres ?

– Détrompez-vous ! se défendit Lucien Martin. Le sujet est riche, très pointu et terriblement intéressant. Et, contrairement à ce que vous dites, on ne joue pas aux chevaliers…

– Intéressant au point de vous éliminer ? »

La remarque du commandant le désarma.

Alors qu'il gardait le silence, Nathalie cherchait désespérément le mobile des crimes. Il était forcément lié à ce qui se passait dans cette loge. Décidément, elle tournait en rond. Elle avait la certitude que cette bande d'adultes prenait cette loge très au sérieux… Que pouvaient-ils bien y faire pour justifier les meurtres ?

« Avec tout ce travail, reprit-elle, vous avez l'intention d'écrire un livre ?

– Ce n'est pas d'actualité, mais pourquoi pas.

– Je comprends encore moins », fit Nathalie, perdue. « Vous allez faire ça pendant combien de temps ?

– Je ne sais pas, il y a tant à découvrir. Vous savez, l'étude du symbolisme est sans fin. C'est passionnant ! »

Nathalie jeta l'éponge. Tout cela la dépassait. Elle avait beaucoup de mal à prendre au sérieux toutes ces histoires de chevaliers et de vieux rituels !

Au fur et à mesure des questions, la probabilité pour que Lucien soit le meurtrier s'amenuisait. C'était juste un passionné, un grand enfant, un éternel étudiant qui refusait de quitter son monde douillet pour celui des adultes et de l'autonomie. Sa mère n'avait pas fini de l'avoir sur le dos.

Cyrille avait également compris que l'homme était inoffensif. Il observait Nathalie patauger avec ses questions qui ne menaient qu'à des réponses succinctes et sans grand intérêt. Il commençait sérieusement à s'ennuyer et avait hâte de quitter cette chambre à l'atmosphère irrespirable.

Il relâcha son attention pour étudier son environnement. D'une main, il fouilla les piles de documents qui envahissaient la commode. La plupart étaient des rapports d'études ennuyeux à mourir, ils traitaient de la géologie de Lyon et de ses environs. Il attrapa le coin d'une carte qu'il dégagea. Elle montrait un dessin au trait représentant une longue cavité horizontale qui marquait ensuite une inclinaison vers le haut. Cyrille lut le titre de la carte : croquis du souterrain partant de la rue du Bœuf et se poursuivant dans la montée de Saint-Barthélemy. Accrochée derrière le document, retenue par un trombone, une enveloppe au contenu bombé. Cyrille la détacha pour en extraire un paquet de photographies couleur.

Aussitôt, avec une agilité insoupçonnée, Lucien Martin se leva d'un bond.

« S'il vous plaît ! Ne touchez pas à ces photos ! »

Cyrille leva la tête et se recula instinctivement en ramenant à lui le paquet.

« Pas de panique ! Je jette juste un œil par curiosité !

– Faites attention ! Ces photos sont les seuls exemplaires dont je dispose et je compte m'en servir pour un livre. Si vous pouviez éviter les traces de doigts. C'est la galère à nettoyer sans altérer la qualité.

– C'est quoi ? demanda Cyrille en lui montrant l'image d'une galerie éclairée prise de face.

– C'est un souterrain qui passe sous la rue du Bœuf dans le Vieux Lyon. La légende veut qu'elle ait été fréquemment utilisée par Mandrin pour se cacher. C'était un contrebandier célèbre originaire de Saint-Étienne. Un révolutionnaire qui s'est rebellé contre l'iniquité des taxes et qui l'a payé de sa vie. Il n'a pas fait de vieux os, il est mort en 1755, à l'âge de 30 ans, à Valence, roué de coups en place publique. Son nom est resté célèbre longtemps. »

Le géologue tendit la main vers le policier.

« Je peux ? »

Cyrille lui rendit les photographies.

« Merci. »

Pendant qu'il remettait le paquet en place, Nathalie regarda autour d'elle et se rendit compte de la multitude de papiers et clichés faisant référence à des grottes ou des souterrains. Obnubilée par l'homme, elle avait oublié l'un des fondamentaux de sa profession : l'observation.

« C'est votre spécialité, les souterrains ? »

Lucien Martin se retourna. Ses yeux brillaient. Il afficha un sourire qui mit en évidence une dentition anarchique à la propreté douteuse.

« Oui. C'est mon péché mignon ! Et à Lyon, je suis servi. C'est un vrai gruyère. Il y a des dizaines de kilomètres de galeries. C'est le paradis !

– À ce point ? » s'exclama Cyrille, tombant des nues alors qu'il était né à Lyon et y vivait depuis toujours.

« Je suis atterré ! soupira Lucien. Les Lyonnais ne se doutent pas une seconde du patrimoine gigantesque qui gît sous leurs pieds. C'est ce que j'essaye de faire passer au travers des conférences que j'anime. Si ça vous intéresse, la prochaine est dans huit jours. J'espère que vous aurez arrêté l'assassin d'ici là, que je ne sois pas obligé de l'annuler.

– On peut en visiter ? se renseigna Cyrille.

– Les autorités compétentes ont toujours refusé d'ouvrir le réseau souterrain au public pour des raisons de sécurité.

– Il suffit de les sécuriser.

– Je suis d'accord avec vous, mais ce n'est pas dans leurs intentions.

– C'est très dommage et surprenant !

– À qui le dites-vous… »

Nathalie en avait assez entendu. Ils perdaient leur temps ici et ces histoires de souterrains l'ennuyaient au plus haut point. Elle gardait un mauvais souvenir d'une course-poursuite qui s'était terminée au milieu des ossements des catacombes parisiennes.

Elle reprit le contrôle de la discussion en abattant sans conviction sa dernière carte.

« Est-ce que vous reconnaissez cet outil ? » lui demanda-t-elle en lui tendant l'écran de son téléphone.

Lucien répondit sans hésitation :

« Ah ! De vieux souvenirs. C'est un instrument pour gratter la terre incrustée dans des pièces récupérées lors de fouilles, pour les restaurer. »

Nathalie passa le téléphone à Cyrille, qui le réclamait pour examiner l'image à son tour.

« Vous en utilisez encore ? reprit-elle.

– Non, pas depuis la fin de mes études. Comme je vous l'ai déjà dit, j'ai délaissé le travail sur le terrain pour celui des bibliothèques.

– Vous en avez en votre possession ?

– Il doit sûrement en traîner de plusieurs tailles quelque part dans cette pièce, au fond d'une trousse poussiéreuse. Pourquoi cette question ?

– Désolée, je ne peux pas vous répondre. Moi aussi j'ai mes petits secrets. »

Le géologue leva les épaules et fit une moue dubitative.

Sur ce, ils prirent congé et lui promirent de tout faire pour qu'il puisse se rendre à sa conférence.

Au rythme où allaient les choses, Nathalie n'était pas très optimiste. Ils avaient pour l'instant stoppé l'hémorragie, mais c'était tout. Les meurtriers et leurs motivations restaient inconnus.

En redescendant l'escalier, ils croisèrent la mère de Lucien assise sur une marche. Elle était bouillonnante de colère. Elle avait tout entendu et n'attendait que le départ des policiers pour foncer dans la chambre de son fils pour obtenir des explications.

De retour dans la cour, Cyrille rassura les deux agents, mais il leur conseilla vivement de rester vigilants. Il risquait d'y avoir du sport dans les minutes qui suivraient…

En entendant des premiers éclats de voix féminine, les deux agents se précipitèrent à l'intérieur.

21

Jeudi 15 novembre 2018, 11 h 15.

« Ce n'est pas notre homme, déclara Cyrille en remontant dans la voiture.

– Non, fit Nathalie en claquant la portière.

– On fait quoi ?

– On rentre. »

Cyrille enclencha la vitesse et déboîta.

« Quelle porcherie sa grotte ! Et quelle puanteur ! Je me demande si je ne préfère pas l'odeur des salles de dissection.

– N'exagérez pas, fit Nathalie.

– J'ai du mal à croire que c'est un franc-maçon !

– Pourquoi ?

– Je ne sais pas ! Je trouve qu'il n'a pas le profil.

– Qui serait ?

– Euh… Être plus âgé, plus présentable et avoir un compte en banque solide.

– C'est très élitiste comme vision !

– C'est le cas, non ?

– En partie, d'après mes lectures, le visage des loges a bien évolué depuis une dizaine d'années et plus particulièrement en province où on trouve une plus grande diversité de profils sociaux.

– Hum… Je suis sceptique. En tout cas, quand je regarde les six membres de cette loge, Lucien fait vraiment tache au milieu d'eux.

– Il faut croire qu'il a des talents cachés et qu'en fin de compte c'est un bon géologue des bibliothèques.

– Apparemment… Tiens ! À propos de cette loge. Je pense avoir trouvé son origine.

– Je vous écoute.

– Il en existe une autre, beaucoup plus ancienne, qui porte le nom de "La Parfaite Amitié". Historiquement c'est une des premières loges lyonnaises créées en

1753 par un certain Jean-Baptiste Willermoz. J'ai lu un peu sa bio et je n'ai pas compris grand-chose. C'était un franc-maçon très influent, fortuné, qui a trempé dans d'obscurs courants, dont l'alchimie, l'ésotérisme, le magnétisme et des histoires de Rose-Croix. Une espèce de gourou, de maître à penser, car il a été très écouté et suivi. Martin nous a parlé de rituels. Willermoz était très porté là-dessus et a beaucoup œuvré pour le Rite Écossais Rectifié, si je ne me trompe pas.

– Super ! » fit Nathalie, blasée par cet univers qui la dépassait. « Quel rapport avec la chevalerie ?

– C'était un thème récurrent chez lui.

– O.K. ! Je ne sais pas où ça peut nous mener, mais tout a l'air de se tenir finalement. Le discours entre les trois frères semble donc cohérent.

– Vous semblez en douter !

– Disons que je crois que cette partie de l'histoire est vraie, mais qu'elle est incomplète.

– Ah ! Et elle aurait un rapport avec les meurtres.

– Peut-être… Ce n'est qu'une supposition, mais on a si peu à se mettre sous la dent que mon imagination s'emballe. »

Nathalie s'appuya contre l'appui-tête.

« Et puis, il y a une autre chose qui tourne en boucle dans ma tête. Que vient faire ce second couteau ? Ce n'est pas fréquent qu'ils travaillent en tandem.

– Des tueurs à gages ? avança Cyrille.

– Je ne crois pas à des professionnels, surtout le premier. Il ne prend aucune précaution et est d'une sauvagerie insensée. Non, il y a vraiment un truc qui cloche dans cette histoire.

– Un qui exécute et l'autre qui sécurise les lieux, intervenant au besoin ?

– Sauf que là, c'est le deuxième qui pense avoir terminé le boulot. Et puis cette absence de mutilation des yeux…

– Ils ont été pris par le temps. Un danger immédiat peut-être ? Le second tueur s'est précipité sur la victime pour l'achever et faire dégager son complice.

– Mouaih… Peut-être… »

Debout derrière une fenêtre de la salle de pause, Nathalie regardait le vent soulever des amas de feuilles, les déplaçant un peu plus loin. Sous un ciel sombre, chargé d'épais nuages gris, de fines gouttes de pluie mouchetaient la vitre. Le temps était aussi déprimant que l'après-midi qui venait de s'écouler. Avec la brigade, ils avaient une nouvelle fois épluché tous les rapports. Sans succès.

Pour ne pas sombrer dans le pessimisme, à partir des rapports d'autopsie, Nathalie avait complété le tableau général en ajoutant une flèche chronologique sur laquelle elle avait indiqué la date et l'heure présumée des différents meurtres : dimanche 11, 15 heures, Alain Lefort dans son atelier ; lundi 12, 21 heures, Roger Charry dans un parc ; mardi 13, 21 h 30, Pierre Sermigny à son domicile.

Un meurtre par jour. La notion d'urgence était une nouvelle fois frappante.

Grâce aux interlocuteurs de Raphaël, ils avaient tout de même réussi à enrayer cette série meurtrière.

Nathalie décolla son front de la fenêtre en entendant la porte s'ouvrir.

« On vient de recevoir un rapport partiel de l'INPS, déclara Cyrille. L'ADN retrouvé sur les trois victimes provient d'un seul et même homme.

– Ce n'est pas une révélation, mais au moins c'est maintenant une certitude. Quoi d'autre ?

– C'est tout…

– Pas trace d'un autre ADN ?

– Non. »

Incompréhensible ! pensa Nathalie.

« Pour le portrait-robot génétique, il faut encore attendre quelques jours.

– Espérons qu'il n'arrive pas trop tard. Il y a toujours un risque que nos tueurs passent à nouveau à l'action malgré notre protection. »

Cyrille consulta l'heure et se dirigea vers son siège pour récupérer son manteau.

« Encore un entraînement ? demanda Nathalie.

– Non. Pas le jeudi, mais ce soir je vais quand même les retrouver, car c'est un jour spécial.

– Ah ? » se contenta de dire Nathalie, ne voyant pas à quoi il faisait allusion.

« Nous sommes le troisième jeudi de novembre ! insista-t-il.

– Et…

– Eh bien, c'est le beaujolais nouveau !

– Super…

– Vous n'aimez pas ?

– Je ne suis pas très amatrice de vin en général et de beaujolais encore moins.

– C'est dommage, c'est l'occasion de passer une bonne soirée, de boire et de manger entre amis.

– Vous m'emmenez alors ? »

Cyrille se figea et regarda Nathalie, perplexe, se demandant si elle plaisantait.

« Cachez votre joie, Lieutenant, le railla-t-elle. Vous préférez rester entre mecs. Ou alors vous trouvez que je suis trop vieille ? »

Cyrille devint rouge cramoisi jusqu'aux oreilles.

« Je plaisantais ! fit Nathalie en riant. Filez et profitez de votre soirée, demain la journée risque de nous paraître très longue. »

Le jeune homme resta planté, ne sachant plus quoi faire. Plaisanterie ou réelle demande pour venir avec lui ? Les gargouillis de son estomac tranchèrent. Il la salua et quitta la pièce.

La tornade de la jeunesse partie, l'ambiance redevint grise. Nathalie était déjà sortie la veille, mais elle n'avait pas envie de rester seule pour la soirée.

Elle consulta son répertoire de contacts et regarda longuement le numéro du légiste. Elle soupira, fit glisser la liste plus avant et appuya sur l'icône d'appel.

Raphaël décrocha à la troisième sonnerie.

« Bonsoir, Commandant.

– Bonsoir, je ne vous dérange pas ?

– Non. Je suis chez un ami. Vous avez du neuf ? demanda-t-il plein d'espoir.

– Pas grand-chose, mais aucun nouveau crime à signaler. Et de votre côté ? »

Nathalie l'entendit soupirer longuement avant de répondre.

« Calme plat. Cette histoire me met dans un état de stress, vous n'imaginez pas… Cette situation doit être insoutenable pour eux.

– Vous parlez des trois frères ?

– Oui.

– Chacun le vit à sa manière. Martin préfère rester calfeutré chez lui, tandis que Roitelet et Givrard continuent à se rendre au travail comme si de rien n'était !

– C'est dangereux !

– C'est leur choix. On ne peut pas les contraindre à rester chez eux. Nos collègues veillent et les accompagnent dans tous leurs déplacements. »

Elle prit une respiration avant de se lancer :

« Dites ! Ça vous tente de sortir boire un verre ? C'est le beaujolais nouveau ce soir.

– Désolé, mais je suis déjà pris. »

Bonjour le vent ! pensa tristement Nathalie. Décidément, une journée à vite oublier. Elle ne se trouvait pas canon, mais habituellement elle trouvait facilement quelqu'un avec qui passer la soirée. Elle ne savait plus y faire ? Ça faisait trop longtemps ? À moins que son nouveau statut impressionne les hommes ?

Elle salua Raphaël et raccrocha.

Elle hésita une nouvelle fois à appeler Olivier Gardot, puis Diane. Alors qu'elle n'avait pas donné signe de vie depuis des mois à son ex, elle commença à taper un SMS à Samir. *Suis-je si désespérée que ça ?* Finalement, elle effaça le brouillon et rangea son portable.

Debout, dos à la DIPJ, au lieu de se diriger vers le métro, Nathalie décida de rentrer à pied, de prendre une bonne douche, boire un bon whisky et dîner à l'hôtel. Seule.

22

Jeudi 15 novembre 2018, 23 h 50.

En dépit de tous ses efforts, il avait été trop lent.

Fourbu, il rentra chez lui. Il n'aspirait qu'à une chose, se couper du monde, faire taire ces voix qui l'invectivaient continuellement, s'effacer dans un sommeil profond, sans rêves, sans voix. Il n'en pouvait plus. Il ne maîtrisait plus rien. Une sorte de pantin dont il ne tenait plus les fils.

Elle lui disait d'y retourner. Tout de suite. Que le temps pressait, même si des innocents devaient en payer le prix.

Même s'il avait déjà fait des actions humainement répréhensibles dont il n'était pas fier, il ne pouvait se résoudre à tuer femme, mère, enfants et policiers pour approcher ses cibles.

Il en avait assez. Assez de cette mission dont il commençait maintenant à douter de la légitimité. Il avait peut-être été excessif dans sa réaction, mais tout retour en arrière était impossible. C'était la seule manière d'avoir la paix. Ensuite, elle le laisserait tranquille.

Pour tenir debout, il se gavait de feuilles de coca, mais la drogue paraissait ne plus avoir d'effet sur son organisme. Au contraire, il était de plus en plus épuisé, englué dans une poisse de plus en plus épaisse, ralentissant le temps autour de lui.

Dans un effort surhumain, il était repassé en coup de vent à son travail. Calfeutré dans son bureau, il avait fait de la paperasse administrative, vidé son planning de toute obligation et fait le strict minimum pour ne pas bloquer les dossiers en cours.

Il avait été trop lent.

Les flics avaient compris le point commun entre ces faux frères et les protégeaient maintenant jour et nuit.

La veille, il avait rôdé autour de la maison de Lucien, cherchant une ouverture. Dès son arrivée, il avait repéré la voiture de police en faction face à l'unique entrée qui menait à la petite maison. Protégée comme un château fort par deux tours constituées des immeubles qui l'entouraient, elle était inaccessible. Il avait un moment imaginé l'escalader, monter sur le toit, se suspendre et entrer en cassant une vitre à la façon *Mission impossible*. Sauf qu'il n'avait ni la souplesse de Tom Cruise ni le matériel adapté. Et puis, ce frangin vivait encore chez sa mère. Pas de trace du père, décédé ou, comme pour lui, évaporé à quelques jours de l'accouchement…

Embusqué à l'écart, il avait attendu une opportunité, mais la Providence ne s'était pas montrée clémente envers lui. Le cloporte n'avait pas bougé. Il connaissait ce genre de type. Pas assez de couilles pour oser pointer le nez hors de sa tanière, préférant se faire dorloter par maman en attendant que la voie soit sécurisée.

En fouillant sur les réseaux sociaux, il avait trouvé plusieurs dates de conférences où le scientifique intervenait. Malheureusement trop éloignées dans le temps. À part rentrer dans le tas, il ne voyait pas d'autre solution pour l'instant. Aucune chance qu'il se rende à une tenue dans sa loge habituelle ou la nouvelle. Grand Dieu ! Comme il aurait voulu se trouver avec eux pour raviver les rituels anciens, mais surtout pour descendre…

La colère s'emparant de lui, il avait frappé à plusieurs reprises un abribus à s'en faire saigner les phalanges. Les badauds, devant la dangerosité manifeste de l'homme, s'étaient écartés, éberlués et inquiets. Par chance pour lui, personne n'avait eu l'idée de filmer la scène ou d'appeler la police.

Sous les impulsions incessantes de sa mère, il était reparti pour le domicile de Givrard. Une énorme maison d'architecte aux pans asymétriques qui se croisaient sans logique. Il y avait des baies vitrées partout, laissant apparent tout l'intérieur, comme s'il manquait des murs ! La nuit venue, les vitres s'opacifiaient pour protéger l'intimité des habitants. Il aurait fallu le payer cher pour vivre dans une telle maison, si exposée à la lumière.

Perché sur une poubelle afin d'observer par-dessus le mur d'enceinte, il avait repéré les deux agents qui patrouillaient dans la cour, ainsi que trois enfants et deux femmes, dont celle du frère. L'approche était plus aisée que pour Lucien, mais la présence de la famille l'avait refroidi. Pas les enfants. Plus les enfants.

Il était resté tout l'après-midi à se morfondre dans l'humidité et le froid avec l'espoir d'une sortie du frère.

À 22 h 30, il avait abandonné son poste d'observation pour rentrer chez lui.

Sans prendre la peine de se déshabiller tant il était frigorifié, il fonça sur le frigo pour en exhumer un reste de choucroute qu'il enfourna au micro-ondes. Il cracha une énorme boule informe marron dans la poubelle et se rinça la bouche pour éliminer les morceaux de feuilles coincés un peu partout.

Il mangea rapidement le plat brûlant et se dépêcha d'aller retrouver la chaleur de sa couche avant de s'écrouler de fatigue.

Il avait été trop lent…

23

Lundi 19 novembre 2018, 9 h 30.

Le vendredi avait été mortellement ennuyeux et le week-end qui avait suivi tout autant. En prévision de la manifestation nationale des gilets jaunes, l'ensemble des forces de l'ordre avait été monopolisé. Les brigades de la police judiciaire n'y avaient pas coupé, les obligeant à mettre en veille les affaires en cours. En lieu et place, toute la journée avait été consacrée à la préparation de scénarios en fonction de l'ampleur que prendrait ce regroupement à Lyon. Les autorités craignaient un débordement de violence avec beaucoup de casse.

Ne comprenant rien aux revendications du mouvement du fait de sa longue absence, Nathalie s'était mise en retrait.

La fin de semaine avait donc été stérile concernant la recherche de leur meurtrier. Seul fait notable, elle avait passé un moment dans le bureau de Clément pour faire le point. Sa supérieure s'était une nouvelle fois plainte de la lenteur de l'investigation, mais sans plus. Évidemment, elle subissait la pression du préfet, mais contrairement à d'autres affaires, la presse était étonnamment discrète malgré la violence des meurtres. Même si cela arrangeait les affaires de la commissaire, elle avançait amèrement que ce calme médiatique était le résultat d'un musellement de la presse sous pression franc-maçonne.

Sans nouvelle de qui que ce soit, Nathalie avait quitté tôt la DIPJ le vendredi, se préparant à deux jours moroses. Pas d'humeur à sortir de l'hôtel, elle avait dîné seule avant de s'écrouler dans son lit devant BFM, une bouteille de tequila à moitié vide sur la table de chevet.

Après une nuit chaotique parsemée de cauchemars et de réveils, Nathalie s'était levée avec l'impression d'avoir des boules de carton dans la bouche tandis qu'un batteur fou abusait de la grosse caisse contre ses tympans. Elle avait avalé du paracétamol accompagné de jus d'orange et, sans réfléchir, avait chaussé ses baskets pour aller courir. Loin de la détente attendue, son excursion s'était transformée en calvaire. Pour parvenir jusqu'aux quais, elle avait dû slalomer entre les nombreux gilets jaunes et les imposantes forces de police. Au passage, elle avait reçu des vapeurs de bombes lacrymogènes qui l'avaient obligée à s'arrêter. Comme les autorités l'avaient redouté, la manifestation avait rapidement pris une mauvaise tournure, basculant dans l'affrontement, la violence et la détérioration.

Nathalie était péniblement retournée à l'hôtel qu'elle n'avait plus quitté de la journée. Elle avait passé son temps sur son portable à étudier les offres de logements en location. Après quelques appels, elle avait obtenu des rendez-vous pour visiter les appartements qu'elle avait sélectionnés.

Elle avait passé le dimanche matin à végéter devant les informations et l'après-midi à déambuler dans Lyon. Grâce à une application mobile touristique, elle était montée en funiculaire à Fourvière pour contempler la Ville des Lumières. En redescendant à pied, elle avait fait un crochet pour admirer les ruines romaines et l'imposant réseau d'aqueducs. Traversant la presqu'île, elle avait poussé jusqu'au parc de la Tête d'Or. Elle était rentrée lessivée et s'était endormie rapidement.

Assise à son bureau, la paume de la main plaquée contre son front, elle touillait mécaniquement son café en ruminant son ennui et sa frustration.

L'arrivée de Cyrille mit fin à sa morosité. Se croyant seul, il entra vivement sans frapper. Il était souriant, les joues et le front rougis par le trajet à vélo, et tenait dans sa main un sac rempli de victuailles pour bien débuter la semaine. En découvrant Nathalie, il marqua un temps d'arrêt et regarda l'horloge.

« Bonjour, Commandant ! Vous êtes matinale ce matin ! C'est la première fois que vous arrivez avant moi ! Vous avez couché là ?

– Bonjour, Cyrille. Je me suis réveillée tôt, alors je suis venue tout de suite. Je me demande bien pourquoi, d'ailleurs.

– Oh ! C'est la pêche ce matin ! plaisanta Cyrille en tirant sa chaise. Je ne vous demande pas si vous avez passé un bon week-end, la réponse crève les yeux.

– Sans commentaire, fit simplement Nathalie en lorgnant le sac. Vous n'auriez rien pour moi dans votre corne d'abondance ?

– Je ne sais pas, fit Cyrille en perdant son sourire. Il faut que je regarde si j'ai assez pour la matinée. »

Constatant que Nathalie n'avait pas capté son humour, il s'empressa de dénicher un pain au chocolat et de le lui tendre, tout sourire.

« Tenez ! Je plaisantais.

– Merci beaucoup, fit Nathalie, reconnaissante. Et vous, votre week-end ?

– Il aurait été parfait sans les gilets jaunes qui m'ont un peu gâché la soirée du samedi. J'ai dû abandonner Lucy pour intervenir en soutien place des Terreaux. Un gars, bien imbibé, qui menaçait à l'arme blanche quiconque essayait de le faire sortir de la fontaine. Quel con !

– Mais ce n'est pas notre boulot ce type d'intervention !

– J'étais d'astreinte, je n'ai pas cherché à comprendre. Sûrement que les autres étaient occupés à jouer au chat et à la souris avec les mecs de banlieue déguisés en gilets jaunes. »

Nathalie n'insista pas. Elle revint sur les paroles de Cyrille et plus précisément sur cette Lucy. C'était la première fois qu'il évoquait sa petite amie. Curieuse, elle lui demanda quelques précisions :

« Effectivement, votre petite amie ne devait pas être contente !

– Ce n'est pas ma petite amie ! fit Cyrille en souriant. Je ne connais même pas son vrai prénom ! J'ai passé tout le samedi à Eurexpo à la Japan Touch. C'est un salon autour de la culture japonaise où l'univers des mangas a la part belle. Il y a beaucoup de jeunes qui se "cosplayent" en héros de leur série préférée.

– Cosplayent ?

– *Cosplay* ou déguisement, si vous voulez.

– Et vous aimez les mangas ? » s'étonna Nathalie en se retenant d'ajouter « à votre âge ».

« Non. J'y étais surtout pour les démonstrations d'arts martiaux. J'ai des amis qui font du karaté. C'est pendant une démo que j'ai rencontré une fille déguisée en Lucy de la série *Fairy Tail*. On a passé l'après-midi ensemble et le début de la soirée jusqu'à l'appel du boulot… »

Nathalie regarda Cyrille en souriant. Il profitait de sa jeunesse. Elle l'enviait, mais pas le temps de s'apitoyer sur son cas : plusieurs coups sourds retentirent à la porte du bureau.

« Entrez ! » fit Nathalie.

Une femme aux cheveux blonds entra, légèrement essoufflée, une esquisse de sourire aux coins de la bouche. Nathalie fit fonctionner ses méninges. Il y avait deux femmes dans la brigade : Camille, c'était la brune, et donc la blonde se prénommait Charline.

« Commandant, Cyrille, les salua l'officier.

– Bonjour, Charline ! » répondit Nathalie, fière d'avoir retrouvé son prénom. « Vous allez bien ?

– Oui, merci. J'ai des infos concernant les commandes de feuilles de coca passées sur Lyon. »

Nathalie se redressa. Enfin quelque chose !

« Ils sont très peu à commander des feuilles de coca fraîches. J'ai deux laboratoires pharmaceutiques et un universitaire. Pour les deux premiers, ils ont effectué chacun une seule commande qui date de plus d'un an et c'était en faible quantité, à peine cent grammes. Par contre, le dernier passe toujours régulièrement des commandes, plusieurs centaines de grammes tous les deux mois.

– Où se trouve ce laboratoire ? demanda Nathalie en tendant la main pour récupérer le document que Charline tenait.

– Université de médecine, Grange Blanche, c'est un laboratoire de l'INSERM. Une unité qui travaille sur la génétique médicale et le génome fonctionnel. Ne m'en demandez pas plus, c'est totalement obscur pour moi.

– C'est drôle ! intervint Cyrille. Ce laboratoire se trouve dans le même complexe qui abrite l'IML, mais côté fac de médecine.

– Les commandes sont adressées à un certain Jean-Christophe Rioux, lut Nathalie. Vous avez creusé ?

– Je viens de faire une recherche rapide. C'est un professeur de 46 ans, marié, deux enfants, qui a toujours bossé sur Lyon. Il est l'auteur de nombreuses publications scientifiques et donne des cours à la fac de médecine et de biologie. Rien de particulier. J'ai interrogé le fichier. Il n'est pas connu chez nous.

– Allez, on fonce ! ordonna Nathalie en se levant. J'ai hâte de rencontrer ce cher professeur. Vous venez avec nous, Charline.

– Entendu, répondit-elle en disparaissant aussitôt pour récupérer ses affaires.

– Heuh… fit Cyrille. Il ne faudrait pas y aller avec plus d'hommes ?

– Non. Pas pour une visite de courtoisie, mais prenez tout de même votre arme. On ne sait jamais. Je n'ai pas encore pris le temps de récupérer la mienne au dépôt. »

Cyrille secoua la tête. Il trouvait Nathalie imprudente, mais il appréciait sa témérité. C'était une femme de terrain et cela lui plaisait bien. Elle se mouillait, ne se contentant pas de rester planquée dans son bureau pendant que les autres allaient au charbon. Pas comme la commissaire.

Nathalie avala le reste de son café et mit sa viennoiserie dans sa bouche tout en enfilant sa doudoune noire.

Enfin une piste. Très mince, elle en convenait, mais qui lui permettait de sortir de ces quatre murs !

24

Lundi 19 novembre 2018, 10 h 15.

Ils longèrent l'IML pour s'engager un peu plus loin sur la gauche dans un parking privé. Cyrille se colla à la voiture de devant pour se faufiler avant que la barrière ne retombe. Ils se garèrent tout près d'un grand parvis qui menait à l'entrée principale de la faculté de médecine.

Le trio d'officiers emprunta le large escalier pour franchir l'antre des futurs médecins. Ils furent aussitôt assaillis par des courants d'étudiants qui se déplaçaient par grappes. Contrairement à ceux de l'IML, les blouses bleues avaient remplacé celles de couleur blanche. Nathalie intercepta un électron libre afin qu'il lui indique le chemin des laboratoires du bâtiment Est.

Ils s'étaient perdus plusieurs fois. Tous les couloirs se ressemblaient, une succession de bureaux et de salles d'expérimentations. Alors qu'ils commençaient à s'impatienter, le nom de l'unité de l'INSERM apparut miraculeusement en toutes lettres sur le fronton de deux portes battantes.

Un profond silence les accueillit. Le couloir et les pièces qu'il desservait paraissaient déserts. Nathalie s'apprêtait à appeler lorsqu'une masse blanche déboula juste devant elle. Un grand brun longiligne à la carrure de footballeur pila devant eux, surpris par leur présence.

« Bon Dieu, vous m'avez fait peur ! Je peux vous aider ? demanda l'homme avec un sourire.

– Bonjour ! Nous cherchons le professeur Rioux.

– C'est moi-même ! Qu'est-ce que je peux faire pour vous ?

– SRPJ de Lyon. Nous aurions quelques questions à vous poser. »

Le professeur blêmit et son sourire disparut.

« Qu'est-ce qui se passe ? » demanda-t-il, inquiet. « Vous n'êtes pas venus à trois pour juste discuter de mes travaux. Il est arrivé quelque chose à ma famille ?

– Non, rassurez-vous, nous avons des questions à vous poser dans le cadre d'une enquête. Nous n'allons pas vous emmener au poste. »

Nathalie scruta le visage de l'homme qui se décomposa. Elle l'avait fait exprès pour jauger le professeur, qui semblait terriblement inoffensif malgré sa largeur d'épaules. Elle resta cependant sur ses gardes et jeta un œil sur Cyrille, qui ne lâchait pas une seconde le professeur du regard, la main à proximité de son holster.

« Vous commencez sérieusement à m'inquiéter ! » fit l'homme en s'essuyant le front couvert de sueur.

Le professeur regarda derrière lui, semblant chercher quelque chose, quelqu'un, ou tout simplement un moyen de s'échapper.

Cyrille se tendit et fit un pas en avant pendant que Charline avançait lentement pour contourner l'homme.

« Vous cherchez quelque chose ? demanda Nathalie.

– Non… balbutia Rioux. Pas spécialement. On peut aller s'asseoir dans mon bureau ? Nous serons plus à l'aise.

– Où se trouve-t-il ?

– Juste là, sur votre gauche. »

Jean-Christophe Rioux s'empara d'une bouteille d'eau dont il vida le contenu en quelques secondes. Ratatiné dans son fauteuil, il attendait, résigné, la suite des événements, se demandant bien ce qu'il avait pu faire de répréhensible. C'était forcément grave, vu la manière dont les trois policiers l'observaient. Mentalement, il passa tout en revue rapidement : son travail, sa femme, ses deux enfants, sa famille, ses amis, ses collègues. Non. Il ne voyait pas.

Cyrille gardait la porte et le couloir. Charline était postée sur la droite de Nathalie, qui avait choisi, comme à son habitude, d'adopter une position dominante, debout.

Nathalie étudiait un Jean-Christophe Rioux complètement apeuré. Elle était loin de l'idée qu'elle se faisait du meurtrier, ou alors c'était un sacré comédien. Physiquement, elle l'imaginait plus fort. Ses réflexions qui ne menaient à rien. Ce n'était pas lui. Dans trois minutes, ils ressortiraient penauds après avoir donné la peur de sa vie à un brave professeur. Mais avant de s'excuser, elle voulait tout de même connaître la raison pour laquelle il commandait des feuilles de coca.

« Professeur Rioux, débuta-t-elle pour mettre fin au supplice de l'homme qui rangeait compulsivement des piles de publications sur son bureau, nous aimerions que vous nous apportiez des précisions sur des commandes de marchandises un peu spéciales que vous passez régulièrement. »

Jean-Christophe sourcilla d'étonnement.

« De quoi parlez-vous ? »

Nathalie sortit de sa poche la copie de la commande et la donna à l'homme qui s'empressa de la lire.

Il resta figé un moment avant de relever la tête.

L'unique ligne du document indiquait sans équivoque l'achat de feuilles de coca.

Ses yeux s'arrondirent de surprise.

« Mais ! s'insurgea-t-il. Je n'ai jamais commandé ce type de produit !

– C'est bien votre nom et l'adresse du laboratoire qui sont indiqués en entête ?

– Tout à fait ! Mais cette commande ne me dit rien du tout. Et vous dites que j'en achèterais régulièrement ?

– Tous les deux mois ! intervint Charline.

– Mais qu'est-ce que je ferais de toutes ces feuilles ?

– Les mâcher par exemple, proposa Nathalie. Histoire de stimuler vos neurones. »

Jean-Christophe Rioux ne réagit pas.

« Professeur ? » insista Nathalie.

Une évidence éclaira enfin le visage du chercheur.

« Je ne suis pas le seul à passer des commandes.

– Qui d'autre ?
– Ma femme.
– En votre nom ?
– Cela peut arriver, par commodité. Attendez, je l'appelle tout de suite. »

Une femme déboula dans la pièce, poussant sans ménagement Cyrille, qui obstruait le passage. Portant blouse et charlotte sur la tête, son entrée fut accompagnée d'un effluve fort et animal qui vicia l'air du bureau. Elle ne fit pas cas des deux inconnues présentes et fonça vers son mari.

« Ça ne pouvait pas attendre ? maugréa-t-elle. Il me restait trois frottis vaginaux à faire. J'espère que tu as…

– Julie, l'interrompit sèchement son mari. Ces policiers souhaiteraient des précisions concernant cette commande. Ça te parle, toi ? »

Surprise par le ton inhabituel de son conjoint, Julie se tut et se saisit de la feuille. Elle soupira bruyamment à sa lecture.

« Oui. Je sais ce que c'est. C'est moi qui ai passé cette commande. Putain, j'étais sûre que ça nous retomberait sur la gueule. Trop bonne. Trop conne.

– Vous pouvez nous expliquer ? » demanda Nathalie, dont le niveau d'alerte monta d'un cran.

« Les feuilles de coca sont pour un collègue. Je fais ça pour l'aider. Pour des histoires de budget. Il galère tellement pour en obtenir, des budgets, qu'il nous arrive souvent de le dépanner en prenant sur les nôtres. Cela fait bien deux ou trois ans que je lui achète ses sacs de feuilles.

– Vous savez ce qu'il en fait ?

– Aucune idée ! Sûrement pour des expériences dont lui seul a le secret et dont je ne veux absolument rien savoir. Moins je le fréquente et mieux je me porte. Ce mec me fout les jetons.

– De qui parlez-vous ?

– Du professeur Pierre Rossi. Un ovni dans notre univers. Qu'est-ce que je suis heureuse qu'il ait changé d'unité !

– Il ne travaille plus ici ?

– Non. Même si à mon goût ce squatter passe encore trop souvent par ici. Il donne encore des cours aux premières années de médecine. C'est une sorte de parasite que l'on se refile de labo en labo depuis des années. Trop gentils, on a hébergé son équipe dans nos locaux pendant cinq ans. Il y a dix mois, on a enfin réussi à le refourguer. Il reste encore pas mal de ses affaires, mais le principal est maintenant ailleurs. »

Jean-Christophe Rioux caressa affectueusement le bras de sa femme en guise de soutien.

« C'est vrai qu'il ne nous manque pas, confirma-t-il. L'atmosphère est plus saine maintenant, surtout depuis le départ de ses congélos.

– Quels congélos ? demanda Nathalie.

– En plus du matos génétique classique, il traîne depuis toujours avec lui deux énormes congélateurs fermés à clé. À l'écouter, c'est son trésor. Avec ce qu'il y a dedans, voilà des années qu'il est convaincu qu'il va révolutionner le monde scientifique. Le problème, c'est qu'à part lui, personne n'y croit et surtout personne ne veut travailler avec ce… matériel.

– Il y a quoi dedans ? »

Jean-Christophe chercha du regard l'accord de sa femme avant de poursuivre. Elle le lui donna en hochant la tête.

« Ils sont remplis de cerveaux humains. Prélevés à tous les stades de la gestation et jusqu'à l'âge de 10 ans. Des centaines d'organes provenant d'individus déclarés décédés de mort subite et indéterminée.

– Quelle horreur ! » frémit Charline, qui était maman d'une petite fille de 6 ans. « C'est légal ?

– C'est le grand mystère ! reprit Julie. Il affirme qu'il possède toutes les autorisations nécessaires, mais je n'en ai jamais vu la queue d'une. Un jour, je lui ai posé la question sur l'origine de ces cerveaux. Il est resté assez évasif. Je n'ai obtenu aucun détail concernant les conditions de prélèvement de ces organes. Ce qui est certain c'est que Rossi les a ramenés avec lui de Bolivie.

– De Bolivie ? s'exclama Charline.

– Oui. Il a commencé sa carrière de médecin chercheur à La Paz. Il était assez réputé là-bas, car il donnait beaucoup de son temps pour soigner gratuitement les habitants des quartiers pauvres. Parallèlement, il s'est rapidement illustré avec plusieurs publications scientifiques novatrices aux résultats prometteurs. Elles lui ont permis d'asseoir sa légitimité scientifique. Ces recherches traitaient toutes de la mort subite du nourrisson d'un point de vue clinique. À mon avis, c'est cette reconnaissance passée qui explique qu'on lui fiche la paix car, depuis son retour en France, il végète. Les résultats de ses travaux sont très discutables et font l'objet de publications scientifiques de piètre importance.

– S'il vous plaît, le coupa Nathalie. Laissons pour l'instant cette histoire de cerveaux et revenons-en à nos feuilles de coca. Vous avez une idée de la manière dont il s'en sert ?

– Non », fit Julie en dardant sur elle un regard plein d'assurance.

Elle en connaissait la raison, mais elle n'avait aucune envie de faciliter le travail de cette flic qu'elle n'appréciait guère. Pourtant, cela aurait été simple de lui dire que Rossi avait souvent une haleine chargée à la chevrotine et des morceaux de feuilles plein les dents…

« Tout ce que je peux vous certifier, reprit Julie, c'est qu'il n'en a jamais fait référence dans aucune de ses publi' et que je n'ai jamais vu l'ombre d'une feuille traîner dans le labo.

– Il doit donc l'utiliser pour sa consommation personnelle. Vieille habitude qu'il aurait conservée de son séjour bolivien. Son importation étant interdite en

France, il passe par le laboratoire pour s'en procurer, sous couvert de la recherche. »

Julie se contenta de hausser les épaules alors que Jean-Christophe blanchissait à vue d'œil. Il se voyait déjà emmené en prison avec les bracelets aux poignets pour trafic de stupéfiants.

« Bon, fit Nathalie. Nous lui poserons la question de vive voix. Où peut-on trouver ce professeur Rossi, maintenant ?

– Son équipe et lui sont dorénavant hébergés au dernier étage d'un bâtiment situé sur le campus de la Doua. »

Dans la tête de Nathalie, une petite lumière rouge se mit à tournoyer à la manière d'un gyrophare.

Elle se tourna vers ses collègues, qui ne réagissaient pas.

Était-elle la seule à avoir fait le rapprochement entre le mastiqueur de coca et l'étudiant noyé ?

Ce n'était guère surprenant. Chaque brigade avait enquêté individuellement sans communication transversale. Pour sa part, elle avait été mise au parfum par hasard grâce à Diane. L'enquête prenait une tournure inattendue qui survolta ses méninges. Certains éléments des deux affaires trouvaient maintenant une résonance évidente : la violence des meurtres, leur côté impulsif, l'utilisation d'armes improvisées, leurs proximités temporelles.

Pour Nathalie, c'était flagrant. La coïncidence était trop forte. L'homme qui avait tué les trois francs-maçons et celui qui avait assassiné l'étudiant désignait une seule et même personne : le professeur Pierre Rossi.

Pour l'instant, elle ne comprenait pas le rapport existant entre les deux. De toute évidence, Stéphane Moreau n'était pas franc-maçon, sinon Raphaël lui en aurait parlé ! Elle poserait tout de même la question à son informateur maçonnique dès que possible.

Finalement, la mince et hasardeuse piste des feuilles de coca se révélait décisive. La chance lui souriait une nouvelle fois. Elle calma ses chevaux intérieurs et se reconnecta avec le présent.

Autour d'elle, tout le monde la fixait, interrogatif, n'osant plus parler.

Nathalie fit mine de ne pas s'en rendre compte et rompit le silence négligemment.

« Physiquement, à quoi il ressemble ?

– Qui ? Rossi ?

– Oui.

– Il est un peu plus grand que Jean-Christophe, un bon mètre quatre-vingt-dix. Bien qu'il soit un poil grassouillet, il possède une musculature puissante accrochée à une ossature lourde si vous voyez ce que je veux dire. Le genre bûcheron canadien. Il a des mains énormes ! Pourtant quand on le croise il donne l'impression d'être un gros nounours inoffensif et lymphatique. Il déplace souvent sa carcasse tête baissée et les épaules affaissées.

– O.K., je vois », fit Nathalie rassurée par la description du professeur qui collait avec celle qu'elle s'était faite du tueur. « Pour terminer, vous pouvez me noter précisément la nouvelle adresse du laboratoire de Rossi ? »

Contente de pouvoir enfin se débarrasser des policiers, Julie griffonna un Post-it.

Nathalie les remercia en rangeant le papier. Pour l'usage, elle leur demanda de se tenir à la disposition de la police dans les jours qui venaient.

Elle prit congé du couple, suivie des deux lieutenants à la mine déconfite qui ne comprenaient pas pourquoi l'entretien avait pris fin aussi vite.

Jean-Christophe, qui était au bord de l'évanouissement, expira de soulagement. Ce soir, il dormirait aux côtés de sa femme, dans son lit, ses deux enfants tout proches de lui. Julie le regarda en secouant la tête, dépitée, avant de repartir terminer ses examens biologiques.

25

Lundi 19 novembre 2018, 13 heures.

Au grand désespoir de Cyrille, ils étaient repassés en coup de vent au bureau pour intervertir Charline avec Diane. La pizza aux quatre fromages espérée fut remplacée par des paquets de gâteaux récupérés à la hâte dans sa réserve personnelle.

Il ruminait en mâchant un solide cookie au caramel. Tout en prenant la direction du campus, il jeta un œil dans le rétroviseur pour observer les deux femmes. Nathalie était passée à l'arrière pour discuter tranquillement avec Diane. *Elles me prennent pour leur chauffeur !* En plus, il devait tendre l'oreille pour suivre leur conversation, car leurs voix étaient parasitées par le moteur bruyant de leur petite cylindrée. Il se sentait un peu frustré d'être mis ainsi à l'écart et le ferait savoir à sa supérieure à la première occasion.

Nathalie mit au parfum son amie, puis lui demanda des informations sur Pierre Rossi.

« Il est directeur de l'équipe à laquelle appartenait Stéphane Moreau. C'était même son directeur de thèse.

– Et ? » fit Nathalie, surprise que Diane ne poursuive pas plus.

Son amie prit un air gêné avant de répondre qu'elle n'en savait pas plus pour l'instant, ce qui sidéra Nathalie.

« C'est tout ? Tu plaisantes ?

– Il n'était pas présent au laboratoire lors de notre venue, se défendit maladroitement Diane. Personne non plus chez lui et on tombe systématiquement sur sa messagerie.

– Attends, tu es en train de me dire que vous n'avez aucune nouvelle de lui depuis mercredi ! Vous avez foutu quoi jeudi ? »

Diane n'avait jamais entendu son amie lui parler aussi durement. Il était loin, le temps insouciant de l'école. Nathalie était maintenant commandant avec le tempérament et les compétences associés. Elle s'en rendait bien compte.

« Nous ne sommes pas parvenus à lui mettre la main dessus jeudi et vendredi, avec les gilets jaunes…

– Bon sang ! Ils ont bon dos les gilets jaunes. »

La brigade avait été négligente. Nathalie se pinça entre les yeux pour contenir la colère qui grondait.

« Et les autres membres de l'équipe, vous les avez interrogés au moins ?

– Oui. C'était rapide : une secrétaire acariâtre qui a deux semaines d'ancienneté et un doctorant en première année. Il n'y a pas grand-chose à dire les concernant.

– Pas grand-chose ! la fustigea Nathalie. Ça me paraît bien léger ! Vous avez fait des recherches sur eux quand même ?

– Oui, oui. Des rapports ont été consignés.

– Tout de même ! Je veux tous les dossiers sur mon bureau dès notre retour. »

Diane se contenta de hocher la tête.

« Et du côté de la famille de la victime ? réattaqua Nathalie.

– Célibataire. Pas de copine. Des parents retraités qui habitent à Besançon. Leur fils unique montait les voir une fois par mois. Ils sont terrassés et ne comprennent pas qui aurait pu lui en vouloir. Un garçon si gentil, si discret et brillant, aux dires de sa mère.

– Classique… J'en reviens à Rossi. J'espère que vous avez fait une enquête de voisinage ?

– Oui. Il habite dans une maison paumée un peu avant Miribel. Il n'a aucun voisin. On a été interroger les plus proches. Personne ne le connaît ! Certains ont même été surpris d'apprendre que la maison était habitée. C'est vrai que l'extérieur est miteux ! On a poussé jusqu'aux premiers commerces. À part à la boulangerie où il achète son pain de temps en temps, inconnu total. »

Nathalie se concentra pour essayer d'extirper quelque chose des maigres informations que son amie venait de lui donner.

Visiblement la vie personnelle de Rossi était le pendant de sa vie professionnelle. L'homme était transparent et donnait l'impression d'être un solitaire, sans vie sociale…

De son côté, Cyrille galérait derrière un bus articulé qui bloquait tout le carrefour. Il profita d'un espace sur la voie opposée pour franchir la ligne blanche et contourner l'obstacle par la gauche. Il donna un brusque coup de volant pour se rabattre devant l'autocar, évitant de justesse une camionnette qui arrivait en face, klaxonnant et pleins phares. Complètement fou, le conducteur avait même accéléré comme s'il voulait le percuter afin de lui faire payer son impudence. Cyrille ne vit pas les doigts d'honneur des trois hommes furieux qui s'agitaient en tous sens. Il s'engagea sur le boulevard du 11 novembre 1918 et tourna à gauche pour pénétrer dans la fac en longeant l'UFRAPS. Il vira à droite et se gara le long d'un petit parc d'agrément.

Nathalie claqua la portière et étudia les alentours. Diane, qui avait envie de se racheter, s'empressa de faire le tour du véhicule pour la rejoindre et lui décrire les lieux.

« Le grand bâtiment en enfilade sur la gauche est nommé "Darwin", on y trouve principalement des amphithéâtres au premier étage. Des laboratoires et de nombreuses salles de travaux pratiques se situent au deuxième et au troisième. Étages qui sont reliés à des passerelles qui donnent accès à quatre autres bâtiments identiques de cinq étages. Le laboratoire de Rossi se trouve dans le troisième. »

Ils traversèrent les rails du tram et passèrent sous les premières passerelles. Diane indiqua du bras la zone boisée où avait été retrouvé l'étudiant.

Sans cesser de marcher, Nathalie observa la végétation dense partiellement masquée par les véhicules qui garnissaient un parking. Pour l'instant, elle n'avait pas envie d'aller voir les lieux de plus près.

Pensant qu'elle s'arrêterait, Diane dut rattraper Nathalie, qui fonçait vers son objectif. Derrière, les mains enfoncées dans les poches, le visage dur, Cyrille fermait la marche. Son humeur était aussi grise que le ciel.

Nathalie fut surprise par l'état défraîchi de l'ensemble du complexe. Les façades étaient constituées de plaques de béton gris sale et les batteries de grandes fenêtres oscillobattantes étaient toutes en simple vitrage. Elle avait du mal à croire que derrière ces murs d'un autre âge, des chercheurs menaient des expériences à la pointe de la recherche. On était loin des clinquants laboratoires privés. Elle sourit devant la bêtise de sa remarque. Les locaux de la DIPJ devaient dater de la même époque et on continuait pourtant à y effectuer un travail de qualité.

Parvenue devant l'entrée, elle se demanda si c'était vraiment l'accès principal tant il faisait miséreux. La porte grise vitrée était recouverte d'affiches dont certaines ne tenaient plus que par un coin. Nombreux étaient les bouts de Scotch maintenant des feuilles fantômes. À droite, un interphone et trois plaques vissées dans le béton indiquaient la présence de plusieurs laboratoires. Au-dessus de la porte, seul élément récent qui tranchait avec le reste, une large enseigne blanche sur laquelle on pouvait lire « 8 – Raphaël Dubois – Physiologiste ».

Nathalie interrogea Diane du regard.

« Oui. C'est bien là, au cinquième. Vas-y, c'est ouvert. »

Elle tira la porte et s'engagea dans l'escalier, ignorant royalement l'ascenseur. Diane secoua la tête et la suivit. Contrairement à son amie, elle était peu sportive.

L'ascension parut interminable. À chaque niveau, les libellés et les listes des chercheurs encadraient généreusement les portes battantes. Ils remarquèrent également d'imposants appareils scientifiques filmés sur palette, prêts à être déménagés.

Enfin parvenus au cinquième étage, ils pénétrèrent dans un couloir désert encombré de nombreux cartons de toutes tailles.

L'ambiance des lieux plongea Nathalie plusieurs mois en arrière. Elle se revoyait évoluant au 36 quai des Orfèvres, pestant contre le déménagement imminent vers leurs nouveaux bureaux, un autre 36, mais rue du Bastion.

L'ouverture brusque d'une porte sur sa gauche la fit sursauter.

« Je peux vous aider ? » demanda sèchement une femme qui se positionna de façon à leur bloquer le passage.

Une soixantaine d'années, cheveux gris coupés court, les traits du visage saillants, le regard noir perçant, elle était habillée de façon élégante tout comme son maquillage soigné. L'aura qu'elle dégageait tranchait avec l'environnement ambiant. Soupçonneuse, la femme tendit le cou et reconnut Diane. Elle se décontracta légèrement.

« Encore vous ! Vous avez fait vite ! Vous avez une bonne nouvelle à m'annoncer ?

– Malheureusement non… répondit Diane.

– Vous êtes ? demanda Nathalie.

– Madame Vaugin.

– Très bien, madame Vaugin. Dans le cadre de notre enquête, nous souhaiterions rencontrer le professeur Rossi.

– Tout comme moi, rétorqua Vaugin d'une voix réellement peinée, laissant tomber son masque de dureté l'espace d'un instant.

– J'en déduis qu'il n'est toujours pas revenu depuis mercredi dernier ?

– Si, il est passé en coup de vent jeudi après-midi. Mais depuis, plus de nouvelles. »

Nathalie lança un regard rempli de reproches à Diane et revint vers son interlocutrice.

« Vous l'avez informé du meurtre ?

– Très brièvement. Il a écourté le sujet, m'a demandé le classeur de signatures et s'est rapidement enfermé dans son bureau dans lequel il est resté deux petites heures avant de partir.

– Comment a-t-il réagi au meurtre de son étudiant ?

– Il était très attristé, évidemment, mais je n'ai pas pu aborder le sujet par la suite. »

Nathalie étudia la secrétaire. Elle semblait réellement inquiète et en même temps peinée par le comportement du professeur. C'était surprenant compte tenu de sa récente intégration.

« Vous êtes sa secrétaire depuis quand ? »

Le visage de la femme retrouva sa dureté.

« Deux semaines. Et je ne suis pas sa secrétaire, mais son assistante personnelle.

– Si vous voulez. Qu'est devenue la dernière assistante ?

– Elle est partie.

– Pourquoi ?

– Je ne sais pas. Vous n'avez qu'à le lui demander. Elle n'a peut-être pas réussi à cerner la personnalité complexe du professeur.

– Alors que vous oui, je présume.

– Le professeur est un homme remarquable. De premier abord antipathique, il faut briser la glace pour apprécier sa vraie nature. Il est brillant, cultivé, sensible et attachant.

– Vraiment ? Vous le connaissiez avant qu'il ne vous embauche ?

– Non ! Quelle étrange question.

– Votre remarque l'est tout autant, rétorqua Nathalie. Avoir un avis aussi tranché en si peu de temps. »

Les deux femmes s'affrontèrent du regard durant de longues secondes.

« Quelles étaient les relations entre Moreau et Rossi ? » demanda Nathalie, abandonnant le combat visuel.

« Professionnelles. C'était son directeur de thèse.

– C'est tout ?

– Oui. Qu'est-ce que vous voudriez que je vous dise ? Du peu que je sache, ces derniers mois, Stéphane passait beaucoup de temps chez lui pour finaliser sa thèse et préparer sa soutenance. Je ne peux donc pas vous en dire plus.

– Bon. Et à part des cartons, il y a quelqu'un d'autre à cet étage ?

– Non, je suis seule aujourd'hui.

– Et l'autre étudiant ? intervint Nathalie.

– Il a pris quelques jours de vacances. Il était très proche de Stéphane. »

Nathalie était quelque peu déstabilisée par l'attitude de Vaugin et ne parvenait pas à la cerner. Un mélange de froideur, de distance et en même temps une empathie exagérée envers Rossi. Mais il y avait autre chose. Nathalie trouvait que cette femme aux allures distinguées faisait tache au milieu de cet univers.

« Vos journées doivent être bien longues ?

– Non. Pas vraiment. Surtout en ce moment avec le déménagement.

– Vous déménagez encore ? fit Nathalie en se rappelant des paroles de Julie Rioux.

– Oui. Le bâtiment va être entièrement rénové. On doit quitter les lieux avant la fin du mois. »

Nathalie hocha la tête.

Même si elle en mourait d'envie, elle se refusa d'aller inspecter le bureau de Rossi. Elle voulait préserver le lieu afin d'augmenter les chances de prélever les empreintes intactes du professeur. Nathalie espérait qu'avec ces préparatifs de déménagement, la pièce n'avait pas été trop souillée.

« Durant son court passage, avez-vous remarqué quelque chose de particulier chez M. Rossi ?

– En toute franchise, je l'ai trouvé nerveux. Il donnait l'impression de ne pas avoir beaucoup dormi. Les cernes lui mangeaient les yeux.

– Une raison particulière à cet état, d'après vous ?

– Non… pas spécialement.

– Des soucis ? Le déménagement peut-être ?

– Vous plaisantez, c'est la routine pour lui. Il est coutumier du fait.

– Des problèmes personnels ? essaya Nathalie.

– Je ne sais pas, il est très discret sur le sujet.

– Ni femme, ni enfants, ni famille d'après nos renseignements.

– Vous en savez plus que moi alors », fit Vaugin en écartant les mains.

Les policiers remercièrent l'assistante, retournèrent sur le palier et commencèrent à descendre.

Agissant d'instinct, Nathalie poussa la porte du quatrième étage.

Même s'il était aussi encombré que son voisin du dessus, le couloir contrastait par son activité. Elle s'avança en étudiant chaque pièce dont la plupart avaient la porte ouverte. Succession de bureaux étroits et de salles présentant le symbole radioactif ou spécifiant un environnement stérile. Dans une petite pièce spartiate servant visiblement de salle de pause, deux femmes habillées de blouses blanches étaient attablées, un café dans les mains. Elles semblaient fermement s'ennuyer.

« Bonjour, Mesdames ! » salua Nathalie en entrant.

Une des femmes, la plus âgée, leva un visage très ridé vers elle.

« Bonjour.

– Police Judiciaire. Vous auriez quelques instants ?

– Bien sûr ! C'est à propos du meurtre ? » demanda-t-elle alors que son regard s'éclairait, ravie de pouvoir en discuter et rompre la monotonie de la journée.

« Parfait ! Nous ne vous ennuierons pas longtemps.

– Nous avons tout notre temps ! Avec ce déménagement, nous sommes au chômage technique. Nous sommes laborantines et comme vous le voyez, toutes les expérimentations sont suspendues. Vous voulez un café ? Moi c'est Paulette et ma collègue Béatrice. »

Les trois officiers acceptèrent avec plaisir. La convivialité était de mise ici.

« Vous êtes plus accueillantes qu'au-dessus, fit Nathalie.

– Vous faites référence à Vaugin, je suppose.

– Exact. Drôle de femme ! lança Nathalie.

– Oui. Antipathique à souhait. Elle me donne des frissons, autant que le professeur Rossi. C'est pour dire. Elle est arrivée très récemment, mais elle ne restera pas longtemps. Elle partira comme les autres. Depuis qu'il est revenu de Rockefeller, c'est déjà la troisième assistante. »

La femme était bavarde et Nathalie ne voulait pas s'éterniser afin de pouvoir déclencher au plus tôt la perquisition. Elle souhaitait juste quelques précisions.

« Le professeur Rossi vous fait peur ?

– Oui. Il a l'air inoffensif comme ça, mais il faut avouer que son physique est imposant. Moi je sens quelque chose de malsain chez lui. Vous savez qu'il se trimbale partout avec ses congélos ?

– Nous sommes au courant, mais laissons ceci de côté pour l'instant. Pensez-vous que le professeur aurait pu tuer Stéphane Moreau ?

– C'est le cas ? fit Paulette, excitée.

– Juste une hypothèse qui vous a certainement traversé l'esprit. Je me trompe ?

– Stéphane le détestait. S'il n'était pas lié à la bourse régionale, cela ferait bien longtemps qu'il serait parti. Pendant toute sa thèse, Stéphane a dû se battre pour mener à bien ses hypothèses de travail. Le professeur voulait à tout prix qu'il travaille sur ces satanés cerveaux humains, ce que Stéphane a toujours refusé.

Ensuite, aller jusqu'à le tuer, c'est difficile à croire, mais pas impossible…

– Et l'autre étudiant ? Il s'entendait bien avec Stéphane ?

– Julien ! Oui, ils étaient très proches. Il vient ici dès qu'il peut pour échapper à l'ambiance morose du haut. Le pauvre, il est effondré ! Je l'ai eu au téléphone, ce n'est même pas sûr qu'il revienne. Il veut tout abandonner. Ça serait dommage, il faudrait qu'il nous rejoigne. Nous l'accueillerions avec plaisir. »

Ils avalèrent leur café et laissèrent les deux femmes à leur oisiveté qu'elles ne manqueraient pas de combler par des discussions interminables.

26

Mardi 20 novembre 2018, 5 h 45.

Tapie derrière un arbre, Nathalie soufflait dans ses mains pour se réchauffer. Le petit nuage blanc se mêlait au brouillard environnant. L'humidité transperçait ses vêtements, elle avait hâte de commencer. Elle consulta l'horloge de son téléphone. Encore un quart d'heure avant le début de l'intervention. Autour d'elle, la brigade au complet, armée et équipée de gilets pare-balles, se tenait prête. La seconde brigade, celle de Diane, assurait un soutien en se tenant de l'autre côté de la maison de Rossi. Pour compléter le dispositif, la BRI les épaulait, ainsi qu'un hélicoptère qui était stationné à deux kilomètres, prêt à intervenir au besoin.

Tout comme la lui avait décrite Diane, l'habitation avait piètre allure. Sans la présence du véhicule du professeur, elle aurait paru abandonnée. De construction simple, la bâtisse ressemblait à une sorte de bergerie, tout en longueur, aux murs envahis par le lierre. Autour, la végétation était reine, recouvrant tout. Le professeur laissait pourrir les lieux. *Comment un tel homme peut-il vivre dans un tel taudis ?* se demanda Nathalie.

Silencieuse et sans lumière, la maison était encore pour quelques minutes endormie, tout comme son locataire. Sa présence avait été confirmée par les deux agents qui surveillaient les lieux depuis la veille au soir. L'homme était seul. Selon leur témoignage, il avait éteint la lumière très tôt, vers 20 heures, et n'avait plus donné signe de vie depuis.

Dès leur retour à la DIPJ, tout s'était enchaîné très vite. Le plus long et fastidieux pour Nathalie avait été de convaincre sa supérieure de demander une perquisition immédiate du bureau de Rossi. La commissaire avait été partagée entre la perspective heureuse de clore cette affaire et l'aigreur provoquée par Nathalie et son insolente réussite. Elle avait fini par appeler le procureur qui avait rédigé et scanné le document en tout début d'après-midi.

De retour au laboratoire de la Doua, accompagnés d'une équipe de la police scientifique, ils avaient fouillé les lieux avec pour priorité le prélèvement d'empreintes digitales. Pendant leur recherche, Nathalie, entourée de plusieurs officiers, avait fait face à la résistance et la colère de l'assistante qui avait vociféré âprement. Elle avait trouvé inadmissible et honteux que l'on puisse remettre en cause l'intégrité du professeur. Devant la fermeté des policiers, elle s'était finalement résignée, restant prostrée derrière son bureau. Elle avait alors semblé réellement atteinte par les événements. Diane s'était approchée de Nathalie pour lui souffler que d'après elle, Vaugin était amoureuse de Rossi. Sentiment que ne partageait pas Nathalie, qui voyait plutôt une certaine forme d'admiration. Elle ne parvenait pas encore à cerner le type de lien qui existait entre eux. Elle paraissait inquiète de l'absence du professeur et soucieuse de sa santé, mais pour autant, à aucun moment, elle n'avait cherché à le contacter.

La police scientifique fut d'une efficacité redoutable. Le résultat positif tomba en fin d'après-midi. La concordance entre les empreintes retrouvées sur les lieux des crimes et celles du professeur fut indéniablement établie. L'arrestation de Rossi avait été programmée pour le lendemain même, à la première heure.

Nathalie reconnut la voix mélodieuse de la commissaire dans son oreillette :

« Je vous rappelle une dernière fois les consignes. L'individu est seul, très dangereux et potentiellement armé. Ne prenez aucun risque. Brigade numéro un, vous restez bien derrière les hommes de la BRI. Brigade numéro deux, vous serez en soutien et ne bougerez pas. Ne prenez aucun risque. Dans la mesure du possible, il nous le faut vivant. Faites pour le mieux. Début de l'opération dans sept minutes.

– Putain ! On va déglinguer ce salopard ! »

Nathalie se retourna.

À quelques pas, tout de noir vêtu, à peine visible et accroupi contre un arbuste, Cyrille masquait son stress en parlant.

« C'est ma première fois ! Je suis excité comme une pucelle…

– Lieutenant ! » le coupa Nathalie, qui tolérait moyennement ce genre de propos, même si les circonstances pouvaient l'expliquer.

« Excusez-moi !

– Restez concentré. Quand ça démarre, vous restez en soutien près de moi. Ne me quittez pas d'une semelle. C'est bien compris ?

– Très bien, Commandant ! » répondit-il, fier que Nathalie lui demande d'assurer sa protection, en quelque sorte.

« Et maintenant, plus un mot. »

Nathalie commençait à connaître Cyrille et redoutait son empressement et sa jeunesse qui pouvaient causer des conduites à risque. En lui demandant de rester à ses côtés, elle gardait un œil sur lui.

Rossi était une véritable énigme pour Nathalie. Son profil de scientifique ne collait a priori pas avec la bestialité des meurtres. À la vitesse où avaient été les choses, ils n'avaient pas eu besoin de gratter dans sa vie pour essayer de comprendre ses motivations, expliquer ses actes barbares, ce qu'un juge se chargerait de faire plus tard.

Et que venaient faire là-dedans la franc-maçonnerie et cette loge apparemment innocente où des passionnés d'histoire se retrouvaient pour rejouer des scènes d'un autre temps ?

Nathalie avait vraiment hâte de faire sa connaissance. C'était cette facette de son métier qui l'avait poussée à retourner travailler, sur le terrain. Comprendre le pourquoi des choses, appréhender la complexité humaine des autres, peut-être pour mieux apprivoiser la sienne…

Avec Rossi, elle n'allait pas être déçue…

27

Mardi 20 novembre 2018, 6 heures.

« GO ! GO ! GO ! »

Comme une ombre reptilienne se mouvant parmi la végétation, le groupe d'agents de la BRI s'approcha de l'entrée de la maison, talonné par Nathalie, Cyrille et le reste de la brigade. Dans un silence total, les professionnels de l'intervention agissaient de concert tel un organisme unique où chaque maillon, se protégeant mutuellement, connaissait précisément ce qu'il avait à faire : neutraliser leur cible, si possible vivante.

Parvenu devant la porte, l'homme de tête la fit exploser d'un coup de bélier précis au niveau de la serrure, projetant dans un nuage de poussière des morceaux de bois à l'intérieur. Sans perdre une seconde, ils entrèrent en file indienne, serrés les uns contre les autres, armes aux poings et lampes frontales allumées. À 6 heures du matin, il faisait encore nuit noire, tout comme à l'intérieur du domicile de Rossi.

Dans un ballet maintes fois répété, les hommes sécurisèrent les pièces une par une.

Nathalie s'engagea dans le couloir à son tour et examina ce qui restait de la porte. En découvrant l'état pitoyable du bois, elle comprit pourquoi elle avait opposé si peu de résistance. Qui pouvait habiter dans un endroit qui s'apparentait plus à une grange aménagée qu'à une maison ? C'était d'autant plus surprenant compte tenu du statut du locataire. Il paraissait impensable qu'un professeur d'université vive dans de telles conditions. L'impression se renforça au fur et à mesure de leur progression.

Toujours collée par Cyrille, Nathalie découvrit un étroit couloir quasiment vide où juste une paire de chaussures sales traînaient, comme oubliées. Ils débouchèrent dans la salle principale où les rayons frénétiques des torches leur firent découvrir la pauvreté décorative des lieux. Ils avaient fait un bond de cinquante ans en arrière. Chaque mur était différent, alternant papiers peints aux motifs improbables et moquette murale élimée. La lumière blafarde ne permettait pas d'apprécier pleinement les couleurs, mais Nathalie se dit qu'elle devait manquer quelque chose de grandiose. Elle eut à peine le temps de détailler la table en formica entourée de quatre chaises avant que les hommes de la BRI ne reviennent dans sa direction.

Le professeur demeurait introuvable.

Quelques hommes ressortirent de la maison pour examiner les alentours pendant que d'autres contrôlaient à nouveau chaque centimètre carré.

Nathalie s'avança dans la chambre et alluma. Elle comprit aussitôt que le lit n'avait pas dû accueillir de locataire depuis des mois, voire des années. Il était recouvert d'un couvre-lit en crochet blanc parfaitement étalé. Au centre, trois poupées siégeaient, leurs yeux rendus brillants par la lumière vive du plafonnier. De leurs grandes billes immobiles, elles fixaient Nathalie d'un regard mort. Elle frissonna tout en s'approchant pour mieux détailler l'étrange mise en scène qui ne devait certainement rien au hasard. La poupée du milieu, la plus grande, portait un corsage brodé et une jupe. Ses bras entouraient d'un geste protecteur les deux autres, plus petites, habillées de vêtements masculins. L'étrange trio pouvait aussi bien représenter une sœur avec ses deux frères, trois amis ou, plus original, un couple à trois.

Nathalie secoua la tête. Son esprit encore fragile gardait des séquelles de son passage à la brigade de la répression du proxénétisme. D'autres idées perverses remontaient alors que la meilleure réponse était sûrement la plus évidente : une mère entourant ses deux enfants, en l'occurrence, ses deux garçons. Peut-être Rossi était-il l'un d'eux ? Elle n'eut pas le temps de pousser plus avant ses suppositions qu'une voix grave retentit :

« J'ai trouvé une trappe dans la réserve du fond ! »

Aussitôt, le groupe se rassembla pour se positionner autour d'une large porte munie d'un anneau de métal. Nathalie tenta de l'apercevoir en vain, masquée par les hommes.

L'un d'eux empoigna l'anneau et tira. La porte pivota sur ses gonds sans un bruit. Signe qu'elle devait être régulièrement utilisée. Après avoir éclairé un espace totalement plongé dans le noir, un premier policier s'engouffra dans un escalier en béton. Le reste du groupe suivit. L'adrénaline, qui était retombée suite à la déception de n'avoir rien découvert, remonta aussitôt, inondant les organismes d'une excitation contagieuse.

Après d'interminables secondes, Nathalie put enfin s'approcher de l'ouverture et descendre à son tour.

« Putain, fit doucement une voix dans son dos. On se croirait dans *Le Silence des agneaux*. Vous croyez qu'on va découvrir des trucs atroces, des vêtements en peaux humaines ?

– Chut, lieutenant ! le réprimanda Nathalie. Restez calme. Tout va bien se passer. Contrairement à l'agent Starling qui était incompréhensiblement seule, nous sommes une bonne douzaine, armés jusqu'aux dents. Quoi que nous trouvions là-dessous, il ne fera pas le poids. »

En touchant un sol bétonné, elle fut surprise par la taille des lieux qui devait correspondre à la superficie totale de la maison. La pièce était bondée d'un bric-à-brac qui aurait fait le bonheur d'un marché vintage. Les policiers se scindèrent en deux et examinèrent chaque recoin.

Après quelques minutes, Rossi était toujours introuvable.

Un des hommes situé à proximité de Nathalie leva la main, indiquant aux autres de venir le rejoindre.

Derrière une porte à peine visible, il venait de découvrir un nouvel escalier. Dérogeant à la procédure, Nathalie s'intercala entre deux policiers en ignorant leurs protestations. Elle en avait assez de rester en retrait.

Après une douzaine de marches descendantes, ses chaussures touchèrent un sol dur constitué de terre. L'espace qui s'étendait devant elle paraissait long et étroit, deux mètres de large tout au plus. Levant les yeux, elle découvrit un plafond voûté en pierre. Bizarrement, alors qu'elle s'attendait à ressentir de l'humidité et du froid, l'air était plutôt tiède, agréable et contrairement à une cave classique, sans odeur.

À l'inverse du désordre anarchique qui régnait au premier sous-sol, celui-ci était organisé. De chaque côté, contre les murs, ne laissant passer qu'une personne à la fois, une succession d'étagères en enfilade. Sur les premiers rayons en bois reposaient de nombreux objets cylindriques sombres dont certains renvoyaient des éclats lumineux.

« Bordel ! C'est bien ce que je crois ? » ne put s'empêcher de jurer le policier planté juste devant Nathalie.

Il semblait horrifié par ce qu'il venait de découvrir.

Dans un gros bocal rempli d'un liquide à l'apparence visqueuse, un fœtus humain de plusieurs mois était figé pour l'éternité. Le cordon ombilical sortant de son ventre gonflé remontait pour disparaître sous le couvercle.

Les yeux de Nathalie s'écarquillèrent d'horreur en constatant qu'il y avait des dizaines d'autres bocaux, seuls la taille et l'âge des fœtus variaient. Elle fit un pas en tremblant et hurla intérieurement en découvrant un nouveau récipient au contenu macabre. Celui-ci était énorme et reposait seul sur l'étagère en raison de son poids. À l'intérieur, un nouveau-né, une petite fille, en parfait état de conservation. Sa peau était tellement lisse et son visage si tranquille que l'on s'attendait à ce qu'elle ouvre les yeux à tout moment…

Mais que fait Rossi avec cette horrible collection macabre ? Si on ajoutait les deux congélateurs farcis de cerveaux, cela commençait à faire beaucoup, beaucoup trop…

D'un pas lent, elle continua à suivre les deux hommes. Derrière elle, ne pouvant la dépasser à cause de l'exiguïté des lieux, un homme de la BRI plaqua sa main sur l'épaule de Nathalie pour maintenir la chaîne et lui assurer une certaine protection.

Elle trouva ce geste rassurant. Il faisait de plus en plus chaud au fur et à mesure qu'ils progressaient. Très certainement la présence de tous ces corps à proximité qui faisait monter sa température interne. Elle commençait à douter de ses sensations. Ne pas perdre pied…

Les bocaux disparurent, remplacés par une importante collection d'objets d'origine sud-américaine. Il y avait beaucoup de figurines en bois et de masques à l'effigie de divinités, mais aussi des vases, des bols, des colliers et des bracelets en argent, des flûtes et des chapeaux melon en feutre. On se serait cru dans un tombeau maya ou inca.

Arrivés au bout de la pièce qui en fin de compte ressemblait plutôt à un tunnel, les deux hommes de tête stoppèrent face à un mur de pierre qui, à l'évidence, s'était effondré avant d'être comblé grossièrement avec de l'enduit.

Alors qu'elle pensait se trouver dans une impasse, Nathalie découvrit sur sa droite, coincée entre deux étagères, une énième porte en bois. Instinctivement, elle y posa sa main à plat et la retira aussitôt. Ce n'était pas son imagination. Le bois était chaud, pas brûlant, mais chaud. Elle vit une très faible lueur orangée qui filtrait d'en dessous. Elle tapota l'épaule du policier et lui indiqua du doigt la source lumineuse.

Par gestes, les deux agents firent reculer tout le monde pour se placer juste devant. Ils hésitèrent un instant, s'interrogeant du regard. La présence gênante du commandant était une donnée qu'ils devaient prendre en compte. Après un échange de signes rapides, ils décidèrent d'entrer.

Une main gantée se posa sur la poignée et la tourna doucement. La porte s'ouvrit, laissant aussitôt s'échapper un courant d'air chaud qui vint frapper le visage de Nathalie, accompagné d'un halo lumineux rouge.

Ils pénétrèrent dans un second tunnel, de taille identique et parallèle au précédent, mais ce qu'ils y découvrirent les tétanisèrent.

Ici, pas d'étagères.

Au milieu de la pièce, retenu par plusieurs larges sangles élastiques, elles-mêmes fixées au plafond et au sol par des crochets, se balançait lentement un gros tube en tissu blanc de deux mètres de long et d'un mètre de diamètre. Devant l'objet improbable, un petit escabeau comportant cinq marches permettait d'atteindre cette espèce de cocon.

Alors que les hommes s'avançaient prudemment, le canon de leurs armes braqué sur cette chose suspendue dans le vide, Nathalie remarqua les gros radiateurs électriques qui longeaient les murs ainsi que les réservoirs d'eau fixés dessus. Ce dispositif expliquait l'atmosphère tropicale ambiante. Contre le mur de gauche, des vêtements reposaient sur un banc en pierre. Posé à même le sol, un sac plastique transparent contenait des feuilles, des feuilles de coca.

Soudain, comme perturbée par la présence des inconnus, la chose blanche fut parcourue de frissons qui firent reculer malgré eux les hommes aguerris. Les sangles redevinrent calmes après une dizaine de secondes.

Deux hommes s'avancèrent pour se poster de chaque côté de l'escabeau. Ils levèrent chacun une main et l'approchèrent d'une des extrémités qui ressemblait à une capuche que l'on aurait serrée au maximum.

Délicatement, ils écartèrent les fronces du tissu, qui s'ouvrirent sans résistance. Dans la pièce, tout le monde retenait son souffle, aussi inquiet qu'impatient de découvrir le contenu de cette chose blanche.

La surface lisse d'un crâne nu et le contour d'une oreille apparurent en premier.

Ils ouvrirent entièrement le cocon.

Ils avaient finalement mis la main sur leur cible.

Le professeur Pierre Rossi était nu et allongé sur le côté, les bras repliés contre sa poitrine. Perturbé par le changement de température, il leva la tête vers les policiers et d'un regard vitreux, sans vie, fixa les inconnus qui s'étaient permis de pénétrer dans son sanctuaire intime. Il ouvrit la bouche, mais aucune parole n'en sortit, tout juste un petit râle qui aurait pu être interprété comme du soulagement.

Après un instant hors du temps qui avait figé tous les occupants de la pièce, l'homme baissa ses paupières et ramena ses jambes contre sa poitrine en position de fœtus. Il était reparti pour son univers torturé peuplé de souvenirs douloureux…

PARTIE II

« … tout ce qui est en bas
est comme ce qui est en haut… »

Extrait du 2e verset de *La Table d'émeraude*.

28

Mardi 20 novembre 2018, 12 heures.

« Qu'est-ce que vous faites encore là ? On attend plus que vous en bas ! »

Nathalie s'affala en arrière, faisant grincer sa chaise. Elle fit glisser ses paumes sur son visage et regarda Cyrille, appuyé contre l'encadrement de la porte du bureau. Ses pupilles étaient brillantes. Il tenait un verre de vin vide qu'il tentait maladroitement de dissimuler derrière son dos. Son sourire s'évanouit en constatant le peu d'entrain de Nathalie.

« Vous allez bien ? Vous avez l'air contrariée !

– Je n'ai pas envie de descendre !

– Vous plaisantez ! Vous êtes l'héroïne du jour !

– Arrêter vos conneries ! L'alcool vous fait dire n'importe quoi. Premièrement, ce succès est collectif et deuxièmement, cette célébration est obscène et déplacée.

– Je ne vous suis pas ! » répondit Cyrille, incrédule.

Nathalie soupira et balança son stylo, qui roula sur le bureau.

« On était vraiment obligé d'organiser cette réception à peine quelques heures après l'arrestation de Rossi ?

– Je ne vois pas le problème. Qu'est-ce qui vous tracasse ?

– Mais bordel ! L'enquête n'est même pas terminée ! J'ai l'impression que je suis la seule à me préoccuper de son complice qui se trimbale toujours en liberté.

– Il paraît nettement moins dangereux que Rossi, tenta Cyrille. Avec l'arrestation du professeur, tout va peut-être se calmer.

– Sans rire, vous êtes sérieux ? Notre gars n'est pas un enfant de chœur ! Il a quand même transpercé la gorge d'un homme en train de mourir ! Vous pensez vraiment qu'il était juste là pour faire le guet ? Et qu'est-ce qui nous dit qu'ils ne sont pas plus nombreux ? Il reste quelques points à régler avant de se gargariser. Non ? Qu'est-ce qui se cache derrière tout ça ? On ne sait toujours pas pourquoi cette loge est visée ! La théorie d'une vengeance ne me satisfait pas totalement. Non vraiment, c'est n'importe quoi cette fête ! Je ne comprends pas que la commissaire ait cautionné cet événement.

– J'ai entendu dire que la décision ne venait pas d'elle. De plus haut apparemment.

– Putain ! Tout le monde flippe parce qu'il y a des francs-maçons dans l'histoire. On veut faire croire que tout est réglé. Un ridicule écran de fumée pour rassurer la presse et éviter un scandale. Ils jouent gros. Si jamais on a un nouveau meurtre, des têtes vont tomber et celle de la commissaire en premier.

– Vous avez raison, mais son arrestation reste quand même une excellente nouvelle. Il est complètement cinglé ce mec ! Vous avez vu où il dort ! Dans une cave, suspendu dans le vide, nu comme un ver. On aurait dit un gros asticot prêt à se transformer en une grosse mouche bleue ! J'en ai encore des frissons. Il est très bien où il est ! »

Nathalie se retint de hurler sur Cyrille. Sa naïveté l'agaçait, mais il ne devait pas payer pour toute cette bande de politiciens lâches et irresponsables. Elle se maîtrisa pour demander des précisions sur le lieu d'enfermement de Rossi :

« Il est pour l'instant au Vinatier. C'est un hôpital psychiatrique de Lyon. Il va y rester le temps qu'il émerge de sa transe et que les médecins posent un diagnostic. Nous pourrons alors l'interroger.

– Ça va prendre des jours ! »

Les images des dizaines de petits corps sans vie défilèrent dans sa tête. Ils avaient tous le visage crispé, la bouche ouverte hurlant leur détresse, comme pour la supplier de faire toute la lumière sur leur histoire…

« Allez, venez, s'il vous plaît ! insista Cyrille. Vous n'êtes pas obligée de rester longtemps. Un petit passage de pommade par les huiles et hop, vous remontez vous enfermer ici. Les hommes de la brigade ne comprendraient pas si vous ne veniez pas. »

Nathalie se frotta le front en baissant la tête.

« Fait chier ! »

Le dernier argument de Cyrille était imparable. Elle frappa le bureau du poing avant de se lever à contrecœur.

La salle de réception du rez-de-chaussée était bruyante de monde. Le volume sonore doubla à l'apparition de Nathalie. Elle fut aussitôt encerclée par des visages, inconnus pour la plupart. On lui parlait, la félicitait, la touchait, ou, carrément, lui saisissait la main. Certains applaudissaient comme des dératés.

C'est surréaliste. Je suis où, là ? À un meeting politique ?

Elle se sentait agressée et en colère. Elle se retint de bousculer tout le monde pour s'enfuir.

Poussée par cette marée humaine, elle progressa en direction de l'estrade. Rayonnant tel un phare, le conseiller Michel Roitelet était perché en hauteur et faisait de grands signes pour qu'elle approche. À ses côtés, la commissaire Clément, raide comme un piquet, esquissait un sourire de circonstance pour donner le change.

Des mains la soulevèrent pour la coincer entre Roitelet et Clément. Elle se tortilla pour se faire une place.

Le conseiller leva les mains pour réclamer le silence avant de se tourner vers Nathalie.

« Commandant Lesage ! Quelle chance pour nous de pouvoir vous compter depuis peu dans l'effectif de la police judiciaire lyonnaise. La commissaire doit être fière d'une telle providence. Grâce à votre sagacité, au travail de vos équipes, sans oublier le professionnalisme de la BRI, ce matin, à l'aube, nous avons mis fin aux agissements d'un assassin qui répandait la terreur dans notre chère capitale des Gaules. Quel soulagement pour tous nos citoyens ! »

Nathalie bouillait intérieurement tandis que les applaudissements crépitaient.

Il fait semblant ou il est vraiment soulagé ? Elle leva les yeux au ciel en comprenant. Tout avait été si vite qu'ils n'avaient même pas pris le temps de les informer de l'existence d'un complice. Même Raphaël ne devait pas être au courant.

L'homme politique poursuivit son discours avec des phrases pompeuses et mielleuses sans un mot pour ses trois amis défunts. C'était surprenant. Quel homme était-il pour avoir aussi peu d'empathie envers eux ? C'était ça, la fameuse solidarité franc-maçonne ?… Ou alors sa peine était trop forte, l'empêchant d'évoquer le souvenir de ses frères. On pouvait toujours lui accorder le bénéfice du doute.

Après avoir encensé une nouvelle fois Nathalie, Michel Roitelet termina enfin sa rhétorique. La commissaire s'éclipsa aussitôt, sans un mot pour Nathalie.

Alors qu'elle pensait retourner se calfeutrer dans son bureau, le conseiller l'alpagua :

« Quel soulagement de pouvoir à nouveau sortir sans crainte de tomber sur ce fou ! Comment a-t-on pu le laisser entrer chez nous ? Cela me sidère.

– C'était donc bien l'un des vôtres ?

– À mon plus grand regret.

– Et vous ne l'aviez jamais croisé ?

– Jamais. Il appartenait au même atelier que le docteur Charry. C'est là qu'il a dû entendre parler de notre groupe.

– Et l'étudiant assassiné, il était des vôtres ?

– Pas à ma connaissance. D'ailleurs, qu'est-ce qu'il vient faire dans cette histoire ?

– Rossi était son directeur de thèse. D'après certains de ses collègues, c'était très tendu entre eux. Je n'en sais pas plus pour le moment. »

Roitelet soupira :

« Quel gâchis ! Pourquoi tous ces meurtres ?

– Vous n'en avez aucune idée ?

– Aucune. Mystère total !

– Il n'aimait peut-être pas ce que vous faisiez dans votre nouvelle loge ? fit Nathalie, provocante.

– Je ne pense pas. Notre travail est historique et symbolique. Pas de quoi provoquer une telle haine. »

La discussion l'ennuyait. Le conseiller balaya la salle du regard :

« Excusez-moi, j'ai un déjeuner à 13 heures et je dois encore saluer plusieurs connaissances. À bientôt peut-être et encore merci pour tout. Nous vous sommes redevables.

– Surtout pas ! » répondit Nathalie.

Le conseiller ne l'écoutait déjà plus, il descendit de l'estrade pour fondre sur une femme en tailleur qui tenait une coupe de champagne contre sa lèvre inférieure.

Nathalie en profita pour s'éclipser par-derrière. Pendant qu'elle longeait le mur, elle vit Cyrille à l'autre bout de la pièce, bombant le torse devant ses collègues ; il engloutissait petit-four sur petit-four.

Alors qu'elle pensait disparaître discrètement de cet enfer de mondanités, la voix de Diane résonna :

« Nathalie ! Tu ne pars pas déjà j'espère ! Viens trinquer avec nous. C'est un grand jour pour notre service. Tu n'as pas mis longtemps pour faire parler la poudre ! Ta réputation parisienne était en dessous de la vérité. Qu'est-ce que je suis heureuse de travailler avec toi ! »

Son amie était euphorique ! Nathalie surveilla le contenu du verre de Diane qui menaçait à tout moment de se répandre sur sa chemise.

« Tu fais l'unanimité dans les deux brigades ! poursuivit Diane.
– Arrête, c'était un travail d'équipe avant tout.
– Si tu veux, mais c'est quand même toi qui as fait le lien entre les deux affaires. »

Nathalie n'insista pas. C'était inutile. Cyrille avait peut-être raison finalement. Il régnait dans la pièce un parfum de relâchement, de joie primale. Dans quelques heures, ces hommes et ces femmes retrouveraient leur quotidien peuplé d'actes violents. Cette déconnexion temporaire semblait salutaire.

Nathalie sourit à son amie, prétexta une envie urgente et lui promit de revenir.

Retrouvant le calme de l'étage, elle accusa le coup. Elle payait sa courte nuit et l'arrestation qui avait suivi. La tension nerveuse laissait place à la fatigue et à la faim. Elle aurait dû prendre de quoi manger, mais le besoin de s'échapper avait été le plus fort.

Elle fouilla dans le tiroir de Cyrille et dégota un paquet de sablés au beurre salé. Elle déchira le carton d'emballage, puis le plastique qui enfermait deux biscuits. *Étuis fraîcheur ! Foutaises ! Du plastique pour les poissons, oui !* La colère dévia un petit morceau de sablé de sa trajectoire naturelle. Nathalie toussa et se précipita sur sa tasse. Elle vida un fond de café froid et amer qui s'avéra insuffisant. Elle se rendit vers le distributeur d'eau qui se trouvait dans le couloir.

Alors qu'elle remplissait sa tasse, elle entendit une porte claquer dans son dos. Aucun doute, c'était celle du bureau de la commissaire. Clairement, la femme ne voulait pas la voir, ce qui était réciproque.

Elles étaient pourtant conscientes toutes les deux qu'une mise au point était indispensable. Mais, pas aujourd'hui. Trop fatiguée, trop de colère, trop, trop, trop…

Les voies aériennes dégagées, elle revint s'asseoir derrière son écran.

Ses doigts tambourinaient sur le clavier, trahissant sa frustration de ne pouvoir interroger Rossi immédiatement. Elle devait se contenter d'analyser les derniers éléments en rongeant son frein.

Laissant de côté la morbide collection du professeur, elle se focalisa sur sa maison et plus particulièrement sur l'étrange lit suspendu.

Après plusieurs minutes de réflexion, la signification lui parut évidente. Il avait recréé l'atmosphère vécue par un fœtus dans le ventre de sa mère. Tout y était : la chaleur, l'espace clos, la nudité, la lumière rouge traversant sa couche et le bercement du liquide amniotique reproduit par l'élasticité des lanières. Cette mise en scène attestait d'un besoin impérieux de se sentir en sécurité, de retrouver le lien maternel originel. Pour lui, la grossesse était certainement synonyme d'apaisement, de quiétude. Ne penser à rien, juste jouir de son environnement, ressentir le monde extérieur au travers du corps chaud de sa mère, en toute sécurité. Moment unique que Rossi semblait avoir essayé de reproduire au fond de sa cave.

Mais pourquoi avoir choisi un tel endroit ? Il aurait pu reproduire cette mise en scène dans une autre pièce.

Pour la majorité des gens, descendre dans une cave ne se fait pas sans une appréhension certaine. C'était un lieu imprégné de noirceur où se mêlaient les peurs enfantines de chacun et l'angoisse de se retrouver sous terre. Un endroit sombre, humide, sentant le renfermé, l'odeur lourde de la terre et où le moindre bruit se transformait en quelque chose d'hostile. Un avant-goût de la mort…

Visiblement, pour Rossi c'était tout l'inverse. Avait-il besoin de cet enfermement souterrain pour se sentir à l'abri, se couper du monde extérieur, être en communion avec sa mère, l'avoir pour lui tout seul ? Laissant à la surface, le reste de sa famille transposée sous la forme de poupées posées dans une chambre devenue inutile.

Nathalie avait hâte de savoir si elle ne faisait pas fausse route. Obtenir de Rossi l'explication et l'origine de ce besoin qui paraissait viscéral. Qu'il lui raconte son histoire et la raison des différents homicides.

Elle s'éloigna mentalement de la couchette flottante pour appréhender le reste de l'environnement. Elle visualisa les deux tunnels voûtés parfaitement parallèles qui se trouvaient sous la première cave. C'était peu commun comme configuration. Elle entra l'adresse du professeur dans un moteur de recherche et cliqua sur le plan. Elle bascula en mode vue aérienne et zooma sur la maison.

Après quelques minutes d'observation, elle ne vit rien d'inhabituel. Juste une vieille maison, mal entretenue, perdue au milieu de nulle part, menaçant de s'effondrer sur elle-même. Comment pouvait-on vivre là-dedans ? Un héritage familial ? Un problème d'argent malgré ses revenus confortables ? Pour les deux tunnels ?

Nathalie dézooma la carte pour étudier les alentours, ne sachant pas vraiment quoi chercher… À environ cinq kilomètres de l'habitation, la première ville qui apparut fut celle de Miribel. Cette dernière ne lui évoquait pas grand-chose. Elle avait juste entendu parler de la base nautique du même nom où les Lyonnais se précipitaient pour se rafraîchir et pique-niquer dès que l'atmosphère devenait irrespirable.

L'entrée de Cyrille mit fin à son exploration cartographique.

« Déjà ? s'étonna Nathalie en découvrant les joues rouges et la sueur qui brillait sur les tempes du jeune homme. J'espère que vous ne vous êtes pas senti obligé de remonter pour moi.

– Pas du tout ! C'est fini. Tout le monde est retourné au boulot. »

Cyrille tira sa chaise et se laissa choir lourdement, visiblement éreinté.

« Je me suis permis de me servir ! fit Nathalie en levant le paquet de gâteaux.

– Vous avez bien fait, mais vous auriez dû m'appeler, je vous aurais rapporté quelque chose de plus consistant.

– Ça ira très bien ! Je me rattraperai ce soir. En attendant, je peux vous demander deux ou trois choses avant votre sieste ?

– Qui va dormir ? s'insurgea-t-il en se redressant. Je vous écoute, Commandant.

– Tout d'abord, je voudrais que vous recherchiez comment Rossi s'est retrouvé dans une telle maison avec ses étranges caves sur deux niveaux. Ça m'intrigue.

– Entendu, mais perso, c'est plutôt tous ces bocaux qui m'obsèdent. Vous avez vu la quantité ! Je n'ose pas penser à la manière dont il se les est procurés. Et à qui ils appartiennent tous ces fœtus ? Je ne peux pas m'empêcher de penser aux familles…

– Stop, Cyrille ! Ne partez pas dans ces questionnements. Vous parlez avec vos tripes. Évidemment que derrière tout cela il y a du malheur et une immense tristesse, mais notre travail consiste à regarder les faits à travers les yeux de Rossi pour comprendre son fonctionnement, ses motivations. N'oublions pas que c'est un scientifique. Là où vous voyez une collection morbide, lui, voit sans doute du matériel d'étude. Repensez aux deux congélateurs remplis de cerveaux qu'il trimbale partout depuis des années, de labo en labo. Il poursuit sûrement un but qui nous échappe pour l'instant. Tout est lié…

– Si vous le dites », fit Cyrille, peu convaincu et déçu par la distance émotionnelle de Nathalie.

Toute cette histoire le brassait énormément et son estomac donnait des signes de rébellion tandis que Nathalie poursuivait :

« Pour ce qui est de l'origine de tous ces embryons et organes, compte tenu de son statut, ça n'a pas dû être très compliqué de les obtenir.

– Illégalement, vous pensez ?

– Pas sûr. J'espère que nous parviendrons vite à élucider ce point. »

Cyrille ne répondit pas. Elle reprit :

« Autre chose. Je repense aux poupées et je réalise que je n'ai toujours pas lu le dossier de Rossi. Il existe au moins ? » demanda Nathalie, se rappelant des négligences de Diane et de la brigade concernant ce point.

« Oui, il y en a un, mais c'est très succinct. Le fichier se trouve sur le serveur, dans le répertoire partagé de l'affaire.

– Du travail bâclé… Il va falloir retourner à la Doua et à Rockfeller pour interroger tout le monde. Je vous charge de vous en occuper avec la brigade.

– Entendu », fit Cyrille d'une voix lasse.

Il avait sa dose pour la journée et ne pensait qu'à quitter le bureau, se vider la tête sur le terrain de rugby et ensuite boire quelques pintes bien fraîches.

Cette pensée salvatrice réveilla sa vessie tendue par les nombreux kirs ingurgités. Il s'excusa et sortit de la pièce.

Nathalie émit un petit son nasal tandis qu'elle cherchait la fiche de Rossi.

Quelques malheureuses lignes apparurent à l'ouverture du document :

Pierre Rossi, né le 12 juin 1958 à Orléans. Célibataire, sans enfant. Professeur à l'Université Rockefeller, Lyon.

Père, Lionel Rossi, italien, né à Rome, garagiste.

Mère, Agathe Rossi Lutrin, née à Orléans en 1938, couturière. Décédée en 2010.

Naissance de Louis Rossi en 1967. Décédé de mort inconnue en 1968.

Nathalie enregistra les maigres, mais précieuses, informations qui déclenchèrent une cascade de réflexions.

Elle se leva, attrapa son manteau et quitta le bureau sans avertir personne.

29

Mardi 20 novembre 2018, 15 h 30.

« Bonjour ! Pourriez-vous m'indiquer où je peux trouver M. Pierre Rossi, s'il vous plaît ?

– Bonjour ! Un instant, je regarde. »

L'homme en blouse blanche assis derrière le guichet sourit à Nathalie avant de plonger sur son clavier.

Après quelques clics de recherche, il sourcilla et releva la tête.

« Vous êtes de la famille ?

– Pas du tout ! Commandant Lesage, police judiciaire.

– Ah ! souffla l'homme, ennuyé. Il est arrivé en fin de matinée. Vous souhaitiez le voir ?

– Évidemment ! Il y a un problème ?

– Son dossier indique que les visites sont interdites pendant au moins soixante-douze heures. Il n'y a aucune exception. Je suis désolé. »

Réponse prévisible, mais Nathalie ne pouvait s'y résigner. Elle n'avait pas fait le déplacement pour rien. Elle prit un instant pour réfléchir en regardant durement l'employé, qui baissa la tête.

« Il y a bien un agent de police qui surveille sa chambre ? demanda Nathalie, l'œil soudain brillant d'espoir.

– Il y en a même deux !

– Parfait ! Donc rien ne m'empêche d'aller les rejoindre ?

– Euh, hésita-t-il. Je suppose que non.

– Alors, indiquez-moi le chemin ! »

L'homme se tortilla sur sa chaise.

« Excusez ma méfiance, mais pourriez-vous me montrer votre carte de police ? »

Nathalie tenta le coup en lui montrant son sésame parisien qu'il étudia attentivement avant de le scanner.

Heureusement pour elle, ni le grade, qu'il avait déjà oublié, ni l'adresse ne le perturbèrent.

« M. Rossi se trouve dans le bâtiment 409, unité d'hospitalisation de très courte durée, urgence psychiatrique. C'est un peu loin d'ici. Vous êtes en voiture ?

– Oui. »

L'employé lui donna les indications. Nathalie le remercia et sortit vivement avant qu'il ne change d'avis. Même si ce n'était pas encore gagné, le premier barrage était franchi.

Elle avait décidé de voir le professeur et elle le verrait.

Elle ouvrit la portière de la voiture de service stationnée sur un dépose-minute quand son téléphone sonna. C'était Raphaël.

« Bonjour, Lieutenant ! commença Nathalie. Je me demandais quand vous donneriez signe de vie ! Vous devez être soulagé ?

– Oh oui ! Vous ne pouvez pas savoir à quel point ! Ce rôle d'intermédiaire était si oppressant. Je vais enfin dormir sans peur que mon appartenance à la franc-maçonnerie soit révélée. D'ailleurs, tous les membres de mon obédience tiennent à vous remercier infiniment pour votre travail remarquable. Nous allons pouvoir nous recueillir sereinement au chevet de nos trois frères disparus avec la certitude que tout est terminé. »

Nathalie se garda de lui faire part de ses doutes, mais son silence alerta le policier aguerri.

« Je ne ressens pas le même enthousiasme de votre côté. Je me trompe ?

– Non, non, mentit Nathalie. Juste quelques détails à éclaircir et un peu de fatigue. La journée a été longue…

– J'imagine. Trop longue pour refuser une invitation ce soir ? »

Nathalie leva les yeux au ciel avant de soupirer.

« Pourquoi pas ! céda-t-elle finalement. Je suis crevée, mais si c'est les maçons qui payent !

– Pitié, Commandant, pas vous. Non, c'est moi qui vous invite dans un restaurant cubain. Je vous dois bien ça. Je passe vous chercher au bureau ? À l'hôtel ?

– Non, non, envoyez-moi l'adresse. J'y serai pour 20 heures.

– Comme vous voulez. À ce soir alors ! »

Nathalie tourna la clé et quitta sa place de stationnement. Elle emprunta la longue rue qui aboutissait cinq cents mètres plus loin à une grande chapelle à la coupole rayée de jaune et de vert.

Juste avant de pénétrer dans l'accueil du centre hospitalier Le Vinatier, elle avait observé le plan des lieux. Une véritable ville dans la ville. Avec une cinquantaine de bâtiments disséminés au milieu d'espaces verts et de bosquets, le centre s'étendait sur plus de trente-sept hectares.

Se conformant aux instructions et avec l'aide d'une signalétique efficace, elle tourna à gauche devant la chapelle, puis à droite pour enfin se garer sur un parking sous des sapins. Elle poursuivit à pied en longeant plusieurs bâtiments. Un vent froid soufflait, obligeant Nathalie à remonter le col de son manteau.

Un adolescent au regard trouble boitilla jusqu'à elle pour quémander lourdement une cigarette et quelques pièces de monnaie pour le distributeur de boissons. Il la suivit un moment avant de la délaisser, cherchant une autre victime…

Nathalie interpella deux courageuses infirmières qui bravaient le froid, assises en tailleur sur le trottoir, un gobelet fumant à la main. Elles lui indiquèrent l'entrée du 409 qui se trouvait juste derrière elles.

Contrairement aux résidences récentes à deux étages situées tout près, celle où était hospitalisée Rossi était de plain-pied. Son crépi jaunâtre et abîmé attestait de son grand âge.

Nathalie sonna à l'interphone et déclina son identité. L'accueil les avait informés de son arrivée car la porte se déverrouilla rapidement.

Elle se retrouva dans une sorte de sas donnant sur deux portes sécurisées. L'atmosphère était glaciale et l'endroit totalement silencieux.

Un claquement sec en provenance de la porte de gauche retentit et une petite femme en émergea. Elle referma aussitôt et se dirigea d'un pas vif vers Nathalie.

« Bonjour, Docteur Pinson. Je dirige ce service. On nous a prévenus de votre arrivée. Vous souhaitiez vous entretenir avec les deux policiers ? C'est bien cela ?

– Oui, ainsi qu'avec le professeur Rossi », tenta Nathalie, obstinée.

« Pardon ! J'ai peur que l'on vous ait mal renseignée. Les visites sont interdites sur décision du parquet le temps que nous établissions un diagnostic. »

Raté ! ragea intérieurement Nathalie.

« Comment va-t-il ?

– Difficile à dire pour l'instant. Il ne fait que dormir depuis son admission. Nous arrivons à peine à le maintenir éveillé plus de quelques minutes. Il est complètement ensuqué et exténué ! On a dû lui poser une perfusion pour le nourrir et atténuer sa migraine. À part une forte quantité sérique de dérivés cocaïnique et un taux de globules blancs un peu faible, il se porte bien physiquement. Pour le reste, il faudra attendre.

– Combien de temps ?

– Au minimum quarante-huit heures ! »

Nathalie pesta intérieurement.

« Je peux quand même voir mes hommes ?

– Je ne peux pas vous en empêcher. Ils sont juste derrière cette porte. Je vous accompagne. Avec ce froid, nous n'avons pas osé les laisser dehors ou dans le sas. Nous leur avons aménagé un petit coin dans une réserve. Ils sont d'une grande discrétion. C'est très appréciable pour nous et les patients.

– Merci pour eux. »

Le médecin laissa passer Nathalie avant de refermer derrière elle.

« Ils sont dans la première pièce de gauche. Venez me chercher quand vous souhaiterez partir. Mon bureau se trouve un peu plus loin sur la droite. Ma porte est toujours ouverte.

– Entendu. À tout à l'heure. »

Nathalie demeura un instant dans le couloir pour repérer où le docteur disparaissait avant de retrouver ses collègues.

À son entrée, surpris, les deux hommes se levèrent en faisant trembler les verres posés sur un chariot improvisé en desserte.

« Commandant ! » fit l'un des deux en la saluant réglementairement.

Visiblement, la photo de Nathalie avait circulé dans les commissariats lyonnais. En temps normal, ça l'aurait contrariée, mais aujourd'hui cela lui faciliterait les choses.

« Bonjour, messieurs ! Détendez-vous, simple visite de courtoisie. Je venais voir si tout se passait bien pour vous et pour notre ami commun.

– Le temps passe lentement ici, mais le personnel est aux petits soins pour nous. Même les malades ne viennent pas jusqu'ici.

– Me voilà rassurée. Il n'y a qu'une seule entrée dans ce service ?

– Non, il y en a une seconde de secours tout au fond.

– Sécurisée ?

– Oui, sous alarme et jamais ouverte. Tout ce qui entre ou sort passe forcément devant nous.

– Parfait ! Vous avez vu Rossi ?

– Lors de la visite des lieux, on nous a juste montré sa chambre.

– Qui se trouve ? »

Le policier hésita avant de répondre :

« Chambre 17, au fond à droite, à l'écart des autres, juste après les portes coupe-feu. »

Nathalie recula et se cambra pour jeter un œil dans le couloir. Elle localisa les deux portes battantes rouges.

« Vous savez que les visites sont interdites ? précisa l'autre homme, intrigué par le comportement du commandant.

– Où se trouvent les toilettes ? » se contenta de demander Nathalie.

Les deux policiers se regardèrent avant de lui répondre.

Parfait, se dit Nathalie. Elles se trouvaient un peu après le bureau du médecin, lui procurant ainsi une excuse au besoin.

« Merci. Je vais m'y rendre, alors. »

L'homme poussa du coude son collègue en esquissant un petit sourire.

« Entendu. On ne bouge pas d'ici. »

Dans le couloir, deux hommes en peignoir jouaient à se toucher alternativement l'épaule du doigt. Une sorte de loup version infinie… Nathalie reçut son coup de doigt en passant près d'eux et le rendit aussitôt avant de faire un bond sur le côté. Les deux patients rirent avant de continuer leur jeu.

Plongée dans la rédaction d'un rapport, le docteur Pinson ne vit pas l'ombre de Nathalie passer devant son bureau.

Elle continua dans le couloir sans croiser personne. Un peu plus loin, elle en comprit la raison. Patients et personnel médical étaient rassemblés dans un réfectoire, prenant le goûter.

Elle franchit la frontière rouge pour se retrouver dans un couloir plongé dans la pénombre, mais suffisamment éclairé pour lui permettre de lire le numéro des chambres.

Nathalie posa sa main sur la poignée de la 17. Les réponses se trouvaient derrière…

30

Mardi 20 novembre 2018, 15 h 55.

C'est au contact du métal contre sa paume que Nathalie se fit la réflexion que l'accès pouvait être verrouillé. L'incertitude s'envola avec l'ouverture de la porte.

La chambre était vide en dehors d'un lit solidement scellé au sol, calé contre la cloison du fond. Recouvert d'un drap jusqu'au cou, un homme reposait sur le dos, la tête tournée en direction du mur. À l'autre extrémité, tels deux pics géants, des pieds robustes et larges dépassaient.

Elle se rapprocha doucement sans lâcher des yeux l'imposante silhouette qui dormait profondément, comme l'indiquait le fin tissu blanc qui se soulevait à intervalles réguliers accompagné d'une légère respiration sifflante.

Elle se pencha au-dessus de lui pour découvrir son profil. Ses traits étaient détendus, une joue émaciée recouverte de poils durs poivre et sel, une moustache grise mal taillée.

D'une main curieuse, elle souleva le coin du tissu. Trois larges sangles marron maintenaient le corps de Rossi, lui évitant ainsi tout risque de chute. Nathalie repéra immédiatement le bracelet qui retenait le poignet droit à l'une des barres du sommier. Ces entraves expliquaient que la chambre ne soit pas fermée à clé.

Nathalie détailla le corps du professeur qu'elle trouva un peu maigre par rapport à sa grande taille. Malgré tout, il possédait une musculature nerveuse d'une fermeté surprenante pour un homme de son âge. Sa puissance apparente expliquait sans mal l'emprise physique qu'il pouvait imposer à ses victimes.

L'homme dut sentir la présence de Nathalie, probablement à cause du léger changement de température sur son épiderme, car il ramena sa tête droite. Les paupières restèrent closes, mais ses yeux roulaient en dessous.

Nathalie lâcha le drap et se fit silencieuse.

Rossi demeura immobile.

Rien ne semblait pouvoir le réveiller.

Devant cette montagne endormie, elle ne savait pas comment procéder.

Partir et attendre ? Non. Elle n'avait pas forcé le destin pour juste le regarder dormir. Après tout, elle ne risquait rien à essayer de le réveiller.

Par sécurité, elle vérifia tout de même la qualité des maillons du bracelet ainsi que les écrous qui maintenaient les pieds du lit. C'était du solide.

Elle commença par lui pousser doucement l'épaule.

Aucune réaction.

Elle le secoua plus énergiquement :

« Professeur ! PROFESSEUR ! Réveillez-vous ! »

Sa voix claquait, rebondissant en écho contre les murs nus de la chambre.

Alors que Nathalie était sur le point de passer à la vitesse supérieure avec des gifles, l'homme manifesta enfin des signes de réveil.

Gardant les yeux fermés, il grimaça violemment, déclenchant une vague de plis qui se propagea jusqu'au sommet de son crâne. La moustache se mit à trembler et un nouveau rictus apparut tandis que les paupières, dans un effort laborieux, se levèrent lentement. Il braqua deux pupilles vitreuses sur le visage trouble d'une femme qui l'appelait.

« Bienvenue parmi nous, Professeur ! » l'accueillit Nathalie sur un ton qui se voulait bienveillant.

Le brouillard s'éloignait progressivement du contour du visage de la femme, mais il ne parvenait pas encore à l'identifier.

Il lutta un instant avant que ses yeux ne se referment de fatigue, le faisant retomber dans l'obscurité. Qu'est-ce qui se passait ? Où était-il ? Pas chez lui en tout cas. Il faisait bien trop froid et sa couche était fixe. Le doux balancement protecteur avait disparu.

L'esprit naviguant entre deux eaux, il essaya de bouger son corps. Il sentit alors qu'il était entravé à plusieurs niveaux. L'angoisse commençait à l'envahir quand une voix féminine résonna. Désorienté, il lui sembla reconnaître le timbre familier de sa mère. Il ouvrit la bouche :

« Mmn ? » ânonna-t-il péniblement.

Nathalie se rapprocha tout près de sa bouche.

« Maman ? répéta-t-il un peu plus fort.

– Ah non ! Pas vraiment. »

L'homme se figea.

« Professeur Rossi, réveillez-vous ! Vous avez assez dormi ! Je m'appelle Nathalie Lesage. »

Quel idiot ! pensa Rossi. Évidemment que ça n'était pas sa mère. La personne qui se trouvait près de lui était bien vivante.

Poussé par le besoin de découvrir qui était cette Nathalie et de comprendre où il se trouvait, il rassembla ses forces pour lutter contre le sommeil qui revenait à la charge.

Rossi émergea à nouveau et Nathalie soupira de soulagement :

« Enfin, vous revoilà parmi nous ! »

Le professeur essaya de parler, mais sa gorge était dure et sèche comme du carton :

« Soif…

– Ah ! » fit Nathalie en regardant autour d'elle.

Aucune bouteille, pichet ou verre n'était visible et il était hors de question qu'elle parte à la recherche d'eau. Trop risqué.

« Je suis désolée, il n'y a pas d'eau. D'ailleurs, je ne sais pas si vous avez le droit de boire.

– Qui… êtes-vous… ? demanda péniblement Rossi.

– Commandant Lesage, police. Nous vous avons arrêté ce matin à votre domicile. Vous vous souvenez ? »

Les mots de cette femme lui firent l'effet d'une incroyable délivrance. Il referma les yeux tandis qu'un poids monstrueux se détachait de son corps, de sa tête. Quel soulagement ! Ils l'avaient arrêté ! Son calvaire prenait fin. Il allait enfin pouvoir se reposer, ne plus être obligé d'obéir aux voix qui lui dictaient quotidiennement sa conduite. Même si les résultats n'étaient jamais suffisants, voire médiocres, il avait largement rempli sa part du marché, expié ses fautes.

C'était terminé. Il laissait derrière lui ces nombreuses et interminables années de souffrances, de travail acharné à lutter seul contre tous. Et puis toute cette colère meurtrière qui ne rimait à rien, qu'il ne contrôlait plus. C'était encore, et toujours, pour faire plaisir, pour avoir de la reconnaissance, pour obtenir tout simplement de l'amour…

On l'enfermerait dans une cellule pour son plus grand bonheur. Il découvrirait enfin le repos de l'âme et du corps.

Il ouvrit une nouvelle fois les yeux pour observer sa libératrice.

« Merci… ! dit-il.

– Pardon ? » fit Nathalie, surprise. « Vous me remerciez de vous avoir arrêté. C'est ça ? »

Rossi hocha la tête.

« On ne me l'avait encore jamais faite celle-là ! »

Son épuisement était tel que la voix de la policière devenait de plus en plus nébuleuse. Pourtant il se sentait redevable envers cette inconnue. Il lui devait au moins quelques réponses, en remerciement de la paix intérieure qu'elle lui apportait. Il concentra ses ultimes forces et parla sans savoir s'il répondait aux questions posées :

« Pouvais pas faire autrement.

– Vous parlez des hommes que vous avez tués ?

– Humilié…

– Pardon ?

– Humilié…

– Et pour l'étudiant ?
– Devant… tout le monde…
– Vous parlez des francs-maçons ? » demanda Nathalie sans grand espoir de réponses claires.
Elle venait de comprendre que le professeur ne l'entendait plus, répondant à côté. Elle devait pourtant maintenir le dialogue coûte que coûte, le plus longtemps possible dans l'espoir de récolter au moins une information exploitable.
« Elle me l'avait ordonné… marmonna Rossi.
– Qui ? Votre mère ? »
La voix du professeur s'était éteinte.
Nathalie le secoua.
« Non. Professeur ! Restez avec moi ! J'ai encore des tonnes de questions. Quelles étaient vos relations avec cette loge, avec l'étudiant ? Parlez-moi des bocaux dans votre cave ? De vos congélateurs ? De vos travaux ? De votre famille ? Vous êtes gaucher ? »
L'homme ne bougeait plus.
« ET MERDE ! » lâcha Nathalie en frappant le matelas du plat de la main.
Elle resta un long moment à observer cet homme qui demeurait une énigme. Derrière le meurtrier, elle percevait une personnalité complexe et torturée. Et puis, cette histoire de voix. La voix d'une mère décédée depuis longtemps, mais qui était bien réelle pour lui et qui semblait lui dicter ses actes.
Elle se garda bien de porter un jugement ou de le considérer comme fou. Elle savait mieux que personne que dans des situations extrêmes, le psychisme humain pouvait défaillir.
Nathalie s'apprêtait à partir quand elle vit Rossi ouvrir la bouche. Elle se précipita pour recueillir ses ultimes paroles :
« Descendre avec eux… sous la Croix-Rousse… »

31

Mardi 20 novembre 2018, 16 h 15.

Nathalie resta un moment à fixer le visage endormi de Rossi, dont les dernières paroles résonnaient encore dans sa tête. *Descendre avec eux… sous la Croix-Rousse.*

Cette phrase, énoncée à la manière d'une énigme, c'était son sésame, elle le sentait. Chaque mot avait son importance.

La Croix-Rousse. C'était un quartier de Lyon qui ne lui évoquait pas grand-chose hormis qu'il soit majoritairement situé en hauteur, sur une colline. Le professeur faisait allusion au fait que l'on pouvait y descendre ! Plus exactement, que l'on pouvait aller « sous ». Nathalie fit un rapprochement avec la cave du scientifique. Décidément, ce besoin d'être sous terre revenait une nouvelle fois. C'était vraiment un élément important pour lui. Qu'est-ce qu'il y avait sous ce quartier ? Des caves ? Elle saisit son portable pour faire une recherche.

Pas de réseau.

Peut-être un brouillage ? Elle devait sortir. De toute façon, il était temps de décamper.

Nathalie retrouva le docteur Pinson, qui la raccompagna à l'entrée, saluant ses collègues au passage. Elle rejoignit sa voiture en courant, claqua la portière et alluma le contact en poussant le chauffage à fond.

Nathalie se remémora les paroles de Lucien Martin : « C'est un vrai gruyère… des dizaines de kilomètres de galeries. »

Deux briques et le symbole 4G. Allant au plus simple, elle tapa textuellement la phrase dans le moteur de recherche.

Corroborant les propos du géologue, les premiers liens s'affichèrent, la laissant stupéfaite !

Le premier, s'intitulait « Les souterrains de la Croix-Rousse bientôt visitables ». C'était un article du journal *Lyon Capitale* qui datait d'octobre 2009 dans lequel on décrivait un projet visant à sécuriser une partie des réseaux souterrains lyonnais pour en permettre l'accès au public.

Le second lien, un article de mai 2017 du site Rue89Lyon faisait allusion à un mystère planant autour de certaines galeries portant le nom d'« Arêtes de Poisson ». Ce terme revenait d'ailleurs souvent dans les autres liens qui suivaient.

Se basant sur ses maigres connaissances sur le sujet, Nathalie fit aussitôt un parallèle avec les catacombes de Paris. Apparemment, Lyon avait également les siennes. Elle fut surprise de n'en avoir jamais entendu parler jusqu'à présent. C'était même étrange ! Celles de Paris étaient connues du monde entier et attiraient des millions de touristes chaque année. Alors pourquoi Lyon ne profitait pas d'une telle aubaine ?

Elle laissa de côté cette réflexion pour se concentrer sur les autres résultats de sa recherche. Les propos de Rossi prenaient sens. Il y avait donc bien quelque chose sous la Croix-Rousse et le professeur semblait vouloir y descendre. *Descendre avec eux. Avec eux !* Avec les membres de la loge « La nouvelle Parfaite Amitié » ? Qui d'autres ?

Quelle idiote ! Depuis le départ, elle faisait fausse route. L'hypothèse selon laquelle Rossi tuait parce que quelque chose le dérangeait dans cette loge tombait à l'eau. Au contraire, il désirait ardemment en faire partie, rejoindre les autres membres pour les accompagner sous la Croix-Rousse. Mais qu'est-ce qu'ils foutaient là-dessous ? C'était donc ça leur fameux lieu de pratique secret pour leurs cérémonies chevaleresques. Quel cinéma ! Visiblement, il y avait eu un problème entre Rossi et ses frères ? Le contrariant au point de vouloir les tuer ! Qu'est-ce qui pouvait bien justifier un tel passage à l'acte ?

Nathalie sentait l'explication toute proche. Il ne lui manquait pas grand-chose pour comprendre. Une rafale de nouvelles questions se bouscula. Rossi devait rapidement sortir de sa léthargie. Elle devait aussi interroger à nouveau les frères survivants. Elle voyait Raphaël ce soir, dans le quartier de la Croix-Rousse justement. Coïncidence heureuse !

Elle dut se concentrer sur sa conduite pour regagner le parking de l'hôtel de police.

Debout, face aux tristes bâtiments, elle n'avait pas trouvé la motivation pour remonter dans son bureau. Aucune envie de croiser un collègue qui lui débiterait des conneries à propos de son succès. Elle aspirait au contraire à s'enfermer dans sa bulle pour réfléchir, s'isoler du reste du monde.

Dans le métro, elle choisit une place à côté d'une fenêtre. Ivre de fatigue, les roulis du wagon eurent raison de ses questionnements. La tête contre la vitre, elle sombra dans un profond sommeil.

32

Mardi 20 novembre 2018, 19 h 30.

Le taxi déposa Nathalie juste devant le restaurant de la Croix-Rousse, La Bodeguita Cubana. Situé à l'angle d'un carrefour, sa façade bleu ciel détonnait avec les autres bâtiments du quartier.

Elle était en avance. Raphaël n'arriverait pas avant une bonne demi-heure. Elle poussa la porte et franchit un rideau rouge. Une brune souriante terminait de passer le balai. Parlant moitié français, moitié espagnol, elle l'accueillit et lui indiqua la table qui avait été réservée. Nathalie prit place et s'empara de la carte. La patronne lui proposa un mojito qu'elle accepta.

Pendant que des feuilles de menthe subissaient les assauts du mortier, Nathalie détailla le lieu. Avec ces nombreuses boiseries et son mobilier de jardin en teck, l'endroit renvoyait une image désuète de prime abord, mais la couleur rouge des murs, les innombrables peintures aux couleurs vives et les objets décoratifs typiquement cubains apportaient de la chaleur, rendant finalement la pièce accueillante, voire apaisante. Un grand lustre artisanal projetait des ombres énigmatiques au plafond.

Profitant du fait qu'elle était encore la seule cliente, elle savoura dans le calme les premières gorgées de son cocktail merveilleusement dosé en rhum cubain.

Le moment lui sembla hors du temps. Elle mélangeait sa boisson avec un agitateur noir surmonté du drapeau cubain quand un saxophone électronique sortant de nulle part se mit à reprendre les standards des années 80.

Plus tôt, parvenue au terminus, une femme l'avait gentiment réveillée. Cette micro-sieste lui avait fait du bien, mais restait insuffisante. Ses articulations étaient raides, ses cuisses étaient lourdes et elle avait l'impression d'avoir des poteaux à la place des mollets. Tout son corps lui criait de s'arrêter, de laisser de côté le boulot. Elle capitula. Dans sa chambre d'hôtel, elle s'était changée, enfilant un peignoir et une paire de claquettes blanches, pour se rendre dans la partie SPA de l'établissement. Durant plus d'une heure, elle avait savouré les plaisirs des équipements luxueux du lieu, alternant jacuzzi brûlant, bassin de nage, hammam et douches froides. Revigorée, elle s'était préparée tranquillement. Elle avait opté pour un jean noir serré, des baskets de ville confortables et un pull orange avec un joli décolleté. Un maquillage léger, un coiffage rapide, les coupes courtes avaient cet avantage. Elle avait décidé de faire une croix sur ses cheveux longs lors de sa retraite irlandaise. Ce changement avait fait partie de sa thérapie, de sa reconstruction.

Nathalie leva la tête au son de la porte. Un jeune couple émergea du rideau rouge, aussitôt accueilli par la patronne des lieux.

Elle retourna à ses cogitations. Elles furent de courte durée car Raphaël entra dans le restaurant. Il était comme métamorphosé ! Tout souriant, il marchait vers le bar à la manière d'un monsieur Loyal entrant en piste. Il embrassa la patronne qu'il salua en espagnol. Après un court échange de banalités, il rejoignit la table de son invitée.

« Vous êtes chez vous ici ? fit Nathalie en rangeant son portable dans la poche de son pantalon.

– Oui, c'est ma *cantina* préférée. Je viens ici depuis des années. Les patrons sont adorables et les plats sont à tomber. Tout comme leur mojito d'ailleurs ! Mais je vois que je ne vous apprends rien.

– Il est délicieux en effet.

– Délicieux ! Une tuerie, oui. Avec ces petits morceaux de sucre roux qui craquent sous la dent.

– C'est vrai. Pour être parfait, il faudrait juste qu'ils remplacent leur paille en plastique. »

Peu sensible à l'écologie, Raphaël ignora la remarque et se tourna vers le bar pour signifier qu'il voulait la même chose que Nathalie.

« Que ça fait du bien d'être ici ! fit-il en s'asseyant. Je me répète, mais quel soulagement que tout soit bouclé. Et ce qui serait encore mieux c'est que nous passions au tutoiement, non ? »

Nathalie l'étudia un instant. Son angoisse s'était évanouie, laissant éclater un visage détendu et rayonnant. Avec ses bouclettes, elle le trouvait craquant. Les yeux bleus du légiste furent relégués dans un coin obscur de son cerveau. Tant pis pour lui.

Sa réflexion lui fit l'effet d'une bombe. Cela faisait si longtemps… Elle regarda son verre presque vide et se dit que l'alcool devait y être pour beaucoup.

Pensant interpréter son regard, Raphaël lui commanda aussitôt un second cocktail.

« Eh ! Il m'en reste encore, protesta mollement Nathalie.

– Le temps qu'il le prépare, tu l'auras terminé.

– O.K. Mais demande quelque chose à grignoter, sinon ça va être compliqué.

– Bien sûr ! » fit Raphaël, enthousiaste face à la tournure que prenait la soirée.

Nathalie, grisée par l'ambiance, écoutait Raphaël avec un réel plaisir. Il était intarissable sur Lyon, sa ville natale. En compagnie de ses deux frères, trois authentiques gones, il avait passé une enfance joyeuse faite de courses au travers des traboules de la Croix-Rousse qu'il connaissait par cœur. Par la suite et contrairement à ses frères qui avaient eu besoin de changer d'air, travaillant aux États-Unis pour l'un et au Japon pour l'autre, Raphaël était resté fidèle à sa ville. Il était demeuré tardivement chez ses parents. Ce qui lui avait permis de mettre un peu d'argent de côté.

Suffisamment pour l'achat d'un appartement de cachet, mais en piteux état. Au fil des années, il l'avait patiemment rénové. Il était très fier du résultat.

Se sachant bavard, Raphaël fit une pause et questionna Nathalie.

Elle lui décrivit son entrée à l'école de police, ses années parisiennes à la Crim' avant de rejoindre la brigade de répression du proxénétisme. Quand il voulut en savoir plus sur elle, elle se referma aussitôt. Consciente du malaise qui venait de s'installer, Nathalie avait pris sur elle pour ajouter qu'elle était originaire de Saône-et-Loire et qu'elle était issue d'une famille modeste. Elle évoqua avec difficulté son frère qu'elle connaissait peu. Il avait été contraint de quitter très tôt le domicile pour l'Angleterre. Il était décédé l'an dernier des suites d'une longue maladie. Elle omit volontairement de préciser qu'il avait fait d'elle son héritière principale, lui léguant une fortune colossale. Elle évoqua brièvement ses parents. Son père avait fait une sortie de route mortelle alors qu'elle avait 12 ans. Suite au drame, elle était partie en internat au collège militaire d'Autun, pour enchaîner avec le lycée. À Montceau, seule restait sa mère avec laquelle clle n'entretenait plus aucune relation.

Percevant ses réticences à parler d'elle et de son histoire, Raphaël n'insista pas davantage. L'arrivée opportune du gratin de maïs au bœuf et poulet succédant au ceviche de poisson, facilita les choses.

Alors qu'il raclait les bords de son assiette pour récupérer les dernières miettes du plat, Raphaël se lança dans le récit de la grande épopée de l'OL qui l'avait fait vibrer durant toute son adolescence.

Malgré le peu d'intérêt que Nathalie portait au foot, elle l'écouta, amusée. L'accumulation d'anecdotes et son enthousiasme communicatif l'aidèrent à dissiper le malaise qui l'avait envahie à l'évocation de sa famille.

L'étau nerveux disparaissant, elle se servit un grand verre d'eau qu'elle avala d'un trait. Assez d'alcool pour la soirée. Elle avait besoin de retrouver un peu de lucidité et d'énergie pour aborder les sujets qui la travaillaient.

« Tu prends un dessert ? lui demanda Raphaël.

– Ça va aller pour moi.

– Sûre ? Leur banane flambée au Havana Club est grandiose !

– Oui, merci. J'ai largement assez mangé.

– Tant pis pour toi, fit-il gentiment. Moi, je ne vais pas me priver.

– Tu as bien raison. »

En attendant son dessert, Raphaël fixait le drapeau que Nathalie faisait rouler entre ses doigts.

« Tu le veux ? » demanda-t-elle en le lui tendant.

Raphaël le prit sans hésiter et balaya la salle du regard.

Le sixième sens de Nathalie s'activa. Elle reconnaissait les signes. Il s'apprêtait à lui parler de franc-maçonnerie. Parfait, il lui tendait une perche pour enchaîner sur Rossi.

« Tu sais, commença Raphaël, chez nous tout est symbole et ce drapeau cubain ne fait pas exception.

– Mais encore ?

– Regarde tout d'abord ce triangle équilatéral rouge, les angles et les côtés sont parfaitement égaux, ils évoquent l'égalité entre les hommes. L'étoile à cinq branches dont l'une pointe vers le nord-est, synonyme de stabilité, exprimant l'équilibre entre les qualités morales et sociales. Des valeurs chères aux habitants de Cuba. Comme dans le drapeau français, on retrouve les trois couleurs bleu, blanc, rouge qui ont chacune leur signification, liberté, égalité, fraternité. Il y aurait encore tant de choses à dire, mais je voudrais juste finir sur la présence des bandes qui permettent de retrouver les chiffres qui symbolisent nos grades : les trois bandes bleues pour l'apprenti, avec les deux blanches en plus, cela donne le chiffre cinq du compagnon et enfin si on ajoute le triangle et l'étoile, on arrive à la maîtrise avec le chiffre sept. Tout est juste et parfait. »

Trois, cinq, sept. La démonstration laissa Nathalie dubitative. Pour elle, le symbolisme était une notion très subjective. Finalement, on pouvait dire n'importe quoi sur n'importe quoi. Tout était une question d'interprétation ! Chacun avait sa définition, ses propres symboles. Fort de ce constat, elle ne comprenait pas l'importance qu'avait le symbolisme chez les francs-maçons… Elle était peut-être trop terre à terre pour cette gymnastique métaphorique. Elle s'abstint de tout commentaire pour ne pas froisser Raphaël, qui débordait d'enthousiasme.

Son bonheur fut à son paroxysme quand les flammes de son dessert dansèrent devant ses yeux. Il souffla dessus avant la fin et plongea aussitôt sa cuillère dans le fruit gorgé de sucre et d'alcool brûlant.

Nathalie attendit patiemment qu'il termine avant de se lancer.

33

Mardi 20 novembre 2018, 21 h 15.

« J'ai été voir Rossi cet après-midi, commença Nathalie.

– Quoi ? fit Raphaël, qui effaçait avec sa langue les dernières traces de sucre sur ses lèvres. Mais… il n'est pas à l'hôpital ?

– Si, au Vinatier.

– Mais les visites ne sont pas interdites ?

– Si, mais je suis entêtée.

– Je vois ça. Tu as pu lui parler ?

– Parler est un bien grand mot. C'était très décousu.

– Ah !

– Il était complètement ensuqué, farci de coca. J'ai eu un mal fou à le réveiller.

– Je ne comprends pas. Où était l'urgence ? Il sera à notre disposition dans quelques jours et de toute façon c'est plié ! »

Le regard bizarre que lui lança alors Nathalie l'inquiéta.

« Je n'aime pas trop la façon dont tu me regardes. Qu'est-ce qu'il a bien pu te dire ? J'espère que tu ne vas pas me faire reprendre mon rôle d'intermédiaire ? »

Nathalie décida d'éluder temporairement la question, tout comme de lui parler du second tueur, pour ne pas l'affoler.

« Il naviguait entre sommeil et éveil, mais je pense tout de même avoir compris quelques trucs.

– Comme ?

– Juste avant de sombrer, Rossi a distinctement dit "descendre avec eux… sous la Croix-Rousse". »

Les yeux de Raphaël s'écarquillèrent de surprise.

« Hein ? Tu ne penses tout de même pas qu'il faisait allusion aux frères de la loge.

– À qui d'autres ? répondit-elle en le fixant.

– C'est idiot. Qu'iraient-ils faire dans ces souterrains ? Là-dessous, c'est tout sauf une promenade de santé. Tu peux me croire.

– Tu connais leur existence ?

– Évidemment, c'est mon quartier, je te le rappelle.

– Cette loge y descendrait pour pratiquer leurs cérémonies ?

– Impossible ! Les entrées sont scellées et toute visite interdite depuis des années.

– J'ai lu qu'on pouvait les visiter.

– Non. Ces projets n'ont jamais vu le jour. La mairie a toujours été contre.

– Pourquoi ?

– Pour des raisons de sécurité principalement.

– Plus personne n'y va alors ?

– J'imagine qu'il doit encore y avoir quelques cataphiles qui hantent parfois les couloirs certaines nuits. Mais, terminée l'époque où des bandes de jeunes se donnaient le frisson en visitant ces kilomètres de galeries.

– Tu en as fait partie ?

– Non, je n'y suis jamais allé. Pas trop mon trip…

– Le conseiller Michel Roitelet est adjoint à la mairie, il pourrait facilement avoir ses entrées.

– Il est bien placé oui, soupira Raphaël, mais je te le répète, c'est bien le dernier endroit où ils iraient pour leurs réunions. J'en suis certain ! »

Raphaël vida son verre d'un trait. Il n'aimait pas du tout la tournure que prenait la discussion. Il redoutait la suite, à forte raison :

« Je les appellerai quand même demain pour leur demander », dit Nathalie.

Raphaël ferma les yeux de lassitude avant de les rouvrir sur elle. Ne voyant pas d'autre issue, il capitula :

« Écoute. S'il faut vraiment en passer par là pour te rassurer et clore définitivement la question, je me chargerai de les appeler. Nous avons le même langage, ils me parleront plus facilement.

– Demain alors !

– Demain.

– Et tu pourras tout me répéter ?

– On verra.

– Tu vas les contacter directement ?

– C'est mon affaire. Je ferai de mon mieux.

– O.K., je te laisse jusqu'à demain soir grand max pour revenir vers moi.

– Oui, chef ! Tu n'es pas une rigolote, en fait.

– Eh non, fit Nathalie en souriant. Estime-toi heureux de ne pas travailler dans mon service.

– J'ai bien conscience de ma chance, fit-il sur un ton plus léger.

– Je n'ai pas fini. Il y a encore autre chose.

– Pitié, soupira Raphaël.

– Dans sa phrase, Rossi fait clairement allusion au fait qu'il veut descendre avec eux. Ça colle avec ce que l'on sait de Rossi. Il raffole de ce type d'endroit.

– Qu'est-ce que tu essayes de me dire ? Que dans l'hypothèse absurde qu'ils y aillent, il leur aurait demandé de l'emmener avec eux ?

– Oui et pour ce faire, être admis dans la loge. Ce qu'on lui aurait refusé, déclenchant sa fureur.

– C'est extrême comme réaction !

– Tu vois une autre raison ?

– Franchement, je ne te suis plus du tout…

– J'essaye juste de comprendre pourquoi ils auraient refusé l'accès à Rossi.

– Je n'y crois pas du tout. Il s'est monté le bourrichon tout seul ! Il s'est fait des films sur les activités de la loge. Aux dernières nouvelles, aucun frère ne le connaissait !

– Sauf peut-être le médecin.

– Admettons, mais ça n'explique pas pourquoi ils l'auraient refoulé. Ce n'est pas le genre de la maison. Au contraire ! Et puis, ils seraient tous au courant si quelqu'un avait voulu les rejoindre. Jamais le médecin n'aurait pris la décision seul.

– Ils mentent tous alors !

– Tu plaisantes ?

– Je ne vois pas d'autre explication.

– Ridicule.

– En tout cas, Rossi aurait vécu ce rejet comme un véritable affront. Il a même employé le mot : humiliation. »

Raphaël préféra ne plus répondre.

De son côté et pour ne pas l'agacer davantage, Nathalie décida de ne pas aborder ses théories concernant l'importance de la mère de Rossi dans l'amplification de sa réaction. Il n'était pas réceptif à ce type d'approche. Elle se représentait cette influence maternelle comme dans certains dessins animés où le personnage avait un ange sur une épaule et un démon sur l'autre, chacun essayant de prendre l'ascendant. Chez Rossi, il n'y avait que sa mère.

Prenant le silence de Nathalie comme la fin de la discussion, Raphaël bascula vers lui son verre vide et regarda les étagères du bar. Rien qu'il n'avait pas chez lui.

« Ça te dirait de venir boire un verre à la maison, j'ai de très bons vieux rhums. »

Nathalie se massa la nuque pour se détendre. Elle était crevée, mais son cerveau était en ébullition. Elle ne dormirait pas avant un bon moment.

« Je ne sais pas…

– S'il te plaît. Toute cette histoire nous plombe la soirée ! On ne peut pas se quitter comme ça. J'habite à deux minutes d'ici.

– Un seul verre alors. »

34

Mercredi 21 novembre 2018, 8 heures.

Se croyant dans sa luxueuse chambre d'hôtel dotée d'un lit king-size, Nathalie étira ses bras, qui heurtèrent durement un mur à la place de l'habituelle tête de lit capitonnée.

Surprise, elle ouvrit les yeux sur un plafond blanc qui semblait lui foncer dessus tant il paraissait bas. Elle tourna la tête, déclenchant aussitôt un martèlement douloureux contre ses tempes. La place était vide, mais la marque de l'oreiller indiquait clairement que quelqu'un y avait dormi.

« Mon Dieu ! » laissa-t-elle échapper alors que les souvenirs de la nuit lui revenaient petit à petit.

Elle était chez Raphaël. Ils avaient passé la nuit ensemble. Fait l'amour ensemble.

Sa gorge se serra et l'image lointaine de Samir, son dernier amant, flotta à l'orée de son esprit. Elle l'avait quitté, il y avait plus de dix-huit mois, au moment de son départ pour l'Irlande. Depuis, plus rien… jusqu'à cette nuit.

Même si les détails lui échappaient encore, elle était à la fois perturbée et soulagée. Il fallait bien que cela arrive.

Depuis le lycée, elle avait eu plusieurs partenaires. Sa vie sexuelle avait toujours été épanouie et libre. La réminiscence récente de ses traumatismes passés ne devait plus la bloquer. Elle savait qu'elle devait apprendre à vivre avec. Cette nuit avait été une étape cruciale dans le processus de guérison et Raphaël, avec ses vieux rhums, le remède.

Comme annoncé, ils étaient arrivés chez lui en un rien de temps. Un immeuble canut avec ses longues fenêtres étirées si caractéristiques. L'appartement du policier se trouvait au cinquième étage. Durant leur ascension, il lui avait expliqué l'histoire de ces bâtiments, spécialement conçus pour loger les canuts. Ces habitants tisseurs avaient fait la fortune des soyeux, les revendeurs de soie, et avaient permis à Lyon de devenir la ville qu'elle était aujourd'hui. Véritables habitations ouvrières qui abritaient plusieurs machines à tisser Jacquard. Ces merveilles de technologie faisaient presque quatre mètres de haut. La hauteur de plafond était en conséquence, d'où la présence fréquente de mezzanines où dormaient famille et ouvriers.

Bercée par les paroles de l'intarissable Raphaël, dont elle n'avait pas retenu grand-chose au final, Nathalie avait enchaîné les vieux rhums, plus doux les uns que les autres. La fatigue l'avait rattrapée, et l'alcool aidant, le déroulé de la suite était morcelé dans ses souvenirs. Elle se rappelait qu'à un moment ils s'étaient retrouvés sur le tapis, à s'embrasser passionnément, voire violemment, prenant le dessus l'un après l'autre. Une étreinte plus intime, mais tout aussi énergique s'en était suivie. Elle n'avait pas souvenir que cela ait duré très longtemps. Après, trou noir…

Nathalie attrapa du pied sa culotte qui pendait au montant du lit. Elle l'enfila en se contorsionnant sur le dos. Avec beaucoup de précautions, elle se leva : sans se cogner la tête, le plafond était en fait à une hauteur suffisante. Elle récupéra ses vêtements jetés en boule un peu plus loin, se frotta le visage et passa ses doigts pour lisser grossièrement ses cheveux. Pas terrible, mais présentable, il devrait faire avec. Elle s'approcha de la balustrade.

Au milieu d'un intérieur moderne et impeccablement entretenu, Raphaël était là, devant l'évier, remplissant une bouilloire. Il était déjà habillé, prêt à partir.

Comme s'il avait senti sa présence, il se retourna.

« Salut ! Bien dormi ?

– Mal au crâne et très soif !

– Je te prépare une pleine cafetière de café. Ça va te réveiller. Je ne vais pas pouvoir rester longtemps. Je suis déjà en retard ! »

Il déposa la bouilloire sur son support.

Les marches en bois de l'escalier en colimaçon craquèrent sous les pieds de Nathalie tandis qu'elle descendait. Ne sachant pas vraiment quelle posture adopter après cette soirée au dénouement médiocre, elle choisit la sécurité en se plaçant derrière le comptoir du coin cuisine. Pour ne pas paraître trop froide, après plusieurs essais de gestuelle, elle posa ses coudes en joignant ses mains sur le bois vitrifié.

Raphaël suivait son manège avec un sourire en coin. Il n'était pas dupe. Il se plaça juste en face d'elle, les bras croisés.

« Tu te rappelles de cette nuit ?

– Oui, fit-elle sur un ton qui sonnait faux.

– Tu mens très mal ! la railla-t-il gentiment. En rangeant ce matin, j'ai pu constater que ma réserve de rhums avait pris une sacrée calotte. C'est fait pour. Je suis heureux qu'ils t'aient plu. Mais… Après… Tu te souviens de la suite ? Que nous avons fait…

– Oui, oui, le coupa Nathalie. Mais je t'avoue avoir quelques blancs, ajouta-t-elle sur un ton embarrassé. J'étais très fatiguée…

– Je te confirme. Au point que tu t'es endormie avant la fin. »

Les yeux de Nathalie s'arrondirent tandis que le rouge lui montait aux joues.

« Rassure-toi, j'étais dans le même état. Je n'ai pas mis longtemps pour ronfler comme un goret sur le dos. Cette première fois ne restera pas dans les annales, mais j'ai beaucoup aimé. C'était très spécial. »

Nathalie ne répondit pas, mortifiée par son comportement. Elle approcha un tabouret et s'affala dessus.

« Il y aura bien une prochaine fois ? demanda Raphaël.

– Évidemment », répondit Nathalie sans aucune certitude.

Il donna l'impression de se satisfaire de sa réponse.

Le thermostat claqua et Raphaël versa l'eau bouillante dans une cafetière à piston. Avec le manche d'une cuillère en bois, il remua le café moulu.

Toujours mal à l'aise, Nathalie changea de sujet pour détendre l'atmosphère.

« C'est quoi cette histoire d'arêtes de poisson ? »

Raphaël soupira en implorant le plafond du regard.

« C'est un réseau souterrain très spécial. Redécouvert tardivement en 1959. À ce jour, il n'y a pas d'équivalent connu dans le monde. Il tire son nom de son organisation atypique : une galerie centrale, une dorsale, d'où partent 17 paires de galeries aux dimensions identiques. Il existe une seconde dorsale, juste en dessous de la première, la reliant à chaque intersection. Le réseau se prolongerait en haut vers l'ouest, loin sur le plateau, jusqu'à la Saône peut-être. À l'est, il descendait jusqu'au bord du Rhône, puis se poursuivait jusqu'à la ville de Miribel. C'est totalement incroyable comme architecture, mais le plus dingue c'est qu'on ne sait toujours pas à quoi servait ce réseau. Qu'avaient eu en tête les Gaulois, les Romains ou d'autres ? Même pour la date de sa construction, il y a débat. »

Se désintéressant de cet aspect, ce fut plutôt l'évocation de la ville voisine de Lyon qui activa les cellules grises de Nathalie. Miribel se trouvait près de la maison de Rossi. Y avait-il un lien ?

« Miribel ! Ça fait une belle distance depuis la Croix-Rousse !

– Oui, quinze kilomètres. On a découvert un double tunnel parallèle qui relie les deux villes. Aujourd'hui, avec l'activité humaine et la nature, il n'en reste plus grand-chose. On appelle cette portion spéciale qui est dans le prolongement des arêtes : les Sarrasinières.

– Sarrasinières, répéta Nathalie. Alors, c'était ça la cave de Rossi !

– Je n'étais pas là hier, mais d'après ce que j'ai entendu, c'est possible.

– Cela expliquerait son choix d'habiter dans un tel taudis. »

Raphaël haussa les épaules et appuya sur le piston pour filtrer le café.

« J'imagine que ces arêtes de poisson ne sont pas visitables ?

– Encore moins que les autres. Trop dangereux, malgré les importants travaux de consolidation et de sécurisation.

– C'est bien mystérieux tout ça !

– Oui, il reste beaucoup de questions sans réponse qui alimentent l'imaginaire de beaucoup de monde.

– Sauf les autorités apparemment.

– C'est vrai que le sujet ne semble pas beaucoup les passionner. Tout ce qu'ils veulent, c'est s'assurer que les habitations ne s'effondrent pas. La ville investit chaque année des millions d'euros pour l'entretien du réseau souterrain. Ils veulent à tout prix éviter une nouvelle catastrophe. Il y a déjà eu des accidents mortels par le passé.

– Vraiment ?

– Oui. En 1930, un effondrement suivi d'une coulée de boue a fait trente-neuf morts et de très nombreux blessés. »

Il remplit un grand mug qu'il lui tendit.

« Bon ! Je dois t'abandonner. Je suis vraiment très en retard.

– Tu veux que je te fasse un mot ?

– Chiche ! »

Il contourna le comptoir et posa un baiser appuyé sur les lèvres de Nathalie, qui ne se déroba pas.

« Prends ton temps. Tu n'auras qu'à claquer la porte en partant. Fais comme chez toi. J'ai mis des tartines dans le grille-pain. »

Il attrapa son manteau et ses clés.

Elle l'interpella alors qu'il ouvrait la porte d'entrée :

« N'oublie pas d'appeler tes frères et de me prévenir sitôt après.

– Entendu, fit-il en soupirant.

– Merci.

– Je n'ai pas le choix de toute façon. On se voit ce soir. »

Il sortit de l'appartement, laissant Nathalie en tête à tête avec sa grande tasse. Une seule ne suffirait pas pour affronter cette nouvelle journée qui ne s'annonçait pas très palpitante.

35

Mercredi 21 novembre 2018, 10 h 30.

« Commandant ! s'exclama Cyrille à l'entrée de Nathalie dans le bureau. Je suis soulagé de vous voir ! Vous avez disparu hier sans prévenir personne.

– Bonjour, Lieutenant. C'est le privilège du grade, non ? En cas d'urgence, vous pouviez toujours m'envoyer un message.

– J'y ai pensé, mais vu votre état de contrariété, je n'ai pas osé vous déranger.

– Très bonne initiative.

– Vous avez le moral aujourd'hui. Ça fait plaisir à voir ! La nuit a dû être bonne alors ! »

Nathalie plissa les yeux pour déceler la moindre trace de moquerie. C'était impossible qu'il sache où elle avait passé la nuit. À moins que Raphaël ne se soit vanté. Non. Impossible. Il était trop discret.

« Je vais très bien, mais je suis dans le même état d'esprit concernant Rossi. D'autant qu'il y a des éléments nouveaux.

– C'est vrai ? Lesquels ?

– Laissez-moi le temps de m'installer et je vous raconte. »

Pendant qu'elle posait son manteau, il farfouilla dans une pile de papiers. Après quelques secondes, il sortit une enveloppe qu'il lui brandit.

« C'est quoi ? demanda-t-elle en s'en emparant.

– Ce sont les résultats de l'analyse ADN découvert sur les lieux des homicides.

– Et ?

– Pas de surprise, le portrait-robot génétique correspond en tous points à Rossi.

– Et pour l'autre ?

– Ben rien ! On n'avait pas d'autre ADN.

– J'avais espéré qu'ils en trouveraient.

– Il n'y a rien de spécifié de tel dans le rapport.

– Tant pis, fit Nathalie, déçue. Au final, on ne sait toujours rien sur notre deuxième homme. Il va falloir attendre pour poser la question à Rossi dès qu'il sera revenu parmi nous.

– Il ne dira rien.

– Au contraire ! Je suis plutôt optimiste sur ce point. Il n'a pas l'intention de se soustraire à la justice.

– Encore votre intuition ? fit Cyrille, plus blasé que moqueur.

– Non. Vous auriez vu son visage quand je lui ai annoncé que j'étais de la police et qu'il avait été arrêté. Il paraissait véritablement soulagé de l'apprendre.

– Mais qu'est-ce que vous racontez ? Vous avez rencontré Rossi ?

– Oui. Hier après-midi. C'était ça mon escapade !

– Sérieux ? fit-il, estomaqué. Comment vous y êtes-vous prise pour l'approcher ? C'est strictement interdit. »

Elle raconta en détail sa visite au Vinatier à un Cyrille qui hésitait entre stupéfaction et admiration. Elle lui fit aussi part de ses suppositions concernant le mobile des homicides et lui parla des souterrains.

« Vous êtes incroyable ou complètement inconsciente. Si l'info arrive jusqu'aux oreilles de la commissaire, vous allez passer un sale moment.

– C'est certain, mais le risque en valait la peine. »

Les exploits et les théories de sa supérieure avaient mis à mal ses réserves glucidiques. Un plein d'énergie s'imposait. Dans son tiroir à victuailles, Cyrille dénicha un paquet de gaufres belges nappées de chocolat.

Nathalie attendit qu'il engloutisse la première sucrerie pour l'interroger sur sa connaissance du monde souterrain lyonnais évoqué par Rossi :

« Vous connaissiez l'existence de ces souterrains ?

– Sans plus. J'ai entendu quelques histoires sur le sujet qui ressemblaient plus à des légendes urbaines qu'à autre chose. Il se raconte qu'il existe un lac sous Fourvière sur lequel on peut naviguer. Mytho ! Ce genre de délire me saoule. J'ai abandonné le sujet. De toute façon, je ne suis pas fan de cet univers. J'ai toujours détesté quand mes parents m'emmenaient visiter des grottes. Je préfère ce qui se passe à la surface, et sur du gazon de préférence. Si on veut des détails, on a qu'à les demander à Lucien Martin, il semble être un expert dans le domaine. »

Nathalie opina de la tête.

« Au fait, poursuivit Cyrille, vous savez comment se nomme la drôle de cave découverte sous la maison de Rossi ?

– Les Sarrasinières ! fit Nathalie nonchalamment.

– Quoi ? » lâcha Cyrille, dégoûté qu'on lui coupe l'herbe sous le pied. « Ça sert à quoi que je cherche si vous connaissez déjà les réponses ?

– Du calme, Lieutenant. J'ai eu la réponse par hasard ce matin. Dites-moi ce que vous avez trouvé. Je ne sais pas grand-chose de plus dessus. »

La bouche dubitative de Cyrille se contracta avant de se détendre. Décidément, sa supérieure était aussi surprenante que difficile à cerner.

Il ouvrit son fichier de notes et exposa ses découvertes :

« En fouillant sur le site du cadastre de la ville, j'ai découvert que la maison de Rossi se trouvait juste sur le tracé de deux anciens tunnels parallèles appelés Sarrasinières. J'ai étudié des documents et regardé des photos sur le sujet. Aucun doute, c'est bien dans un de ces tunnels que Rossi a choisi d'installer son hamac. Il expose sa collection de souvenirs dans l'autre, strictement parallèle au premier. Aujourd'hui, il ne reste plus grand-chose de ce long double réseau. Il s'est effondré avec le temps et l'homme s'est chargé du reste pour ses besoins de construction. Il y a encore quelques endroits où il affleure sur de très courtes distances. Rossi a beaucoup de chance.

– À quoi servaient ces tunnels ?

– C'est très flou et peu documenté. Certains pensent qu'ils ont été utilisés comme tunnel de secours entre Miribel et Lyon en cas de siège au temps de Catherine de Médicis. D'autres évoquent un moyen de faire transiter du matériel ou des hommes, mais aucune preuve n'est venue encore conforter ces hypothèses.

– D'après mes sources, leur construction est encore plus ancienne !

– Oui, on parle des Romains, des Gaulois même, qui auraient construit ce réseau pour pratiquer des rites païens. Sacrée épreuve ! Ils ne rigolaient pas à l'époque.

– Pourquoi deux tunnels et pas juste un ?

– Il y avait un sens de la marche pour chacun. Non, je rigole. J'en ai aucune idée. En résumé, on ne connaît pas grand-chose.

– Le mystère reste entier, conclut Nathalie. De toute façon, ça n'a pas vraiment d'importance pour notre affaire. Cette bâtisse nous confirme une fois de plus que Rossi a un besoin viscéral de fréquenter ce type d'environnement et qu'il s'est empressé de l'acheter pour cette raison. On connaît les anciens propriétaires ?

– La maison a été construite dans les années 1860 par une famille d'agriculteurs. Ils utilisaient les tunnels pour stocker leurs réserves. Au décès du couple, elle est restée longtemps vide avant que Rossi ne l'achète aux petits-enfants en 2011 pour une poignée d'euros, le prix du terrain. »

Chacun de leur côté, ils travaillèrent encore pendant une bonne heure avant que Cyrille ne parte pour déjeuner. Nathalie n'avait pas faim, mais le besoin de s'aérer. Elle sortit pour rejoindre le parc où elle avait rencontré Raphaël la première fois.

36

Mercredi 21 novembre 2018, 12 h 15.

Assise sur un banc du parc Blandan, capuche relevée pour empêcher que le vent froid ne fasse fuir la chaleur qu'elle peinait à conserver, elle consultait son portable toutes les cinq minutes. Pour vaincre son impatience et son envie d'appeler le trio de frères, elle se forçait à s'intéresser aux figures approximatives d'un courageux groupe de jeunes qui faisait du skateboard un peu plus loin.

Elle ne tiendrait pas jusqu'au soir. Raphaël avait intérêt à se grouiller.

Comme en réponse à sa prière, son portable vibra.

Enfin !

Nathalie se jeta dessus.

« Raphaël ! Tu les as appelés ?

– Salut, moi aussi ça me fait plaisir de t'entendre.

– Allez, réponds s'il te plaît !

– O.K., soupira-t-il. Oui, je viens de raccrocher avec Bruno Givrard. »

C'était l'architecte, le seul que Nathalie n'avait pas encore rencontré.

« Et les deux autres ?

– Pas la peine. Si tu me laisses parler, je pourrai t'expliquer !

– Désolée », s'excusa-t-elle, reconnaissant qu'elle était à fleur de peau. « Je t'écoute.

– Bien. Il m'a fallu un bon quart d'heure avant qu'il ne soit plus loquace. Le fait que je sois policier n'a pas aidé, au départ.

– Tu ne le connaissais pas ?

– Non, jamais croisé. Nous sommes si nombreux.

– Ce n'était donc pas ton contact ?

– Non. Il n'avait pas du tout la même voix. Ne m'en demande pas plus.

– Très bien. Continue.

– Après avoir discuté de l'arrestation de Rossi et déploré l'agissement d'un tel frère dans nos rangs, nous sommes revenus sur ce qui l'avait poussé à agir de la sorte. Quand j'ai évoqué que tu l'avais rencontré et qu'il avait affirmé que la loge se réunissait sous terre, il est entré dans une colère noire. Il hurlait que c'était n'importe quoi, qu'il fallait l'enfermer et jeter la clé. Ensuite, il m'a juré qu'ils ne faisaient jamais leur tenue dans de tels endroits. Que c'était absurde. Il s'est ensuite un peu calmé pour me préciser que les rencontres se déroulaient le plus souvent dans les temples habituels lyonnais du GODF. Et que parfois, pour des cérémonies spéciales, ils se rendaient dans des endroits symboliques comme des châteaux ou des églises.

– Des églises ! s'étonna Nathalie. J'ai lu que le Grand Orient de France n'était pas très copain avec la religion catholique.

– C'est vrai ! Tu progresses vite sur le sujet. Ils se réunissent dans certaines églises qui possèdent un lien avec leurs thématiques.

– Je ne vois pas trop le rapport, mais passons. Il y a des cryptes dans les églises. C'est peut-être de ça que parlait Rossi.

– Je n'ai pas demandé. Peu probable à mon avis.

– Bon. Ce n'est pas les réponses que j'attendais. J'ai peut-être mal interprété ses paroles.

– C'est ce que je m'évertue à te dire. Ce mec est barge ! »

Nathalie ne savait plus quoi penser. Mais alors, à quoi faisait allusion Rossi ? La drogue lui faisait dire n'importe quoi ? Tout se mélangeait peut-être dans son esprit fatigué. Rêve, réalité.

Alors que tout indiquait le contraire, Nathalie voulait pourtant suivre son instinct, croire à son idée de réunions souterraines.

Dernière et seule hypothèse qui semblait lui rester : les frères mentaient. Elle en fit de nouveau part à Raphaël, qui faillit s'étouffer :

« Dans quel intérêt ils mentiraient, et surtout à moi ? Ce sont des francs-maçons quand même ! Le mensonge est exclu de nos valeurs. »

Sentant Nathalie très sceptique, il dévoila sa dernière carte :

« Écoute, je ne devais pas t'en parler, mais je n'ai pas le choix pour que tu lâches l'affaire. Givrard m'a avoué que la loge se réunira ce vendredi soir dans une église pour une petite cérémonie afin de rendre hommage aux trois frères passés à l'Orient éternel.

– Ils y seront tous les trois ?

– Oui.

– Génial ! Je dois m'y rendre aussi.

– Tu déconnes ?

– C'est la seule façon de me faire changer d'avis. Il faut que je voie par moi-même. Quelle église ?

– C'est pas vrai ! fit Raphaël, exaspéré. Je te le dis uniquement si je t'accompagne.

– Ça me va ! Vas-y ! Crache le morceau.

– C'est l'église Saint-Bernard. Elle se situe dans mon quartier.

– Encore à la Croix-Rousse ! Décidément.

– Je t'expliquerai son histoire.

– Entendu. À quelle heure ils se retrouvent là-bas ?

– Pour 21 heures.

– Bien. On ira se positionner une bonne heure en avance. Je te laisse m'envoyer le lieu du rendez-vous.

– On ne se voit pas ce soir ? demanda Raphaël, surpris.

– Non. Ce soir repos. J'ai besoin d'une bonne nuit de sommeil.

– Comme tu le sens. Tant pis pour moi. On se voit demain alors ?

– O.K... Attends ! Tu lui as parlé du désir de Rossi d'entrer dans la loge ?

– Oui, je lui ai parlé de tes théories.

– Et ?

– Il a rigolé avant de me certifier qu'aucun frère n'avait effectué une telle démarche envers eux.

– Bon. Entendu. À demain.

– À demain. »

Elle allait encore oublier de lui parler du second meurtrier.

« Non, attends. J'ai encore une chose à te dire.

– Décidément, tu la joues Columbo. »

Nathalie lui déroula l'histoire.

Passé la surprise, Raphaël ne parut pas si inquiet. À l'instar de Cyrille, il considérait ce second couteau comme assez inoffensif. Il lui promit tout de même d'en informer les frères. Juste avant de raccrocher, il demanda si une protection policière était prévue.

« Pas à ma connaissance. Comme toi, mes chers supérieurs ne prennent pas au sérieux cette menace. Je vais quand même en toucher deux mots à la commissaire. On ne peut pas se permettre de prendre un tel risque.

– Je suis d'accord. Tiens-moi au courant. Autre chose ?

– Non, j'ai vraiment fini.

– Je t'embrasse alors. »

Les derniers mots de Raphaël résonnèrent dans ses oreilles. Il semblait déjà bien accro à elle. Même s'il en faisait un peu trop au goût de Nathalie, il paraissait sincère. Elle ne savait pas quoi en penser de son côté. Elle avait tant de choses à reconstruire et ne voulait surtout pas aller trop vite. Pour l'instant, pas question d'engagement. Elle laisserait les choses se faire, à leur rythme, mais en conservant une voie de sortie.

37

Vendredi 23 novembre 2018, 19 h 50.

Nathalie émergea de la ligne de métro C, station Croix-Rousse, sur le boulevard du même nom. Le portable à la main, le regard vissé sur la carte, elle faisait des mouvements totalement idiots pour tenter de trouver la direction à prendre alors qu'une voix féminine lui répétait de continuer tout droit. Agacée de perdre son temps à cause d'une application qui était moins pratique à utiliser qu'une boussole, elle choisit de prendre à droite et de regarder si la distance jusqu'à sa destination diminuait. Ce qui fut le cas, à son plus grand soulagement. Raphaël lui avait donné rendez-vous à côté du gros caillou. Elle lui avait fait répéter pour être certaine d'avoir bien compris. C'était bien un vrai caillou, un bout de rocher.

En ce début de soirée, le ciel était bas et noir. Et malgré le froid et le vent qui soufflait fort dans ce large passage, il y avait du monde partout. Les nombreux bars et brasseries qui bordaient le boulevard étaient bondés de consommateurs qui profitaient des dernières minutes de l'*happy hour*. On ne dînait pas très tôt à Lyon.

Elle marcha sur une grande esplanade agréablement agencée et pourvue de bancs à profusion. La plupart étaient vides. Elle imagina qu'aux beaux jours, on devait se battre pour en profiter. À quelques dizaines de mètres devant, elle repéra une grosse masse ressemblant à une énorme pomme de terre. Elle semblait posée là sans raison. Comme tombée du ciel.

Quelle idée ! pensa-t-elle en s'en approchant.

Raphaël avait le bras tendu, la paume sur le rocher.

Il l'embrassa.

« C'est vraiment chelou ce truc, fit Nathalie en lui rendant son baiser. On dirait qu'un petit Poucet géant l'a laissé tomber ici.

– Même s'il a été déplacé d'une trentaine de mètres lors de la construction de l'esplanade, tu te doutes bien qu'il n'est pas ici par hasard. Ce morceau de moraine extrêmement dur a une histoire symbolique très forte.

– Ben voyons, ça manquait, fit Nathalie en souriant. Comme tu ne vas pas pouvoir t'en empêcher, fais-la courte. J'ai vraiment autre chose en tête.

– En 1861, lors du percement du funiculaire qui monte les pentes, les ouvriers sont tombés dessus. Trop dure pour être cassée, ils l'ont sortie et déposée juste au bout du boulevard à cheval entre le 1er et le 4e arrondissement. Historiquement, cette frontière entre les pentes et le plateau existait vraiment. D'ailleurs, ici même se dressait jadis un rempart qui séparait les deux, construit par…

– Pitié ! Stop. Ça me suffit pour l'instant. Maintenant ce sont les gamins qui montent dessus. Et je reconnais qu'on a une sacrée vue sur Lyon. C'est magnifique toutes ces lumières.

– J'adore venir ici l'été en fin d'après-midi. Tu verras. »

Nathalie ne fit pas de commentaire. Impossible pour elle de se projeter dans six mois.

La veille, ils avaient mangé dans un bouchon lyonnais pour terminer chez lui. Forts de leur dernière expérience, déplorable, ils avaient été vigilants sur leur consommation d'alcool. Ils avaient fait l'amour et cette fois-ci personne ne s'était endormi avant la fin. Nathalie s'était ensuite blottie dans les bras de son amant avec un certain soulagement. Elle était restée toute la nuit, ne partant qu'après le petit déjeuner.

Le portable indiquait 20 heures passées.

« On y va. Je veux trouver une bonne place avant qu'ils n'arrivent. C'est loin ?

– Cinq minutes. »

Ils abandonnèrent le gros caillou pour se diriger vers l'angle que faisait le boulevard avec la montée Saint-Sébastien.

Parvenus au carrefour, le contraste fut saisissant. En l'espace de quelques mètres, on passait du plateau aux pentes qui menaient jusqu'à la presqu'île de Lyon. Le dénivelé était impressionnant. Pour vaincre cette différence de niveau, les bâtiments étaient construits en escalier.

Malgré le peu d'éclairage de la rue, Nathalie devina au loin un mur de pierre qui prenait rapidement de la hauteur. Au bas, il devait atteindre plusieurs dizaines de mètres de haut.

« L'église Saint-Bernard repose dessus », dit Raphaël, attentif à ce que Nathalie regardait.

« Impressionnant ! Quelle idée, pourquoi avoir construit une église dans un endroit aussi pentu ? »

Regrettant aussitôt d'avoir posé la question à voix haute, elle leva la main vers Raphaël pour lui interdire de se lancer dans une longue explication.

« Plus tard », l'implora-t-elle.

Il hocha la tête de bonne grâce. L'explication existait évidemment. Pas symbolique cette fois-ci, mais très maçonnique tout de même. Il se ferait une joie de lui en parler en temps voulu.

« L'entrée de l'église que nous allons emprunter se situe au commencement du mur. On se trouvera alors juste à l'arrière du bâtiment. La double porte principale, donnant sur un parvis inexistant, est à l'autre extrémité. »

Ils marchaient sur le trottoir opposé quand Nathalie stoppa Raphaël d'un bras.

« Attends, il y a quelqu'un devant la grille.

– Je ne vois rien.

– Il est accroupi avec les bras à travers les barreaux. Qu'est-ce qu'il fabrique ? »

Ils firent quelques pas pour mieux voir. Raphaël lui saisit la main.

« Des amoureux, ça passe plus facilement inaperçu », se justifia-t-il.

Il n'avait pas tort.

La femme se releva avec dans les mains un grand sac qu'elle repliait consciencieusement. Elle se déplaça vers le montant gauche du portail et en y faufilant son bras, cacha l'objet derrière. Elle se mit à parler durant une longue minute avant de quitter enfin les lieux.

Raphaël haussa les épaules :

« Encore une originale qui parle aux esprits. »

La voie étant libre, ils se rapprochèrent à leur tour de la grille fermée par un énorme cadenas rouillé. Une masse noire surgit à leurs pieds et décampa de l'autre côté de la rue.

« Un chat ! fit Nathalie. Regarde toutes ces gamelles. Cette femme vient juste les nourrir. Elle n'est pas si dérangée que ça. »

D'autres félins se trouvaient à l'intérieur d'un espace mal entretenu, coincé entre la grille et les murs de l'église. Un chemin de terre envahi de végétation conduisait jusqu'à une haute porte en bois qui, comme tout le reste, était dans un triste état.

« Elle n'a pas fière allure cette église, chuchota Nathalie. On la croirait abandonnée.

– Oui, elle risque à tout moment de s'écrouler, des travaux de consolidation ont été réalisés. Ça vient du fait qu'elle n'a jamais été terminée. Avec le temps, elle est devenue dangereuse. Elle a été désacralisée en 1999 et complètement fermée au public en mars 2004.

– Je comprends mieux. Bon, on fait comment pour entrer ?

– On escalade », dit simplement Raphaël en montrant l'exemple.

Nathalie regarda autour d'elle avant de le suivre.

Elle se réceptionna en grimaçant, mais elle se détendit aussitôt. Rien de cassé ou de foulé.

À sa droite, juste après un muret, plusieurs arbustes persistants formaient une boule végétale dense où un chat blanc et roux s'engouffra. D'instinct, elle se dirigea à l'opposé, vers la porte.

« Tu vas où ? demanda Raphaël. Je n'ai pas la clé.

– Pas besoin, un coup de pied devrait suffire.

– Tu plaisantes ?

– Tiens, regarde. »

Elle lança son pied contre la partie inférieure. Un carreau de bois explosa dans un craquement sec.

« Ah merde ! Elle est complètement pourrie cette porte !

– C'est malin. Allez ! Suis-moi, c'est par là. »

Ils longèrent le chœur de l'église pour se retrouver face à un nouveau mur fermé par une solide porte en fer.

« Tu veux que je la défonce aussi ? dit-elle en plaisantant.

– Je voudrais bien voir ça. Elle est solide celle-là. Viens, il y a un passage un peu plus loin. »

Effectivement, masquée par la végétation, une trouée permettait de passer.

« De mémoire, le curé ne fermait jamais la porte du chœur. J'ai entendu dire qu'il passait encore de temps en temps. Avec un peu de chance, il aura gardé sa vieille habitude. »

Joignant l'acte à la parole, il tourna la poignée, qui n'opposa aucune résistance.

« Ouf. Quel bol ! On entre. »

Après avoir traversé une modeste chapelle, ils débouchèrent dans le chœur. Il régnait un froid qui glaça les os de Nathalie. Sensation renforcée par l'aspect lugubre des lieux, et en particulier par les échafaudages en bois qui maintenaient plusieurs ogives. On se serait cru dans une forêt dépourvue de vie, de bruit. Dans la nef, plusieurs bancs étaient renversés, tels des animaux morts.

« J'ai du mal à croire qu'ils vont venir faire leur cérémonie ici, dit Nathalie. C'est tout sauf chaleureux.

– Ce n'est pas ce qu'ils recherchent. Le lieu est propice à la méditation, renforcée par l'omniprésence de symboles que l'on peut associer à la chevalerie. Regarde ce vitrail, en son centre, cette croix rouge, c'est celle des chevaliers templiers.

– Faut vraiment être passionné pour repérer ces détails ! remarqua Nathalie.

– Très drôle ! » fit Raphaël, prenant la remarque pour lui. « J'aime l'histoire de mon quartier, c'est tout. En plus, j'ai une grande facilité de mémorisation.

– Ne le prends pas mal. Au contraire, tes connaissances me sont très utiles. Allez, il est temps de se cacher. Givrard t'a dit où ils allaient se placer ?

– Non. Probablement au centre du chœur. Mais ça peut aussi être à l'aplomb de la croisée du transept. Je ne sais pas.

– Alors trouvons une position qui englobe ces deux possibilités. »

Après un repérage des cachettes possibles, ils choisirent de se mettre sur un bas-côté de la nef, proche de la croisée.

Correctement dissimulés derrière de larges étais, ils prirent le temps de boucher quelques trous à l'aide de débris de bois et de sections de tuyaux d'orgue.

« Ils ne vont plus tarder maintenant, déclara Raphaël tout bas.

– Ils vont arriver par le même chemin que nous ?

– Ça m'étonnerait. Je les vois bien prendre l'autre rue et entrer par le bas, en face de celui où tu as explosé la porte. Ils doivent avoir la clé, eux. »

Nathalie lui mit un coup de coude dans les côtes en guise de représailles.

« Au fait ! Tu leur as parlé de l'autre assassin ?

– Oui.

– Ils ne vont peut-être plus venir, du coup ?

– Bof. Pas trop de réactions. Nous allons vite être fixés. »

38

Vendredi 23 novembre 2018, 21 heures.

Après plusieurs craquements et un grincement de gonds rouillés, une lueur émergea du transept, juste sur la gauche où se tenaient blottis Nathalie et Raphaël.

Soulevant une grosse lampe ressemblant à un vieux modèle de lanterne, Michel Roitelet ouvrait la marche. Dans ses pas, un homme plutôt petit et rondouillard. Nathalie crut que c'était Lucien Martin, mais en reconnaissant l'allure du géologue en troisième position, elle en conclut que c'était Bruno Givrard qui se trouvait au milieu.

Avec leurs gros sacs à dos et le bâton que tenait Givrard, ils ressemblaient aux nains de Blanche-Neige rentrant du boulot. Ils traversèrent le chœur pour se rendre devant une chapelle où ils se baissèrent successivement en touchant quelque chose près du sol.

Nathalie tendit le cou en vain. Ils étaient trop loin pour voir ce que c'était. Raphaël approcha sa bouche de son oreille :

« Je n'en suis pas certain, mais je crois qu'ils viennent de toucher la plaque où est gravé le nom de Jean-Baptiste Willermoz. C'est un célèbre franc-maçon lyonnais. C'est lui qui est à l'origine de la construction de cette église. »

Nathalie lui fit signe de se taire. Même si l'information était intéressante, elle ne voulait pas risquer d'être repérée. Elle se souvenait avoir déjà évoqué ce personnage avec Cyrille.

Déjouant leurs prédictions, les trois hommes se rendirent au centre de la nef, au milieu des reliefs de bancs. Ils firent un peu de ménage afin de dégager un espace circulaire de plusieurs mètres de circonférence.

Tandis que Martin fouillait dans son sac, Roitelet déroula une sorte de tapis à damiers noirs et blancs qu'il disposa au centre de leur cercle. Givrard, qui avait posé sa lampe sur l'assise d'une chaise, le faisceau dirigé vers eux, triait des pages qu'il sépara en trois tas. Le géologue plaçait maintenant en triangle trois petites colonnes sur chacune desquelles il disposa un bougeoir et sa bougie blanche. Ils troquèrent ensuite leur manteau pour une grande robe blanche qu'ils enfilèrent par la tête.

Nathalie nota les broderies sur chacune d'elles, une croix de templier, un phœnix et un pélican, mais ce qui la surprit le plus fut la longueur de ces vêtements qui étaient soit trop longs soit trop courts.

Ce détail anodin l'intrigua. Alors qu'ils semblaient très méticuleux dans leur installation, cette fausse note vestimentaire ne collait pas avec le reste.

Givrard distribua les feuillets et ils prirent chacun position entre deux colonnes. Ils enfilèrent des gants blancs qui semblaient bien à la bonne taille. Silencieux, les bras le long du corps, ils étaient prêts à débuter la cérémonie.

Les pulsations cardiaques de Nathalie s'accélérèrent. Elle retenait son souffle involontairement. Elle attendait la suite avec impatience.

Givrard, tenant droit son bâton, interrogea les autres du regard et lança d'une voix qui résonna dans toute l'enceinte de l'église :

« Mes frères, êtes-vous prêts ? »

Ils hochèrent la tête.

« Mes frères, nous sommes réunis ce soir dans ce lieu sacré pour rendre hommage à nos trois maillons tragiquement disparus. Attention. À mon coup de bâton, nous allons installer le temple. Mes frères, soyez attentifs, page 3, deuxième paragraphe. »

Pendant que Givrard échangeait avec Roitelet, Martin alluma tour à tour les bougies placées sur les colonnes. Puis, sur le tapis à damiers, il entrelaça soigneusement un compas et une équerre.

Après une ultime réplique, Givrard annonça que les travaux étaient ouverts et qu'ils allaient procéder à l'appel. Une fois celui-ci fait, ils saluèrent une nouvelle fois leurs frères disparus en criant à l'unisson : « Liberté, Égalité, Fraternité. »

« L'ordre du jour appelle maintenant la lecture de plusieurs morceaux d'architecture tirés de traités de chevalerie. Mon très cher frère Lucien, tu commenceras par le texte traitant du chevalier Kadosh. »

Martin démarra la lecture, d'une voix chevrotante au départ pour devenir rapidement mécanique et monotone.

Après un début prometteur et un hommage posthume trop succinct à son goût, l'excitation de Nathalie était retombée. Le texte et son orateur étaient d'un ennui terrible. Une succession de titres, de lieux, de batailles et de dates sans grand intérêt. Cette lecture sans conviction permit à Nathalie de prendre du recul et d'observer la scène avec un œil plus critique. Au fil des minutes, une sensation désagréable germait en elle.

Alors que Roitelet avait pris le relais avec autant de motivation que le premier, l'impression de Nathalie se confirmait. Elle se tourna vers Raphaël, qui au contraire semblait boire les paroles de ses frères.

Elle douta un instant.

Soit elle ne comprenait rien à cet univers franc-maçon, soit ils étaient en train de se foutre de sa gueule !

Elle avait eu toute la journée de la veille pour lire un tas de bouquins sur le sujet et plus particulièrement sur le déroulement des rites.

Ce qui se jouait devant elle ressemblait à une pâle copie de ce qu'elle avait lu. Une espèce de reconstitution pour touristes constituée d'un patchwork d'objets maçonniques classiques et d'une mise en scène approximative. Elle se rappelait parfaitement avoir lu que le compas et l'équerre se posaient sur un livre et non pas sur le pavé mosaïque. Même si les rites étaient nombreux avec chacun leurs multiples variantes, ce point semblait faire l'unanimité.

C'était peut-être elle qui faisait fausse route. Après tout, c'était une cérémonie chevaleresque, pas celle pratiquée par des maçons !

Elle scruta une nouvelle fois la scène.

Elle était de plus en plus certaine d'avoir raison. Les vêtements approximatifs ainsi que le bref hommage renforçaient son sentiment. Elle en fut définitivement convaincue quand elle vit Martin balayer discrètement du regard les alentours comme s'il cherchait quelque chose.

Putain, ils savent que nous sommes là ! Et ils nous font leur show pour noyer le poisson.

La colère la gagna.

Elle fixa Raphaël.

Non, ce n'était pas possible. Pas Raphaël, il ne l'avait pas trahie. Il n'avait juste pas dû être très fin au téléphone. Trop bavard comme à son habitude, Givrard avait su lire entre les lignes et avait pressenti leur venue.

Sentant le poids de son regard, Raphaël se tourna vers elle.

« Ça va ? » murmura-t-il.

Elle acquiesça et fit mine de suivre à nouveau la cérémonie. Le visage fermé, Raphaël l'observa un moment avant de faire de même.

Ce fut au tour de Givrard de se lancer dans l'histoire interminable d'un simple roturier devenu un illustre chevalier bienfaisant de la cité sainte…

Nathalie était à deux doigts de sortir de sa cachette pour démonter cette supercherie quand le bruit sourd d'un meuble que l'on pousse résonna dans toute la nef. Avant que quiconque ne réagisse, une ombre jaillit du fond de la chapelle et fonça sur le trio de pseudo-chevaliers.

La suite se déroula très vite.

L'homme cagoulé, habillé tout de noir, se jeta sur Givrard tandis que son bras gauche balayait l'espace autour de lui. Sous l'impact, l'architecte s'écroula, renversant une colonne qui fit rouler la bougie. Un couteau, dont la lame brilla sous le faisceau de la lanterne, déchira les pattes du phœnix qu'arborait Roitelet sur sa tunique. Sur sa lancée, l'assaillant percuta de plein fouet Martin, qui tomba à son tour.

Sans s'arrêter, l'agresseur hurla d'une voix masculine : « Nous vous tuerons tous ! Alors, restez chez vous. Vous n'avez rien à faire dessous, c'est notre territoire ! » Ses paroles résonnaient encore alors qu'il disparaissait déjà par l'endroit où étaient arrivés les trois frères.

Nathalie et Raphaël s'élancèrent à la suite du fuyard. Le peu de lumière, couplé aux nombreux obstacles qui jonchaient le sol, rendaient la poursuite périlleuse. Nathalie, échaudée par sa dernière course-poursuite parisienne qui s'était terminée aux urgences, laissa Raphaël prendre le large. Quand elle fut dehors, les deux hommes avaient disparu.

Elle se trouvait sur un espace bétonné entouré d'une végétation dense et à l'entretien négligé. La lumière étant maintenant plus favorable à une poursuite, elle courut droit devant, longeant un mur, vers ce qui lui semblait le chemin le plus évident. Elle passa sous un porche voûté fermé par une grille bleue. Une plaque indiquait « Crèche Associative Saint-Bernard ». Elle poussa un portail et se retrouva rue Vaucanson. Autour d'elle, pas l'ombre d'un mouvement, pas le moindre bruit de pas. Raphaël et son fugitif s'étaient évaporés. Elle dut se rendre à l'évidence. Cela ne servirait à rien qu'elle poursuive à l'aveuglette. Elle comptait maintenant sur Raphaël et sa connaissance du terrain pour ramener l'homme. Il ne lui restait plus qu'à rebrousser chemin et retrouver les frères et leur ersatz de cérémonie. La pente raide fit chauffer ses cuisses et rendit son souffle court. Elle regretta de n'avoir pas stoppé sa course plus tôt.

C'est encore en dette d'oxygène qu'elle se retrouva dans la nef complètement déserte. Les trois oiseaux s'étaient envolés, tout comme leur matériel.

Nathalie se retourna. Elle n'avait pourtant croisé personne. Ils avaient été efficaces. Elle se maudissait d'avoir agi trop vite. Elle aurait dû rester sur place dès le début. Maintenant c'était trop tard.

Elle alluma son portable et sélectionna le mode torche pour se rapprocher de l'endroit où quelques minutes encore se tenaient les trois chevaliers de pacotille.

En fouillant la zone, elle retrouva la bougie qui avait roulé sous un banc lors de sa chute. Se souvenant du geste de l'homme avec son couteau, elle s'agenouilla à la recherche de traces de sang, qu'elle ne trouva pas. L'agresseur avait raté son coup apparemment. Dépitée, elle choisit une chaise qui tenait encore debout, serrant fort son téléphone. Il n'y avait plus grand-chose à faire pour le moment.

Soudain, ses mains vibrèrent, accompagnées des premières notes de *Precious* de Depeche Mode.

« Alors ? demanda Nathalie sans ambages.

– Il m'a semé… répondit Raphaël d'une voix haletante.

– Et merde !

– Il semble connaître le quartier aussi bien que moi. J'ai failli le perdre à deux reprises dans des traboules. C'est à la sortie de l'une d'elles que j'ai percuté une saleté de trottinette électrique et le temps que je me relève, il avait disparu. J'ai continué jusqu'à la place des Terreaux sans succès. Je suis désolé.

– Tu as fait de ton mieux. Tu es loin pour revenir ?

– Je vais prendre le métro, vingt bonnes minutes. On se retrouve à mon appart ?

– Pas ce soir, j'ai besoin de faire le point sur ce qui s'est passé.

– On pourrait le faire ensemble, pour être plus efficaces ? »

Nathalie sourit.

« Je préfère faire ce genre de chose seule, celle-là en tout cas.

– Tu ne changeras pas d'avis ? soupira Raphaël.

– Tu commences un peu à me connaître, non ?

– Je n'insiste pas, mais demain on s'appelle à la première heure.

– Promis.

– Attends ! Dis-moi au moins comment ça s'est passé avec les frères.

– Je suis sortie pour vous suivre. À mon retour la place était vide.

– Chou blanc sur toute la ligne alors ! »

Nathalie n'était pas de son avis, mais préféra se taire.

« Pas de blessé ? J'ai cru voir une arme blanche.

– Non, pas de trace de sang, en tout cas. Allez, je suis crevée. On se rappelle demain. »

Elle raccrocha et se retrouva dans le noir, seule au milieu d'une église qui menaçait de s'effondrer sur elle. Pour une vieille dame bancale, l'église était encore le centre de beaucoup d'attentions…

39

Samedi 24 novembre 2018, 7 h 30.

Bien campée sur ses pieds, une main accrochée à une barre et l'autre à une poignée en hauteur, Nathalie compensait les mouvements du métro, enchevêtrée dans ses cogitations. Contrairement à ce qu'elle avait dit la veille à Raphaël, elle avait mis beaucoup de temps à s'endormir. La nuit avait été hachée par plusieurs réveils où à chaque fois son esprit avait turbiné avant de replonger dans un sommeil agité. Pourtant, ce matin, elle se sentait bien, avec la volonté de faire avancer les choses.

Pour la centième fois, elle faisait le bilan de la situation et de ses certitudes. La première était que les trois hommes l'avaient menée en bateau afin de lui faire croire qu'ils étaient une loge des plus banales. Raté. Leur attitude indiquait tout le contraire et lui donnait encore plus d'obstination pour découvrir ce qui se tramait derrière cette pâle façade moyenâgeuse. Là où les choses se compliquaient, c'était que maintenant avec l'intervention de l'inconnu qui avait stoppé la cérémonie, ils ne pouvaient plus nier qu'ils savaient qu'elle leur collait au train. Elle devait en tenir compte pour la suite.

Deuxième point crucial, elle avait la preuve formelle qu'elle n'était pas la seule à s'intéresser aux agissements de ces frères. Lors de l'intervention, l'agresseur avait distinctement proféré des menaces en hurlant « c'est chez nous… c'est notre territoire ». Il faisait clairement allusion à quelque chose qui se trouvait en dessous, un lieu qu'il considérait comme sien.

Le rôle central des souterrains revenait une nouvelle fois au premier plan.

Rossi, des faux chevaliers et maintenant une bande d'amoureux des galeries ! Mais qu'est-ce qu'ils avaient tous à vouloir descendre sous terre !

Elle frissonna rien qu'à l'idée de devoir se rendre dans un tel univers. Elle espérait pouvoir l'éviter.

Quand elle pénétra dans le couloir de la Crim', c'était l'effervescence pour un samedi matin. La faute aux gilets jaunes qui promettaient de faire encore parler d'eux. C'était une aubaine pour Nathalie, qui pouvait espérer trouver du renfort. Avant de venir, elle s'était assurée de la présence de Cyrille. Il avait pris son vendredi en prévision d'aujourd'hui. Parfait.

Après avoir salué plusieurs collègues, elle frappa à la porte de la commissaire. Personne.

Elle retourna dans son bureau, où Cyrille travaillait déjà.

Décidée à ne rien lui cacher, elle passa une bonne heure à lui décrire en détail la soirée de la veille et à lui exposer ses théories. Comme à son habitude, il ingurgita quantité de nourriture et plusieurs cafés tout en l'écoutant attentivement.

« Je n'en reviens pas ! fit Cyrille. On a frôlé la catastrophe avec cette agression ratée ! Nous allons devoir replacer les frères sous surveillance ?

– C'est ce que je vais m'efforcer de faire entrer dans la tête de la commissaire. Par contre, je souhaiterais une surveillance discrète.

– Pourquoi ?

– Pour faire d'une pierre deux coups. En profiter pour savoir ce qu'ils manigancent derrière leur façade de chevaliers à la con.

– C'est risqué !

– On fera attention. Pas le choix.

– Ils ne vont pas trouver ça bizarre, cette absence de protection ?

– D'après mon informateur, ils n'avaient pas l'air très inquiets. Mais ça, c'était avant hier soir. Attendons qu'ils en fassent la demande, histoire de gagner du temps.

– Bonne idée. »

Cyrille se gratta la tête.

« Je repense aux mots de l'agresseur. On dirait bien qu'on a affaire aux cataphiles.

– Rappelez-moi qui ils sont ?

– Les cataphiles. C'est comme ça que l'on appelle ceux qui fréquentent les souterrains de Lyon. Toutes ces galeries composent leur territoire, leur royaume, leur chasse gardée. Il faut appartenir à leur communauté pour pouvoir y circuler. D'autant que maintenant, c'est devenu très compliqué d'y pénétrer. Actuellement, ce sont les seuls qui le peuvent encore. J'imagine qu'ils ne doivent pas voir d'un bon œil la présence d'intrus se baladant chez eux. Mais de là à aller jusqu'à les tuer. Ça paraît excessif… »

Nathalie appréciait de plus en plus Cyrille. Il était vif d'esprit et faisait preuve d'initiative et de curiosité. Elle aimait aussi son caractère fougueux et franc. Contrairement à ce que la commissaire pensait, Cyrille était d'une aide précieuse. Il formait un beau duo, complémentaire.

« Mais c'est interdit pour eux aussi, non ?

– Oui. Même si leurs actions sont souvent intéressantes, des sortes de veilleurs, ils restent des clandestins placés sous haute surveillance par les autorités qui voient en eux une source d'ennuis et d'accidents potentiels.

– À Paris, ce genre de pratique est pourtant courante.

– Lyon n'est pas comparable à la capitale. Ce n'est pas à la même échelle. Dans le réseau parisien on va croiser une grande diversité de population, ce qui n'est pas le cas ici. J'ai surfé un peu sur les sites de cataphiles lyonnais. Ils ne sont pas très nombreux et peu bavards. Ils présentent surtout des photos de leurs expéditions, souvent magnifiques, accompagnées de courtes descriptions. Comme les francs-maçons, ils sont très discrets, forcément. D'après mes recherches, c'est compliqué de prendre contact avec eux sans être parrainé.

– Ils sont nombreux ?

– Si je croise mes sources, quelques dizaines.
– Pas plus ?
– Non. Ça reste marginal.
– C'est surprenant.
– Pas tant que ça. Rappelez-vous que beaucoup de Lyonnais ignorent l'existence de leur patrimoine souterrain ou les perçoivent comme quelque chose de négatif et dangereux. D'ailleurs, la ville s'emploie ardemment à entretenir cette image.
– Pourtant, les arêtes de poisson sont uniques au monde !
– Oui, mais apparemment les autorités ont l'air de s'en ficher royalement.
– C'est dingue ! Ça devrait être tout le contraire.
– Oui, mais malgré une forte résistance de la part d'associations, ils n'ont pas eu beaucoup de scrupules pour casser deux arêtes pour les besoins de la construction du second tunnel de la Croix-Rousse.
– Incompréhensible… »
Chacun resta dans ses pensées avant que Cyrille ne reprenne la parole :
« On fait quoi si la commissaire ne nous suit pas ?
– On se débrouille quand même pour mettre en place une surveillance minimaliste, à distance.
– Juste tous les deux ?
– Oui. Contrairement à ce que disait Lucien Martin, je suis persuadée qu'ils sont tous les trois très proches et que les derniers événements vont les obliger à prendre des risques, à précipiter les choses. Ils vont sortir de leurs tanières. C'est certain. Vous allez donc filer l'un d'entre eux qui nous mènera aux autres. Par élimination, j'ai choisi le géologue. Des trois, c'est celui qui possède l'emploi du temps le plus tranquille, donc le plus facile à suivre.
– Je vais être tout seul ?
– Oui. Je ne suis pas chaude pour impliquer d'autres officiers sans l'accord de la commissaire. Mais ne vous en faites pas, je prendrai le relais en début de soirée.

– Ce n’est pas très prudent tout cela !

– On n’a pas trop le choix. »

Un lourd silence chargé de doute et d’incertitude plana durant une bonne minute dans le petit bureau.

« Et pour demain ? s’inquiéta soudain Cyrille.

– Je vais voir. J’y réfléchis encore.

– Dimanche, j’ai un déplacement sur Clermont pour un match, alors si vous pouviez m’oublier.

– Bien sûr, je vais trouver une solution.

– Vous n’allez pas enchaîner quand même ? » pesta Cyrille, qui n’aimait pas l’idée de la savoir sans soutien. « Ce n’est pas sérieux d’être toute seule pour une filature. Nous ne sommes pas des détectives.

– Non, mais des professionnels.

– Je me demande si je ne devrais pas plutôt annuler mon match. Je ne vais pas être tranquille de vous savoir seule.

– C’est gentil, mais attendons la réaction de la commissaire. On avisera après. »

40

Samedi 24 novembre 2018, 9 h 30.

En communication téléphonique, la commissaire Clément lui demanda d'attendre dans le couloir.

Pour patienter, Nathalie sortit son portable. Le petit voyant rouge clignotait frénétiquement. Elle ouvrit sa messagerie. Il y avait deux SMS et un message vocal, tous de Raphaël : il était inquiet et voulait avoir de ses nouvelles au plus vite, reparler de la dernière soirée. Elle ne savait pas quoi lui répondre…

Autant l'implication de Cyrille était facile, légitime même, celle de Raphaël posait plus de problèmes. Il n'appartenait pas à la Crim'. Elle ne voulait pas lui causer d'ennuis. Une mise à l'écart forcée s'imposait donc. Il n'allait pas aimer du tout et Nathalie n'était pas pressée de le lui annoncer.

La commissaire lui cria d'entrer.

« Bonjour, Commandant, fit Clément d'un ton sec. Prenez place ! Je n'ai ni l'envie ni beaucoup de temps à vous accorder. Avec ces gilets jaunes, je suis harcelée au téléphone. C'est la panique totale en haut lieu. Franchement, impliquer la Crim' pour ça ! Nos officiers ont autre chose à faire ! Bon ! Qu'est-ce que vous voulez ? Que je vous félicite une nouvelle fois pour vos prouesses ? Vous allez encore me bassiner avec votre deuxième tueur ? Je vous ai déjà donné mon avis à ce sujet.

– Si vous me laissez parler deux secondes, rétorqua Nathalie sur le même ton, je pourrai essayer de vous l'expliquer. »

La commissaire ouvrit la main vers elle en lui lançant un sourire glaçant. Nathalie ne se démonta pas :

« Pour les compliments, attendons que l'affaire soit bouclée.

– Ça suffit ! Elle est bouclée et bientôt classée. Vous êtes têtue ! J'ai relu le rapport d'autopsie et je trouve que le légiste s'avance un peu trop. On pourrait avoir affaire à quelqu'un d'ambidextre, aussi habile de ses deux mains. Chez un professeur d'université, cela ne serait pas surprenant.

– Hier soir, on a tenté de les assassiner.

– Quoi ? » fit Clément.

Les traits de la commissaire étaient contractés par la colère pendant que Nathalie lui racontait l'épisode de la veille.

« Je devrais vous mettre aux arrêts sur-le-champ ! attaqua Clément. Vos initiatives sont irresponsables ! En plus de n'en faire qu'à votre tête, vous avez mis en danger votre informateur en l'entraînant dans vos conneries ! C'est intolérable. Pourquoi devrais-je vous croire ? Vous avez une preuve de ce que vous avancez ? Non, bien sûr. Juste votre parole ! Bon sang, vous me mettez dans une merde noire. »

Contre toute attente, la commissaire mit son visage dans ses mains et respira bruyamment.

Ne sachant pas trop comment réagir à ce changement de comportement, Nathalie garda le silence.

Au bout d'une interminable minute, la commissaire releva la tête :

« Vous êtes certaine que Martin n'a pas été blessé ? demanda-t-elle d'une voix faible.

– Je n'ai trouvé aucune trace de sang. Le couteau a juste dû l'effleurer. »

Planquée au fond de son fauteuil, le visage de Clément s'était relâché et sa voix ne comportait plus aucune pointe d'agressivité. Elle semblait soudain très fatiguée.

« Je suis pieds et poings liés. Les ordres viennent du dessus. C'est une affaire sensible qui implique des personnes influentes. Je ne peux pas en dire davantage. D'ailleurs je n'en sais guère plus. On marche sur des œufs. L'arrestation de Rossi a permis de calmer tout le monde. Évidemment que j'ai évoqué la présence de ce deuxième tueur. Ils m'ont ordonné de ne pas intervenir. Que les choses allaient être réglées… Mais visiblement, ils ne maîtrisent rien. Avec ce qui s'est passé hier soir, on a échappé de peu à la catastrophe. Et s'il arrive quelque chose, ça me retombera dessus. »

Nathalie fut sidérée par le revirement de situation. Elle attendit la suite.

« Qu'est-ce que vous proposez ? demanda Clément.

– Une filature discrète des trois hommes. »

Elle lui détailla son idée.

La commissaire prit le temps de la réflexion avant de répondre :

« Aujourd'hui, quasiment tout le monde est monopolisé. En plus du lieutenant Savage, je peux juste vous adjoindre deux lieutenants. Je n'aime pas ça, mais impossible de doubler les postes. Ces trois officiers seront là uniquement en tant qu'observateurs. Interdiction formelle d'intervenir, sauf en cas de danger. C'est tout ce que je peux faire. Pour demain, ça va aussi être compliqué. Les hommes ont besoin de repos. Je demanderai quand même s'il y a des volontaires. On refera un point ce soir. »

Nathalie la remercia et se leva.

« Autre chose, ajouta la commissaire. Hier, en fin d'après-midi, Rossi a été transféré du Vinatier à la maison d'arrêt de Lyon-Corbas. »

Surexcitée, Nathalie se précipita pour retrouver Cyrille. Elle lui demanda de s'occuper de l'organisation de la surveillance et de se rendre au plus vite au domicile du géologue.

Le lieutenant était comme groggy tant l'attitude de la commissaire était surprenante. Nathalie claqua dans ses mains pour le faire réagir. Ne perdant pas une seconde, elle lui donna le coup de grâce en l'informant qu'elle partait rendre visite à Rossi.

41

Samedi 24 novembre 2018, 12 heures.

On fit patienter Nathalie dans une pièce réservée aux familles. Dans ce parloir aux murs multicolores et rempli de jouets, elle prenait son mal en patience. C'était l'heure du déjeuner. Impossible d'approcher les prisonniers durant ce moment extrêmement codifié.

Avant de l'abandonner seule dans cette pièce aux odeurs chimiques acidulées, le surveillant lui avait précisé que le professeur Rossi avait été placé en observation dans le service médico-psychologique régional. C'était un quartier de la prison qui pouvait accueillir soixante personnes ; ce nombre était souvent dépassé, rendant difficile la surveillance et les soins des détenus souffrant des troubles les plus graves.

Elle terminait son SMS à Raphaël quand on vint la chercher une bonne demi-heure plus tard. Elle envoya le message et suivit le gardien dans un labyrinthe de couloirs entrecoupés de solides grilles.

Le contenu du texto s'était voulu rassurant et concis. Choisissant de ne pas évoquer la surveillance rapprochée de Lucien Martin pour ne pas le contrarier.

Elle éteignit son téléphone. Elle se sentait galvanisée. Elle attendait énormément de cet entretien, persuadée d'en apprendre beaucoup.

Elle patienta encore quelques minutes avant de pénétrer dans une petite pièce contenant uniquement une table et une chaise. Elle s'assit. Une seconde porte s'ouvrit sur un fauteuil roulant poussé par un homme en blouse blanche.

Nathalie détailla rapidement Rossi : il avait meilleure mine que la dernière fois et surtout, était totalement réveillé.

« Vous avez vingt minutes, fit le surveillant, après M. Rossi devra regagner sa cellule médicalisée. Je laisse la porte entrouverte, si vous avez besoin vous n'aurez qu'à appeler, nous serons juste derrière. »

Nathalie le remercia.

Elle observa un homme calme, replié sur lui-même, les poings serrés posés sur ses cuisses, le regard fixé au sien, totalement immobile. Sa taille était emprisonnée par une large ceinture en cuir qui le maintenait solidement au dossier du fauteuil roulant. Malgré cette apparence d'homme âgé usé par le temps, c'était bien lui qui avait attaqué sauvagement quatre personnes.

« Bonjour, Professeur Rossi, entama Nathalie. Comment vous sentez-vous ? »

Le visage de cette inconnue lui semblait vaguement familier, mais il ne parvenait pas à s'en souvenir.

Ce matin, il s'était réveillé l'esprit relativement clair. Ce qui ne lui était pas arrivé depuis quinze jours. Le sevrage commençait déjà à produire ses effets, accompagnés de violents maux de tête et périodes de tremblements, ce qui n'était pas surprenant compte tenu des quantités astronomiques de feuilles qu'il avait consommées sans discontinuité. La cure de sommeil médicamenteuse avait également favorisé ce regain de forme. Il était apaisé, n'aspirant qu'à abréger cet entretien pour retourner dans sa cellule.

« Professeur ? »

Rossi posa ses mains à plat sur la table.

« Vous êtes de la police ou mon avocat ? demanda-t-il doucement.

– De la police ! Je suis le commandant Lesage. »

Rossi se détendit ostensiblement. Il n'avait pas besoin d'avocat.

« Vous ne me reconnaissez pas ? Je suis venue vous voir au Vinatier. »

Le regard du professeur s'éclaira.

« C'était vous ! Excusez-moi, je ne vous avais pas reconnue. Les souvenirs de cette période sont très partiels. Je me souviens vaguement d'une femme qui est venue m'apporter la délivrance. C'était donc vous. Je vous en serai éternellement reconnaissant.

– Je ne sais pas comment interpréter cette phrase. Vous pouvez m'expliquer ?

– Avant cela, s'il vous plaît, cessez de m'appeler Professeur, cette vie est derrière moi maintenant. Ce fardeau, je l'ai laissé définitivement à l'extérieur de cette prison. Appelez-moi Rossi ou juste Pierre.

– Entendu. Pierre, j'aimerais comprendre comment un homme comme vous en est venu à tuer à quatre reprises. Vous les avez bien tués, n'est-ce pas ? »

Rossi se redressa.

« Oui, avoua-t-il sans l'ombre d'une hésitation.

– Vous pouvez me raconter ce qui s'est passé ? »

Le professeur lui demanda par quoi il devait commencer. Nathalie lui suggéra de débuter par son histoire familiale, le reste suivrait naturellement.

Rossi soupira. L'exercice, il l'avait réalisé mentalement maintes fois depuis des décennies. Il avait trituré les épisodes de sa vie sous toutes les coutures avec les bases de psychologie qu'il avait acquises au fil de ses lectures. Pas question de consulter. À plus de 60 ans, il avait une vision assez claire de sa construction psychique, et surtout de son incapacité à la modifier. Une succession d'échecs entretenus par un entourage défaillant, dévalorisant, nocif… Sa mère plus particulièrement…

La policière voulait qu'il lui raconte son histoire. C'était drôle. Il l'avait fait pour la première fois, il y avait quelques semaines. Aujourd'hui, il se jura qu'il le ferait pour la seconde et dernière fois. Il lui devait bien ça pour l'avoir retiré de la société. Après, qu'on lui fiche la paix, qu'on le condamne à perpétuité et qu'on l'oublie…

42

Samedi 24 novembre 2018, 12 h 35.

Pierre Rossi entama son récit d'une voix dépourvue d'émotion, à la manière d'un professeur donnant un cours magistral. Dispensant un contenu qui ne semblait pas le concerner, de manière mécanique :

« Ma mère, Agathe, est née en 1938 à la maternité d'Orléans. Ses parents habitaient alors une petite ville voisine bordant la Loire, la Chapelle-Saint-Mesmin. Elle n'a pas connu son père, qui est tombé sous les balles allemandes peu après son premier anniversaire. Fille unique, elle a été élevée par sa mère et sa grand-mère, qui ne l'ont pas ménagée. Une éducation sévère et catholique où les moments de liberté étaient rares. Le début de sa scolarité fut une formalité pour ma mère, toujours la première de la classe. Ses résultats commencèrent à se dégrader dès son entrée au lycée. Les amis prirent alors de plus en plus d'importance et elle découvrit que la vie pouvait être autre chose que souffrance et soumission. Elle commença à sécher les cours pour s'amuser ou tout simplement pour passer du temps à flâner, à ne rien faire. Les sanctions furent immédiates et à la hauteur des fautes. Ma mère s'en fichait. Elle avait goûté aux joies de la liberté et malgré les insultes et les coups, elle n'hésitait pas à s'enfuir de sa chambre en passant par la fenêtre qui était pourtant au premier étage. Sans surprise, elle rata son bac et dut commencer à travailler. Elle trouva du boulot grâce à une voisine italienne qui cherchait une couturière pour l'aider dans sa mercerie. C'est là qu'elle rencontra Lionel Rossi, mon père. Ils tombèrent amoureux et, par malchance, Agathe tomba tout de suite enceinte. Sa mère et sa grand-mère entrèrent dans une rage folle et les obligèrent à se marier au plus vite. Je suis né trois mois après l'échange des alliances. Mon père, âgé de cinq ans de plus qu'Agathe, était déjà propriétaire d'un garage qu'il avait hérité du sien. Doué de ses mains, son affaire tournait assez bien pour pouvoir assurer le loyer d'une petite maison et le bien-être de notre famille. Mes huit premières années restent pour moi les meilleures de ma vie. Tout était facile, je ne manquais de rien. Ma mère avait parfois des gestes violents envers moi, mais il y avait toujours mon père pour compenser, me protéger. Avec mes yeux d'enfant, je me suis refusé à voir que leur relation se dégradait. Pourtant, je voyais bien que mon père rentrait du travail de plus en plus tard. Le samedi, il restait souvent au garage et le dimanche il préférait jouer au PMU plutôt que de venir avec nous à la messe. Il passait ensuite le reste de l'après-midi à dormir, me laissant seul avec ma mère, qui m'ignorait la plupart du temps. »

Rossi avala sa salive et se frotta les avant-bras.

Nathalie resta silencieuse, car elle voyait que l'évocation de son passé était pénible. Ce dernier se remit à parler d'une voix moins mécanique, plus hésitante :

« Mon cauchemar commença réellement le jour où ma mère tomba enceinte. L'annonce de l'arrivée d'un petit frère provoqua chez mon père abattement et colère. Les disputes devinrent alors quotidiennes et violentes. J'ai compris plusieurs années après qu'il n'était pas le père de mon petit frère Louis. Il nous a abandonnés quelques jours avant l'accouchement. Il avait préparé son départ et s'était arrangé pour vendre le garage juste avant. Il disparut du jour au lendemain en me laissant seul avec ma mère et Louis. De retour dans la petite maison familiale, ma mère n'avait d'yeux que pour mon frère. Quand elle me regardait, elle voyait mon père. Au cours des mois qui suivirent, elle ne leva plus jamais la main sur moi, mais la violence devint psychologique. J'étais son souffre-douleur. Tous les jours, elle me traitait comme si j'étais la cause de cette situation. Alors âgé d'à peine 10 ans, ma mère, qui devait travailler quelques heures chaque soir pour compléter son petit salaire, me confiait Louis à surveiller. J'avais tout juste 10 ans, mais je le changeais, lui donnais les biberons préparés à l'avance, et le couchais dans la même chambre que moi. J'aimais beaucoup mon petit frère. Il me faisait toujours des sourires. C'était l'innocence pure... »

Les yeux de Rossi s'embrumèrent.

« Une nuit comme toutes les autres, ce sont les hurlements de ma mère qui me réveillèrent. L'image est gravée à jamais dans ma tête... Elle était agenouillée sur la moquette et tenait Louis dans ses bras en me criant dessus. Il était immobile. C'est quand j'ai reçu une claque magistrale que j'ai réalisé que mon petit frère était mort. Dans ma tête de petit garçon, ce fut un cataclysme. Je ne comprenais pas. Comment un être si gentil, si petit, pouvait mourir comme ça, sans raison, alors qu'il pétillait de vie quelques heures auparavant. Ma mère me bombardait de coups pendant que les larmes coulaient sur mon visage. Elle hurlait que c'était de ma faute, que je lui avais mal donné à boire, que je l'avais couché sur le ventre, que j'aurais dû mieux le surveiller au lieu de dormir. Je ne comprenais rien... C'était complètement injuste... Il ne se passait pas une journée sans que ma mère fasse pleuvoir les reproches sur moi. À un tel point qu'elle me persuada que tout était de ma faute... »

Rossi resta un moment silencieux avant de poursuivre :

« Quelques mois plus tard, j'apprenais que le décès de mon petit frère avait été attribué à la mort subite du nourrisson. J'avais enfin une réponse, mais je restais profondément insatisfait. C'était quoi cette maladie ? Il n'y avait pas de vaccins ? Quels en étaient les symptômes ? Est-ce que j'avais raté un quelconque signe ? Quand je posais la question autour de moi personne ne me répondait clairement. C'était une sorte de maladie mystérieuse pouvant conduire au décès de l'enfant avant la fin de sa première année. Chacun y allait de sa théorie : la manière de coucher le bébé, de l'habiller, de le nourrir, la fatalité… Frustré, je me suis juré d'en comprendre la cause. À 12 ans, j'ai annoncé à ma mère que je voulais devenir médecin. Elle a accueilli ma décision comme une évidence. C'était le minimum que je puisse faire pour me faire pardonner d'avoir laissé mourir Louis, selon elle… Ma mère n'a jamais vraiment compris mes travaux, tout ce qu'elle voulait savoir c'était si j'avais trouvé un remède pour que cela n'arrive plus. J'ai travaillé comme un fou pour décrocher une bourse et entrer à la faculté de médecine de Paris. Le diplôme en poche, j'ai continué dans la recherche. J'ai alors eu la chance de pouvoir travailler à La Paz, en Bolivie. C'était l'endroit idéal pour commencer mes recherches, car j'étais persuadé qu'un manque d'oxygène au cours de la grossesse pouvait entraîner une mort prématurée. Quoi de mieux que l'étude de patients qui habitaient une ville perchée à plusieurs milliers de mètres d'altitude. »

Pierre Rossi se racla la gorge :

« J'étais brillant et complètement obnubilé par ma mission. Ma réputation en tant que chercheur et surtout en tant que médecin grandit rapidement auprès de la population locale. Cette notoriété fut une aubaine pour moi, car j'ai pu me constituer un réseau qui me ravitaillait contre rétribution en fœtus et bébés prématurément décédés. Sachant que certaines de mes expérimentations pouvaient choquer la morale de beaucoup de mes confrères, je me suis monté un laboratoire clandestin chez moi. Vous voyez ? »

Nathalie hocha la tête, voyant parfaitement à quoi il faisait allusion.

« Avec le recul, je n'ai que du dégoût pour cette période. J'étais tellement dans ma quête de réponses que j'étais devenu un monstre sans humanité, une machine… Je partais dans toutes les directions pour comprendre. De frustration, j'ai souvent mis à sac mon laboratoire. Quand je pense aux centaines de petits corps que j'ai disséqués, pour souvent pas grand-chose au final, j'en suis malade. Mais c'était ma vie, mon fardeau, mon devoir. Je devais le faire pour mon frère, pour ma mère, pour les mères qui avaient perdu un enfant, pour les futures mamans…

– Votre mère était loin, intervint Nathalie pour la première fois. Son influence sur vous aurait dû être moins forte.

– C'est ce que j'ai cru aussi au début, dit Rossi avec un sourire las, mais non, au contraire, son emprise s'est accentuée. Elle me harcelait tous les jours au téléphone. Cela ne durait jamais plus d'une minute, mais assez pour me culpabiliser et m'exhorter à poursuivre mes recherches en mémoire de Louis. Même après avoir raccroché, j'entendais encore sa voix et les mêmes phrases qui tournaient en boucle dans ma tête. Son omniprésence s'enracina profondément en moi. C'est également à cette période que j'ai commencé à mâcher des feuilles de coca. Elles me permettaient de pouvoir tenir physiquement et de réduire un peu l'influence mentale de ma mère. »

Rossi fit une pause pour demander de l'eau au gardien. D'abord réticent, il obtempéra quand Nathalie en fit de même.

« J'ai passé douze ans en Bolivie avant de rentrer en France. Ma mère était malade et me réclamait. Au milieu de tout ce gâchis, j'ai tout de même fait des découvertes de premier ordre, m'octroyant ainsi une légitimité et la reconnaissance de mes pairs. Cette notoriété m'a permis de trouver rapidement un poste en France. C'est comme ça que j'ai atterri à Lyon. »

43

Samedi 24 novembre 2018, 12 h 50.

« Pourquoi êtes-vous revenu avec votre morbide collection de bocaux dans vos bagages ? » demanda Nathalie.

Rossi baissa la tête.

« Je vous l'ai déjà dit. C'était ma mission, ma punition. Dans chaque être que j'ai disséqué je voyais mon petit frère. En mémoire et par respect pour eux, j'ai conservé ceux dont l'état le permettait. Je suis incapable de vous l'expliquer, mais leur présence m'apaise. Tous les soirs avant d'aller me coucher, j'ai besoin de leur parler, de sentir leur présence, de les savoir près de moi. C'est bien la seule chose qui va me manquer ici…

– Et cette histoire de congélos ?

– Même chose qu'en Bolivie, mais de façon plus réglementée. Beaucoup de familles ont accepté de laisser le corps de leur enfant à la science. Une grande responsabilité pour moi et un fardeau encombrant au final.

– Pourquoi encombrant ? »

Rossi sourit tristement.

« Depuis la mort de ma mère, il m'est devenu impossible de travailler sur ces dons. Je fais un blocage. Par respect pour les familles, je recherche en vain de jeunes doctorants pour reprendre le flambeau, mais ça n'intéresse personne. Pire, ils me trouvent répugnant et jugent que mes recherches datent d'un autre âge. »

Nathalie perçut la colère de Rossi et fit immédiatement le rapprochement avec l'étudiant retrouvé mort à côté du laboratoire. Elle vérifia son intuition :

« Stéphane Moreau. »

Rossi la fixa, le regard dur.

« Ce crétin a refusé toutes mes propositions. Il n'en faisait qu'à sa tête. Je lui ai pourtant proposé un poste en or après sa thèse, mais il l'a refusé avec beaucoup de mépris. Il crachait sur mes recherches, les trouvant stériles et désuètes. La semaine dernière, ce fut la fois de trop. Je suis entré dans une colère noire. Connaissant ses habitudes, je l'ai attendu dans le petit parc pour lui faire passer définitivement l'envie de se foutre de ma gueule.

– Pourquoi autant de violence ? C'est nouveau pour vous ?

– Malheureusement non. C'était la première fois qu'elle s'abattait sur quelqu'un, mais comme je vous l'ai déjà dit, il m'est souvent arrivé de mettre à sac ma maison ou ma chambre d'hôtel après un congrès qui s'est mal déroulé. Quand on me prend pour un con, quand on dénigre mon travail, ça me rend fou et j'ai besoin de tout casser pour faire retomber ma colère.

– C'est ce qui s'est passé pour les autres meurtres ?

– Oui.

– C'est le refus de vous faire entrer dans leur loge qui a tout déclenché ? » tenta Nathalie.

L'étonnement traversa le visage du professeur.

« Vous avez découvert que j'étais franc-maçon ?

– Évidemment, sinon comment aurions-nous pu faire le lien entre les meurtres.

– Bien sûr, excusez ma question idiote. Ces quinze derniers jours ont été terribles. Ce qui s'est passé est le résultat de toute une vie de souffrance et de domination psychologique. Un ouragan intérieur orchestré par elle et qui a fini par éclater.

– Pourquoi maintenant ? Pourquoi juste pour un refus d'admission ? » demanda simplement Nathalie, s'obligeant à ne pas brûler les étapes.

« C'est plus compliqué que ça, soupira Rossi. Il y a plusieurs choses qui entrent en ligne de compte. Tout d'abord, au fil des années, j'ai remarqué que l'influence de ma mère était moins forte lorsque je me trouvais sous terre. Ça a l'air complètement irrationnel. Je suis incapable de l'expliquer, mais c'est une constatation.

– Je ne comprends pas bien ! Pourquoi ce simulacre de ventre maternel dans votre cave si vous vouliez échapper à l'emprise de votre mère ?

– J'imagine que tout se mélange dans ma tête. Un jour, lors de la visite d'une grotte dont une partie se déroulait à bord d'une barque, je me suis caché pour y passer la nuit. Je le faisais souvent. Cette fois-ci, je me suis endormi dans l'embarcation. Cela a été une des meilleures nuits de ma vie. Le mouvement et le bruit de l'eau ont eu des effets incroyables sur mon sommeil. J'ai cherché à reproduire chez moi les mêmes conditions et à force d'essais, j'en suis venu à recréer l'environnement qui s'apparente à un fœtus dans le ventre de sa mère.

– C'est complètement dingue, alors que vous cherchez justement à vous extraire de son emprise.

– Je sais… Peut-être que c'est la seule période où j'étais vraiment en symbiose avec elle…

– Quel rapport avec la loge ?

– Je suis entré en maçonnerie il y a six ans. À cette époque, j'avais besoin de reconnaissance personnelle et professionnelle. Je pensais trouver mon bonheur. J'ai déchanté dès mon initiation dans la fraternelle que j'avais choisie.

– Une fraternelle ?

– C'est une loge composée très majoritairement de membres issus du même milieu professionnel. Quelle erreur ! Ça a été l'horreur pour moi ! Il n'y avait que des médecins, des professeurs et des psychiatres. À part une poignée de frères, je les ai trouvés écœurants, arrivistes et malsains. Ils m'ignoraient, me snobaient. J'ai vite changé de loge avant que cela ne tourne mal. C'est à cette période que j'ai fait la connaissance du docteur Charry. Il était bienveillant avec moi. Par la suite, on se croisait de temps à autre entre deux tenues ou au bar du temple où je passais beaucoup de temps, souvent seul, à écouter les autres. »

Rossi fit une pause pour remplir son verre et le boire lentement. Nathalie était tendue et se retenait de le secouer pour qu'il se dépêche de poursuivre.

« Il y a quelques semaines, reprit enfin Rossi, j'ai fait la connaissance d'une sœur avec qui j'ai tout de suite sympathisé. Ce qui m'arrive très rarement et d'autant plus avec une femme. Elle était agréable et m'écoutait vraiment. Elle n'était pas dans le jugement et trouvait mon travail passionnant. Nous nous sommes revus plusieurs fois au temple et en dehors. C'était merveilleux ! Notre relation ressemblait à un roman d'amour platonique. Au fil de nos discussions interminables, elle m'a parlé de l'existence récente de la loge "La nouvelle Parfaite Amitié". Quand elle m'a précisé qu'ils se réunissaient dans les souterrains lyonnais, j'ai tout de suite voulu en faire partie. Rien à faire des chevaliers, c'était une occasion unique de découvrir des lieux magiques, interdits, proches de chez moi. Quand j'ai su que le docteur Charry était au collège d'officiers, je l'ai contacté. Il a semblé très gêné, m'a expliqué que c'était une loge expérimentale et que pour l'instant ils désiraient rester avec un effectif réduit, qu'il me recontacterait plus tard. J'ai été très peiné par ce refus incompréhensible. Il ne me restait plus qu'à patienter pour une éventuelle admission. Les choses auraient pu en rester là, mais alors que j'étais avec ma sœur au restaurant…

– Excusez-moi, Pierre, le coupa Nathalie, quel est le prénom de cette sœur ?

– Je préfère ne pas le révéler. De toute manière, je n'en ai pas le droit. »

Il voulait la protéger, elle et son appartenance à la franc-maçonnerie. Nathalie n'insista pas.

« On verra ça plus tard. Poursuivez.

– Merci. Elle m'a raconté qu'à la sortie d'une tenue, juste avant des agapes, elle s'était retrouvée à côté d'un groupe de frères qui se moquait bruyamment de moi devant tout le monde. Ils dénigraient mes travaux et mon souhait d'intégrer leur loge. Ma sœur m'a précisé que beaucoup de frères autour avaient ri aux éclats... Ces enculés m'avaient humilié en public. Venant de francs-maçons, leur comportement était inacceptable. Je me suis promis de venger mon honneur. Elle était d'accord avec moi et m'a exhorté à tous les tuer ! Ils prendraient pour tous les autres.

– Qui ça, elle ? Vous parlez de votre sœur ?

– Quoi ? » fit sèchement Rossi, soudain envahi d'une colère froide.

Il se frotta frénétiquement les yeux pour s'obliger à se calmer.

« Ça va aller ? demanda Nathalie.

– Excusez-moi. Je faisais allusion à ma mère, répondit Rossi en tentant de maîtriser sa voix. À partir de ce moment, elle s'est mise à me parler en continu, à me marteler ma mission meurtrière. C'était insupportable. J'ai augmenté ma consommation de feuilles de coca pour éviter l'implosion... Belle connerie ! Ça a été pire, j'ai complètement perdu pied. J'ai tué Moreau dès le lendemain. Je n'avais rien dormi la veille et elle... enfin, la voix, me disait de me dépêcher, que ces hommes ne méritaient pas de vivre plus longtemps. J'ai choisi de commencer par Lefort... »

La petite pièce s'était remplie d'une tension palpable. Nathalie crut même entendre des voix féminines. Pitié... Elle se concentra sur les dernières paroles de Rossi. C'était bien une histoire de vengeance qui avait pris corps dans un esprit dérangé et drogué. Elle avait sa réponse, mais son intuition lui murmurait qu'il y avait encore quelque chose derrière tout ça...

Son portable vibra dans sa poche. Certainement Raphaël qui tentait une nouvelle fois de la joindre.

Le gardien passa la tête dans la salle pour annoncer qu'il ne restait plus que deux minutes.

Les méninges de Nathalie s'emballèrent. Il restait encore beaucoup de questions à élucider comme l'identité du second tueur. Il n'y avait encore fait aucune allusion. C'était peut-être cette fameuse sœur ? Elle était au courant de tout et semblait tenir au professeur. Elle se lança :

« C'était votre sœur qui était avec vous ? demanda Nathalie.

– Pardon ? Où ça ?

– Qui vous accompagnait lors des meurtres.

– Qu'est-ce que vous racontez ? Qu'est-ce qu'elle ferait avec moi ? J'étais tout seul ! »

Sa réponse déstabilisa Nathalie. Protégeait-il cette femme ? Ce qui aurait été logique, mais il semblait si sincère. Elle tenta une autre approche :

« Vous êtes gaucher ?

– Hein ? Oui, s'étonna Rossi.

– Ambidextre ?

– Je me débrouille avec la droite, mais sans plus. Pourquoi ces questions ?

– Pour avoir des confirmations.

– Ah ! » fit le professeur, perplexe.

Nathalie fouilla dans sa poche et ouvrit son téléphone. Elle découvrit alors une notification indiquant un nouveau message de Cyrille. Elle se retint de le consulter et fouilla dans sa galerie de photos. Elle sélectionna une image, l'agrandit et la présenta à Rossi :

« Vous reconnaissez cet objet ? »

Il se pencha pour examiner la photo, mais se trouva bloqué par la ceinture.

« Vous pouvez approcher un peu, je suis coincé et je n'ai pas mes lunettes. »

Nathalie s'exécuta et resta braquée sur le visage concentré du professeur.

« Cela ressemble à une espèce de grattoir.

– Ce n'est pas un outil que vous utilisez au quotidien ? insista-t-elle.

– Ah non ! Pas du tout. C'est quoi ?

– C'est utilisé par les géologues », répondit Nathalie, qui ramena le téléphone à elle.

Incroyable ! Soit c'était un fieffé menteur, soit il ignorait tout de la présence de l'autre tueur. Est-ce que c'était le cataphile qui avait fait irruption dans l'église ? Elle mit la question en suspens en entendant le gardien revenir.

« J'ai une dernière question.

– Je vous écoute.

– Pourquoi leur avoir crevé les yeux ? »

Rossi prit un moment avant de répondre, ce qui parut interminable à Nathalie.

« Pour nous, la lumière est un symbole très fort aux multiples significations. Lors de notre rite initiatique, on reçoit la lumière. Nous passons des ténèbres à la lumière. C'est ce qui fait de nous un franc-maçon. »

Nathalie avait compris.

« En les rendant aveugles, vous les replongez symboliquement dans l'obscurité.

– C'est ça. Pour moi, ils ne méritaient plus d'être des nôtres, de partager nos valeurs qu'ils ont honteusement bafouées.

– Et pour le romancier ?

– J'ai été dérangé au moment où je m'apprêtais à lui enfoncer des stylos dans les yeux. J'ai pris peur et je me suis sauvé.

– Qu'est-ce qui vous a dérangé ?

– J'ai entendu quelqu'un monter les escaliers. Un voisin qui rentrait.

– La porte n'était pas fermée ?

– C'est ce que je croyais. »

44

Samedi 24 novembre 2018, 13 h 10.

« Allô, Cyrille, des nouvelles de notre cible ?

– Commandant, murmura l'officier. Je suis dans le bus. Il est devant moi et s'apprête à descendre. Je vous rappelle tout de suite après. »

Nathalie garda son téléphone à la main et chercha un endroit pour s'asseoir aux abords de la maison d'arrêt.

L'entretien avec Rossi avait tenu ses promesses. Elle connaissait maintenant son mobile et ses motivations. Son parcours de vie expliquait en grande partie ses actes, même si cela ne l'excusait pas pour autant.

Autre révélation qui se confirmait, il n'avait absolument pas conscience de la présence du second tueur. Les dernières paroles de Rossi l'avaient conduite à exclure la présence de cette fameuse sœur. La meilleure hypothèse restait donc que cet homme mystère soit le même que celui de l'église Saint-Bernard.

Cyrille la rappela.

« Nous sommes descendus à l'arrêt de la Croix-Rousse. Il se dirige vers l'esplanade.

– Encore ce quartier ! Il ne retourne quand même pas à l'église ! Ça n'a aucun sens…

– Il en prend pourtant la direction. Il vient de traverser le boulevard… Je reste en ligne.

– O.K. »

Nathalie se leva et tourna sur elle-même. Elle trépignait d'impatience.

« Il vient de s'engager dans la montée Saint-Sébastien.

– Bon sang, il y retourne…

– Non, fit Cyrille une minute plus tard. Il est passé devant seulement. Il s'approche du carrefour… Je suis… Place Colbert. On dirait qu'il coupe en direction d'un bar, La Pinte Douce… Oups.

– Qu'est-ce qui se passe ?

– Il vient de se retourner. J'ai juste eu le temps de me cacher derrière un platane. C'est bon, il s'engage dans une rue… Il a stoppé devant une porte et semble taper un code. Il vient d'entrer. Je me rapproche. »

Nathalie bascula en mode haut-parleur et rechercha le numéro d'une compagnie de taxi.

« C'est un club ! fit Cyrille à l'autre bout du fil.

– Quoi ?

– Le Vice & Versa, c'est un club échangiste.

– Il ne manquait plus que ça ! » fit Nathalie, qui connaissait par cœur ce type d'établissement. « Je prends un taxi et je vous rejoins. Restez en planque.

– Entendu. Je vous attends au bar d'à côté. »

Nathalie commanda un taxi. Qu'est-ce qu'un gars comme Lucien Martin fichait dans un club en dehors des heures d'ouverture… Elle avait hâte de le savoir.

Cyrille sortit du bar. Il était accompagné des lieutenants Legrand et Duflot.

L'excitation monta d'un cran. Leur présence ne pouvait que signifier que les trois frères se trouvaient ensemble !

« Alors ? demanda-t-elle à Cyrille.

– Roitelet et Givrard sont arrivés peu de temps après notre appel. Ils sont toujours à l'intérieur.

– On fait quoi ? » fit Duflot.

Nathalie réfléchit un instant.

« J'y vais avec Cyrille. Vous deux, restez en planque. On s'appelle s'il se passe quelque chose. »

Duflot fut un peu déçu, contrairement à Legrand, qui n'avait aucune envie d'entrer dans le club, préférant boire un verre dans le bar voisin.

Se dirigeant vers l'établissement, Nathalie remarqua l'embarras de Cyrille.

« Un souci ? lui demanda-t-elle.

– Ça ne va pas faire un peu bizarre d'y entrer tous les deux ?

– On ne s'excite pas », le taquina Nathalie, un peu surprise et amusée par la gêne du lieutenant. « C'est fermé à cette heure-là.

– Alors qu'est-ce qu'ils viennent faire ici ? s'étonna Cyrille en se massant la nuque.

– C'est ce qu'on va découvrir.

– On va se dévoiler alors.

– Rien à foutre, j'en ai marre qu'ils me baladent depuis le début.

– Ça n'a peut-être rien à voir avec notre affaire.

– Tu plaisantes ? Je les vois mal se faire un plan à trois », railla Nathalie.

Cyrille sourcilla aux taquineries de sa supérieure. Cette femme était vraiment surprenante.

Ils s'approchèrent d'une porte grise anonyme. Seule une petite plaque argentée fixée sous un digicode indiquait le nom du club.

Nathalie s'apprêtait à sonner quand sa main resta suspendue en l'air. Elle pensait subitement à Raphaël. Après un instant d'hésitation, elle lui envoya un message.

« Je ne suis jamais entré dans ce genre d'endroit, fit Cyrille.

– Je m'en doutais. Il y a un début à tout. Souris à la caméra, nous allons faire sensation ! »

Une voix lointaine répondit après que Nathalie eut pressé le bouton d'appel :

« Bonjour. Désolé, c'est fermé pour l'instant. Revenez ce soir à partir de 21 heures. »

Le visage de Cyrille devint cramoisi. L'homme les avait pris pour un couple de clients.

« C'est la police ! fit Nathalie. Nous souhaiterions vous poser quelques questions.

– Vous êtes de la financière ? De la mondaine ?

– Ni l'une ni l'autre. Ouvrez, s'il vous plaît ! »

Elle se tourna vers Cyrille :

« De la mondaine ! Il a quel âge ce type ? »

Il s'écoula trente longues secondes avant que la porte ne s'ouvre enfin sur un homme : la quarantaine, grand, sec, le teint pâle avec une barbe fournie qui lui mangeait tout le bas du visage, lui masquant le cou pour se terminer en pointe.

« Qu'est-ce que vous voulez ? fit-il.

– Qui êtes-vous ? demanda Nathalie.

– Didier Chenet, le gérant.

– Parfait. Vous êtes l'homme de la situation. Entrons pour discuter. »

Sans lui laisser le temps de réagir, elle le poussa et pénétra dans l'établissement.

Chenet protesta mollement et referma derrière Cyrille en râlant.

Ils s'avancèrent dans un hall à la décoration chic et tape-à-l'œil. Le rouge prédominait partout : des rideaux qui encadraient les murs à intervalles réguliers aux chandeliers à LED posés sur des piliers de style grec. Juste au-dessus d'une arche, sous le nom du club écrit en noir, une enseigne lumineuse annonçait la couleur. On y voyait un homme stylisé en rouge enlaçant une femme bleue, et juste à côté, un homme bleu avec une femme rouge. Le Vice & Versa…

Ils entrèrent dans une grande pièce aux murs noirs et au lino clair imitation marbre. Un bar garnissait tout le fond, où un grand choix de bouteilles était valorisé par un éclairage indirect. De nombreux fauteuils et canapés en cuir blanc formaient des petits îlots d'intimité autour de tables rondes transparentes.

Nathalie s'approcha du zinc et s'installa sur un tabouret lui permettant de conserver un certain aplomb. Cyrille se positionna à deux mètres derrière le gérant.

« Qu'est-ce qui se passe, enfin ? » fit Chenet, qui ne parvenait plus à masquer son impatience.

« Il y a quelqu'un d'autre dans le club en ce moment ? »

L'homme hésita une seconde.

« Juste mon employée qui termine le ménage dans les autres pièces.

– C'est tout ? insista Nathalie.

– Euh… Oui. Nous sommes fermés !

– Bon ! On va gagner du temps ! Nous savons que trois hommes sont entrés il y a moins d'une petite heure et qu'ils ne sont toujours pas ressortis. Je doute qu'ils fassent le ménage. Alors, je vous repose la question : qui se trouve ici à part vous deux ? »

Le visage de Chenet se décomposa.

« Je ne sais pas vraiment, avoua-t-il.

– Décidément, vous mentez très mal. Je sens que ça va se terminer au poste.

– Non, attendez ! s'affola Chenet. Je vous jure. Je ne sais pas exactement combien ils sont aujourd'hui. Ils ont le code d'entrée et se rendent directement en bas. Ils passent rarement me saluer avant.

– Qu'est-ce qui justifie un tel traitement ? Vous tenez un tripot clandestin ?

– Non ! » fit le gérant sur un ton alarmé.

Les jambes soudainement fatiguées, Chenet s'assit sur l'accoudoir d'un fauteuil.

« Écoutez. Ils ne font rien de mal.

– Mais encore.

– Il y a six mois, j'ai rénové toutes les pièces du bas. Dans l'une d'elles, en faisant sauter le carrelage mural, j'ai mis à jour un trou. Il y avait du vide derrière et de l'air frais s'en dégageait. Je l'ai agrandi par curiosité. L'espace paraissait grand, je ne savais pas trop quoi faire, hésitant à le reboucher tout de suite. Le lendemain, j'en ai parlé avec un bon client qui est architecte. Il a tout de suite voulu en savoir plus. On a cassé tout le mur et on a découvert une petite galerie qui se prolongeait assez loin. Mon client m'a alors supplié de lui laisser du temps pour l'explorer. Depuis, ils viennent régulièrement pour disparaître pendant des heures. »

L'adrénaline envahit Nathalie.

« Quel est le nom de votre client ?

– Désolé, je ne vous donnerai aucun nom, fit l'homme dont le visage pâlissait à vue d'œil.

– Ils sont combien en général ? Environ…

– Je ne sais pas vraiment. Je dirai quatre, cinq, peut-être plus !

– Ils viennent souvent ?

– Environ deux fois par semaine. Mais là, ça faisait dix jours qu'ils n'étaient pas venus. »

Nathalie et Cyrille échangèrent un regard complice. Ils connaissaient la raison de cette trêve.

« Ils doivent bien vous dédommager pour ce service ?

– Même pas. Certains sont de très bons clients qui me ramènent souvent beaucoup de monde. Je leur dois bien ça.

– Vous avez une idée de ce qu'ils fabriquent ?

– Ils visitent. Apparemment, la galerie donne sur plusieurs réseaux souterrains.

– Comme les arêtes de poisson ?

– Aucune idée, fit Chenet, sincère.

– Très bien. Conduisez-nous. »

Chenet blêmit.

« S'il vous plaît. Ils ne font rien de mal.

– C'est à nous d'en juger. Go ! »

Les épaules basses et le dos voûté, Chenet passa devant Cyrille. Ils traversèrent le couloir par lequel ils étaient venus pour entrer dans la zone plus intime du club. Ils passèrent devant plusieurs salons privés aux murs capitonnés. Dans l'un d'eux, ils virent une femme de dos, à quatre pattes en train de fouiller sous les meubles, sûrement à la recherche d'un string ou autres joyeusetés oubliés.

Chenet ne fit pas de commentaire et s'empressa de soulever un rideau rouge qui dévoila un escalier descendant. Les yeux des deux officiers eurent un moment de flottement en parvenant en bas. Il régnait une forte chaleur autour d'eux. Ils durent attendre quelques secondes avant de distinguer vaguement quelque chose dans le noir intense.

« Vous ne pourriez pas allumer ? On ne voit rien ici.

– C'est fait exprès », fit le gérant en tournant un variateur dissimulé derrière un voile.

Une douce lumière orangée envahit les lieux et fit ressortir les contours des vitres rondes présentes sur une demi-douzaine de portes.

« Je présume que c'est le parc à thème ici », fit Nathalie, aguerrie par son expérience parisienne.

Chenet acquiesça.

Cyrille, pour qui c'était une première, ne résista pas et s'approcha du premier hublot. Il découvrit un espace comportant un immense lit rond recouvert d'un drap rose avec de grosses lèvres entrouvertes blanches. Autour étaient disposés plusieurs poufs malléables et de petits meubles pour poser verres et gadgets.

« Un peu chelou ! » commenta Cyrille, pas très emballé.

« Je vous déconseille alors de regarder les autres, prévint Chenet avec un petit sourire pervers. Venez. C'est la chambre du fond. »

Cyrille garda la tête droite, mais sa vision périphérique identifia les nombreuses chaînes qui descendaient du plafond d'un autre temple dédié aux plaisirs des habitués.

Chenet poussa la porte sur laquelle un écriteau recouvrant le hublot indiquait « en rénovation ». Il régnait un désordre indescriptible dans la pièce d'une trentaine de mètres carrés, mais la première chose que Nathalie remarqua fut la fraîcheur qui contrastait avec le reste du sous-sol.

Slalomant entre les pots de peinture et les meubles recouverts d'un plastique de protection, elle se dirigea vers la source du courant d'air qui s'échappait d'un voile qui ondulait légèrement. Sa main écarta le tissu, révélant une ouverture d'à peine soixante centimètres de large. La faible lumière dévoila une paroi en terre juste devant elle. Nathalie avança sa tête pour découvrir les premiers mètres d'une galerie qui descendait de la droite vers la gauche.

Nathalie alluma la fonction torche de son portable. Sur une hauteur d'un mètre cinquante, de chaque côté courait un étroit passage aux parois irrégulières. Elle ne put en voir davantage, car le tracé tournait rapidement. Elle éclaira le sol et le testa du pied. Sa chaussure à la semelle lisse glissa sur la terre humide. Se rapprochant, elle observa au centre du couloir un mince filet d'eau qui coulait lentement.

Nathalie soupira. Elle n'avait aucune envie d'entrer là-dedans et encore moins avec ses chaussures de tennis. Elle n'était pas assez équipée, même pour une visite rapide.

Elle resta encore un instant pour écouter. À part un bruit d'eau lointain, tout était silencieux…

Laissant retomber le rideau, elle recula pour inspecter le contenu de la pièce. Sur sa gauche, le long du mur, elle repéra des vêtements et du matériel alignés sur une longue banquette. Sa première réaction fut de foncer dessus pour les fouiller, mais elle se réfréna. Ils n'avaient aucune autorisation officielle.

« J'ai besoin de discuter avec mon collègue, déclara Nathalie. Vous pouvez nous laisser seuls ? Nous repasserons vous voir avant de partir.

– Ah ? Très bien… Je remonte alors », fit Chenet à contrecœur.

Lui aussi avait vu les affaires de ses clients. Il hésita encore un peu et ressortit en se disant que de toute façon les policiers connaissaient déjà leur identité.

« Cyrille, vérifiez qu'il est bien remonté et bloquez l'accès.

– C'est parti ! »

Il entrebâilla la porte et inspecta le couloir.

« La voie est libre », fit-il en refermant.

Nathalie se précipita sur le tas de vêtements qu'elle attaqua sans prendre de précautions. Après quelques minutes d'une fouille frénétique, elle balança rageusement une paire de chaussures.

« Putain ! Que dalle.

– Vous cherchiez quoi au juste ? s'étonna Cyrille. On a maintenant la preuve qu'ils se promènent sous la Croix-Rousse et je doute que cela ait un rapport avec la franc-maçonnerie ou avec leur loge.

– Je ne sais pas. J'avais envie de voir leur tronche sur leurs papiers. Mais qu'est-ce qu'ils peuvent bien fabriquer là-dessous ?

– C'est la prochaine étape, non ? devina Cyrille.

– Oui. Et il n'y a qu'une façon pour le savoir. On doit entrer là-dedans.

– Aucun de nous n'est qualifié pour ce genre d'aventure. C'est trop dangereux ! On va se paumer dans ce labyrinthe.

– Je sais. Il faut trouver quelqu'un pour nous guider. Un spécialiste. Un cataphile ou quelqu'un des services de la ville.

– Ça va être compliqué dans les deux cas. Les cataphiles ne bougeront pas le petit doigt et la mairie nous demandera une tonne de paperasses avant de faire quoi que ce soit. Ça va prendre des mois.

– La commissaire pourrait faire accélérer les choses. Je vais lui demander ce soir.

– Attendez. »

Cyrille se cala contre la porte pour tapoter sur son portable. Nathalie le regardait, pleine d'espoir.

« Merde, pas de réseau ici ! fit-il.

– Vous cherchiez quoi ?

– Lors de mes recherches, j'ai trouvé un nom qui revenait souvent. Une personne qui a toujours été proche du milieu souterrain lyonnais, qui a beaucoup milité pour que les arêtes soient ouvertes au public.

– Il connaît bien le réseau ?

– Oui et les arêtes de poisson en particulier.

– Génial. Il accepterait de nous guider ?

– Je ne sais pas. Il n'est plus tout jeune…

– Peu importe. Appelez-le dès que possible ! Allez ! On remonte. Il n’y a plus rien à faire ici et je ne voudrais pas qu’ils nous surprennent.

– De toute façon, le gérant va se faire un plaisir de les mettre au courant.

– Il ne va pas s’en priver, mais ce n’est pas grave. Ça va leur mettre la pression. Ils vont peut-être faire une connerie. »

Ils prirent congé du gérant sans évoquer une éventuelle prochaine visite. Ils ne voulaient pas lui gâcher la surprise…

45

Samedi 24 novembre 2018, 21 heures.

Assise sur la banquette arrière du taxi qui la menait à son hôtel, Nathalie consultait ses messages. Elle s'étonnait que Raphaël n'ait pas encore réagi à son dernier SMS.

Il fait peut-être la gueule.

Elle ne le connaissait pas beaucoup. Pas assez pour savoir s'il était du genre boudeur ou rancunier. C'est vrai qu'elle l'avait laissé tomber comme une vieille chaussette, l'excluant totalement de l'histoire alors qu'il avait pris des risques en l'accompagnant dans l'église Saint-Bernard. Elle ne l'avait pas revu depuis sa course-poursuite à travers la Croix-Rousse.

Une légère sensation de culpabilité s'immisça en elle.

Sa mise à l'écart partait pourtant d'un bon sentiment. C'était pour le protéger, pour qu'il n'ait pas de problèmes avec sa brigade.

Nathalie se mordit les lèvres, réfléchissant à la suite à donner avec Raphaël. Elle se décida à l'appeler :

« Salut, commença-t-elle.

– Ah ! C'est gentil d'appeler !

– Je ne te dérange pas ?

– Non, pas du tout. Je suis chez moi. Je me reposais en espérant de tes nouvelles.

– Écoute, ce n'est pas parce qu'on couche ensemble qu'on doit s'appeler toutes les cinq minutes !

– Qu'est-ce que tu racontes ? N'inverse pas les rôles. Ça n'a rien à voir. Je ne suis plus un gamin. Je sais faire la part des choses !

– Mais…

– J'étais inquiet pour toi et à juste titre, il me semble. Tu te mets en danger en faisant cavalier seul ! Tu aurais dû me tenir au courant plus tôt.

– Je ne voulais pas te causer d'ennuis dans ton boulot. Tu as déjà pris assez de risques en jouant les intermédiaires…

– Je m'en fiche. Ta sécurité passe avant tout. Le gars, hier soir, ce n'était pas un enfant de chœur.

– Je suis désolée, reconnut-elle. Mais je ne suis pas seule. La commissaire me soutient maintenant. »

Nathalie lui raconta son entretien avec sa supérieure.

« C'est une bonne nouvelle ! Je suis rassuré. Bon alors, raconte-moi ce qu'ils fabriquent dans ce club, ton SMS était vague.

– De l'exploration, d'après le gérant. En réalisant des travaux au sous-sol, il a mis au jour l'entrée d'une galerie. Il en a parlé à quelqu'un de la loge et depuis ils descendent régulièrement pour disparaître plusieurs heures.

– Incroyable ! Qu'est-ce qu'ils fabriquent là-dessous ?

– Pas de la franc-maçonnerie en tout cas. Cette histoire de chevalier est une couverture. Je l'avais déjà compris avec cette fausse cérémonie.

– J'ai eu le temps d'y repenser depuis. Je dois admettre que tu as raison. J'ai été crédule sur ce coup… Au fait, Martin n'a pas été blessé ?

– Non, il avait l'air d'aller très bien. Je n'ai pas retrouvé de sang quand je suis retournée dans l'église. La lame a juste dû l'effleurer.

– Tant mieux… Vous êtes entrés dans cette galerie ?

– Non, pas équipés et trop risqué. On a besoin d'un guide. Cyrille est sur le coup.

– Ah… Tiens-moi au courant. Je veux en être. Tu ne descends pas seule avec ce guide. Ne m'oublie pas cette fois-ci.

– Entendu.

– Bon. Tu fais quelque chose ce soir ?

– Non.

– Tu passes à la maison ? Il doit me rester du rhum.

– Si tu me prends par les sentiments…

– Super ! Je viens te chercher. Tu ne m'as toujours pas dit à quel hôtel tu étais descendue ?

– Moi aussi j'ai mes secrets. Prépare les verres. J'arrive. »

Après trois rhums musclés, ils avaient fait l'amour sur le sofa. Raphaël s'était ensuite endormi contre elle pendant qu'elle regardait un épisode de la série *Orange Is the New Black*.

Il lui avait dit qu'il avait passé l'après-midi à donner un coup de main à un ami rénovant une vieille maison. Les travaux avaient eu raison de lui.

Nathalie avait enchaîné deux autres épisodes déjantés avant de le réveiller pour monter se coucher.

Le dimanche matin, ils avaient traîné au lit, ne se levant qu'à 11 heures. Pendant que Nathalie prenait une douche, Raphaël était sorti pour acheter sur le marché de quoi constituer un solide brunch.

Raphaël laissa Nathalie vers 13 heures pour retourner travailler dans la maison de son ami.

Elle quitta l'appartement à son tour peu de temps après.

Dehors, le froid était vif, sans vent et le ciel dégagé. Un vrai temps d'hiver comme l'aimait Nathalie. Elle décida de rejoindre le quartier du Vieux Lyon à pied pour en profiter.

Elle descendait avec précaution les interminables escaliers de la montée de la Grande-Côte quand Cyrille appela. Son pouls s'accéléra aussitôt :

« Lieutenant !

– Bonjour, Commandant, je vous dérange ?

– Pas du tout ! Des nouvelles ?

– J'ai réussi à joindre l'homme dont je vous ai parlé hier soir. Il est d'accord pour vous servir de guide.

– Vous êtes un chef, Cyrille. Quand ?

– Il propose ce soir, si vous êtes d'accord.

– C'est parfait ! On risquera moins de tomber sur les Indiana Jones.

– Oui, il y a peu de chances, confirma-t-il. Quand je lui ai raconté notre projet, il est devenu fou d'excitation au téléphone. Cela fait un bout de temps qu'il n'a pas eu la possibilité de descendre. Il vous expliquera pourquoi. Il s'appelle Jean-Marc Charmet. Journaliste et historien, c'est une figure locale. Il vous donne rendez-vous à 19 heures, au 12 rue des Fantasques. Il voudrait vous montrer quelque chose avant. Ce n'est pas très loin du club.

– Très bien.

– Il s'occupe du matériel, mais vous devez vous équiper de bonnes chaussures et de vêtements chauds et imperméables.

– Pas de problème, fit Nathalie avant de comprendre. Attendez ! Vous ne venez pas ?

– Non, désolé. Je suis dans le bus pour mon match. Je ne serais pas revenu à temps pour vous rejoindre. Vous êtes entre de bonnes mains. Vous ne trouverez pas meilleur spécialiste. Envoyez-moi un message quand vous ressortirez.

– Je le ferai », promit Nathalie.

Elle le remercia une nouvelle fois et raccrocha.

Elle appela Raphaël pour le tenir au courant, mais elle tomba tout de suite sur son répondeur. Elle choisit de ne pas laisser de message, préférant lui parler de vive voix.

Elle accéléra le pas. Elle avait quelques courses à faire et comptait sur les magasins ouverts le dimanche pour trouver son bonheur.

46

Dimanche 25 novembre 2018, 18 h 50.

Nathalie arriva rue des Fantasques. C'était une rue étroite qui longeait parallèlement les pentes de la Croix-Rousse. D'un côté, une enfilade de petits bâtiments anciens, dont certains avaient jadis servi de temples maçonniques, et de l'autre, une balustrade épaisse en fer qui offrait une vue imprenable sur le 6e arrondissement. Sur la gauche en contrebas, une masse sombre : le parc de la Tête d'Or. La Ville des Lumières portait bien son nom. L'éclairage était doux et lui donnait une atmosphère tranquille et sereine. Seul le bruit du trafic troublait la quiétude des lieux.

Elle déposa son sac à dos et profita d'être encore à l'air libre pour respirer profondément. Même si son excitation était à son comble, elle n'était pas pressée de descendre sous terre.

Accrochée à la barre, elle fit quelques mouvements afin d'assouplir ses chaussures neuves. Grâce aux conseils du réceptionniste de son hôtel, elle avait trouvé tout l'équipement nécessaire.

Elle tourna la tête sur sa gauche et fut surprise de voir un homme à seulement quelques mètres d'elle, penché en avant, éclairé par un lampadaire. Nathalie remarqua qu'il portait le même type de vêtements qu'elle : des chaussures type rangers, un pantalon en toile aux poches multiples et un coupe-vent imperméable. Un sac imposant l'accompagnait. Peu de chances que ce soit une coïncidence.

Nathalie récupéra ses affaires et se rapprocha de l'homme qui semblait parler tout seul. Percevant sa présence, il se tourna vers elle pour lui présenter une épaisse moustache qui se terminait par deux grandes boucles.

Un regard pétillant souligné par un sourire franc l'accueillit.

« Vous êtes Nathalie ! fit le sexagénaire d'une voix grave.

– Gagné ! Et vous, monsieur Charmet.

– Jean-Marc suffira et tutoiement obligatoire. Enchanté de te rencontrer. L'appel de ton ami m'a fait rajeunir de quinze ans ! La perspective d'y retourner fait resurgir en moi des centaines de souvenirs… C'était avant mon interdiction et ça, fit-il en indiquant le flot de voitures qui s'engouffraient juste sous lui. C'est l'entrée du tunnel de la Croix-Rousse. Malgré tous nos efforts, on n'a rien pu faire. Ils l'ont quand même creusé, leur satané deuxième tunnel. Deux arêtes perdues à jamais. Quel sacrilège !

– Deux arêtes ! Tu parles des arêtes de poisson ?

– Oui ! Deux galeries détruites sans état d'âme.

– Ce n'est pas un site protégé ? » s'étonna Nathalie, se rappelant que Cyrille avait évoqué le sujet.

« Du tout. Pourtant c'est notre patrimoine qu'ils ont détruit ! Mais passons, nous ne sommes pas là pour ressasser les mauvais souvenirs. Il est temps d'y aller, l'heure tourne.

– On t'a expliqué la raison de ta présence ?

– Oui. Assez pour attiser ma curiosité. J'ai autant envie que vous de connaître pourquoi une bande de francs-maçons s'aventure sur les terres des cataphiles.

– Ah ! Il t'a dit aussi pour les francs-maçons.

– Pas besoin, j'avais deviné.

– C'est un problème ?

– Pas du tout ! De par ma profession d'historien, je connais bien cette société secrète. Et avant que tu ne me poses la question : non, je n'en fais pas partie. »

Jean-Marc fit un pas en arrière et examina Nathalie :

« Tes vêtements sont adaptés. Parfait ! Qu'as-tu dans ton sac ? Il me paraît bien gros.

– Des bouteilles d'eau, des lampes, de la nourriture, une couverture de survie, une polaire et d'autres bricoles.

– Il va falloir alléger tout ça pour que tu sois à l'aise dans tes déplacements. Nous allons parfois devoir nous contorsionner pour avancer. De plus, c'est ta première fois… »

Le visage de Nathalie se crispa.

« Ne t'inquiète pas ! Tout va bien se passer. Au moindre souci, on fait marche arrière. Viens, je vais te montrer quelque chose. »

Il traversa la rue et se dirigea vers le numéro 12. Ils débouchèrent sur une minuscule place. Sur la gauche, un long escalier montait vers la route supérieure. Mais ce n'est pas lui qui attira l'attention de Nathalie. Les murs qui encerclaient la zone étaient couverts d'énormes graffitis mis en relief par une puissante lumière blanche artificielle.

Nathalie se rapprocha.

Noyée au milieu des inscriptions, il y avait une grille rouge renforcée par une épaisse plaque métallique. Seul demeurait un petit espace vide au niveau de l'arc supérieur.

Légèrement en retrait, Jean-Marc roula ses moustaches entre ses doigts.

« De mon temps, il n'y avait aucun tag ! Mais ça ne me dérange pas. Ça apporte encore plus de mystères… »

Nathalie s'avança vers la porte, intriguée par la serrure.

« Tu as l'œil, fit Jean-Marc. C'est précisément ce que je voulais te montrer : l'entrée historique des arêtes de poisson. »

Elle passa ses doigts sur des soudures grossières qui en scellaient l'ouverture.

« Ce sont les services du grand Lyon qui ont réalisé ce magnifique travail. Ils n'ont pas fait dans la finesse, mais c'est efficace et dissuasif. Je passais par là avant. J'avais la chance d'avoir une clé.

– Les arêtes sont juste derrière ?

– Non, fit Jean-Marc en riant. Cela aurait été trop simple. On doit d'abord marcher une cinquantaine de mètres dans le réseau des Fantasques, jusqu'à l'aplomb des arêtes, puis descendre une échelle à barreaux d'une vingtaine de mètres. »

Elle resta figée, visualisant le parcours.

Il regarda sa montre et posa sa main sur l'épaule de Nathalie.

« On y va. »

Ils s'engagèrent dans le long escalier rejoignant la route supérieure.

« Il y a d'autres accès ?

– Oui. Mais toutes les portes ont été scellées et les plaques d'égout boulonnées. Ils sont même allés jusqu'à condamner les accès recensés dans les caves des particuliers. Les rares qui ont échappé aux autorités sont jalousement gardées secrètes par certains habitants et surtout par les cataphiles.

– Dont tu fais partie ?

– Plus ou moins. Je l'ai été, mais plus vraiment maintenant. Il y a trente ans, quand tout était encore accessible, il y avait tous types de gens qui se promenaient en dessous, dont moi et une bande de copains. On a fait les quatre cents coups. Notre grand jeu, c'était de passer la nuit totalement seuls dans les arêtes. C'était une expérience terrible psychologiquement et physiquement. Quand on ressortait le matin à l'aube, on avait l'impression d'avoir changé intérieurement.

– Tu as encore des contacts avec eux ? » le questionna Nathalie, réprimant un tremblement à l'idée de se retrouver coincée dans un souterrain.

« Je dois avoir les coordonnées de quelques-uns, de vieux briscards, comme moi. Les cataphiles sont plutôt jeunes, passionnés et contrairement à ce que l'on pourrait croire, ils possèdent un niveau d'instruction élevé.

– Ils pourraient me fournir une liste de leurs membres ?

– Là, il ne faut pas rêver… au mieux, ils te donneront la liste de leurs pseudonymes. Ils n'utilisent jamais leur véritable identité. »

47

Dimanche 25 novembre 2018, 19 h 20.

Didier Chenet, le gérant du Vice & Versa, était dans tous ses états.

« Mais qu'est-ce que vous voulez encore ?

– Passer une soirée agréable », le taquina Nathalie.

Il se figea et détailla avec inquiétude l'homme qui accompagnait la policière.

« Je plaisante ! précisa-t-elle. On veut redescendre !

– Hors de question ! Pas le soir ! Je ne peux pas prendre le risque que vous croisiez des clients… surtout en bas…

– J'en déduis que nos amis explorateurs ne sont plus là ?

– Heureusement !

– Ils sont venus cet après-midi ?

– Oui. Et je viens tout juste de finir d'effacer leurs traces. Ils m'ont mis de la boue partout. D'habitude, ils font attention…

– Parfait ! Ne vous inquiétez pas, nous serons discrets et propres. Après, si vous préférez, je peux passer un coup de téléphone à mes collègues pour qu'ils ferment votre club pour la soirée. Comme ça personne ne nous verra. »

Chenet capitula :

« Dépêchez-vous, mes premiers clients ne vont plus tarder. Et surtout, quand vous ressortirez, s'il vous plaît, appelez-moi, que je minimise les dégâts. »

Le gérant referma la porte en dodelinant de la tête, laissant Nathalie et Jean-Marc dans l'alcôve en rénovation.

Comme aspiré, l'ancien cataphile fonça vers le côté opposé, tira le rideau et s'extasia bruyamment :

« Fantastique ! »

Il fit danser ses doigts le long de la paroi.

« De la terre, sûrement XVIIIe siècle. »

Il entra complètement dans l'étroite galerie, laissant retomber le tissu. Il ferma les yeux et inspira profondément.

La forte odeur d'humidité et de renfermé le transporta des années en arrière. Il savoura le moment.

« Jean-Marc ! Tout va bien ? » demanda Nathalie, inquiète de ne plus rien entendre.

Il réapparut, les yeux humides.

« Quel bonheur ! Cela faisait si longtemps. Ma dernière fois remonte à plus de cinq ans. Je me suis fait prendre par la police et me suis retrouvé au poste. C'est un ami haut placé qui m'a fait sortir, mais il m'a assuré que c'était la dernière fois qu'il le ferait. Mes lourds antécédents agacent beaucoup de monde depuis trop longtemps.

– Tu prends des risques alors en venant avec moi ?

– Oui, mais ils sont faibles. Cette entrée n'est pas connue, donc pas surveillée. Et à l'intérieur, ils n'ont pas de dispositifs de surveillance. Une aubaine pour nous. Allez, on s'équipe ! »

Avec des gestes naturels, il distribua le matériel.

« Tiens, ton casque ! Attache-le bien et vérifie que la frontale soit parfaitement en place. Mets ce paquet de piles dans ta poche.

– Pourquoi autant ? demanda Nathalie en les récupérant. Je ne tiens pas à passer la semaine là-dessous.

– Le fort taux d'humidité fait diminuer plus rapidement la capacité d'une pile. Alors, je préfère prendre mes précautions. Tu verras. »

Pendant que Nathalie fermait son coupe-vent, Charmet consulta un tas de fiches plastifiées qu'il finit par ranger dans une poche de son pantalon.

« C'est parti ! fit-il en allumant les lampes des casques. Tu me suis de près et tu mets tes pas dans les miens. Tout se passera bien. »

Il entra de nouveau dans la galerie, suivi d'une Nathalie morte de trouille.

Son guide consulta une boussole :

« On va descendre à droite. Attention à la tête, le plafond est plus bas par là. »

Ils marchèrent lentement pendant deux minutes, les mains à plat contre les parois. Le parcours était sinueux et glissant. Les faisceaux de leurs frontales déchiraient l'obscurité sur quelques mètres seulement.

Dans son dos, Nathalie sentait la noirceur des lieux qui semblait vouloir l'engloutir. Elle imagina une bête hostile prête à la happer pour la transporter dans les ténèbres jusqu'à sa tanière. Si elle ne se ressaisissait pas très vite, la panique aurait raison d'elle. Elle essuya son front moite avec sa manche et se força à respirer régulièrement.

La peur de la policière était palpable. En tant que guide expérimenté, Jean-Marc savait ce qui lui restait à faire : parler pour la rassurer.

« Dans ces galeries, la température est constante, entre 13 et 14 °C. Il n'y a quasiment pas de courants d'air et le silence règne en maître le plus souvent. Il est parfois troublé par des bruits d'eau, le piétinement des rongeurs qui s'enfuient, les voitures qui roulent sur une plaque ou par la Ficelle qui fait trembler les murs.

– La ficelle ?

– Le funiculaire qui monte à la Croix-Rousse.

– Tu sembles savoir où on est ! » fit Nathalie, le voyant continuer à avancer sans hésiter alors que la galerie était coupée par une autre plus étroite.

« Pas encore. Je préfère continuer à suivre ce tracé. Il descend, mais surtout il y a des empreintes de pas toutes fraîches. Nos explorateurs sont passés par là… Attention, la pente est plus raide ici et ça glisse.

– Entendu.

– Cette galerie est typique de celles creusées par les Colinettes, reprit Charmet. Mais peu probable que cela en soit une. Nous sommes encore trop haut par rapport à la rue des Fantasques.

– Les Colinettes ?

– Un ordre monastique féminin fondé en 1665 par la marquise de Coligny, d'où le nom. Le couvent des Colinettes était un grand bâtiment, maintenant détruit, qui se trouvait comme par hasard le long de la rue des Fantasques.

– Pourquoi elles creusaient des tunnels ?

– Pour la même raison que tout le monde : l'eau. Les nombreux cours d'eau des plateaux font des collines lyonnaises de véritables citernes d'eau. Au temps des Romains, il y avait plusieurs aqueducs qui desservaient la ville. Plus tard, avec l'accroissement des villes qui devinrent par la suite des quartiers de Lyon, tout le monde s'est mis à creuser anarchiquement dans sa cave ou son jardin pour avoir son puits. En quelques décennies, les collines, dont celle de Fourvière, se sont transformées en termitières. Les Colinettes ne font pas exception. Sous l'impulsion d'une Mère supérieure qui conduisait les ouvriers, elles ont creusé beaucoup de galeries, mais à la différence des autres, ce n'était pas uniquement pour trouver de l'eau…

– Pour avoir des voies de secours ? tenta Nathalie.

– Je suppose, fit Jean-Marc, mais c'était surtout pour atteindre les arêtes de poisson.

– Ah bon ? Elles connaissaient leur existence ?

– Oui, comme certains initiés avant elles. Je pense en particulier à Catherine de Médicis qui, du haut de sa citadelle fortifiée, avait eu le projet de s'en servir pour stocker des marchandises et pour un usage militaire. Elle n'en a pas eu besoin finalement, mais c'est une autre histoire. Pour en revenir à nos bonnes sœurs, certains écrits les nomment les "gardiennes des arêtes".

– Elles gardaient quoi ?

– Mystère ! Un trésor peut-être ?

– Vraiment ?

– Il y a tellement d'histoires qui circulent sur ces arêtes et nombreuses sont celles qui parlent de fabuleux trésors.

– Non ! Ne me dis pas que c'est ce que cherchent nos bonshommes !

– Qui sait ! »

Nathalie était effarée. Tous ces meurtres pour une délirante histoire de trésor ? Non, elle ne pouvait pas se résoudre à le croire.

« Il y a un rapport entre l'église Saint-Bernard et les arêtes ? demanda Nathalie sur une intuition.

– Évidemment ! fit Jean-Marc en riant. À la révolution, les sœurs ont été chassées et leur clos rasé, ainsi que celui des Bernardines. Tous ces terrains ont été mis en vente et devinez qui a tout racheté ? Jean-Baptiste Willermoz. Richissime homme d'affaires et érudit notoire, il était très porté sur les sociétés secrètes. La franc-maçonnerie évidemment dont il fut un membre très actif, mais il s'est également beaucoup plongé dans le spiritisme et autres courants ésotériques. De ce fait, il connaissait évidemment la présence des arêtes de poisson. Peut-être même de la bouche des sœurs.

– Il a pris le relais juste après elles alors ?

– Oui, en quelque sorte. En tout cas, avec ses différentes propriétés, il pouvait y accéder facilement et presque en exclusivité.

– Et pour en revenir à l'église, on m'a raconté que c'était lui qui l'avait fait construire.

– Exact. Une exigence testamentaire imposée à ses héritiers qui se sont exécutés. Faute de moyens, elle n'a jamais pu être achevée, mais suffisamment pour que l'on puisse y célébrer des messes. Petite cerise sur le gâteau, juste sous le centre de la nef, il y a un puits d'aération très profond qui débouche sur les arêtes. »

Nathalie comprenait maintenant pourquoi les trois hommes avaient choisi l'église pour leur simulacre de cérémonie.

« Willermoz a aussi été un chercheur de trésors ?

– Je ne sais pas, mais il y a des faits troublants qui vont dans ce sens. Les grands noms de l'art, de la littérature et des sciences venaient le voir pour disserter avec lui. On a même retrouvé de la correspondance prouvant que l'abbé Saunière était venu plusieurs fois à Lyon pour le rencontrer !

– Saunière ! Celui de Rennes-le-Château !

– Celui-là même ! Troublant, non ? Encore une histoire de trésor mystérieux… »

La galerie déboucha dans un conduit plus large. Jean-Marc se tut et inspecta les lieux.

Nathalie se sentait mieux. La discussion avait fait reculer son anxiété. Par contre, elle avait toujours du mal à s'habituer aux odeurs écœurantes qui stagnaient autour d'elle. C'était comme traverser des portes invisibles où chaque section avait son mélange spécifique. À plusieurs reprises, elle avait reconnu le parfum âcre de la transpiration humaine. C'était très pesant et fatigant.

« Excellent ! déclara Jean-Marc. Nous avons rejoint le réseau des Fantasques, l'accès aux arêtes est tout proche. Si on prend à droite, on tombera sur la porte de tout à l'heure. »

Ils marchèrent plusieurs dizaines de mètres en se courbant légèrement avant de parvenir à un cul-de-sac précédé d'un trou noir au sol.

« Nous avons plus de vingt mètres à descendre. C'est dangereux, car les barreaux de l'échelle sont rendus glissants par l'humidité. Je vais nous assurer avec une corde. »

Après quelques minutes de préparation, c'est Nathalie qui fut engloutie par le conduit. Elle serra les dents en se forçant à ne pas regarder vers le bas. Toute son attention était focalisée sur les courtes barres de fer et ses appuis.

Après un temps qui lui parut interminable, ses pieds touchèrent le sol. Elle était dans les arêtes de poisson.

Elle s'accroupit pour reprendre son souffle pendant que Jean-Marc finissait de descendre. Elle tourna la tête pour examiner son environnement. La galerie n'avait rien à voir avec les précédentes. Maintenant, le passage était large et haut. Autre nouveauté, les murs en terre avaient fait place à de la maçonnerie.

« Nous sommes dans l'extension nord des arêtes, fit Jean-Marc, essoufflé. C'est la partie supérieure où se succèdent salles et puits profonds. L'architecture est très déroutante, on peut s'y perdre un certain moment avant d'en comprendre la logique. Il y a une notion de dorsales qui sert de fil conducteur, mais je t'en reparlerai plus tard. Je te propose d'aller tout de suite étudier les arêtes. À mon avis c'est là que l'on retrouvera la trace de nos lascars. »

Nathalie était sans voix et submergée d'émotions. Ce qu'elle voyait lui paraissait incroyable. Sa peur s'était définitivement envolée. Pendant que Jean-Marc enroulait sa corde, elle s'approcha d'un mur couvert de graffitis.

« Quel gâchis tous ces tags !

– C'est vrai qu'ils sont nombreux, mais je les trouve intéressants pour ma part. Ils sont la preuve du passage des hommes. Des hommes qui ont voulu exprimer quelque chose, laisser une trace. La plupart de ces inscriptions sont contemporaines, mais on en retrouve aussi qui datent de la construction de ce réseau, des mains d'enfants par exemple. Allez, on avance. Fais attention aux puits, ils sont mortels. »

L'assurance de Nathalie fondit un peu. Elle s'empressa de reprendre sa place derrière son guide.

Après une galerie en pente douce, ils débouchèrent sur une autre aux dimensions régulières.

« Nous sommes maintenant à proprement parler dans le haut des arêtes, à trente mètres de la surface. Cette partie est appelée "la galerie du gardien". »

Il sortit de son sac une lampe plus puissante qu'il braqua devant lui. Le faisceau lumineux éclaboussa une masse de pierre qui reposait au milieu du passage.

« On l'appelle aussi la galerie du gros caillou. Ça ne te rappelle rien ?

– Ça a un rapport avec celui de la surface ? avança Nathalie.

– On se plaît à le penser en tout cas. Symboliquement c'est très fort. Les deux pierres semblent se répondre : tout ce qui est en haut est comme ce qui est en bas, et inversement… »

Ils se rapprochèrent de la pierre jumelle.

« Les imbéciles ! tempêta Charmet. Ils l'ont peinte en rouge depuis mon dernier passage. Mais pour quelle raison ?… Bon, passons. Nathalie, pose ta main dessus.

– On dirait que c'est chaud ! dit-elle en s'exécutant.

– Oui, sensation inexpliquée à ce jour. Tout comme la présence de cette pierre ici. Certains spécialistes soutiennent que les ouvriers, en creusant la galerie, sont tombés sur cette roche très dure et plutôt que de la remonter, ils ont décidé de la laisser sur place. Pour ma part, je crois plutôt en une raison plus ésotérique, plus magique même. Certains disent qu'elle se déplace toute seule. »

Nathalie préféra garder ses réflexions pour elle. Elle ne voulait pas blesser son guide.

Ce dernier délaissa le caillou pour regarder par terre.

« Le sol est sec ici. C'est plus compliqué de savoir s'ils sont passés par là, d'autant que les traces sont nombreuses. C'est l'étape incontournable pour tous les visiteurs. Le début de la dorsale supérieure est un peu plus loin. »

Ils parvinrent devant une plateforme en ciment surplombant un puits noir qui se prolongeait au-dessus de leurs têtes. Il éclaira sur sa gauche une large voie de communication qui descendait, percée très régulièrement d'une paire de galeries parfaitement perpendiculaires.

« Nous y voilà ! Les fameuses arêtes de poisson. Le long de cette dorsale, seize paires de galeries identiques. À chaque intersection, il y a un puits de deux mètres par deux. Tu vois cette plateforme, sans le travail du service archéologique de la ville de Lyon, nous ne pourrions pas passer d'un étage à l'autre. La dorsale descend jusqu'au Rhône, mais je te l'ai déjà dit, les dernières arêtes ont été cassées ou sont immergées. De nos jours, il n'est plus possible de rejoindre l'extension sud, celle qui se raccordait aux Sarrasinières. »

Sans trop s'approcher du bord, Nathalie éclaira prudemment le vide sous ses pieds.

« On dirait qu'il y a un passage en bas.

– Bien vu ! C'est la dorsale inférieure. Elle est parallèle à la première et dénuée d'arêtes.

– Pourquoi ?

– Aucune idée.

– Et ces ouvertures, demanda Nathalie en levant la tête, elles débouchent quelque part ?

– Beaucoup débouchaient à la surface.

– Pour l'aération ?

– Peut-être…

– Mais enfin, à quoi servait ce réseau ?

– Les hypothèses sont nombreuses, mais aucune ne fait l'unanimité. Celle qui revient le plus souvent est que ces galeries auraient pu servir de lieux de stockage.

– Cela paraît aberrant avec la présence de ces puits qui empêchent la circulation.

– Certains pensent que leur régularité n'a rien du hasard et que justement c'était prévu pour manœuvrer des monte-charge depuis le haut. On n'a trouvé aucune trace contre les murs qui confirme cette hypothèse. On pense que cette structure est inachevée, qu'elle n'a jamais été fonctionnelle. Ce qui n'a pas empêché de susciter l'intérêt durant les siècles suivants et encore aujourd'hui. D'ailleurs, il est temps d'accélérer nos recherches.

– On procède comment ?

– On va visiter chaque arête, et plus particulièrement chaque extrémité. En théorie, elles ont toutes la même longueur, mais certaines sont plus courtes. Ce qui a toujours excité l'imagination des chercheurs de trésors.

– C'est débile ! fit Nathalie. Je suppose que les murs ont été sondés.

– Oui. Évidemment, mais cela ne les décourage pas, d'autant que de rares documents stipulent que des squelettes auraient été cachés au fond d'une arête.

– C'est quoi encore cette histoire ?

– Lors de la redécouverte des arêtes, les géologues sont tombés sur trois mètres cubes d'ossements humains qui ont rapidement disparu.

– Bizarre ! Où ça ?

– Encore un mystère ! J'ai rencontré un ouvrier, mort depuis, qui les a vus. Il m'a affirmé qu'ils étaient très vieux, sans plus de précisions. Certains pensent qu'ils datent de la Seconde Guerre mondiale, des résistants peut-être. Ça expliquerait l'empressement à les faire disparaître… D'autres avancent qu'ils seraient d'origine romaine. Autre mystère : on a bien un document qui mentionne leur présence et le fait qu'ils ont été cachés, mais on ne sait pas vraiment si ce sont les services de la ville qui se sont véritablement chargés de cette tâche.

– Pff ! soupira Nathalie. J'ai ma dose de mystères. On explore ces arêtes et on remonte.

– Je suis un incorrigible bavard ! » fit Jean-Marc, dont le rire se répercuta en écho sur les murs.

Malgré son envie de vite en finir, Nathalie refusa qu'ils se séparent. Hors de question de refaire la même connerie que dans tout bon film d'horreur qui se respecte : il y a un monstre qui rôde ? Alors on se sépare, comme ça on pourra se faire découper les uns après les autres…

L'exploration des premiers tunnels ne donna rien à part des graffitis, des objets divers et quelques bouteilles de bière abandonnées.

À la sixième paire, ils remarquèrent que le mur du fond avait été percé. Des débris de pierre jonchaient le sol : ils paraissaient récents. Ce qui fut confirmé par Jean-Marc.

« Je pense que tes suspects sont à l'origine de ce sondage. Regarde. Derrière la maçonnerie on ne retrouve que du sable. Pas de cavité ou autre chose. »

Ils découvrirent les mêmes traces grossières de leur passage dans deux autres arêtes.

Alors que la fatigue et la lassitude commençaient à la gagner, ils tombèrent enfin sur ce qu'ils cherchaient dans la dixième paire d'arêtes.

48

Dimanche 25 novembre 2018, 21 h 10.

« Les voilà ces satanés os ! Ils les avaient donc bien laissés en bas ! Les cons ! »

Jean-Marc se baissa et ramassa un fémur dans un triste état. Il l'examina méticuleusement. Nathalie le laissa pour se rapprocher du mur endommagé en faisant attention à ne pas rouler sur les obstacles qui jonchaient copieusement le sol.

Elle n'y connaissait pas grand-chose en maçonnerie, mais le revêtement semblait se différencier des précédents. Il paraissait plus récent.

« C'est du béton vibré ! dit Charmet sans quitter des yeux sa trouvaille. Les services de la ville l'utilisent fréquemment pour consolider les galeries. D'autres arêtes ont été renforcées avec. »

D'après ce qu'elle voyait, ils n'avaient pas lésiné sur les moyens, car le béton faisait cinquante bons centimètres d'épaisseur, ce qui n'avait pas altéré l'ardeur des trois hommes qui avaient fait tomber un bon tiers du mur pour mettre à nu une multitude de restes osseux enchevêtrés. Les crânes s'y démarquant ne laissaient aucun doute sur leur origine : c'était bien des squelettes humains. Et leur nombre était impressionnant. Nathalie se remémora sa triste déconfiture dans les catacombes parisiennes.

Balayant autour d'elle avec sa lampe, elle découvrit un petit groupe électrogène, un perforateur et plusieurs pics. Visiblement, Martin et sa bande ne faisaient pas dans la dentelle. Ce qui était étonnant pour un géologue. Ils ne s'embarrassaient pas de l'aspect historique, il fallait être efficace pour parvenir rapidement à l'objectif.

Autre preuve de leur empressement : en plein centre, ils avaient entamé au pic la muraille mortuaire sans se soucier des dégâts qu'ils occasionnaient. Nombreux étaient les éclats et fragments d'os éparpillés au bas de celle-ci.

Ils savent que je suis sur leur dos, pensa Nathalie. Cela ne faisait aucun doute. Le patron du club n'avait pas tenu sa langue et les avait avertis. Ils allaient vite revenir pour achever le travail et disparaître, dès demain après-midi, certainement…

D'après ce qu'elle voyait, une ou deux heures suffiraient pour traverser la couche osseuse. Elle devait mettre sur pied une opération dans l'urgence pour les surprendre en flagrant délit. La tâche s'annonçait compliquée compte tenu du peu de temps dont elle disposait. Elle devrait faire avec.

Nathalie se tourna vers Jean-Marc, qui était en extase devant une omoplate jaunâtre. Même si c'était risqué, il serait de la partie. Elle n'avait pas le choix, c'était son seul guide et elle était incapable de revenir ici sans lui. Sauf miracle, elle ne trouverait pas d'autre guide à temps. Cyrille devait aussi l'accompagner. Deux scientifiques et un politicien, ils devraient facilement en venir à bout. Ils n'avaient pas l'air bien dangereux. Méfiance, tout de même : les passionnés pouvaient avoir des réactions surprenantes quand on leur enlevait leur joujou.

« Tu fais quelque chose demain après-midi ? » demanda innocemment Nathalie.

L'historien leva des yeux pétillants de bonheur vers elle.

« Quoi ?

– Tu es libre demain pour revenir ?

– Aucun problème, répondit Jean-Marc sans trop réfléchir tant il était absorbé par ses trouvailles. Ces os sont magnifiques ! Je ne suis pas un expert, mais ils semblent très vieux. Bien plus vieux que la Seconde Guerre mondiale. À moins que les conditions ambiantes accélèrent leur vieillissement… C'est fabuleux ! »

Il retourna l'os plat et le gratta légèrement pour faire tomber un peu de terre restée coincée.

« La balade ne sera pas sans danger », ajouta Nathalie pour s'assurer qu'il savait où il mettait les pieds.

Jean-Marc se releva, épousseta ses genoux de la main et la fixa.

« Je présume que nous ne serons pas que tous les deux pour les surprendre ?

– Je pensais venir avec Cyrille. Le collègue qui t'a contacté. Ça devrait suffire pour serrer nos trois lascars. »

Jean-Marc tiqua.

« À ce sujet, d'après ce que m'a raconté Cyrille, trois frères de cette loge ont été assassinés. C'est bien ça ?

– Oui.

– Et tu me dis qu'ils seront trois demain ?

– Oui. »

Il se gratta la tête.

« Tu as l'air contrarié. Quel est le problème ? s'enquit-elle.

– Il y a quelque chose qui cloche dans ton histoire. Une loge, pour être constituée, doit obligatoirement être composée au minimum de sept maîtres.

– Cette loge n'est pas officielle, précisa-t-elle.

– Cela ne change pas grand-chose. Le symbolisme du chiffre sept est très fort chez les francs-maçons, comme beaucoup de choses. »

Nathalie se décomposa. Elle voyait très bien où il voulait en venir. Comment avait-elle pu rater un détail aussi gros ? Ce n'était pas faute de se l'entendre marteler par Raphaël : « … tout est symbole. »

« Putain ! Ils seraient sept alors ?

– J'en mettrais ma main à couper. Sept, au minimum… compléta Jean-Marc.

– Merde. C'est qui le dernier ? »

Nathalie était perdue.

« Ils sont au Grand Orient de France ? demanda-t-il.

– Oui.

– Alors, notre dernier membre peut être une femme. Ils ont voté la mixité il y a quelques années. Ou plutôt, ils ne se sont pas trop mouillés, afin de satisfaire tout le monde, ils ont laissé chaque loge choisir. »

Une femme ! Le septième membre de la loge pourrait-être une femme.

Spontanément, elle pensa à l'amie secrète de Rossi : c'était une franc-maçonne et connaissait l'existence de la loge.

« Ça va ? » demanda Jean-Marc, qui était demeuré silencieux, les bras croisés.

Nathalie sursauta.

« Je suis un peu chamboulée et en colère contre moi d'avoir négligé ce septième membre.

– Tu n'es pas de la partie, c'est tout à fait normal.

– Toi non plus !

– Non, mais ça fait partie de mon quotidien, de mon travail d'historien. La présence et l'influence des francs-maçons est indéniable, d'où l'obligation de les connaître. »

Nathalie frissonna. La fatigue prenait le dessus rendant sa polaire et son coupe-vent insuffisants pour vaincre l'humidité et le froid. Elle consulta l'heure sur son portable et constata qu'il n'y avait pas de réseau. Normal, à trente mètres sous terre.

« Allez, on rentre, décida-t-elle. On reviendra demain pour le dernier acte.

– Dans notre précipitation, on n'a pas fait de photos avant de toucher à tout, s'alarma Jean-Marc. Ce n'est pas malin !

– Aucune importance. Ils savent que nous sommes là. Je fais confiance au gérant.

– Ah ! Et ce n'est pas grave ?

– J'espère que non. De toute façon, c'est trop tard. »

Nathalie récupéra son sac et en sortit une bouteille d'eau. Pendant qu'elle buvait, elle vit du coin de l'œil

Jean-Marc prendre plusieurs os pour les déposer dans son sac.

Ils reprirent le chemin du retour.

49

Dimanche 25 novembre 2018, 22 h 30.

Son téléphone avait sonné à plusieurs reprises dès leur retour dans la pièce en travaux du club échangiste. Elle s'était empressée de le basculer en mode silencieux pour ne pas déranger les voisins qui se « démenaient » bruyamment autour d'eux. Une foire de gémissements et de rires indiquaient que la soirée battait son plein.

Ils se nettoyèrent un peu sans un mot et quittèrent les lieux en faisant attention à ne rien salir. Dans le couloir, ils croisèrent un couple nu qui ne les vit même pas tant ils étaient occupés. La femme, ventre et seins plaqués contre une porte, le bas des reins cambrés, regardait par le hublot, pendant qu'un homme s'affairait, à genoux, le visage enfoui entre ses fesses.

Nathalie dut tirer Jean-Marc par la manche pour le faire avancer. Il avait le même regard que lorsque, plus tôt, il étudiait les ossements.

Ils ressortirent du club et, après quelques paroles, se séparèrent, se donnant rendez-vous pour le lendemain.

Nathalie commanda un taxi, qui ne mit que quelques minutes pour arriver. Le chauffeur perdit son sourire quand elle monta à l'arrière. Il s'empressa de baisser les vitres et de réduire le chauffage malgré le froid extérieur. Sa passagère diffusait une forte odeur, comme si elle sortait d'une vieille cave, ou d'un cimetière. Gênée, Nathalie en était consciente : ses vêtements, c'était une véritable infection. *Je ferais mieux de les brûler plutôt que de les donner à nettoyer !* Elle n'avait qu'une envie : se jeter sous la douche pour faire disparaître cette odeur épouvantable.

Elle resta de longues minutes sous le jet d'eau bouillant, usant du savon pour n'oublier aucune parcelle de son corps. Elle fit plusieurs shampoings avant d'être satisfaite du résultat.

Vêtue d'un peignoir, elle se laissa tomber sur le canapé de sa grande chambre d'hôtel, enfin propre et sans odeur.

Ses vêtements immondes reposaient en boule sur le balcon. Tant pis pour les voisins s'ils osaient laisser leur baie vitrée ouverte malgré la saison.

On frappa à sa porte. Un garçon d'étage lui apportait le sandwich qu'elle avait commandé avant sa douche. L'avantage des hôtels de luxe.

Elle mourait de faim et de soif. Elle croqua plusieurs fois dans son poulet-crudités qu'elle fit descendre avec deux grandes gorgées de bière. Elle termina rapidement son encas et rejeta sa tête en arrière dans le cuir moelleux du coussin.

Elle se sentait mieux. Assez pour réfléchir calmement au sujet qui la préoccupait : l'identité du dernier membre de la loge.

De deux choses l'une : soit elle connaissait le septième membre, soit c'était un parfait inconnu, et là, ce n'était pas la peine de se faire des nœuds au cerveau. Elle s'attaqua à la première hypothèse, qui ne devrait pas lui prendre très longtemps car, à part ses collègues de travail et le personnel de l'hôtel, elle ne connaissait personne.

Sa gorge se serra douloureusement en pensant au candidat idéal : Raphaël. Même s'il affirmait n'avoir eu aucun contact avec les frères de la loge, il aurait pu potentiellement les croiser. C'est lui qui avait été choisi comme intermédiaire. Pur hasard ? Était-ce le seul frère disponible dans la police ? Cela donnait à réfléchir tout compte fait.

Elle secoua la tête.

Leur relation naissante venait perturber son jugement, ce qui était somme toute naturel dans de telles circonstances…

Maintenant qu'elle examinait la situation sous un angle différent, un autre point la troubla : à chaque fois qu'elle avait cherché à le joindre et qu'elle était tombée directement sur le serveur vocal, cela coïncidait avec la présence des frères dans les arêtes de poisson. Il lui avait dit qu'il aidait un ami dans le Beaujolais et que le réseau était très mauvais…

Sa respiration s'accéléra. Une colère noire grandit en elle rapidement.

« Non, ce n'est pas possible ! » fit-elle tout haut.

Après des mois d'un isolement total, sans relation sentimentale ni sexuelle, son instinct l'aurait trahie ? Trompée à cause de sa fragilité psychologique, il aurait pu la manipuler aussi facilement ?

Elle se leva et se mit à arpenter la pièce en s'exhortant au calme. Elle devait se ressaisir, tout de suite. Oui, certains faits étaient en sa défaveur, mais il devait y en avoir aussi en sa faveur…

Nathalie reprit toute leur histoire depuis leur rencontre brutale dans la traboule jusqu'à maintenant.

Après cet exercice, elle dut se rendre à l'évidence : elle n'était pas plus avancée. Selon le point de vue avec lequel on regardait la situation, il était le parfait candidat ou l'inverse.

La perspective d'avoir été dupée la rendait folle de colère. Elle s'était pourtant juré que plus jamais personne ne l'utiliserait.

Elle lança un coup de pied rageur dans le canapé.

Concrètement, elle ne possédait aucune preuve, mais elle devait en avoir le cœur net.

Nathalie respira un grand coup et récupéra son téléphone.

Raphaël décrocha à la deuxième sonnerie.

« Nathalie ! J'ai vu tes appels manqués ! Décidément on galère pour se joindre. J'allais t'appeler. Je viens de rentrer de chez mon ami. J'ai les bras en compote ! Et toi, comment ça va ? »

Nathalie ferma les yeux et s'efforça de se maîtriser :

« Un peu fatiguée, mais ça va. Je ressors des souterrains.

– Nous devions y aller ensemble », dit calmement Raphaël après un court silence.

Nathalie sentait que lui aussi contrôlait sa voix pour tenter de masquer une colère sous-jacente.

« Je sais, mais tu étais injoignable. Je tombais direct sur ton répondeur à chaque fois. Le temps pressait, alors j'ai fait sans toi.

– Putain de réseau ! Mon pote va vraiment habiter dans un trou… Bon, passons. Comment ça s'est passé ? Tu étais avec qui ? Raconte-moi tout.

– Mieux que je le pensais », répondit Nathalie, sentant l'impatience de Raphaël. « J'étais avec un guide de premier ordre !

– Qui ça ?

– Jean-Marc Charmet.

– Ah oui, je connais. Il fait des émissions sur le Lyon insolite à la télé locale. Il a une bonne tête et il est calé dans tout ce qui touche à l'ésotérisme.

– Je te confirme. Il est passionnant !

– Cyrille était avec vous ?

– Non. Juste Charmet et moi.

– Ah bon ? Vous avez trouvé quelque chose ?

– Oui. Dans le fond d'une arête de poisson, on a trouvé pas mal de matos. Nos trois bonshommes se sont lancés dans des travaux de démolition.

– Tu plaisantes j'espère ! Ils n'ont pas osé abîmer les arêtes ?

– Oh que si, et au perfo !

– Les enculés ! C'est complètement incompréhensible ! Lucien est géologue ! Ils sont tarés. Qu'est-ce qu'ils pensent trouver ?

– Ils ont mis au jour tout un tas de vieux squelettes humains.

– Quoi ? Toute cette histoire pour de vieux ossements sans intérêt ? Je comprends de moins en moins.

– D'après ce que j'ai vu, ils n'en ont rien à faire. Ce qui semble les intéresser se trouve encore derrière. Ils ont commencé à dégager une ouverture sans se soucier des os. Charmet pense qu'ils cherchent un trésor.

– Hein ? Comment des hommes si cultivés peuvent se laisser embarquer dans ce genre de conneries ? Ils ont trop lu le livre de Walid Nazim ou trop regardé le film de Georges Combe !

– Connais pas.

– Ils évoquent la possibilité que différents trésors puissent encore être cachés dans les arêtes. Ils font souvent référence aux templiers. Ils citent même le Graal.

– Le Graal ? Tu rigoles ? On n'en est quand même pas là !

– Je ne sais pas. En tout cas, ils croient forcément trouver quelque chose d'important pour prendre autant de risques.

– En parlant de risques, fit Nathalie, depuis vendredi, on n'a aucune nouvelle de notre agresseur cataphile. C'est étrange cette accalmie après tant de sauvagerie. Il est passé où ?

– Plus on avance, et moins cette histoire est cohérente… C'est quoi la suite du programme ? J'imagine que tu ne vas pas en rester là. »

Nathalie était déstabilisée. Raphaël paraissait sincère et véritablement outré par les agissements des trois frères. Elle décida de continuer comme si elle lui faisait confiance.

« Je veux les serrer demain en plein flag !

– Tu veux les arrêter ? Pour quel motif ?

– Ils sont en train de saccager les arêtes et ils n'ont pas le droit de s'y trouver.

– Cela ne concerne pas la Crim' ! Tu n'as aucune légitimité sur ce coup. On va se foutre de ta gueule. Passe le relais aux autorités compétentes. »

Il avait raison. Jamais la commissaire ne la suivrait sur ce coup. Mais, elle ne voulait pas rester passive, persuadée qu'il y avait encore quelque chose à gratter.

« En tout cas, il est hors de question que je ne fasse rien ! reprit-elle. Ils me mènent en bateau depuis le début. Je veux savoir ce qu'ils trafiquent et pourquoi on cherche encore à les éliminer. J'ai commencé, je veux finir.

– On ne les arrêtera pas alors ?

– On verra.

– Et tu vas dire quoi à Clément ?

– Je peux toujours dire que cela reste de la surveillance. Ils ne sont pas à l'abri de se faire agresser par le cataphile en dessous !

– Pas faux. De toute manière, tu ne changeras pas d'avis ?

– Non.

– Comment tu vois les choses ?

– On se met en planque devant le club et dès qu'ils entrent on leur laisse une petite heure avant de les surprendre en plein travail.

– Qui sera avec toi ?

– Sûrement Cyrille et Charmet.

– C'est tout ?

– Pour l'instant, mais ça devrait suffire. Je vais quand même tenter d'en discuter avec la commissaire demain matin.

– Je viens avec toi cette fois-ci !

– Mais, ta couverture ? Ton boulot ?

– On verra. Je ne peux pas te laisser y aller sans moi. Et puis, je suis aussi en colère contre mes frères. Je compte sur Cyrille et Charmet pour garder le silence.

– Comme tu veux.

– Pour Charmet, on est obligés ? C'est un civil !

– Je suis incapable de me déplacer dans ce labyrinthe sans lui ! Il est indispensable.

– Je comprends, mais ça ne me plaît pas trop… Autre chose ?

– Non, pas pour l'instant. Demain, j'aurai la matinée pour peaufiner les derniers détails.

– Parfait ! Nous ferons au mieux. En attendant, j'ai terriblement envie que tu viennes me rejoindre.

– Je ne sais pas », fit Nathalie, indécise. « Il est déjà tard et il faut être en forme pour demain.

– Allez ! »

Elle ne savait toujours pas quoi penser. La discussion n'avait rien apporté qui lui permette de faire pencher la balance d'un côté ou de l'autre. Toutes ses paroles étaient cohérentes et sa dernière proposition légitime. Elle était tiraillée entre rester tranquille à l'hôtel et aller le retrouver.

« Nathalie ? Tu es toujours là ?

– Oui.

– J'ai envie de toi. »

Elle capitula. De toute manière, elle ne parviendrait pas à trouver le sommeil en restant dans l'incertitude.

« J'arrive. »

50

Lundi 26 novembre 2018, 13 h 45.

Jean-Marc et Nathalie étaient assis à une table du bar d'où ils pouvaient contrôler les accès au club Vice & Versa.

Nathalie leva la main pour commander un second expresso. Ses jambes dansaient la gigue.

« Tu fais trembler toute la salle ! » fit gentiment Jean-Marc en posant une main sur sa cuisse.

Nathalie s'efforça de contrôler son mouvement d'anxiété.

« C'est l'excitation avant l'action ? demanda-t-il.

– Si on veut, mais aujourd'hui c'est particulier.

– À cause de moi ?

– Non, même si ta présence demande plus de précautions.

– Ah ! En tout cas, moi je suis comme un gamin. Je vais jouer aux gendarmes et aux voleurs pour de vrai ! Et dans les arêtes en plus ! Le pied ! »

Nathalie sourit. En d'autres circonstances, elle aurait trouvé son enthousiasme touchant, mais elle était trop tendue pour l'apprécier.

Elle remercia la serveuse qui déposa son café.

Pour la dixième fois, elle regarda l'heure sur l'horloge en fer forgé accrochée au-dessus de la caisse. Contre son mollet, le poids de son sac, qui contenait son arme de service récupérée le matin même, la rassurait. Elle portait des vêtements neufs, n'ayant pas eu le courage de retourner à l'hôtel récupérer ceux de la veille.

Nathalie avait couru toute la matinée pour régler chaque détail de l'opération. Elle était éreintée et ne tenait debout qu'à grand renfort de caféine et d'adrénaline. Plus tôt, en ouvrant le frigo de la brigade, elle avait même failli céder à l'envie de prendre une boisson énergisante.

Sa gorgée de caféine fut perturbée par un courant d'air glacial qui s'engouffra dans le bar. Raphaël, emmitouflé dans une grosse doudoune noire, portant sac à dos et chaussures de marche, se dirigeait vers eux.

Nathalie fit les présentations.

Raphaël tendit la main vers Charmet :

« Ravi de vous rencontrer. J'adore vos émissions. Elles sont passionnantes et décalées à souhait. Je suis féru de l'histoire de notre belle cité.

– Merci. Tout le plaisir est pour moi ! Un policier historien, ce n'est pas banal. Je m'en réjouis. Décidément, je vais de bonne surprise en bonne surprise. J'ai hâte.

– Jean-Marc, ça ne va pas être une partie de plaisir, lui rappela Nathalie. Les risques sont réels. On ne sait pas comment ils vont réagir.

– Vous êtes des professionnels chevronnés. Je ne suis pas inquiet ! »

Raphaël se tourna vers Nathalie :

« Quelque chose ne va pas ? Tu parais tendue.

– Je suis fatiguée. C'est tout.

– O.K., Cyrille ne vient pas ?

– Si, mais il va rester en soutien dehors. Comme tu le craignais hier soir, la commissaire n'a pas voulu me suivre. Il n'y a rien qui justifie l'implication de la Crim'. Elle est juste d'accord pour maintenir une surveillance rapprochée qu'elle va déléguer à un autre service.

– C'était couru d'avance. Ne t'inquiète pas, tout va bien se passer ! » dit Raphaël avec un sourire rassurant.

Puis il commanda un double crème et tira une chaise.

« Les voilà ! » annonça Nathalie en se reculant de la fenêtre par précaution.

Roitelet, Martin et Givrard avançaient en file indienne, la tête rentrée dans les épaules. On aurait dit trois prisonniers se rendant au bagne. Chacun à leur tour, ils s'engouffrèrent dans le club.

Le visage fermé, Nathalie baissa la tête et remua une tasse quasiment vide. Qu'avait-elle espéré ? Que le dernier chaînon manquant fasse son apparition ? Aucune chance…

La prochaine heure s'annonçait pénible et interminable. Heureusement, elle pouvait compter sur ses deux voisins, qui s'engagèrent dans une joute verbale sur l'histoire de Lyon. C'était à celui qui apprendrait quelque chose à l'autre.

Plus d'une heure s'était écoulée depuis l'entrée des trois hommes. Nathalie donna le signal de départ. Ils prirent leurs affaires et sortirent du bar.

Le ciel était bas, chargé de lourds nuages gris, la lumière était blafarde. Malgré le dôme de pollution qui réchauffait la capitale des Gaules de plusieurs degrés, sur les pentes de la Croix-Rousse la température avoisinait le zéro. La neige, pourtant rare à Lyon, ne tarderait pas à faire son apparition. Le vent froid qui remontait en force du bas de la colline les obligea à s'emmitoufler malgré la courte distance qu'ils avaient à parcourir.

Le gérant du club les laissa passer sans poser de questions ni faire de réflexion. Il semblait juste pressé de disparaître.

Son attitude n'étonna pas Nathalie. Elle garda la tête droite et entraîna les deux hommes au sous-sol.

Pendant que Charmet donnait les instructions d'usage à Raphaël, Nathalie vérifiait pour la dixième fois son matériel. Son Glock 26 était maintenant bien au chaud dans son holster contre son flanc gauche.

« Tu as pris une arme ? demanda-t-elle à Raphaël.

– Affirmatif.

– Bon, on y va. Tu restes derrière Jean-Marc. Je fermerai la marche. »

Les hommes acquiescèrent.

« Pour l'effet de surprise, nous devrons agir avec la plus grande discrétion, et ce dès le départ. Compris, Jean-Marc ?

– Je vais essayer de ne pas parler.

– Tu veux que je te mette du Scotch ? » fit Nathalie d'un ton ferme.

Les moustaches de Charmet s'affaissèrent un instant.

« Bon, on les surprend et après ? demanda Raphaël.

– Je veux leur faire peur. Qu'ils me racontent ce qu'ils fabriquent. Après, on les remonte tous et dès ce soir, je préviens le service de la ville pour tout remettre en ordre et sceller l'accès du club.

– Très bien. »

Jean-Marc alluma sa frontale et souleva le rideau de l'entrée de la galerie.

Nathalie accomplit une dernière tâche avant de les suivre.

51

Lundi 26 novembre 2018, 15 h 15.

Le trajet jusqu'à l'échelle se déroula dans un silence de cathédrale. Seul le passage vrombissant de la Ficelle vint troubler le calme de leur progression. Jean-Marc chuchota à Raphaël les recommandations d'usage pour descendre. À tour de rôle, ils s'engouffrèrent dans l'étroit conduit en faisant attention à bien assurer leurs prises.

Les arêtes de poisson les accueillirent avec un léger bruit inhabituel qui s'amplifia au fur et à mesure de la descente. En bas, le silence avait brusquement repris ses droits. Seul un léger ronronnement persistait. Ils s'engagèrent dans la partie haute des arêtes pour rejoindre la galerie du gardien.

Au moment où Nathalie toucha la pierre ronde, le son reprit, puissant. Ils sursautèrent.

« Ce sont eux et leur perforateur ! annonça-t-elle tout haut.

– Les ordures ! fit Raphaël.

– Au moins, avec tout ce boucan, ils ne nous entendront pas arriver, commenta Jean-Marc. C'est bon pour l'effet de surprise ! »

Nathalie observa Raphaël avant de se baisser pour refaire son lacet. En se relevant, elle vérifia que les pans de son blouson étaient toujours écartés.

« C'est un avantage certain, confirma-t-elle, mais on va garder le silence, le perfo peut s'arrêter à tout moment. On reste aux aguets jusqu'au bout.

– Ils sont loin ? demanda Raphaël.

– Dans une vingtaine de mètres, nous atteindrons le début de la dorsale supérieure. Ils sont dans la dixième paire d'arêtes, celle de droite.

– Dans la dorsale, nous serons à découvert et les faisceaux de nos lampes facilement repérables, enchaîna

Nathalie. Même si les intersections sont dangereuses, c'est moi qui passe devant. Je vais utiliser une petite lampe LED pour éclairer le sol. Nous progresserons lentement, nous tenant les uns aux autres. C'est clair pour vous deux ? »

Les deux casques opinèrent, mais pour sa sécurité, Nathalie tint à ce que Jean-Marc se positionne entre Raphaël et elle.

« Bon maintenant, on éteint et on s'accroche. »

Dans un même mouvement, les deux policiers sortirent leurs armes avant que l'obscurité n'envahisse la galerie. Dans l'autre main, Nathalie tenait sa lampe, qui émettait un fin trait de lumière blanche. Jean-Marc agrippa le blouson de Nathalie. Raphaël fit de même avec celui du journaliste.

Leur progression était lente. À chaque intersection, Nathalie prenait son temps pour ne pas rater la plate-forme de jonction. Devant eux, en contrebas, une lueur orange, émanant d'une galerie, gagnait en intensité, tout comme le martèlement du perforateur. L'engin, amplifié par le phénomène de résonance, faisait vibrer les parois et irritait les tympans.

Ce fut soudain le retour au calme alors qu'ils franchissaient la quatrième paire d'arêtes. Seul persistait encore le ronronnement du groupe électrogène.

Nathalie stoppa net, se faisant percuter par Jean-Marc. Elle se dépêcha d'éteindre sa lampe. Ses oreilles sifflaient, à la limite de l'acouphène.

Ils restèrent figés comme des statues pendant plusieurs minutes. Au bout d'un moment, ils purent entendre des voix. Elles se répondaient en se répercutant contre les parois.

Les battements du cœur de Nathalie s'accélérèrent. Ils approchaient du moment critique, du moment de vérité. Elle tira pour la énième fois sur le devant de son blouson. Ses genoux plièrent avec un léger tremblement. Elle tendit son bras vers le bas pour limiter au maximum l'intensité de sa lampe qu'elle venait de rallumer.

C'est dans cette position inconfortable et fatigante qu'elle fit un nouveau pas. Au deuxième, le perforateur reprit son boucan, lui vrillant à nouveau les tympans.

Ils dépassèrent deux autres paires dans un vacarme assourdissant qui devenait de plus en plus douloureux. Nathalie décida d'accélérer le mouvement : avec le bruit, ils ne risquaient pas grand-chose. Elle n'avait qu'une envie : mettre une balle dans ce satané perforateur. *Ils doivent être complètement sourds*, se dit-elle en pensant aux trois hommes qui travaillaient tout proche de l'outil infernal.

Les derniers mètres lui parurent interminables.

Nathalie se plaqua contre la paroi et avança sa tête centimètre par centimètre pour découvrir enfin ce qu'il se passait dans la dixième arête.

Son champ de vision s'élargit lentement. Ce fut le conseiller Roitelet qu'elle vit en premier. De dos, c'était lui qui tenait le perforateur à deux mains. Tout son corps vibrait. Givrard et Martin étaient autour de lui, dégageant péniblement à la main un mélange d'os et de ciment tombé à terre. Ils portaient des gants et de gros casques antibruit. L'arête était éclairée par deux puissantes lampes posées au sol, dirigées vers le fond.

L'épaisse mèche du perforateur rencontra soudain le vide et Roitelet fut comme aspiré en avant. Il se rattrapa de justesse en plaçant son pied contre le mur. Il retira aussitôt l'outil de l'ouverture tout en l'éteignant.

Un cri de victoire sortit de la gorge de Givrard pendant que Martin lâchait une pierre pour mieux se rapprocher du petit trou synonyme de grande espérance.

« Bordel ! cria Roitelet en arrachant son casque. Il y a bien un espace derrière le deuxième mur ! »

Nathalie, qui observait la scène avec le canon de son pistolet au niveau de son visage, sentit que ça poussait derrière elle.

Intrigués par les cris, Raphaël et Jean-Marc voulaient assister au spectacle. Les mains prises, elle ne put les empêcher de se coller à elle pour pencher leurs têtes. Se retrouvant comprimée, elle repoussa Charmet de l'épaule. Ce dernier, se sentant tout proche du puits profond qui donnait sur la dorsale inférieure, s'en éloigna avec empressement.

Pendant que Roitelet et ses deux complices se pressaient les uns contre les autres pour espérer distinguer quelque chose par la minuscule ouverture, Nathalie s'avança à découvert au milieu de la galerie, arme au poing. Du coin de l'œil, elle vit que Raphaël n'avait pas bougé, restant près du journaliste.

« Bonjour, messieurs », commença-t-elle en balançant un coup de pied dans l'une des lampes qui fit un quart de tour.

Les trois individus se retournèrent.

Ils ne semblaient pas surpris. Leurs visages exprimaient plutôt de la colère. Nathalie les dérangeait au plus mauvais moment.

« On reste tranquille, on s'éloigne un peu du mur du fond et vous, monsieur le Conseiller, ayez l'obligeance de poser délicatement votre gros outil, je vous en serais reconnaissante. »

Sans la quitter du regard, Roitelet abandonna le perforateur à ses pieds.

« Vous arrivez vraiment au pire moment ! annonça tranquillement Givrard. Vous retardez notre minute de gloire ! »

Un bruit sourd sur sa droite, mais Nathalie resta concentrée sur sa cible.

« J'ai bien peur de faire plus que le retarder ! » dit-elle en essayant de mettre de la conviction dans sa voix.

La mort dans l'âme et le cœur serré, elle attendait la suite…

« Vous vous avancez, Commandant, persifla Givrard avec un sourire de vainqueur. Donnez-vous la peine de tourner la tête sur votre droite. »

Les muscles de son cou refusèrent de lui obéir. Même si elle s'y était préparée, Nathalie ne voulait pas croiser son regard. Le moment s'annonçait cruellement douloureux.

Tant qu'il n'était pas devant le fait accompli, l'esprit humain tentait désespérément de se raccrocher à des illusions. Elle aurait tant voulu que ce soit un mauvais rêve ! Remonter le temps pour se réveiller au lendemain de l'arrestation de Rossi. Faire comme tout le monde : se satisfaire de ce clinquant résultat et boucler l'affaire gentiment, oublier ce satané deuxième tueur, les laisser se débrouiller avec les cataphiles. La réalité était tout autre : cruelle et injuste.

Quand elle s'investissait dans quelque chose, elle le faisait jusqu'au bout et consciencieusement, ne négligeant aucun détail. C'était son caractère, sa ligne de conduite, au risque de se prendre des revers dont elle assumait les conséquences. Mais là, à cet instant précis, il n'y avait qu'une chose qui lui déchirait les tripes, c'était un sentiment de trahison. Une trahison profonde, viscérale, insupportable…

Elle tourna la tête vers Raphaël, son amant, qui braquait le canon de son arme sur elle.

Son geste était déterminé et son regard sans faille, sans aucune once de compassion ou de remords.

Qu'il aille se faire foutre ce putain de manipulateur ! pensa aigrement Nathalie. *Tu vas me le payer très cher. Sale traître !*

Charmet gisait au sol, ventre à terre, plaqué par la chaussure de Raphaël le maintenant épinglé comme un gros insecte. Le journaliste ne se débattait pas et lançait un regard effrayé vers Nathalie.

La partie n'était pas terminée, mais la suite ne fut pas celle qu'elle avait prévue…

52

Dix-sept heures plus tôt.

La veille au soir, Raphaël ne lui avait pas laissé le temps de respirer. Dès l'ouverture de la porte, il l'avait attirée à lui pour l'enlacer longuement et la couvrir de baisers. Désarçonnée, elle s'était laissé emporter par ce courant électrique et passionné. Rapidement, elle s'était retrouvée sur la tablette du bar, le pantalon et la culotte descendus sur les chevilles.

Raphaël s'était perdu entre ses cuisses, la faisant jouir une première fois très vite. Ses doigts avaient ensuite pris le relais de sa langue, l'amenant lentement vers un second orgasme tout aussi puissant que le premier. Après avoir arraché ses vêtements, il lui avait alors saisi les hanches pour la faire décoller du bar. Ils avaient joui à l'unisson deux minutes plus tard.

Ruisselants de sueur, ils étaient restés allongés, l'un à côté de l'autre, sur le tapis, pour reprendre leur souffle.

Raphaël s'était levé le premier pour ramener une bouteille d'eau et une autre de rhum arrangé au gingembre.

Un peu plus tard, ils avaient fait à nouveau l'amour, plus lentement, plus longuement, pour s'endormir tous les deux comme des souches.

En se réveillant à 6 heures dans le lit de Raphaël, Nathalie avait eu l'estomac nauséeux. Ce n'était pas le rhum, elle n'en avait bu que quelques gorgées. Non, la douleur qui lui avait vrillé le ventre avait une tout autre origine.

Son corps lui faisait payer son refus de regarder la vérité en face. Elle aurait dû le repousser et s'assurer qu'il n'était pas le septième frère. Au lieu de cela, elle s'était perdue dans ses bras.

Alors qu'il ronflait sur le dos, elle s'était levée doucement. Nue au milieu de la grande pièce, les mains sur les hanches, elle s'était demandée par où débuter ses recherches. Après un instant d'hésitation, elle s'était rendue à la salle de bains avec l'intention de se rafraîchir le visage et de se rincer la bouche. Mais à la seconde où elle était entrée, ses jambes l'avaient lâchée. Elle s'était agrippée fermement au lavabo pour ne pas s'écrouler sur le carrelage. L'odeur dont elle avait eu tant de mal à se débarrasser la veille après sa balade souterraine planait dans la pièce. C'était l'indiscutable preuve de sa culpabilité, de sa traîtrise.

Elle avait foncé vers le grand bac de linge sale. Tout au fond, sous une montagne de vêtements divers, elle avait retrouvé un pantalon recouvert de terre par endroits et empestant l'humidité rance. Elle n'avait même pas pris la peine de le sortir. Elle s'était empressée de tout remettre en place et de refermer le couvercle.

Nathalie s'était habillée en vitesse et s'était forcée pour prendre le temps de rédiger un message pour Raphaël, lui indiquant qu'elle devait filer au boulot pour tout préparer, ce qui était d'ailleurs la stricte vérité. Elle avait posé le papier en évidence sur la table et était partie.

Elle avait été en colère contre elle-même. Sa faiblesse, même légitime, lui avait laissé un goût amer dans la bouche.

Après avoir lâché quelques larmes sous les yeux du chauffeur de taxi, qui avait eu la délicatesse de rester silencieux, elle avait déboulé au SRPJ avec la ferme intention de faire payer Raphaël pour sa trahison et d'arrêter toute cette bande de faux-culs.

Dès son arrivée, elle s'était précipitée dans le bureau de la commissaire Clément, qui l'avait écoutée silencieusement. S'en était suivi une discussion serrée autour de la légitimité de l'opération. Les éléments étaient trop minces pour engager la Crim'. Cependant, plusieurs points avaient tracassé la commissaire :

l'implication du lieutenant des Stups et une attaque possible des cataphiles. À force d'arguments, elles étaient parvenues à un accord. La commissaire avait autorisé la constitution d'une petite équipe d'intervention qui équivalait à celle de la surveillance. Cyrille et deux lieutenants seraient de la partie. Ils se posteraient en planque près du club et suivraient Nathalie et Raphaël de près.

En présence de la commissaire, Nathalie n'avait pas évoqué l'éventuelle présence de Charmet, ce qui aurait abrégé tout de suite la discussion. Elle prenait de gros risques.

En compagnie des trois lieutenants, ils avaient préparé minutieusement l'intervention en étudiant les plans des arêtes de poisson et du club. Le réseau de télécommunication étant inexistant dans les souterrains, ils avaient opté pour un récepteur radio pour échanger. Nathalie porterait l'émetteur sur elle afin que l'équipe sache quand intervenir.

Était demeuré un dernier problème : après avoir remué ciel et terre, ils n'avaient trouvé personne pour les guider dans les galeries. La présence de Charmet était donc indispensable. Les lieutenants avaient tiqué. Nathalie leur avait assuré qu'elle porterait toute la responsabilité en cas de problème. Ils avaient accepté à contrecœur.

C'était Cyrille qui avait ensuite trouvé la solution pour qu'ils puissent rejoindre Nathalie dans les souterrains sans se perdre : le bon vieux fil d'Ariane. Nathalie resterait en arrière du groupe, déroulant discrètement un fil de pêche.

À 11 heures, tout était ficelé et chacun connaissait son rôle. Après un dernier briefing avec Cyrille, qui lui avait expliqué le fonctionnement du matériel, elle s'était précipitée au centre commercial de la Part Dieu pour acheter de nouveaux vêtements, chaussures et matériel.

Elle était arrivée au café juste à l'heure.

53

Lundi 26 novembre 2018, 15 h 40.

« Pose ton arme ! fit Raphaël d'un ton sans équivoque. C'est la fin de l'histoire. On pourra dire que tu nous auras donné du fil à retordre ! Heureusement, il y a eu d'agréables compensations. »

En quelques phrases, il avait tout résumé.

Nathalie était au supplice et hurlait intérieurement. Tout n'avait été que façade et duperie. Elle avait été manipulée. Derrière son air angélique, il s'était servi d'elle comme on va au marché. Avec en prime, toutes les informations fournies en temps réel sur un plateau.

La main de Nathalie tenant l'arme trembla légèrement. Elle hésitait à la poser. Tout son corps lui intimait de descendre ce salopard, mais d'expérience, elle savait qu'elle n'avait aucune chance de s'en sortir. C'était un professionnel comme elle.

Nathalie baissa son bras et déposa son Glock à ses pieds. Maintenant, tout ce qui lui restait à faire, c'était de gagner du temps.

« Bruno, fit Raphaël, récupère son arme. Et vous deux, allez le chercher ! »

Roitelet et Martin passèrent derrière Raphaël et disparurent dans les arêtes. Givrard ramassa le pistolet et se recula en souriant.

« C'est quoi encore cette histoire ? cracha Nathalie. Quelle traîtrise tu me réserves encore, espèce d'enfoiré ?

– Patience. Tu vas vite le découvrir. Et toi, ajouta-t-il en sentant remuer Charmet sous sa semelle, ne fais pas le malin, sinon je te colle un pruneau dans la tête. »

Ce dernier s'immobilisa aussitôt en lâchant un petit râle plaintif.

« Il y a quoi derrière ce mur qui justifie tous ces meurtres ? jeta Nathalie.

– Sans cet enfoiré de Rossi et ce fanatique de cataphile qui va nous rejoindre dans un instant, tout se serait déroulé sans problème, sans violence. Mais les choses ne se passent jamais comme on l'imagine.

– Vous l'avez retrouvé ?

– En fait, je ne l'ai jamais perdu. Je t'ai menti. Lors de sa fuite de l'église Saint-Bernard, il a tenté de me semer dans la traboule des Carnivores dont je connais chaque recoin. Pas de bol pour lui. Je n'ai pas mis longtemps à découvrir le trou où ce rat s'était terré. Après l'avoir remercié à grands coups de latte de m'avoir fait courir, je l'ai bâillonné et laissé croupir sur place dans une cave. Ton départ inopiné de l'église m'a grandement facilité la tâche. J'aurais eu du mal à te dissimuler les éclaboussures de sang de cette enflure sur mes vêtements. Depuis vendredi, on le conserve au frais pour qu'il soit à peu près présentable pour aujourd'hui.

– Tu as pu discuter avec lui ?

– Stupéfiant ! Même maintenant tu continues à vouloir tout savoir ! Une vraie sangsue ! Pour ton information, il n'a rien dit. Peut-être à cause des dents cassées.

– Crevure ! Qu'est-ce que tu vas faire de lui ?

– Tu vas vite le savoir. Je les entends qui reviennent. »

Les signaux d'alerte de Nathalie étaient au maximum. Le fait que le cataphile soit encore vivant n'augurait rien de bon.

Putain, qu'est-ce qu'ils foutent ? Ils devraient déjà être là !

Elle n'osait pas se retourner.

Gagner encore du temps. Pas d'autre choix.

Craignant que Cyrille ne l'entende pas ou que l'émetteur caché dans sa poche intérieure ne fonctionne plus, elle baissa le menton et parla plus fort. Ils étaient peut-être encore trop loin pour l'entendre…

Gagner du temps.

Roitelet et Martin apparurent, portant un jeune homme au visage tuméfié.

« Voilà notre fauteur de trouble ! s'extasia Raphaël. Amoché, mais il fera l'affaire. Tenez-le près du puits et surveillez-le. »

Raphaël interrogea Givrard :

« Où as-tu rangé le couteau ?

– Juste là dans le sac, poche de devant.

– Ne les quitte pas d'un cil. Si l'un des deux bouge, tire dans les jambes », ordonna Raphaël en empoignant le sac pour récupérer un scellé contenant le couteau.

Charmet était toujours couché, tétanisé, osant à peine respirer.

Nathalie regarda l'arme blanche et supposa que c'était celle du cataphile, celle qui avait effleuré Martin. Elle devina quelle mise en scène macabre se profilait.

Raphaël lut la panique dans le regard de son amante.

« Oui, tu as compris que ça va mal se finir pour vous trois. Je n'ai pas le choix et c'est de ta faute. Tu n'aurais jamais dû t'obstiner et lâcher l'affaire quand il était encore temps. Tant pis pour toi. Et pour moi… tu étais vraiment un sacré coup !

– Sale connard ! Tu me dégoûtes. Ta mise en scène ne servira à rien, vous serez tous cueillis à la sortie par Cyrille et la brigade.

– C'est vrai que j'ai été déçu qu'il ne soit pas là. Cela aurait facilité les choses, mais tant mieux pour lui. Il s'en sortira seulement avec le poids de ta mort sur la conscience. »

Raphaël se rapprocha du visage de Nathalie.

« Tu parles de la brigade ? Je croyais qu'il n'y avait personne d'autre. Tu mens pour me faire peur. Et même si c'était vrai, ne t'en fais pas pour nous. Nous avons un plan B. Le club n'est pas la seule porte de sortie. Le temps qu'ils s'en aperçoivent, nous nous serons envolés avec le trésor.

– Bordel ! s'écria Nathalie en esquissant un mouvement en avant. Mais de quel trésor tu parles ? »

Raphaël fit deux pas en arrière et la gratifia d'un grand sourire. Ce qui l'énerva encore plus. Elle fit un pas malgré elle.

Givrard, qui était tendu comme un élastique, appuya sur la détente. Par chance, la balle frôla la cuisse de Nathalie, ricochant contre le mur pour se perdre dans la dorsale.

« ARRÊTE ! hurla Raphaël. Je crois qu'elle a compris. La prochaine fois, il ne te ratera pas. On a assez perdu de temps. »

Tout en se rapprochant de ses deux frères, qui soutenaient encore le jeune homme inconscient, il enfila un gant stérile et récupéra le couteau.

Raphaël revint vers le cataphile et demanda à ce qu'on le lâche. Alors que le corps s'affaissait sur lui-même, d'un fulgurant coup de pied dans la poitrine, il propulsa l'homme en arrière. La tête émit un craquement sinistre en heurtant le rebord en ciment avant que le reste de son corps ne l'entraîne au fond du puits.

Nathalie était horrifiée ! Elle ne reconnaissait pas l'homme qui l'avait enlacée toute la nuit dernière. Elle avait sous les yeux un monstre sans empathie. Elle se dégoûtait d'avoir été trompée à ce point. Trop tard pour les regrets. Elle était la suivante sur la liste. Nathalie avait compris qu'elle irait rejoindre le jeune homme au fond du puits. Charmet suivrait à son tour. Elle tenta un dernier coup de bluff.

« Personne ne croira à ta minable mise en scène ! Rien n'est crédible ! Le service est au courant de tout, ils connaissent ton identité. Vous serez recherchés par toutes les polices de France et arrêtés en moins de 24 heures.

– Tu nous prends vraiment pour des amateurs ! Tout est minutieusement organisé. Ce soir, nous dormirons dans un confortable palace italien protégé par les plus hautes autorités.

– Vous délirez complètement ! Tu vas me faire croire que… »

Nathalie s'arrêta. Raphaël faisait allusion à une organisation assez puissante pour leur permettre de quitter rapidement le territoire. La franc-maçonnerie ? Peu probable. *Un palace italien* ! se répéta-t-elle intérieurement. Ses yeux s'agrandirent de stupéfaction !

« Le Vatican ! s'exclama-t-elle.

– La lumière vient de s'allumer pour la dernière fois, ma belle.

– Ne me dis pas que vous pensez trouver le Graal derrière ce mur ?

– Exactement, et bien d'autres trésors et reliques. Les templiers ont ratissé large quand ils se sont enfuis en 1291 par bateau, quelques jours avant la prise de leur dernier bastion, Saint-Jean-d'Acre. Beaucoup de templiers se sont sacrifiés pour permettre à d'autres de s'enfuir par la mer avec leurs richesses pour le Liban, puis Chypre. Plus tard, ils les ont déplacées à nouveau. À cette époque, les arêtes de poisson étaient déjà connues de certains d'entre eux. Givrard a retrouvé des documents qui attestent que plusieurs chevaliers de l'Ordre sont venus en repérage à Lyon plusieurs mois auparavant. C'était la planque idéale pour une partie de leur trésor. Une autre partie repose encore dans un endroit secret, une caverne, dans les environs de Rennes-le-Château. »

Nathalie nageait en plein délire. Elle ne croyait pas un traître mot de cette bande d'illuminés. Pourtant, ils semblaient sûrs d'eux, assez pour avoir convaincu la papauté et bénéficié de leur soutien.

Nathalie était sonnée par ces révélations.

Elle ne vit pas tout de suite Raphaël froncer les sourcils et se rapprocher d'elle.

« Tu avais l'air sincère quand tu disais avoir informé tout le monde.

– Quoi ?

– Quand as-tu compris pour moi ?

– Hier, grâce à Jean-Marc, qui m'a précisé qu'une loge était au minimum constituée de sept personnes.

J'en ai eu la confirmation ce matin en fouillant ta panière de linge sale. »

Raphaël s'approcha encore.

« Et tu as couché avec moi quand même ? Question morale, on se ressemble finalement ! »

Elle lui cracha au visage.

« Pauvre merde ! J'y croyais encore.

– Allez ! fit-il en s'essuyant d'un revers de manche. Finissons-en. »

Il empoigna le couteau.

Nathalie recula et se mit à hurler :

« INTERVENEZ NOM DE DIEU ! »

Raphaël hésita une seconde… Puis, d'un geste rapide, il tira sur l'un des pans du blouson de Nathalie, révélant l'émetteur. Dans le même temps, des faisceaux lumineux apparurent dans la dorsale.

« Salope ! »

Nathalie se jeta contre la paroi, perdant son casque, mais évitant par miracle la lame qui fonçait sur elle. Elle glissa le long de la pierre humide puis s'affaissa au sol.

« Qu'est-ce qui se passe ? paniqua Roitelet.

– Cette garce est venue avec du renfort ! » pesta Raphaël en attrapant brutalement Charmet, le forçant à se relever.

Il le plaqua contre lui en protection et appuya la lame du couteau contre sa gorge, commençant à reculer avec son otage…

« POSEZ VOS ARMES ! » hurla soudain Cyrille en déboulant au niveau de l'arête, suivi d'autres policiers.

Givrard lâcha son pistolet et se coucha au sol. Roitelet et Martin firent de même pendant que le lieutenant Duflot s'approchait d'eux pour les menotter.

Cyrille braqua son arme sur la tête de Raphaël, imité par le lieutenant Legrand.

« Laisse-moi buter ce fumier de franc-maçon, fit ce dernier. Tu déshonores la profession avec ta secte de merde !

– Bastien, c'est pas le moment ! ordonna Cyrille sans quitter Raphaël des yeux. Nathalie, ça va ? »

Assise par terre, elle se massait le crâne.

« Oui. Ne t'occupe pas de moi. »

Raphaël continuait de reculer, s'éloignant de l'arête éclairée. Les faisceaux lumineux des lieutenants l'éblouissaient, l'empêchant de voir où il mettait les pieds. Derrière lui, aucune échappatoire. C'était un cul-de-sac. Il le savait. Les dernières arêtes étaient immergées ou éboulées. Il n'avait pas le choix s'il voulait s'en sortir :

« Laissez-moi passer ou je le saigne !

– Fais pas le con ! Tu ne peux pas t'en sortir, lança Cyrille. Relâche-le. »

Legrand avait le doigt qui le démangeait. Il était bon tireur. Le front de Raphaël était éclairé par sa frontale. La cible parfaite, il fallait juste qu'il arrête de bouger.

« Vous êtes sûr de vouloir prendre le risque avec un civil ? » insista Raphaël.

Reculant encore, il se retrouva sur la plateforme suivante. Son pied ripa contre le rebord en ciment et il perdit l'équilibre. Afin de se stabiliser, il relâcha son étreinte sur Charmet. La lame fendit la peau du journaliste alors qu'il s'écartait de son bourreau.

Legrand n'hésita pas une seconde.

Raphaël prit la balle en plein front, faisant éclater l'arrière de son crâne. Il s'écroula d'un bloc.

Le journaliste était hagard. Un peu de sang coulait entre ses doigts, mais la blessure au cou était superficielle.

Par réflexe, Cyrille chercha un pouls chez Raphaël.

« T'es sérieux ? fit Legrand sur un ton méprisant. Il a son compte.

– Occupe-toi de Charmet », dit Cyrille en se précipitant vers Nathalie.

Elle était assise, vidée de toute énergie. C'était terminé. Raphaël était mort. Elle se mit à trembler.

« Vous n'avez rien ? » s'inquiéta Cyrille en s'accroupissant près d'elle.

Il lui frictionna l'épaule pour la réchauffer.

« Jean-Marc ?

– Il va bien. C'est juste une éraflure. »

Nathalie soupira.

« Pourquoi vous avez été si longs ? demanda-t-elle faiblement.

– Nous sommes partis dix minutes après vous, mais on a perdu du temps avec le gérant du club qui a fait de la résistance.

– Quel crétin… Tout ça pour une chasse au trésor. Je suis certaine qu'il n'y a rien derrière ce mur. Ils se sont monté le bourrichon, comme des gamins… »

Nathalie poussa sur ses bras :

« Aidez-moi à me relever. Ras-le-bol ! de cette odeur de moisi, de ces galeries. Qu'on ne me parle plus jamais de ces satanées arêtes de poisson. Je sens que je vais les sentir longtemps coincées en travers de la gorge. »

54

Mardi 27 novembre 2018, 11 heures.

Nathalie était face à son écran les yeux dans le vague. Son rapport n'avançait pas. Son humeur était massacrante et elle n'avait qu'une envie : aller se recoucher.

Le souvenir de Raphaël la hantait, mortifiée par la vraie personnalité de l'homme. C'était un sale type à ranger dans la catégorie des gros connards, doublé d'un cinglé.

Le téléphone de son bureau sonna.

Nathalie ne réagissant pas, Cyrille, qui tapait également son rapport, prit la communication. Après plusieurs « O.K. » et « Merci », il clôtura par un « au revoir » et raccrocha.

« C'étaient les services de la ville du Grand Lyon. »

Nathalie sortit de sa torpeur et fixa son collègue.

« Ils ont examiné la cavité qui se trouvait derrière le double mur, continua Cyrille. Vous aviez raison, il n'y a rien du tout.

– Quelle surprise ! C'était quoi alors cette cavité ?

– D'après eux, les constructeurs auraient muré le fond en laissant un espace technique. Rien de plus.

– Ils vont remettre les ossements ?

– Je ne sais pas. Ils n'ont rien dit.

– Ils vont certainement les planquer ailleurs.

– Ils ont juste précisé qu'ils vont tout remettre en ordre et refaire la maçonnerie dans les jours qui viennent.

– Il y avait un gars de chez nous avec eux au moment de la fouille ?

– Non. Personne à part eux.

– Donc personne pour les contredire. Trop facile…

– Qu'est-ce que vous insinuez ? Il y a une minute vous disiez…

– Oubliez. Je raconte n'importe quoi. Je commence à être contaminée par toutes ces conneries de templiers et tous ces mystères qui rôdent autour de ces putains d'arêtes. »

Cyrille n'insista pas et changea de sujet :

« Comment ça s'est passé avec la commissaire ?

– Plutôt bien ! J'ai pris un savon justifié pour lui avoir menti à propos de Charmet. Normal. C'était une décision qui paraissait irresponsable, mais je n'avais pas le choix. Heureusement qu'il ne s'en sort qu'avec une estafilade.

– Pas de sanction alors ! C'est une bonne nouvelle.

– Si, elle réfléchit encore. Vous êtes aussi tous les trois concernés. Je suis désolée. Elle va vous convoquer à ce sujet. »

Cyrille ne dit rien.

Voyant que Nathalie était repartie dans ses pensées, il se remit à son rapport. Il comptait le terminer avant midi pour ne pas déjeuner trop tard. Son estomac grognait depuis une demi-heure.

Concentré sur la formulation de sa phrase, il sursauta quand Nathalie l'interpella :

« On en connaît plus sur notre cataphile ?

– Oui, il avait ses papiers sur lui. Tout à l'heure, j'ai vu passer un e-mail à ce sujet. Son profil est disponible dans le répertoire d'identification.

– Comment on fait pour le récupérer ? »

Cyrille se leva, fit le tour des bureaux et vint se placer à côté de Nathalie pour lui montrer la procédure.

Après ouverture du dossier, Cyrille pointa son doigt sur un nom.

« C'est lui ! »

Nathalie se figea à la lecture de l'identité du jeune homme. Le nom lui semblait familier. Elle fronça les sourcils en le répétant plusieurs fois dans sa tête. Elle tapa sa paume contre le bureau, frustrée de ne pas retrouver l'information.

« Ce nom me dit quelque chose, mais impossible de me rappeler quoi !

– Vous pouvez cliquer dessus pour accéder à sa fiche complète », précisa-t-il en retournant s'asseoir.

Nathalie s'exécuta.

Les renseignements défilèrent à l'écran.

Son regard s'arrêta sur la quatrième ligne, celle concernant la filiation de l'homme.

« Bon sang ! »

Elle arracha un Post-it et nota rapidement une adresse.

« Qu'est-ce qui se passe ? demanda Cyrille.

– J'ai trouvé la réponse à toute cette histoire ! La dernière qui me manquait.

– Hein ! Il y a encore des choses à découvrir ?

– Oh que oui ! jubila Nathalie en rassemblant ses affaires.

– Vous n'arrêtez jamais ? »

Elle s'éjecta littéralement de sa chaise et récupéra son manteau sous les yeux ahuris de Cyrille.

« Donnez-moi un truc à manger, j'ai besoin de sucre.

– Vous allez où ? Vous n'allez pas partir sans m'expliquer ?

– Je vous raconterai tout plus tard. Promis !

– Laissez-moi au moins venir avec vous ! » essaya-t-il en lui lança un paquet de petits palmiers feuilletés qu'elle attrapa au vol.

Trop tard, Nathalie venait de claquer la porte, l'abandonnant à sa frustration.

Piqué au vif, il ouvrit la fiche du cataphile.

« C'est pas vrai ! »

55

Mardi 27 novembre 2018, 16 heures.

Le chauffeur stoppa son véhicule devant un grand portail vert avec un grand lys forgé sur chacun des vantaux.

C'était la première fois que Nathalie se rendait dans cette ville qu'elle n'avait pour l'instant étudiée que sur une carte. Miribel.

Elle se trouvait dans un quartier résidentiel, peuplé de grandes bâtisses posées sur les pentes d'un coteau qui surplombait le centre-ville. Rares étaient les propriétés qui ne possédaient pas de piscine. Nathalie avait pu s'en rendre compte pendant que le taxi roulait au pas.

Elle régla la course et regarda s'éloigner le véhicule avec un pincement au cœur. Elle était maintenant seule.

La lumière du jour commençait déjà à décliner. Des feuilles mortes, soulevées par un vent froid, vinrent tourbillonner autour de ses jambes, comme pour l'empêcher d'avancer. Pure coïncidence. Le ballet végétal se déplaça pour poursuivre sa chorégraphie plus loin.

Nathalie s'avança d'un pas. À gauche du portail, il y avait une petite dépendance à l'allure désuète avec un garage qui donnait sur la rue et un logement à l'étage. À droite, les limites du terrain se prolongeaient par un haut mur, cassé par endroits et coiffé de tuiles. De sa position, elle voyait une voie de pavés autobloquants parfaitement entretenus qui montait en zigzag jusqu'à une grande maison aux allures de château moderne avec une imposante tour circulaire centrale.

Le plus impressionnant se trouvait en arrière-plan, au sommet de la colline. Surgissant au-dessus d'un mur d'enceinte en ruine, une gigantesque statue de pierre gris clair se dressait : la Sainte Vierge Marie tenant Jésus sur un bras. Comme fait exprès, depuis la position de Nathalie, cette impressionnante sculpture venait coiffer la propriété comme pour la protéger. L'effet était saisissant et apportait un côté mystique à l'ensemble. Pour compléter le tableau, un peu plus loin sur la droite, une étrange tour à l'architecture parcellaire, avec une pointe à son sommet, semblait répondre à l'icône religieuse.

Juste en dessous d'une lampe au style ancien, Nathalie appuya sur le bouton de l'interphone.

Une voix masculine répondit :

« Oui ?

– Bonjour, commandant Lesage, j'aimerais parler à Mme Vaugin.

– Vous êtes de la police ?

– Oui.

– Nous sommes en deuil, ma sœur ne souhaite recevoir personne.

– Je m'en doute. Je vous présente toutes mes condoléances. Mais c'est très important pour moi que je puisse m'entretenir avec elle.

– Hors de question !

– Écoutez, je veux que les choses se déroulent en douceur afin de respecter votre douleur. Je voudrais éviter d'avoir à revenir avec un mandat d'arrêt, accompagnée d'une horde de policiers. »

Un silence puis un échange de paroles chuchotées.

« Je vous ouvre. »

Le portail électrique s'escamota sans bruit.

Nathalie s'engagea dans l'allée à la pente raide. Après le premier virage, un long escalier collé à un mur permettait d'arriver directement devant la cour de la maison. Nathalie préféra continuer à serpenter pour mieux s'imprégner des lieux et pour ne pas arriver trop essoufflée.

Le bâtiment était découpé en trois parties : la tour au milieu, haute de deux étages et uniquement percée de petites fenêtres au deuxième ; au rez-de-chaussée, une porte d'entrée arrondie ; et de chaque côté de la tour, deux grandes ailes rectangulaires décalées l'une par rapport à l'autre.

Curieuse, en passant devant deux grosses citadines, Nathalie contourna la maison par la gauche pour jeter un œil sur l'arrière de la propriété.

Pas de piscine ! constata Nathalie. Pour la simple et bonne raison qu'il n'y avait pas la place. Le rez-de-chaussée de l'aile droite se prolongeait comme une excroissance vers le mur de soutien, donnant l'impression de pénétrer sous la colline.

Elle frissonna. C'était la dernière maison du coteau. Une centaine de mètres plus haut, il y avait les ruines d'un fort ou d'un château.

À son grand désespoir, Nathalie était prête à parier sur l'existence d'un réseau souterrain qui communiquait avec la demeure. Elle était bien au bon endroit.

Elle retourna devant la maison, marcha sur une petite allée dallée et frappa à la porte. Pendant qu'elle attendait, elle examina le grand blason accroché près du montant. Il représentait un lion cabré. Ses imposantes pattes antérieures griffaient l'air. Nathalie fit aussitôt le rapprochement avec le félin présent sur tous les drapeaux lyonnais.

Un homme en costume sombre et chemise claire apparut sur le seuil. Tout son visage respirait le chagrin et la fatigue. Il avait le contour des yeux rouge et les capillaires sanguins de l'un deux avaient éclaté, le rendant écarlate.

Il la fixait d'un regard noir :

« Ma sœur vous attend à l'étage de cette tour, dans la bibliothèque. Merci d'écourter au maximum l'entretien. Elle est très atteinte par la perte de son fils.

– Je ferai de mon mieux », répondit Nathalie.

L'homme disparut dans une pièce voisine, récupérant un verre au passage.

Le hall était immense et occupait toute la surface de la tour. Les murs blanc cérusé étaient tapissés de grands portraits d'hommes et de femmes datant d'époques différentes. Beaucoup de personnages masculins arboraient la croix rouge des templiers. Le mot « Beaujeu » revenait très souvent, ainsi que les armoiries avec le lion.

Elle gravit un escalier en pierre. Sur le renfort de chaque marche était gravé un nom suivi d'une date. La dénomination « Sire de Beaujeu » était fréquente.

Parvenue à l'étage, devant une double porte en bois, elle fut accueillie par deux armures complètes de templiers avec leurs larges épées pointées vers le bas devant eux.

Nathalie poussa doucement le battant qui était entrebâillé. La bonne odeur de livres anciens lui fouetta le visage. Il y en avait partout ! Des rayonnages circulaires couraient sur toute la surface des murs et plusieurs bibliothèques remplissaient la pièce. Un espace central avait été aménagé afin de s'installer confortablement pour lire les milliers de volumes présents. Il y avait deux pupitres en bois, un bureau avec sa chaise et trois fauteuils disposés en triangle.

Tournant le dos à Nathalie, Mme Vaugin était là, vêtue d'une longue robe noire, consultant un livre à la reliure très ancienne. Elle se tourna lentement vers la policière.

Nathalie la découvrait pour la première fois dans son véritable univers, qui n'avait rien à voir avec le rôle factice qu'elle occupait à l'université : l'assistante du professeur Rossi.

56

Mardi 27 novembre 2018, 16 h 25.

« Commandant Lesage ! Nos chemins se croisent à nouveau. Il est regrettable que cela soit dans de si dramatiques circonstances… Je suppose que vous n'êtes pas venue uniquement pour me présenter vos condoléances. »

Sa voix était parfaitement maîtrisée et la présence des livres la rendait solennelle.

« Malheureusement, non, madame Vaugin.

– Vaugin-Beaujeu, précisa-t-elle.

– Soit », fit Nathalie, comprenant mieux maintenant le lien entre les portraits et la maîtresse des lieux.

« Asseyez-vous ! Contrairement à ce que pense mon jeune frère, notre entretien ne va pas seulement prendre quelques minutes. Je vous en prie », fit-elle en désignant de la main un fauteuil.

Nathalie prit place.

« Par quoi voulez-vous que je commence ? demanda Mme Vaugin en s'asseyant à son tour.

– Par la raison pour laquelle vous avez manipulé Rossi. »

Le visage de Mme Vaugin resta de marbre. Elle débuta :

« Je suis une lointaine descendante d'une puissante famille du Beaujolais, celle de Guillaume de Beaujeu. Illustre templier, grand maître de l'ordre, il s'est sacrifié en tuant un grand nombre de musulmans lors de la prise de la ville de Saint-Jean-d'Acre. Avec d'autres chevaliers, il a réalisé cet acte de bravoure pour permettre à d'autres templiers et hospitaliers de rejoindre le port de la ville. Grâce aux souterrains qui reliaient les deux lieux, ils s'enfuirent par la mer mettant ainsi à l'abri l'Arche d'alliance, les reliques sacrées et le trésor découvert à Jérusalem en 1118 par Hugues de

Payns et huit de ses compagnons. Ce sont eux qui sont à l'origine de la fondation des Chevaliers de l'Ordre. Depuis cette période, notre famille et d'autres sommes les dépositaires de ce trésor et avons l'obligation de le protéger par tous les moyens.

– Il y a vraiment un trésor dans les arêtes de poisson ?

– En toute honnêteté, je n'en sais rien, mais s'il ne s'y trouve pas, nous sommes en revanche persuadés qu'il existe au moins quelque chose, un objet, un document qui indique sa position. D'où notre présence. Au fil des siècles, nous avons étendu notre réseau avec pour seul objectif de garder les arêtes de poisson confidentielles. Nous occupons donc des postes stratégiques : à la mairie, dans les services du grand Lyon et au sein de certaines associations influentes. Nous avons également infiltré les cataphiles, les francs-maçons, le Rotary Club et bien d'autres encore.

– Votre fils était infiltré chez les cataphiles ?

– Oui, fit-elle sans l'ombre d'une émotion. Sa mission était simple : avoir un œil sur ce qui se passait en dessous. Pas plus. Vous savez, la grande majorité des cataphiles ne sont pas dangereux. Ils ont même leur utilité dans la surveillance de l'état des galeries. Ils aiment l'exploration, se faire peur, passer du bon temps, organiser des simulacres d'initiation ou des cérémonies douteuses. Ils ne seraient pas contre l'ouverture au grand public. Ce qui n'est pas le cas des ultras. Cet état de fait nous convient parfaitement… D'ailleurs, c'est l'un d'eux qui a croisé par hasard cette maudite bande de maçons profanateurs. En les suivant, il a découvert de quelle façon ils accédaient aux souterrains. La nouvelle s'est rapidement diffusée dans le milieu. Alertés par mon fils, nous avons fait notre enquête en interne. Nous avons vite appris qu'ils appartenaient tous à une nouvelle loge maçonnique, un écran de fumée grossier.

– Vous êtes franc-maçonne ?

– Oui, par nécessité et par conviction. Il se trouve que nous étions peu nombreux au GODF, d'où mon affiliation récente chez eux. Avant, j'étais au DH, le Droit Humain. Bref, nous nous sommes rapprochés de ce groupe et nous les avons observés pendant une certaine période. Au début, ils passaient beaucoup de temps dans les bibliothèques des temples et de Lyon. Leur présence dans les arêtes était exceptionnelle, ils se contentaient de faire du repérage. Les cataphiles ne sont pas intervenus, nous y avons veillé. Ils voulaient boucher l'accès du club échangiste en faisant tout s'effondrer, ce qui était hors de question. Puis les choses se sont accélérées quand Givrard a acheté un groupe électrogène et un perforateur professionnel. Ils devenaient dangereux. Nous avions alors le devoir de les stopper, définitivement… La solution est arrivée peu après par hasard un jour de tenue au temple de Villeurbanne. Alors que je suivais de près le docteur Charry, j'ai intercepté une conversation entre lui et un frère particulièrement blessé de ne pas pouvoir intégrer la loge. C'est comme ça que j'ai fait la connaissance de Pierre, du professeur Rossi. Je l'ai longuement observé et j'ai rapidement perçu une énorme faille et la violence refoulée qui l'accompagnait. »

Elle changea de position avant de poursuivre :

« En à peine deux heures, j'avais cerné le personnage. Il papillonnait de groupe en groupe sans vraiment provoquer autre chose que de la fraternité de politesse. Il était désespérément seul dans un univers grouillant et dégoulinant d'empathie. Sauf pour lui. Il souffrait le martyre, mais n'en laissait rien paraître. Combien de fois, j'ai vu les muscles de sa mâchoire se contracter violemment pour étouffer un affront ou une absence d'écoute. Une vraie bombe à retardement qui ne demandait qu'à exploser. J'ai fait en sorte de lui fournir le détonateur. Alors qu'il ruminait seul au comptoir du temple, je l'ai abordé. Nous avons discuté jusqu'au petit matin. Il était complètement sous mon charme. Pour la première fois, il attirait l'attention de quelqu'un. Il n'était plus transparent et bonheur suprême : c'était aux yeux d'une femme. Je ne vais pas détailler, mais le garçon avait de sérieux soucis avec le sexe opposé. Il était complètement phagocyté par sa mère pourtant décédée depuis plusieurs années. Il avait une terreur noire de la gent féminine ! Mais passons… Je devais accélérer le mouvement, car les choses se précisaient du côté de la loge. Nous avons couché ensemble le second soir. Le surlendemain, il virait son assistante pour me donner la place. Quelle galère ce boulot ! Je me suis ennuyée à mourir. Bref. Nous sommes sortis plusieurs fois durant la semaine et à chaque fois j'accentuais mon emprise sur lui. C'était d'une simplicité enfantine tant il était en détresse psychologique. Je sentais un volcan que je m'employai à faire monter en pression à grand renfort de feuilles de coca. Son péché mignon. Le samedi matin, il était mûr. »

Elle fit une courte pause pour ajuster le col de sa robe qui l'étranglait un peu.

« Je lui ai alors raconté que les frères s'étaient ouvertement foutus de sa gueule.

– C'était vous ! » s'exclama Nathalie, sidérée.

« Eh oui, un ramassis de conneries bien emballées. Pierre a réagi au quart de tour. Il est devenu fou de rage et voulait tout casser. Je l'ai convaincu de canaliser sa colère pour la déverser sur les bonnes personnes. C'est à partir de ce moment que je l'ai perdu. Tout a explosé dans sa tête. Il ne différenciait plus la réalité de ses pensées délirantes. Il ne faisait plus la différence entre sa mère et moi. Vous connaissez la suite. Il y a eu ce pauvre étudiant qui n'avait rien à voir dans l'histoire. Puis les trois premiers meurtres…

– Sous la surveillance de votre fils. »

Mme Vaugin tiqua, montrant un semblant d'émotion pour la première fois.

« Je n'étais pas d'accord. C'était son idée. Rossi étant devenu incontrôlable, il devait juste le surveiller, s'assurer qu'il remplissait sa mission et agir au besoin.

– C'est ce qu'il a fait pour le romancier. Qu'est-ce qui s'est passé ?

– Mon fils n'a pas été discret et Rossi a eu peur. Il s'est enfui, pensant avoir tué Sermigny.

– Votre fils est alors intervenu pour terminer le travail en lui transperçant la gorge.

– Oui. Ensuite tout s'est enrayé, en partie à cause de vous. Nous ne nous attendions pas à ce que vous avanciez aussi vite dans votre enquête. Nous pensions avoir le temps de faire le ménage avant votre intervention. D'ailleurs, comment avez-vous fait pour faire le lien entre les différentes victimes ?

– Vous n'avez personne d'infiltré dans la police ?

– Hélas non ! Nous n'avons pas non plus un effectif extensible. »

Nathalie lui raconta l'intervention de Raphaël et sa traîtrise.

« Quel gâchis, conclut Mme Vaugin. Nous savions depuis le début qu'il appartenait à cette loge. Rossi devait l'éliminer en dernier… »

Nathalie serra les dents. Maintenant que cela la concernait, elle n'appréciait pas le détachement de son interlocutrice.

« Après l'arrestation de Rossi, votre fils a donc pris la relève ? fit Nathalie.

– Hélas ! Cet imbécile ne m'a pas laissé le temps de prendre d'autres dispositions. Il a suivi Roitelet pour foncer sur le groupe pendant qu'ils se réunissaient dans cette église si chère à mon cœur. Je ne vous apprends rien en vous disant que Willermoz faisait partie de notre réseau. Il gardait l'accès des arêtes, prenant le relais des Colinettes. Depuis cette lamentable attaque manquée, je n'ai plus eu de nouvelles de mon fils, jusqu'à hier soir… »

Nathalie ressentit tout de même un peu d'empathie et attendit un instant avant de lui donner quelques détails sur les derniers jours de son fils.

« Il a bien fait de se faire tuer. Sinon, je m'en serais chargée moi-même. »

Nathalie n'en douta pas un instant. Cette femme avait un tempérament de pierre. Seule comptait sa mission transmise de génération en génération. Le poids de ses ancêtres était sacré. Son fils était mort pour la cause. Elle le transformerait en martyr pour galvaniser les autres.

« Vous avez d'autres enfants ? demanda Nathalie.

– J'ai eu la chance que mon mari me donne deux autres garçons avant qu'il ne parte.

– Désolée, fit Nathalie. Toutes mes condoléances.

– Ah non ! Il n'est pas mort. Il s'est barré au bout du monde avec une petite greluche. Tout ce qui est ici m'appartient.

– Vos autres garçons sont dans le réseau, je présume ?

– Évidemment. »

La discussion touchait à sa fin.

« Comment ça va se passer maintenant ? demanda Mme Vaugin.

– Si vous nous promettez de vous tenir tranquille chez vous, nous attendrons la fin des cérémonies funéraires avant de vous arrêter pour complicité de meurtres.

– Où voulez-vous que j'aille ? Ma vie est ici à côté des ruines du château de mon ancêtre, Guillaume.

– C'était donc bien un château !

– Oui. Le château de Miribel. Plusieurs sires de Beaujeu l'ont occupé. C'est à mon tour en quelque sorte.

– C'est quoi la tour étrange à côté de la statue ?

– Vous faites allusion au carillon du Mas Rillier qui fait face à la Vierge du même nom.

– Oui.

– L'histoire de ce beffroi octogonal aux cinquante cloches est passionnante à plus d'un titre.

– Je n'en doute pas un instant, fit Nathalie. Je vais maintenant vous laisser vous recueillir en famille. »

Mme Vaugin se composa un visage de circonstance et la remercia de lui avoir accordé ce répit.

Compte tenu de la puissance et les relations de la famille, Nathalie était certaine que cette femme retournerait vite à ses occupations quotidiennes.

Nathalie quitta le fauteuil et se dirigea vers la porte. Comme l'avait fait l'inspecteur Columbo des dizaines de fois, elle se retourna :

« Une dernière question : outre la proximité de votre ancien château, cette maison n'a pas été construite ici par hasard. Je me trompe ? »

Mme Vaugin sourit.

« Non. Elle est reliée aux anciens souterrains du château de Miribel, dont un mène pile au pied de la Vierge. Si vous avez le temps de vous promener là-bas, amusez-vous à rechercher la grille au sol qui y accède.

– Il y a un rapport avec les arêtes de poisson ?

– Un autre souterrain descendait le coteau pour rejoindre les Sarrasinières, vous connaissez la suite. Vous comprendrez que je ne vous en dirai pas davantage. Mais sachez une chose, à Lyon, de près ou de loin, tout a un rapport avec les arêtes de poisson. »

Épilogue

Trois semaines plus tard.

Mme Vaugin avait été arrêtée après l'enterrement de son fils. Au bout de quelques heures, ses avocats avaient obtenu que leur cliente rentre chez elle. Elle était assignée à résidence en attendant le procès, qui était programmé dans dix-huit mois, au cours duquel elle ne serait sans doute pas trop inquiétée.

Contrairement à une bonne partie des différentes brigades de police de la DIPJ, Nathalie ne s'était pas rendue aux funérailles du lieutenant Raphaël Monier, officiellement tué au cours d'une opération d'infiltration.

Après négociation pour acheter leur silence concernant l'implication du lieutenant Monier, Lucien Martin et Michel Roitelet avaient écopé de deux années de prison avec sursis pour complicité d'homicide. La peine de Bruno Givrard, pour avoir tiré sur Nathalie, fut de trois ans dont six mois ferme.

Tout comme les trois lieutenants qui l'avaient accompagnée, Nathalie avait écopé d'un blâme sans conséquence sur sa carrière pour avoir impliqué Jean-Marc Charmet dans une opération dangereuse. Le journaliste se portait bien et n'en voulait à personne. Il avait vécu deux jours qui resteraient gravés dans sa mémoire. Une écharpe autour du cou, il continuait à arpenter les rues de Lyon pour en percer les mystères.

Les conditions de travail de Nathalie ainsi que ses relations avec la commissaire s'étaient grandement améliorées. Terminé, le placard à balais. Les bureaux des deux brigades avaient été aménagés pour accueillir

Nathalie, qui jouissait désormais officiellement du statut de responsable de la Crim' sous l'autorité de la commissaire Clément.

Pour son plus grand plaisir, Cyrille, et son inépuisable réserve de nourriture, était toujours affecté à Nathalie, en tant que bras droit dévoué.

Nathalie avait rendu visite à Rossi une seule fois pour lui révéler le dénouement de l'affaire. Elle avait cependant gommé certains détails. Ses paroles n'avaient eu aucun effet sur le professeur.

Elle avait ragé en apprenant que Rossi connaissait l'implication de Raphaël dans la loge. Le septième frère. À cause de sa position, Rossi avait planifié de l'éliminer en dernier. Nathalie n'avait pas eu le nez creux ni de la chance. Tout aurait pu être tellement différent si elle l'avait su plus tôt…

Lors de l'entretien, aucun des deux n'évoqua Mme Vaugin. Nathalie n'avait pas envie de l'accabler en lui avouant qu'il avait été manipulé. De son côté, Rossi était peiné de n'avoir aucune nouvelle de sa très chère sœur.

Nathalie l'avait quitté, le laissant avec ses démons. Il passerait sans doute le reste de sa vie à ressasser dans sa cellule.

Les jours qui suivirent le dénouement de l'affaire, Nathalie avait été tentée de s'enfuir une nouvelle fois. Loin des hommes, dont elle n'attendait plus rien. Mais la bienveillance de Cyrille, l'amitié de Diane, l'accueil chaleureux des deux brigades alors qu'elle les connaissait à peine, eurent raison de ses envies de fuite.

Comme elle n'avait toujours pas l'intention de parler de sa fortune à ses collègues et amis, c'en était terminé du luxe du Cour des Loges. Elle louait maintenant un appartement dans le 6e arrondissement de Lyon. Il était en adéquation avec sa position sociale, lui permettant enfin de recevoir des invités.

Elle ouvrit le tiroir d'une commode achetée aux puces, comme la plupart des autres meubles, à la recherche d'une paire de gants. Cet après-midi, elle faisait son baptême du feu de rugby. Cyrille l'emmenait au stade pour regarder jouer le LOU.

Enfin prête, elle serra son manteau en passant devant un petit meuble à chaussures sur lequel reposait le faire-part de mariage de Diane et Joanna.

Nathalie savourait maintenant pleinement sa vie lyonnaise.

Pour quelque temps encore, elle continuerait à mener la vie dure aux criminels…

Notes et remerciements de l'auteur

Très chère lectrice, très cher lecteur.

De par la diversité des thèmes abordés dans ce thriller, la préparation a nécessité beaucoup de recherches agrémentées de nombreuses et passionnantes rencontres. J'ai été surpris de constater qu'il a été beaucoup plus facile d'obtenir des informations sur la franc-maçonnerie que sur les cataphiles lyonnais.

Comme pour mon précédent thriller, j'ai pris quelques libertés pour les besoins de l'intrigue. Je vous laisse le soin de démêler le vrai du faux, mais sachez que la réalité est souvent pire que la fiction. Juste un exemple pour que vous passiez une bonne nuit : les fameux réfrigérateurs contenant des cerveaux de fœtus et de nourrissons dont le décès a été attribué à la mort subite du nourrisson ont réellement existé. Je n'en dirai pas plus ici…

Si la curiosité vous pousse, n'hésitez pas à visiter, ou du moins tenter de visiter, certains lieux évoqués dans mon roman. Il reste encore beaucoup de choses à découvrir et à comprendre sur « les arêtes de poisson ». Cette structure unique au monde demeure toujours un mystère passionnant autour de laquelle beaucoup de personnes gravitent dans l'ombre…

Je remercie infiniment mon intraitable bêta-lectrice, et épouse, Katia qui a la dure tâche d'essuyer les premières versions de mes romans. Ainsi que Michel pour son œil averti et sa gentillesse.

Un immense merci à ma maison d'édition Taurnada, qui malgré un contexte compliqué fait un travail remarquable. Joël, Patricia et Sonja font régner un climat de confiance et de sérénité qui se ressent entre les auteurs.

Pour ce nouvel opus de « Nathalie Lesage », un grand merci au journaliste/conteur Jean-Luc Chavent que j'ai rencontré à plusieurs reprises. Son expérience et ses connaissances sur le milieu souterrain lyonnais ont été précieuses. Il a été mes yeux dans les arêtes.

Chaleureux remerciements aux femmes et hommes « discrets » qui m'ont fait entrevoir l'univers de la franc-maçonnerie.

Autre population discrète que je remercie, les cataphiles lyonnais qui ont suivi de loin mon projet.

Je remercie Georges Combe pour son film incroyable *Les Souterrains du Temps*, et Walid Nazim, qui ont enfiévré mon imaginaire.

Je fais un clin d'œil amical à Cyrille et Olivier, amis de longue date, que j'ai transposés avec bonheur dans ce roman. Promis, je recommencerai…

Enfin, un grand merci à l'association « Mine de Lire » de Blanzy pour leur inconditionnel soutien.

À très bientôt.

COLLECTION
LE TOURBILLON DES MOTS

Isabelle Villain	*À pas de loup*
Xavier Massé	*Némésis*
Estelle Tharreau	*La Peine du bourreau*
Mehdy Brunet	*Goliat*
Christian Guillerme	*Urbex Sed Lex*
Magali Collet	*La Cave aux poupées*
Tito Desforges	*La Machine à brouillard*
Isabelle Villain	*Blessures invisibles*
Noël Boudou	*Benzos*
Christophe Royer	*Lésions intimes*
Xavier Massé	*L'Inconnue de l'équation*
Gaëlle Perrin-Guillet	*Haut le chœur*
Estelle Tharreau	*Mon ombre assassine*
Isabelle Villain	*Mauvais genre*
Éric Oliva	*Le Vase rose*
Mehdy Brunet	*Le Fruit de ma colère*
Estelle Tharreau	*De la terre dans la bouche*
Estelle Tharreau	*L'Impasse*
Estelle Tharreau	*Orages*
Florent Marotta	*Le Visage de Satan*
Mehdy Brunet	*Sans raison*
Éric Lange	*Le Sauveteur de touristes*
Noémi Krynen	*Sang blanc*
Franck Villemaud	*Palissade*
Christian Laurella	*Sortie noire*
Jean-Baptiste Dethieux	*Renaissance*

COLLECTION
L'OMBRE DES MOTS

Jean-Marc Dhainaut	*Les Couloirs démoniaques*
Jean-Marc Dhainaut	*Les Galeries hurlantes*
Jean-Marc Dhainaut	*Les Prières de sang*
Jean-Marc Dhainaut	*La Maison bleu horizon*

HORS COLLECTION

Cizia Zykë	*Alma*
Thierry Poncet	*Zykë l'Aventure*

COLLECTION HAIG

Thierry Poncet	*Le Sang des sirènes*
Thierry Poncet	*Les Guerriers perdus*
Thierry Poncet	*Le Secret des Monts Rouges*

Cet ouvrage a été imprimé par

Novoprint

Achevé d'imprimer en février 2021

Taurnada Éditions
38, chemin du Candéou
06530 Peymeinade

www.taurnada.fr

Dépôt légal : mars 2021
ISBN : 978-2-37258-082-3

Imprimé en Espagne